古典文獻研究輯刊

六 編
曾永義 主編

第 8 冊

翁敏華曲學論文集

翁敏華 著

國家圖書館出版品預行編目資料

翁敏華曲學論文集／翁敏華 著 — 初版 — 新北市：花木蘭文
化出版社，2012〔民101〕
目 2+300 面；19×26 公分
（古典文學研究輯刊　六編：第 8 冊）
ISBN：978-986-254-952-0（精裝）
1. 中國戲劇 2. 戲曲評論
820.8　　　　　　　　　　　　　　　101014841

ISBN-978-986-254-952-0

9 789862 549520

古典文學研究輯刊
六 編 第八 冊　　　　　　　　ISBN：978-986-254-952-0

翁敏華曲學論文集

作　　　者　翁敏華
主　　　編　曾永義
總 編 輯　杜潔祥
出　　　版　花木蘭文化出版社
發 行 所　花木蘭文化出版社
發 行 人　高小娟
聯絡地址　新北市永和區中正路五九五號七樓
　　　　　　電話：02-2923-1455／傳眞：02-2923-1452
網　　　址　http://www.huamulan.tw 信箱 sut81518@gmail.com
印　　　刷　普羅文化出版廣告事業
初　　　版　2012 年 9 月
定　　　價　六編 18 冊（精裝）新台幣 30,000 元

翁敏華曲學論文集

翁敏華　著

作者簡介

翁敏華，女，1949 年 5 月生於上海，1982 年畢業於上海師範學院元明清曲學專業，獲文學碩士學位，現任上海師範大學謝晉影視藝術學院教授，人文學院博士生導師。曾於 1988 年、1995 年兩度赴日做訪問學者、2002 年任韓國慶山大學客座教師。專著《中日韓戲劇文化因緣研究》2006 年獲得上海市第八屆哲學社會科學優秀成果三等獎。現正從事教育部 2010 年度哲學社會科學研究重大課題攻關項目《中華戲劇通史》分課題《宋雜劇與宋元南戲》研究、2011 年度國家級哲學社會科學項目《中國戲曲與傳統節日文化研究》。

提　　要

　　章師薆蕪曾謂曲學之傳承為「繼絕學」。在此，筆者擷取三十年之曲學研究論文若干，集結成冊，以示「絕學」承繼之果。

　　作為一部論文集，乍看來有些許「無雜」之感，所涉歷史範圍，自上古先秦至明清近世。內容則從先秦儺祭、儺戲，到唐宋元戲劇，再到明清昆曲、地方戲，延及傀儡戲、散曲、小曲。研究方法，不拘一格，考據、辨證、綜述、述論，皆有涉及。

　　具體而言，本書的研究方法以考論為主，述評為輔。內容主要分三大類：其一，前戲曲時代的戲劇因緣考論，如《氏族征戰、臣服與戲劇發生發展》、《踏歌考——兼論踏歌與月崇祀、後世戲曲的關係》、《從儺祭到戲劇之一途——以宋代儺事、神鬼表演、南戲為中心》等。其二，戲曲專題論述，如《論宋元戲劇的蛻變》、《論清代地方戲的崛起對中國戲曲的振興作用》等，這是本書的主體。其三，個案研究，包括散曲、小曲，以及戲曲作家作品研究等，如《〈劉知遠白兔記〉縱橫表裏談》、《重讀關漢卿》、《朱有燉和他的誠齋散曲》等。其中個案研究最能體現筆者的研究特點——從民俗學、比較文化的研究視角，探尋傳統戲劇的深層文化內涵——這是本書的一大特色，如《從元散曲看元代的節日民俗》等。此外，研究還從音樂、文學、音韻、藝人、腳色、曲家、名作、伎藝、崇拜信仰等角度切入，對曲學進行全方位的觀照。

　　本書所涉雖然紛雜，卻雜而不亂，全書看似零散的結構，卻有其內在的邏輯鈎連，林林總總，以點帶面，鈎勒出一條較為清晰的戲劇史脈絡。

目

次

說曲與律（代前言）

章薦蓀

　　曲，與詩詞鼎立，成為我國歌詠文學的一種，是在宋金對峙時代。因地域和音調有異，遂形成南北曲。南曲起自南宋的後期，偏行於浙東一隅，直至明朝才展向全國，並盛及清一代。北曲興於金，入元發揚光大，蔚為一代文學。南北曲皆以戲曲盛，散曲次之。

　　戲曲，是由曲與戲相結合。並不是因戲而始有曲，而是曲已繼詩詞遞興，並進入戲劇中，發展為戲曲。我國古典戲劇，因曲的結合，更趨完整。曲，還有不進入戲劇的，是為散曲。

　　散曲如詩詞一樣發揮吟詠作用。但詩和詞基本上是單章吟詠，曲則不然。散曲分「小令」、「套數」兩種。小令有單支曲、重頭曲、北有帶過曲、南有集曲；套數是在同一「宮調」中聯綴若干曲調為一套。抒情、寫景、敘事、狀物，所為文章，莊諧雜出，真樸自然。

　　至於戲曲，更是光芒萬丈。北曲「雜劇」，南曲「傳奇」，俱以聯套曲為唱詞，與說白相間，白敘事，曲代言，分扮腳色，搬演故事。所謂南曲如珠落玉盤，北曲如金戈鐵馬，真是「大塊假我以文章」。

　　從文章來說，曲比詩詞明快；但在格律上，卻比詩詞還要拘守。

　　詩、詞、曲，平仄格律的運用是一脈相承的。詩至唐人近體，進入正式格律化，講平仄，明對仗，已為程式。至詞，墨守成規。而詞有調，調有定格，依聲協律，又進一層。至曲，按譜尋聲，配合音樂更緊密，聲調講求，又進一層。所謂：「三仄應須分上去，兩平還要辨陰陽」。

　　說起來，這就矛盾了，拘守於格律的作品，怎能使之明快？

　　舉個例來說，元曲四大家之一白樸，創作雜劇十六本，流傳下來的有《梧

－1－

桐雨》、《牆頭馬上》、《東牆記》三種和散曲四套、小令十六首。小令中一首
《仙呂‧寄生草》：

> 長醉後方何礙，不醒時有甚思。糟醃兩箇功名字，醅渰千古興亡事，
> 麴埋萬丈虹蜺志。不達時皆笑屈原非，但知音盡說陶潛是。

這支曲題目是「飲」，內容是寫醉中的思想感情。這一思想感情，是曠達，
或者說是頹廢的，都可以。可以說是元王朝統治下一般知識份子的精神狀態。
作品不曾雕章琢句，意思也不含蓄，確比詩詞來得明快，讀起來並不覺得有
什麼格律框框在束縛似的。但是這支曲是按曲律規格寫出的。

北曲《仙呂‧寄生草》曲牌的平仄正格是：

> 平平仄，仄仄平。平平仄仄平平仄△平平仄仄平平仄△平平仄仄平
> 平仄△平平仄仄仄平平，平平仄仄平平仄△

句式是三、三，七、七、七，七、七。共七句，五韻。曲的叶韻，不同於詩
詞平仄分叶或平仄換韻，而是平仄通叶。這一曲牌規定，第一句和第六句不
用韻，第二句平聲起韻，第三、第四、第五、第七句叶仄韻，須屬同一個韻
部。

白樸這支曲，第一句和第六句未用韻。第二句「思」字平聲起韻，第三
句「字」字、第四句「事」字、第五句「志」字及第七句「是」字都叶仄韻。
同屬曲韻第三部「支思」韻部。（「○」作為平叶，「△」仄叶，「，」不叶）

曲於正格外可加「襯字」，襯字限加在句前或句間。白樸這支曲頭二句「長
醉後」、「不醒時」，第六句「不」，第七句「但」皆是「襯字」，是按正格寫曲
而加「襯」字的。

這一曲牌，寫曲時，頭一句例作對句，第三、第四、第五三句例作鼎足
對，末二句亦例作對句。觀白樸這支曲都按例作了對句的。

元代曲學家周德清，曾對白樸這支《仙呂‧寄生草》作品作了評語說：

> 命意、造語、下字，俱好。最是「陶」字屬陽（平聲），協音；若以
> 「淵明」字，則「淵」字喝作「元」，蓋「淵」字屬陰（平聲）。「有
> 甚」二字上去聲，「盡說」二字去上聲，「更妙」。

北曲無入聲，入聲字派作平、上、去三聲。白樸這支曲中的「曲」、「達」兩
入聲字作平聲，「說」字作去聲。

從周德清的評語，可見元人對曲，要求平辨陰陽，仄明上去，此兼文章、
樂律而言。只此一支小令，可概套曲及劇曲了。南曲也是如此。

　　明代曲學家沈自晉重訂《南九宮譜》，凡例云：「語曲以律，泛言平仄易易，而深求微妙災難。精之在上去、去上之發於恰當，更精之尤在陽舒陰斂之合於自然」。

　　例如南戲高則誠《琵琶記》「賞秋」齣中《大石調‧念奴嬌序》一曲：

　　　長空萬里，見嬋娟可愛，全無一點纖凝、十二欄杆光滿處，涼侵珠箔銀屏。偏稱△身在瑤臺，笑斟玉斝，人生幾見此佳景△惟願取年年此夜，人月雙清。

《南九宮譜》引用此曲作為《大石調‧念奴嬌序》一調的定格曲例。並謂：「『萬里』、『見此』、『願取』去上可愛，『滿處』、『幾見』上去聲妙甚」。此曲凡三「前腔換頭」，皆二字起句，仄叶。如「孤影」，陰平搭上聲。「光瑩」，陰平搭去聲。「愁聽」，陽平搭去聲。字辨陰陽，要在上去搭配適宜，使音腔調協合乎自然。陰平以搭上聲為宜，「光瑩」搭去聲，則「光」字唱來似「狂」字音。

　　仄明上去，因上聲發調較舒徐，腔低；去聲發調較激厲，腔高，互接用之，腔調就更抑揚有致。所以曲比詩詞格律更嚴，是因曲的音樂性比詩詞更強。

　　所謂「按譜填間」，曲也是按譜。譜有二，一為「平仄譜」，一為「工尺譜」。按平仄以填曲，按工尺以唱曲。要使曲唱得抑揚有致，就得平仄陰陽協調妥貼。這是創作南北曲必然的正常的兩道工序，也是曲所以拘守格律的原因和道理。說曲是拘守於格律，也可以說曲是發自然於格律。

　　詩歌格律化，主要在辨四聲、調平仄、別陰陽以及講對仗、押韻腳。

　　「四聲」雖定名於南朝齊梁，而「平上去入」實為漢語字音分別聲調的自然規律。「東董凍篤」「江講降覺」，突口而出，聲發自然。「平仄」按四聲長短陞降以劃分，「陰陽」因聲母清濁不同而分化。至於講對仗，這是漢字形體特點，可以音義相匹配。押韻腳，有助整齊節奏，調協音律，便於吟唱。曲，引作格律，只不過充分發揮文字音義及形體的協調作用，反映漢語詩歌內在的音樂性，使之增強作品思想內容的表現力，感染力。

　　《陽春白雪》是元人楊朝英選輯的元人曲集。首列元人燕南芝菴的《唱論》，謂：「歌之格調，抑揚頓挫。歌之節奏，停聲待拍。字真句篤，依腔貼調」云云。元人貫雲石作序謂：「陽春白雪，久亡音響。評中數士之詞。豈非陽春白雪也耶」。就是說集中所選的曲，是「字真句篤，依腔貼調」，唱起來

有如古曲「陽春白雪」的美妙。

「字真句篤」，是「平仄」的合格；「依腔貼調」，是「工尺」的協律。

楊朝英又選輯了一部元人曲集《朝野新聲》，「分宮類調，皆當代朝野名筆」。元人鄧子晉作序，說所選的曲「按四聲，字字不苟，辭壯而麗。」說：「調聲按律，務合音節」。

從上舉元人選元曲，元人評元曲，曲辭有壯有麗，都要求「按四聲，字字不苟；調聲協律，務合音節」。這就是曲之成曲所必經的二道工序。就從這二道「工序」中，南北曲作家創造出無數成篇成卷的「大塊文章」。

曲辭清麗的如王實甫《西廂記》：

> 碧雲天，黃花地，西風緊，北雁南飛。曉來誰染霜林醉，總是離人淚。

這支曲式按照《正宮‧端正好》這一牌調的定格填寫的。一部《西廂記》內容豐富，情節曲折，都是按宮調牌調的定格寫成代言性的曲辭。

曲辭悲壯的如關漢卿《竇娥冤》：

> 不是我竇娥罰下這等無頭願。委實的冤情不淺。若沒些兒靈聖與世人傳。也不見得湛湛青天。我不要半星熱血紅塵灑，都只在八尺旗槍素練懸。等他四下裏皆瞧見。這就是咱萇弘化碧，望帝啼鵑。

這支曲式按《正宮》借《般涉調‧耍孩兒》這一牌調的定格填寫的。一部《竇娥冤》，人物性格，戲劇衝突，都是按宮調牌調的定格寫成代言性的曲辭。

通過曲辭，表現了作品的思想內容，藝術特色；反映了社會現實。按格律填曲，並不是依樣畫葫蘆。

南曲如《琵琶記》、《牡丹亭》、《長生殿》等名作，因昆腔按原曲製譜歌唱、搬演至今，可以說是我國豐富的古典文學中難得的「活文學」。這類曲，不僅是案頭讀物，而且傳聲傳象。這樣的作品莫不做到「字真句篤，依腔貼調」。說明「曲」與「律」的關係了。

因此，我們閱讀、評論、研究傳本南北曲，固當重視其思想內容、文學價值、藝術特色；亦當重視其音韻格律。作為一門學問，這才是完整的。

（原載《上海師院學報》1980 年第四期）

從四種戲文看南戲的早期發展

　　1949 年前在倫敦發現並購回的明永樂初年編撰的《永樂大典》殘卷，內收有三種戲文劇本：《張協狀元》、《小孫屠》、《宦門子弟錯立身》。這是第一次發現的完整的南戲抄本。1967 年，上海嘉定縣又出土了明成化刻本《白兔記》。這是我國現存的第一個南戲刻本。這兩次南戲劇本的發現，都是我國戲曲史上極爲重要的大事。把成化刻本《白兔記》與《永樂大典戲文三種》放在一處閱讀、對照、印證，不僅十分有趣，而且大有意義。它向我們提供了前期南戲的活動地點、演出狀況，展示了南戲劇本的基本面貌，還能幫助我們尋找南戲早期發展的某些規律和線索。

　　明代戲曲家徐渭在《南詞敘錄》中說：「南戲始於宋光宗朝，永嘉人所作《趙貞女》、《王魁》二種實首之。……或曰宣和間已濫觴，其盛行則自南渡，號曰『永嘉雜劇』」。告訴我們南戲發源的時間地點。宋王朝南渡後，杭州成了政治經濟文化的中心，浙東一帶學風特盛，「永嘉雜劇」在此時此地興盛是十分自然的。徐渭所舉的兩種都已失傳，《張協狀元》與《白兔記》，是我們今天能讀到的早期「永嘉人」的南戲作品。

　　《張協狀元》開場詞說：「這番書會，要奪魁名。占斷東甌盛事，諸宮調唱出來因」。表明劇本是書會作品。隨後又由「生」角在〔燭影搖紅〕唱段中交待書會名稱：「眞個梨園體，論詼諧除師怎比。九山書會，近目翻騰，別是風味」。這一段的大意是：九山書會近期所作劇目，承繼梨園傳統，劇情生動有趣，別有一番風味。上面提到的「東甌」即溫州，溫州至今還有以「九山」爲名的湖泊，可見當年專門編寫戲文的民間文藝組織「九山書會」正是溫州城內的書會。《白兔記》是由開場副末與後行子弟問答來介紹作者的：「今日

利（戾）家子弟，搬演一本傳奇，不插科，不打問（諢），……借問後行子弟，戲文搬下不曾？（內答：搬下多時了也。）計（既）然搬下，搬的那本傳奇，何家故事？（內答：搬的是李三娘麻地捧印，劉知遠衣錦還鄉《白兔記》）好本傳奇！這本傳奇虧了誰？（內答：虧了永嘉書會才人在燈窗之下，磨得墨濃，斬（蘸）得筆飽，編成此一本上等孝義故事，果為是千度看來千度好，一番搬演一番新。）」永嘉即溫州，這表明《白兔》與《張協》同為一地產品。

《小孫屠》是「古杭書會編撰」，《宦門子弟》為「古杭才人編撰」。產地十分明顯，是南戲流入杭州後的產物，估計問世比另兩本晚。這兩本題目後直接標明作者，不像《張協》《白兔》那樣由劇中角色在說白、唱詩中交待，並還要著著實實地吹捧一番。這樣用文字標出作者的形式，說明《小孫屠》等兩本已不光是供演員演出之用，而同時又可作案頭讀物。

值得注意的是，《永樂大典文戲三種》不僅產地有別，而且在體制、形式、唱曲、說白、表演程式諸方面，《張協》都不同於《小孫屠》、《宦門子弟》，倒與新出土的《白兔記》十分相似。

先看看副末開場。《小孫屠》用兩首〔滿庭芳〕加一句與後行子弟的對答便引入正劇；《宦門子弟》僅一首〔鷓鴣天〕報家門。而《張協》、《白兔》卻不是這樣簡略。《張協》副末登場後，念一首《水調歌頭》，接一長段說白：先告觀眾「暫息喧嘩，略停笑語」，說前番曾演的《狀元張協傳》是「汝輩搬成」，「這番書會，要奪魁名」精心修改，大有新意。然後用純粹敘述體的諸宮調，把張協故事說唱了三分之一。最後自言自語說：「似恁說唱諸宮調，何如把此話文敷演」？於是動樂器，讓扮演張協的生角上場。生上場後並沒有隨即以代言體進入戲文角色的演唱，他吩咐「後行子弟饒個〔燭影搖紅〕斷送」。踏場罷了，還交待一句「學個張狀元似像」。然後才以張協的口吻敷演故事。《白兔》亦大致如此，副末吟詩句、念散文，唱一曲〔紅芍藥〕，又囑咐觀眾多多包涵，接著再把所演故事誇獎一番，這才誦讀介紹劇情大意的〔滿庭芳〕詞。這種開場，實係宋代樂舞之遺風——「竹竿子」引隊上場，例有致語、口號、問答、報隊名等形式，儀節十分繁重。又像宋雜劇在「正雜劇」前，先演「豔段」。這一點上，是《張協》、《白兔》繼承宋雜劇，而另兩本已為明傳奇開場形式的濫觴。

在唱曲方面，四本的共同特點是比較自由：不叶宮調，不必組成套數，不僅有獨唱，還有對唱、接唱、合唱，並且主角不一定唱得多。《張協》共有

一百七十支曲,生獨唱僅二十二支,旦獨唱也只二十七支,專以插科打諢為能事的淨、末、丑角倒有不少唱段。且接唱合唱隨處都是,甚至在拌嘴吵架後也來個合唱。《白兔》雖無這許多唱段(因多處空白,漏標曲牌,只能估計在一百支左右),但情況相同。此兩本遇同曲復用,都是重標一遍曲牌或寫個「又」字,與後期南戲、傳奇寫作「前腔」相異。這兩本都夾有無辭之曲,而由「哩囉連」一類語氣片語成,據福建南戲研究工作者說,這類「哩囉連」還有敬戲神的意思。《宦門子弟》全劇三十八支曲,十二支伴有對唱、接唱,不到三分之一;生旦獨唱為主,生角還獨唱了一套北曲;只有結尾一曲是合唱的,用以烘托大團圓的熱烈氣氛,劇情結構比較整齊。《小孫屠》的一個明顯特點是:南北合套的運用。旦角李瓊梅埋怨孫必達不通人情,一個人唱了一大組南北合套,而且是按雜劇聯套次序排列北曲的,如「雁兒落」帶過「得勝令」一類,在此處也是鄰近排列的。孫必貴在歸鄉途中,想到母親病故,家中不和等煩惱,也唱了一小組南北合套,須注意的是:兩組南北合套都安置在主角「靜場戲」中,可見南北合套正是可以彌補純南曲的單調、用以反映主要人物複雜的心理活動和情懷的。這裡,較晚出現的兩本戲文與《張協》《白兔》相比,明顯地寓有唱法上的變遷:安排比較合理,能為劇情發展、塑造人物形象服務,簡潔明瞭,突出重點,參合北曲。這是一種較為科學的變遷。

　　《張協狀元》劇中與內容無關的插科打諢隨處都是,粗略統計,竟有一千餘字。淨、末、丑三角像串龍燈一樣上下舞臺,不僅有男淨男丑,而且有淨丑扮演的女角,(也許是由男演女。劇中淨扮李大婆一段說白前標有「尖聲」二字,似為男角學女聲。)不放過任何一個調笑機會。另外,李大婆有一處道:「叫付末的過來」!不以劇中人名而用行當名相稱,滑稽突梯。淨丑還一會兒變作門扇,一會兒變作桌椅,有人敲「門」時他們嘴裏發出「蓬蓬蓬」的聲音,擺酒擺飯時他們在下面討著吃。《白兔》也有許多相似之處,例如丑角所扮的李妻竟讓丈夫李弘(淨)「彎倒腰,脊樑上揉一塊麵」。一頓臊汁素麵是在脊背按板上做成的。這種場面演出一定能博得笑聲,可畢竟是屬於未進化到正式戲劇時的幼稚現象。

　　本來,中國戲曲就是歌舞戲與滑稽戲的綜合,這一綜合的第一代產品——宋雜劇還處處顯露出兩者的界線;初期南戲雖當屬宋雜劇的子侄輩,但也沒能綜合到天衣無縫的程度。上面所舉兩本便是明證。

《小孫屠》就不同了，雖然也少不了淨丑插科打諢，但基本上都可拴入劇情發展的主線。《宦門子弟》只有「淨」一個滿口諢話。這兩本在說白上亦有與北雜劇相似的慣語。如「月過十五光明少，人到中年萬事休。」「歡來不似今朝，喜來那似今日。」都是北雜劇中常見的套語。《張協狀元》、《白兔記》說白中互有相似，如「有福之人人服侍，沒福之人服侍人」。「慈鴉共喜鵲同枝，吉凶事全然未保」等，北雜劇中不常見。

前期南戲應作兩段：永嘉時期與杭州時期，這在徐渭的論述中已提得十分明確。而我們文中所舉四本，正分別爲這兩個時期的作品。前者宋雜劇留有許多跡象，後者爲明傳奇開了先聲。從南戲到傳奇的整個發展線索，並非直線地越發展越長，不是只有量的遞增。而是先由長變短，由繁到簡。這是一番質變。通過這番變化，宋雜劇的混合體痕跡，「南諸宮調」的敘述體殘餘基本消失。然後再由短到長，由簡到繁。那是內容上的繁複，情節上的曲折，刻畫人物的細膩。此時長劇之「長」，就不是原來意義上的「長」了。從此南戲走上了成熟的道路，並逐漸發展爲傳奇。當然，南戲發展的詳細情況和具體線索的進一步探究，還有待於有關資料的進一步發掘。

（原載《上海師院學報》1980 年第四期）

論 襯 字

　　凡讀曲，不能不注意到其間豐富多變的襯字。詞破整齊的近體詩為長短句。曲體是詞體的進一步解放。襯字的運用是曲的一大特色。但就廣義來說，襯字又不是曲一家獨有，並非有了曲才有襯字。我們研究詩詞曲相繼遞興，也應當注意其中襯字的發展動態。有人卻認為它是一種「陪襯」而已，甚至認為「就意義上說，襯字往往是些無關重要的字。」（王力《漢語詩律學》）其實不然。也許在結構上，襯字像是一種「陪襯」，而它的作用和意義卻遠非陪襯二字所能包容。本文想就襯字的源流、形態、作用以及對後世戲曲詩歌的影響，作一番探索和討論。

一

　　說到襯字，一般總以為「自南北曲始」（王驥德《曲律》）。其實元曲前已偶有用到襯字的情況。這種情況首先反映在民間歌曲中。「敦煌曲子詞」中那首膾炙人口的〔菩薩蠻〕可以為例：

枕前發盡千般願，　　要休且待青山爛。

水面上秤錘浮，　　　直待黃河徹底枯。

白日參辰現，　　　　北斗回南面。

休即未能休，　　　　且待三更見日頭。

〔菩薩蠻〕這一詞調的定格，句字應為七、七、五、五、五、五、五、五。而且「敦煌」時代此種句格業已產生，如「敦煌曲子詞」中的另一首〔菩薩蠻〕「敦煌古往出神將」就是按常格之例。可見「枕前」一首的第三、第四句和末句中的「上」、「直待」、「且待」等字應為襯字。這樣的情況在「曲字詞」

中不乏其數。如〔搗練子〕「堂前立，拜辭娘」中「為吃他官家重衣糧」句，正格亦為七字，「他」字可視作襯字。

襯字是民間的產物，它與民歌俗曲有著不解之緣。

在我國詩歌的發展演化過程中，有兩次「峰回路轉」令人矚目：一為詩向詞體的演變，一為詞向曲體的遞興。促使這兩番發展變化的根本原因，乃是音樂。我們還須十分注意襯字在這兩個重要的階段的動態，十分重視襯字與音樂的密切關係。

我們知道，唐人近體詩，尤其是詩句，原本是可以合樂歌唱的。由於唐「燕樂」綜合「胡夷里巷」之曲，音樂越來越豐富，整齊的詩句越來越難以配入，於是在民間傳唱時多添入「和聲」。這便是沈括在《夢溪筆談》中所說的：「詩之外又有和聲，連屬書之，如曰『賀賀賀，何何何』之類。」當然，這種「和聲」是單調的。後來的發展正如朱熹《晦菴詩說》中所提到的「古樂府祇是詩中間卻添許多泛聲，後來人怕失了那泛聲，逐一聲添個實字，遂成長短句」。這與沈括的「唐人乃以詞填入曲中，不復用和聲」是一個意思。實字代替了泛聲，產生了最初的長短句，也就是用襯字填入五、七言整齊的詩體。請看唐玄宗《好時光》詩的改造情況：

原絕句：	改造後入曲的歌詞：
寶髻宜宮樣，	寶髻偏宜宮樣，
臉嫩體紅香。	蓮臉嫩體紅香。
眉黛不須畫，	眉黛不須張敞畫，
天教入鬢長。	天教入鬢長。

可以想像，開始時那些添加實襯字處都是唱和聲（或謂「泛聲」）的地方。據傳李白的三首「清平調」的演唱亦是如此。王維的《送元二使安西》三疊歌唱，是更典型的例子，祇是當時尚未用「襯字」這一名稱，新的長短句問世後，又很快制定平仄格律，以「詞律」為名把各種長短句形式固定下來，自此不復有隨意的變化罷了。又，詞另一則別名是「詩餘」，歷來有兩種解釋：一為「詩之餘緒」，實乃揚詩而抑詞；另一種認為詩、詞地位相等，所謂「詩餘」是指詩之餘附有它物。而詩餘之它物，不就是「襯字」麼？

早期詞作還有這種不入律的襯字的痕跡。北宋詞人柳永的表作〔雨霖鈴〕「留戀處，蘭舟催發」句，一作「方留戀處，蘭舟催發」（見胡雲翼《宋詞選》

38 頁註〔3〕）。可見還有一定的自由。只要在唱時能夠輕輕帶過便不以爲贅。據我看有「方」字的比原句意思更好：剛沈浸於留戀之情中，蘭舟便已催促出發，爲何如此迫人？與後闋「更那堪」的「更」字，遙相呼應，盡情地表達了作者的不忍離別之情。

宋金對峙，元朝一統。市民文學大興，少數民族與中原文化得到進一步的交流，外國音樂也源源輸入。在這樣的基礎上，南北曲呈現出一派空前繁榮的景象。民間曲調的進一步豐富，使得原有的詞體又大爲不夠了。「逐一聲添個實字」的做法，也發展爲或一聲可添數字，或者增板然後添字。新的長短句不斷被創製出來，並緊跟著制定平仄格律。但是與音樂、節奏和口語化文字有著密切聯繫的襯字此時成長得更爲迅速，它的足跡到處，遠不是形式格律所能跟得上的。雖然有的譜書「又一體」多至數十種，依然不能窮盡這豐富多變的形式。於是「襯字」第一次被承認了，並有了統一的名稱。這是我國詩歌史上的一項創舉！曲之襯字與曲之前詩體中偶見的「襯字」不同之處，在於前者是自覺的、大量的、靈活的運用。當宋元作者採用新興的曲這一文學樣式的同時，襯字也在南北曲中得到了廣泛的應用。

二

襯字在曲中運用的情況是紛繁複雜的。從社會歷史的角度看，金元與南宋對峙，造成南北曲分界；從文藝發展的角度看，宋話本與宋金諸宮調給南北曲在語言和歌唱上影響極大，市民化、口語化日趨明顯；從語言角度看，「入派三聲」的北方語音升爲主體，雙音詞、多詞激劇增多……。元曲正是在這樣一塊土塊上成長發達的，作爲曲的組成部分的襯字，也在這樣的天地裏呈現出異常多樣的形態。當然亦有規律可尋。筆者根據平日閱讀所得，整理總結出以下幾點：

（一）襯字在南曲與北曲中的情狀是不同的。王驥德《曲律》引用王元美曲論云：「北主勁切雄麗，南主清峭柔遠。北字多而調促，促處見筋；南字少而調緩，緩處見眼」。同一牌調的南北曲之中，所謂「字多」「字少」，主要是指襯字的多少。這一區別在各類選本、譜書中隨處可見，不再贅言。而造成這種情況的主要原因，仍然是唱。王驥德《曲律・論襯字第十九》中說：「北曲配弦索，雖繁聲稍多不妨引帶。南曲取按拍板，板眼緊慢有數，襯字太多，搶帶不及，則調中正字反不分明。」看來北曲是不定板的，否則關漢卿「我是個蒸不爛、

煮不熟、捶不扁、炒不爆、響當當一粒銅豌豆」曲，是無法演唱的。

（二）同為北曲，襯字在劇曲、散曲中的情況又是不同的。據統計，《太和正音譜》中黃鐘、正宮、大石、小石、仙呂、中呂六個宮調的平仄譜例，共選散曲一百七十六首，其中帶襯字的有四十五首，約占 25.5%；選劇曲七十六首，有襯字的六十二首，約占 81.6%。這兩組數字很能說明問題。

（三）同為散曲，襯字在小令與散套的情況亦不同。單支的小令襯字少，聯套的散套稍多。舉《北詞廣正譜》「雙調」之譜為例，再作統計。「雙調」共選小令四十五首，含有襯字的十首，約占 22.2%；散套八十六套，帶襯字的為五十三套，約占 61.6%。

劇曲、散套、小令之間的這種情況，與襯字的「出身」很有關係。越是接近民間，越是反映社會底層的作品，含襯字越多。劇曲中有一部分襯字可能是演員在演出過程中即興添加的；而散曲，尤其是後期小令，落到文人手裏，逐步「詞化」，逐步嚴謹，失卻了作為曲獨立存在的特點，如張小山的小令，絕大多數無襯字。

（四）襯字的詞性，有實詞，有虛詞，並不像有文章所說，基本上由虛詞充當。常用的有以下幾種：

（1）代詞：

人稱代詞，如

我是**他**親生的女。（關漢卿《金線池》）

指示代詞，如：

覷了你**這**無下梢枯楊成何用，想著你**那**南柯一夢。（谷子敬《城南柳》）

代詞用作襯字，往往用於對口曲一類，宛如白話。

（2）方位詞（名詞的附類），如：

茶房**也那**酒肆，在那瓦**市裏**穿。（李直夫《虎頭牌》）

那廝正茶船**上**和衣兒睡。（馬致遠《青衫淚》）

此道與「敦煌曲」的「水面**上**秤錘浮」相類。

（3）數量詞，如：

一千般歹鬥處。（王伯成《天寶遺事》）

一個漢明妃遠把單于嫁。（白仁甫《梧桐雨》）

單用量詞作襯的也有，如：

單見**個**客人，厭得倒退。（王實甫《西廂記》）

（4）結構助詞，如：

　　遊了洞房，登了寶塔。（王實甫《西廂記》）

　　腕鳴著金釧，裙拖著素練。（關漢卿《玉鏡絲控》）

　　方位詞、數量詞、結構助詞雖各為虛實詞類，但在進一步打散詞體，使曲句更加語體化和通俗化，起著同樣的作用。且這些詞一般都輕讀，充當「輕輕帶過，不占重拍」的襯字，正是最合適的。因而由它們擔任的襯字為數最多。

（5）形容詞，如：

　　瘦岩岩香消玉減，**冷清清**夜永更長，**孤零零**枕剩衾餘。（宋方壺套數〔紫花兒序〕）

（6）象聲詞（屬嘆詞），如：

　　我**各剌剌**坐車兒懶過溪橋。驚的那**呀呀呀**寒鴉起平沙。（鄭德輝《倩女離魂》）

（7）還有一種以語氣詞所作的襯字，王力先生稱之為「語法上的襯字」。他說：「在曲子裏，有時候需要這種閒字來湊足字數，或顯示出一種特殊的風趣。」（《漢語詩律學》）這所謂「特殊的風趣」，主要是地方色彩。我們在元雜劇中常常看到「也麼哥」、「也波」、「的這」等等，正是由北方口語中提煉出來的。在《永樂大典》等戲文中又常常遇到「哩羅連」一類閒字。據福建南戲研究工作者說，這正是當年浙閩一帶敬戲神時常用的語氣詞。

　　還有一些規律，如北曲常襯五、六字，南曲一般二、三字；一般說來句首所襯之字可比句間多些，句尾不能襯字等，王力先生在《漢語詩律學》中都已論述，本文就不多說了。

三

　　襯字的作用更是奇妙無窮。

　　任中敏先生在論述詞與曲不同風格時曾說過：「詞靜而曲動，詞斂而曲放，詞縱而曲橫，詞深而曲廣。詞內旋而曲外旋。詞陰柔而曲陽剛。詞以婉約為主，別體為豪放。曲以豪放為主，別體為婉約。詞當意內言外，曲則言外而意亦外。……詞宜莊，曲則莊諧雜出。」又說：「曲以說得急切透闢極盡情致為尚，不但不寬馳，不含蓄，且多衝口而出若不能待者。其用意完全暴露於詞面，其態度迫切坦率，恰合詩詞相反……。」（《散曲概論》卷二，作法第七）造成曲與詞不同風格的固然有題材內容、音樂聲韻方面的原因，但

襯字也是不可忽視的因素。

襯字有助於表現豪放和悲涼的藝術風格，盡情而飽滿的思想感受，雜劇《漢宮秋》中，漢元帝在辭別了王昭君之後，內心無限悲涼，唱道：「〔梅花酒〕「呀，**俺向著這**迴野悲涼，草已添黃，兔早迎霜，犬腿**得**毛蒼，人搣起纓槍，馬負著行裝，車運著餱糧，打獵起圍場。**他他他**傷心辭漢主，**我我我**攜手上河梁。」「〔收江南〕**呀**，不思量除是鐵心腸，**鐵**心腸**也**愁淚滴千行。美人圖今夜掛昭陽，**我**那裡供養，**便是我**高燒銀燭照紅妝」。這兩段唱詞正襯交雜，先描繪了一幅令人傷感的秋景，再襯以「他他他」，「我我我」六個疊字，表明男女主人公正是在這樣的季節裏離別，然後以語氣襯字「呀」字開啓，進一步表現元帝的孤獨和悲哀。這與柳永「人生自古傷離別，更那堪冷落清秋節」雖為同調，但卻更「放」，更「外旋」，「言外而意亦外」，把劇中人的心世界和盤托出。這樣的例子，在曲中，無論劇曲，還是散曲，是很多的。

襯字亦有助於增強通俗性，使作品語言直率活潑。請看：「別掩那生忿忤逆**的**丑生，有人向中都曾見。伴著夥潑男**也那**潑女，茶房也那酒肆。**在那瓦市裡**串。」（《虎頭牌》第二折〔月兒彎〕），再有「毒似兩頭蛇，狠如雙燼蠍，**閃的我**無情無緒無歸著，……將耳朵**兒**撇了**把**金蓮顛。」（無名氏小令〔喬捉蛇〕）我們彷彿聽到了咬牙切齒的數落，也像看到了老者埋怨不肖之子，潑辣婦人咒罵無情丈夫時那種怒沖沖的神態。

襯字還能與正格結合，形成一種氣勢，淋漓盡致、濃墨酣暢地寫情狀物，上文提到過的關漢卿的套數〔南宮一枝花〕《不伏老》正是這方面的典型：「我是個蒸不爛、煮不熟、捶不扁、炒不爆、響當當一粒銅豌豆，恁子弟每（們）誰教你鑽入他鋤不斷、斫不下、解不開、頓不脫、慢騰騰千層錦套頭……」，所襯之字甚至倍於原定格字數，造成了放連珠炮式的句法，突出地表現了作者堅韌執著和活潑挑逗的性格。

襯字的作用當然不僅止於表現風格上。在結構上，襯字亦能起開啓、承接、轉折等作用。我們知道，我國的代言體戲曲形式最初是由敘述體的說唱藝術發展變化而成的，這種說唱敘述的些微痕跡甚至在今天的戲曲中亦能看到，何況剛剛脫胎成型的元雜劇。在元曲中，少量的「敘述」往往放在開頭，緊接著便是大塊的「代言」，而襯字，正是作為兩者的過渡。如王實甫《西廂記》中「〔石榴花〕：**大師**——問行藏，小生仔細訴衷腸：自來西洛是吾鄉；宦遊四方，寄居咸陽。」自冒號起，便是小生的代言了。

襯字就是這樣幫助元曲成為獨特的藝術形式的。襯字既為格外之物，卻又因廣泛運用而成為曲體寫作之一「律」，一項約定俗成的規律。詩體寫作的許多格律，都是約束內容的（當然有些約束是必要的，唯其束縛才顯出詩體特殊的美），唯此襯字，卻給予內容的表達以更多的自由。這正是襯字自此與曲同存共輝的主要原因。

四

襯字由民間產生，又一直在民間發展、演變，至今歷時數百年而不衰。清中葉時，各地方戲曲劇種大興，昆曲逐漸衰落。這一變遷，除了題材、唱腔和演出場面的變化外，唱詞句形的變革也十分值得注目。「花部」劇曲，尤其是乾隆年間「四大徽班」帶進京的皮黃劇，改長短句的曲牌體為七字、十字句的板腔體，表面上又回歸到宋元以前的詩體和「變文」唱贊體。但這不是簡單的歷史的重複，它也繼承了唱牌調的長短句的一些優點，比如襯字就被保留了下來。在整齊的詩體中夾帶襯字，這在我國戲曲史上是又一創舉。

還有一種變化值得注意。自從皮黃劇進京、成長發展並被命名為「京劇」之後，北方幾個主要劇種都與京劇相仿，唱板腔體，很講究板眼的按製。所以京劇等唱曲的襯字很少，曲句多不襯字，若襯字，一處也只有一到三字。這種情況很像當年的南曲。京劇襯字的情況今舉幾例，如《北漢王》中劉瑞蓮唱道：「不知**我**主駕可安寧。」還有國太唱：「郭彥威賊子反朝廷。」又如《將相和》中廉頗唱：「相如若非某接應，**只怕**小小性命**早已**化灰塵。」唱時襯字不占重拍，輕輕帶過。加字不增板，這便是板腔體戲曲的一大特點。當然也有特例，京劇中的「垛板」就可以增板，可以一氣增襯好多字，這種句式往往用於最後第二句，稱為「垛字句」，意為堆垛。

流行於上海，深受歡迎的滬語說唱情況類似。一則《古彩戲法》是這樣描繪江青的：「穿起呂后的百褶裙，披仔武則天一件繡花蟒，慈禧太后的鳳靴腳上穿，你看她，真是不倫不類、不三不四、不男不女、不陰不陽、妖形怪狀來亮相。」最後一段戮穿江青本質：「原來是一個地地道道、標標準準、完完全全、徹徹底底、名副其實、不折不扣、貨真價實的野心狼！」一連串的襯字排比，說得急切透闢，衝口而出若不能待，形成了一種億萬人民唾罵，討伐的氣勢。正是借助襯字，上海說唱形成自己一氣呵成、飛流直下的表演藝術，我們也由此感受到關漢卿「銅豌豆」的餘韻。

　　當然不能因此說，今天的襯字與宋元時期相比已南北易轍。因爲北方小唱也有增板添字的，南方板腔體戲曲，如越劇也是七、十字句加襯字的。但至少可以說，今天襯字之法已打破南北界線。不論哪種襯字法，增板襯字或不定板襯字，在唱腔中都不占重拍，唱得都比正字短而輕。如果每一正字占一拍，襯字便只占二分之一甚至四分之一拍，正襯分明。

　　襯字依然有助於表現不同的風格。即使在同種藝術中也這樣。在評彈中，蔣月泉的蔣調以沈穩委婉著稱，曲辭襯字，較少，如《杜十娘》，首句爲

　　　| 3 1̲2̲5̲ 3̲3̲1̲ | 1 · 5 | 3̲1̲ 3̲3̲2̲ | 1 — |
　　　　窈宨　　風流　　　杜　　　十　　娘

　　一張口便的開始了這一悲劇故事。而張鑒庭的張調，主旋律與蔣調無甚差別，爲什麼老聽眾一聽便能區別彼此呢？除了張調咬字行腔比較鏗鏘外，襯字的多寡亦不可忽視。

　　　0 0̲ 5̲4̲3̲1̲ | 1̲2̲5̲ 3̲3̲1̲ | 1 · 5̲3̲1̲ 3̲3̲2̲ | 1 — |
　　　張教頭是　　怒滿心頭　　　罵一聲

　　句首一口氣就增用四個襯字，創造了一種比蔣調節奏明快，爆破力強的特點。

　　襯字依然多由代詞、形容詞、數量詞、結構助詞、連詞、語氣詞等充當。尤是形容詞、語氣詞等，也仍然帶有濃厚的地方色彩，多由地方口語提煉而成。江西民歌《十送紅軍》：「一送**里格**紅軍，**介子麼**下了山。」其間「裏格」，「介子麼」等襯字，我們在江西方言中時常聽見，相當於北方語言「那個」「這樣的」，地域性十分明顯。而欣賞吉劇唱腔，其中常有「嗯哪咳哪」的語氣襯字。「嗯哪」在東北土話中，是經常使用的表示贊同的應諾詞。正是這些語氣襯字（或謂結構襯字），幫助構成了濃厚的地方色彩，構成了我國戲曲豐富多彩的民族特色。至於「**巧溜溜的個來**手綉**呀**彩鳳，哥哥呀扶犂把地耕，紅**艷艷**的高粱綠油油的蔥，棉桃**呀**開花**飄呀飄**白雲，……」（電影《北斗》插曲《輕歌悄唱》）。這些形容性的襯字帶給我們一股黃土高原的鄉土氣息，帶給我們濃重的陝北風味。

　　襯字作爲「敘述」與「代言」的過渡功能，今又多保留在曲藝中。因爲曲藝是現存介於敘述體與代言體之間唯一的藝術樣式。演員們要不時地通過襯字來「出」「入」角色，一會兒作爲第三者介紹故事，一會兒又以當事人身份抒情

對話。如徐麗仙《新木蘭辭》:「唧唧機聲日夜忙,**木蘭**是頻頻歎息愁緒長。⋯⋯阿爺無大兒,木蘭無兄長,**我**自恨釵環是女郎。」前幾句介紹木蘭臨窗倚機歎息的情況,從襯字「我」字始,便是爲木蘭代言,講歎息的內容了。

更爲令人驚異的是,考察自由體的新詩,可以發現,那些節奏感強的、朗朗上口的篇什,竟也能分出正襯來,即每一詩句在主要詞匯組成的主要節奏之外,添進了些旁的「附加」成分,亦即襯字,這些成分省略了,結構上尚能成立,但意思卻大爲遜色,今舉兩例:

(1)劉大白西元 1929 年寫的《莫干山》:

朝朝暮暮,盡是風風雨雨。

挾著些雲雲霧霧,向高處噴噴吐吐。

花翻草覆,藤飛樹舞;

不管淋漓零亂,顛狂得不由自主。

記得滿山樓閣,參差無數;

怎朝也白茫茫一片無尋處,暮也黑漫漫一片無尋處?

虧它近處幾星燈火,雲霧也難遮住;

到晚來依稀透露,約略是鄰家三五。

另李季的《石油大哥》:

手握刹把一根鐵,一顆心同北京緊緊相挨。

鑽臺上一片鐵腥味,卻覺著石油芳香迎面撲來。

以上兩詩,一可讀如四言,一可讀如七言。試吟誦(注意,不唱也一樣),可發現帶點的字須輕讀短讀,不占重拍;試辨析,它們仍多添加在句首,仍多爲第二部分歸納的那幾種詞性。這難道是偶然巧合嗎?這難道不值得我們探討嗎?新詩改革的討論中,如何加強自由詩的節奏感、音樂美,如何使自由詩既「自由」又不「自由無度」,「基本整齊」以什麼爲準繩等等,一直是使詩人們棘手的問題。難道我們不能由此得到一點啓示嗎?

襯字的源流可謂長矣。襯字的作用可謂妙矣!襯字在民間詩歌運動中產生,又反過來促進詩歌、戲曲的豐富發展。古今曲家在運用襯字方面的經驗,對於我們今天的民歌、曲藝創作,乃至新詩的改革,都將有積極的意義和寶貴的借鑒作用。

(原載《淮北煤師院學報》1981 年第 2 期,《中國人民大學複印資料》複印)

試論諸宮調的音樂體制

　　創始於北宋、盛行於南宋及金元的諸宮調，是一種有說有唱、以唱爲主民間文藝樣式。我們今天能讀到的，唯有金元作品而沒有北宋遺篇：金無名氏《劉知遠》殘本、董解元《西廂記》及元王伯成《天寶遺事》零曲。後世對諸宮調體的重新認識和探索研究，自王國維先生始。在《宋元戲曲考》中，他第一次令人信服地指出：《董西廂》實爲諸宮調體。這在戲曲史研究領域，無異於發現了一塊新大陸。而後開墾這塊「新土地」較有成就的，有鄭振鐸先生的《宋金元諸宮調考》等。鄭文幾乎網羅所有當時能見到的資料，全面考察分析了諸宮調，許多結論都是準確、精到的。但在諸宮調音樂體制方面，他的「全體聯套」說，卻有誤。

　　我們知道，諸宮調結構是由一個個歌唱單位組成的──一段唱以後接一段說白處，或雖沒有說白，但唱「尾聲」處作一單位。那麼《董西廂》即有一百九十一個這樣的單位組成。鄭先生對它們的分類是：「（甲）組織二個同樣的隻曲以成者；（乙）組織二個或二個以上同樣的隻曲，並附以尾聲而成者；（丙）組織數個不同的隻曲並附以尾聲者」，他認爲「可歸在甲類者共五十三套」，「可歸在乙類者共九十四套」，「可歸在丙類的共四十六套。」兩支「吳音子」是單調隻曲，他也歸在甲類了。（均見鄭氏《宋金元諸宮調考》）

　　以後的葉德均、馮沅君先生都同意此說，葉：「它的聯套除一曲獨用及一曲一尾外，又有二曲或多曲一尾的方式。」（《宋金元講唱文學》第 16 頁）。馮：「《劉》和《董》聯套的格式約有三種：（一）一曲獨用，（二）一曲一尾，（三）二曲（或二曲以上）加尾。」（《古劇說滙》第 254 頁）

　　現今不少書籍中，更是乾脆稱「《董西廂》一百八十八套」了，如《宋代

說書史》中是。這近二百的歌唱單位當真都是套嗎？讓我們一一討論。

一、「一曲獨用」不是聯套

「一曲獨用」不是套，涉及到套曲的概念問題。何為「套」？鄭先生說：「集合同一宮調的曲調若干支，組成一個歌唱的單位，有引有尾（但也有無尾聲的），那便是所謂的『套數』。」他還進一步說：「從最廣的（或最早的）定義上看來，凡是能夠組合二支或二支以上的曲調而成為一個歌唱的單位者皆可謂為套數。在這個定義上，幾乎把許多的詞調，凡是以二段組織成者，都可謂為套數（不過套之名，僅應用於曲，而不曾應用到詞上去）。」

從上面我們可以歸為兩點：

（1）同宮調二支以上曲子，不管曲調相同與否，不管有無尾聲，都可稱作「套數」。

（2）絕大多數分闋，分疊的詞調都是套數。

鄭先生把「套數」概念擴大了。

在日常生活中，我們總把同一類型的不同事物放在一起稱作為「一套」。比如一套唱片，一套書。當然稱得起套的，首先必須具備的條件是同類，一張英語唱片和一張音樂唱片一般說來稱不上「套」。其次，它們必須是不同內容的，兩本《中國文學史》第二冊放在一起依然稱不上套。曲之套亦然。鄭先生「集合同一宮調的曲調若干支」句中「曲調」一詞前漏缺了限製詞。若添寫「不同」二字，那是套數無疑；若仍是「同一」，則無論這「若干」是多大的數目，也只能是片，是疊，像鼓子詞那樣，而不是套。

從形式邏輯的角度看，我們知道，一個概念的外延的擴大必然導致內涵的縮小；而概念的內涵越大，兩件事物的區別就越細，科學性的程度就越高。任意擴大外延會混亂事物的界限。鄭先生在最後的括號裡也指出套數之用於曲而不曾應用於詞。其實問題的關鍵不在於是否應用於詞，而是根本不能「硬」用於詞。

鄭先生的「甲類」雖沒用「一曲獨用」的說法，而用「組織二個同樣的隻曲」，事實上兩者是一樣的。如《董西廂》卷一一「套」：

〔仙呂調‧點絳唇纏令〕樓閣參差，瑞雲縹緲，香風煖。法堂前殿，數處都行遍。○花木陰陰，偶過重楊院。香風散。半開朱戶，瞥見如花面。

這是重頭。符號「○」之前後是同一牌調的重複，形成上下兩片。也有換頭的，兩片首句略有不同，他句句格則無別。因而這種形式還是「一曲獨用。」至此我們否定了「甲類」五十三組是套數。

宋金諸宮調年代，詞的影響佔有絕對的優勢。創始時的諸宮調是作為宋詞的一個流派崛起在詞壇的。宋人王灼在《碧雞漫志》上說：「長短句中作滑稽無賴語，起於至和。嘉祐之前，猶未盛也。熙豐、元祐間，兗州張山人以詼諧獨步京師，時出一兩解。澤州孔三傳者，首創諸宮調古傳，士大夫皆能誦之。元祐間王齊叟彥齡，政和間曹組元寵，皆能文，每出長短句，膾炙人口」（參見《中國古代戲曲論著集成》一卷 115 頁）。他把孔三傳與其他詞人並列，還指出他們的詞作風格相近。當時的諸宮調寫作，還會自然地採用文人詞的主要寫作習慣——單首單首地填寫，不太顧及到它們的宮調屬性。所不同的是再用說白將它們串聯，用作長篇故事的說唱。這大概便是諸宮調中如此眾多的獨曲運用，越是早期獨曲運用得越多的根源吧！

二、纏令──諸宮調的套曲

多曲一尾，當然是聯套形式。但它們與後世元雜劇中的套數，又有許多不同，並不像鄭先生所說：「諸宮調的作者們」創造的套數「這個方式，在元雜劇裡便全般地應用著。」或者「是諸宮調的作者們」給了他們以「模式」的。

第一，諸宮調套數多數在第一支曲曲牌後，加上「纏令」、「纏」、「斷送」、「實催」等字眼。如：

〔仙呂調〕點絳唇纏令→風吹荷葉→醉奚婆→尾（卷五）

〔仙呂調〕點絳唇纏→風吹荷葉→醉奚婆→尾（卷一）

〔正宮調〕梁州令斷送→應天長→賺→甘草子→梁州三召→尾（卷七）

〔中呂調〕安歌兒賺→賺→渠神令→尾（卷八）

〔仙呂調〕六么實催→六么遍→哈哈令→瑞蓮兒→哈哈令→瑞蓮兒
→尾（卷五）

由上第一、二例可見，名稱為「纏令」的和「纏」的其實是一回事。而且「纏令」和「纏」都是曲牌以外的附加物，因為兩例首曲規格完全一樣，都是〔點絳唇〕的句格。馮沅君先生在統計諸宮調所用曲牌時把〔點絳唇〕、〔點絳唇纏令〕等算作幾個不同的曲牌，誤。〔點絳唇纏令〕應理解為：〔點絳唇〕為第一支曲子的套數。

名稱「實催」的這一套，前人多有考證「哈哈令」與「哈哈令」實為一物的，可靠。那麼這一套〔六么實催〕，竟然與《都城紀勝》等所載的關於「纏達」的形式相似：「有引子，尾聲為纏令，引子後祇以兩腔迎互循環間用者為纏達。」

還有一套的情況比較特殊，那就是卷八的〔黃鐘宮〕〔間花啄木兒〕。它的表明聯套形式的字眼放在曲牌之前：「間花」。它是黃鐘宮一套曲與〔啄木兒〕曲八首的「間花」組合：

〔黃鐘宮〕〔間花啄木兒第一〕→整乾坤→第二→雙聲疊韻→第三→刮地風→第四→柳葉兒→第五→賽兒令→第六→神仗兒→第七→四門子→第八→尾

這是全篇最長的一套。現把組合簡單說明如下：

A：啄木兒曲A＋Aˊ＋Aˊ＋……共八曲（重頭用法）

B：黃鐘宮曲子一套：A＋B＋C＋D＋……（聯套用法）

A＋B＝A＋A＋Aˊ＋B＋Aˊ＋C＋Aˊ＋D＋……（間花用法）

這一全篇最浩大的聯套，用於張生對他與鶯鶯相識相愛又相離全過程的回憶。他提供的巨大容量和豐富曲調，正適於反映主人公纏綿的情懷。

這樣的在首支曲牌前後注明「纏令」、「間花」等聯套形式的共有三十六套，包括加了「賺」的套數。只有七套沒注，但也是套數無疑，共計四十三套。

至此我們可以看到，這裡的「纏令」實質上是諸宮調套數的特定稱謂。也許「纏令」這一名稱，原本就含有「套曲」的意思罷。《都城紀勝》有關「纏令纏達」的條文說：「有引子、尾聲為纏令。引子後祇以兩腔迎互循環間用者為纏達。」請注意這個「祇」字。纏達引子後「祇以兩腔迎互循環」，那麼纏令呢？纏令引子與尾聲之間是什麼呢？他沒說，但據此可以揣摹，纏令引子後就不祇是兩腔循環，它們當是若干不同牌子的一組曲。北宋纏令祇是散套。南宋唱賺是在原「纏」之套中夾入曲調更為繁複動聽的「賺」。諸宮調則是將此一套一套的曲子，搬進自己弘偉的體制，使其與一曲獨用、一曲一尾等方式攜起手來，分工合作，共同承擔說唱長篇故事的藝術使命。

第二，纏令所組之調，仍多數是詞，仍採用著詞調的傳統形式：多數用後疊（二疊、三疊乃至四疊）。這與北曲套數是不同的。試以諸宮調與北曲中之接近者比較：

諸宮調：〔般涉調〕哨遍纏令（雙片）→急曲子（雙片）→尾（《董西廂》卷一）

北曲：〔般涉調〕哨遍→么→促拍令→隨煞（元朱庭玉《傷春》套，《全元散曲》第1213頁）

最大的區別是北曲不再稱「纏令」，改雙闋的形式為單片或用么篇。

關漢卿曾有這樣一套散曲：

〔黃鐘宮〕侍香金童→么→降黃龍→么→出隊子→么→神仗兒→煞。（《全元散曲》第168頁）

《董西廂》中有兩套〔侍香金童纏令〕，所用曲牌與關作幾同。關套曲除不再稱「纏令」外，把雙闋改為么篇的形式處理。這一套多少還能看出些纏令套數的影響。

元曲中仍稱「纏令」的只有一個例子，即「陽春白雪」所收的元人呂正菴的〔仙呂〕一套：

〔仙呂〕翠裙腰纏令→金盞兒→元和令→賺尾（《全元散曲》第1129頁）

這裡雖還沿襲舊稱，但已不用詞調雙闋、三疊的形式。以上兩例，一例雖稱「纏令」而不用後疊，另一例每一曲都用么篇近似後疊而不叫「纏令」，各自保留了纏令套數的一點點遺跡。這兩例在元曲中亦是特例。從元曲的全局看到，與纏令套數的阻隔更大。

居於諸宮調纏令套數與元曲套數之間的、最先不稱「纏令」又不用後疊的，從現今能見到的資料看，是賺詞。請看王國維發現的並收進《宋元戲曲考》中的《圓里圓賺》組織結構：

中呂宮　　　　　圓里圓

紫蘇丸→縷縷金→好女兒→大夫娘→好孩兒→賺→越恁好→鶻打兔→尾聲（《王國維戲曲論文集》第49頁）

據《夢梁錄》卷二十所載：「唱賺在京師時只有纏令，纏達」。可見唱賺是發展了的纏令纏達，是添加了賺的纏令套數。但據《圓里圓賺》，我們看見它與所由脫胎的母體已有質的不同：首曲「紫蘇丸」名後已不再加「纏令」二字，全篇七曲一賺一尾，全不用後疊式。與諸宮調纏令套曲相比，《圓里圓賺》的形式上是進了一大步因而告近元曲套數的。

最後，我給諸宮調套數的結語是：諸宮調套數形式取自纏令，名稱纏令，

與賺詞、北曲套數有別；諸宮調中有套數形式，但不是主要的，遠不能概以全體。《董西廂》中聯套形式不滿四分之一，《劉知遠》更少，殘篇八十個單位中只有三個短套。《天寶遺事》只剩殘曲，比例無法計算，作者王伯成是元雜劇作者，他用寫北曲的方式寫諸宮調，因而《天寶遺事》的音樂結構不能算諸宮調之正宗。但諸宮調之合曲之法也還是有其自身發展過程的：《張協狀元》「副末開場」中全為一曲獨用的散編體制→《劉知遠》極少有套數、都為短套的形式→《董西廂》三種形式並舉，已有較為可觀的聯套→《天寶遺事》因時代關係幾與元曲同的套數形式。

三、問題的關鍵──一曲一尾

一曲獨用明顯的不是套；「纏令」式則毫無疑問是套；困難的是一曲一尾。鄭先生等稱其為同宮調兩支不同曲子組成的套數，語氣更為肯定。為了探討這一問題，讓我們先考察一下「尾」。

無論是《劉知遠》還是《董西廂》，「尾聲」都是那樣的引人注目，一是因為它運用得頻繁，一是因為它形式的簡單。《董西廂》一百九十一組曲子，帶有尾聲的有一百四十組，占百分之七十三強；《劉知遠》殘本僅剩八十組曲中，用尾聲的竟為六十八組，占百分之八十五。《天寶遺事》用得也很多。

「尾聲」之簡，也簡得大致一律。首先，它是「三句兒尾」。鄭先生曾例舉《董西廂》中十三個尾進行印證，除少量襯字、變格外，它們是七言的三句。《劉知遠》的情況完全一樣。

這祇是從字面上看到的情況。諸宮調尾聲的本質並不在七言三句上，而在它的板式、節奏。

《事林廣記》（日本翻元泰定本戊集卷二）中載有《遏雲要訣》，為南宋遏雲社唱賺之訣，云：「夫唱賺……須佔鼓板襯掇，三拍起引子，唱頭一句。又三拍至兩片結尾，三拍煞；入序尾，三拍，鬥煞；入賺頭，一字當一拍，第一片三拍，後仿此。出賺三拍，出聲中鬥又三拍煞。尾聲總十二拍，第一句四拍，第二句五拍，第三句三拍煞，此一定不逾之法。」這段話交待了唱引子、唱賺、唱尾聲的方法，尤以尾聲為詳。尾聲不僅是三句、十二拍，而且板有一定分配。此唱賺之訣有關尾聲的要求，也是諸宮調、南曲等三句尾的「一定不逾之法」。這並不是偶然的，它們有著一定的血緣關係。我們上面已經說過，唱賺的前身是纏令、纏達，纏令纏達都有尾聲；而諸宮調則廣泛

地運用纏令套數，這就自然而然地把尾聲及其用法帶進自己的體制。尾聲在字、句上稍有出入、變通之所以不以爲贅，是因爲其本質在於板式。只要鼓板來得及搶帶的，盡可以靈活地添加襯字，變通句格。

尾聲是唱的，因而它除了講究板式外，又必然與音樂關係密切。但元南北曲樂調都已失傳，諸宮調之樂曲，不是更無從得見了嗎？是的。然而我們還可以從今天尙流傳的一些說唱藝術中窺到一點消息。令人驚喜的是：今天依然活在群眾中的評彈、鼓書等古老藝術品種，還廣泛地運用著「三句尾」，這些尾聲不但依然是三句、十二拍，而且有大致相同的固定的曲調。以評彈爲例，不管是俞調也好，蔣調也好，委婉的也罷，明快的也罷，前面樂句的曲調可以差別甚遠，但一近尾聲便「殊途同歸」了，評彈老聽眾都能辯別。

諸宮調、唱賺的尾聲在音樂上也是大致固定的。請再看一遍「圓里圓賺」曲牌排列：

中呂宮紫蘇丸→縷縷金→好女兒→大夫娘→好孩兒→賺→越恁好→鵲打兔→尾聲（出處同前）

請注意，這一套中的「賺」及「尾聲」，沒有像「紫蘇丸」等其他七個曲牌名那樣，加上「╳」的符號。直排版的「╳」符號，在橫排版中都已改作「《》」「〔〕」。不管改動如何，「賺」及「尾聲」與其他曲牌的區別是顯見的。「賺」曲是一個固定的曲子。張庚同志說：「『唱賺』有一支十分獨有的曲子，叫做『賺曲』，……『賺曲』在起唱時先打幾聲板，後來就沒有板，成了散的了，到快結束時又進入板內。『唱賺』是把『賺曲』放在慢板的尾巴上，把『賺曲』唱完就變爲快板了，快板以後就是尾聲。」（《戲曲藝術論》第 84 頁）。尾聲與「賺曲」在曲調固定上當爲一致的，它們是和「引子」等稱謂並列的。

這裡還有個力證。西元 1959 年從廣東潮汕地區出土的明嘉靖本《蔡伯喈》，是藝人們的排演抄本（有影件存廣東潮劇院研究室），其中生本基本完整，是爲扮演蔡伯喈的演員的手冊，在一些唱辭旁，注有一種拖腔符號，共有九曲：第十三齣尾，第十六齣〔點絳唇〕、第三十七齣「入賺」、第二十二齣〔一枝梅〕、第二十六齣〔鳳凰閣〕、三十齣〔菊花鮮〕、二十一齣〔稱人心〕、三十三齣「番卜算」、三十九齣〔五供養〕等。這有牌名的，都是生出場所唱的引子。引子、尾聲、賺，歌唱比較複雜，因而要借助拖腔符號；但引子是由一部分宮調屬性分明的曲牌曲子充當，它們是各各不同的，因而須一一分別注出；而尾聲、賺曲，只注一處便可「舉一反三」了。要是不同的宮調便

有不同的尾聲、不同的唱法，那麼《蔡伯喈》中第三、第七、第九齣的尾聲，就無法唱了。可見「賺」及「尾聲」並非屬某宮調的曲牌，它們不屬於任何宮調，因而才能配製進任何宮調。

讓我們回到一曲一尾。按我們上面的推導，一曲一尾便祇是某一宮調的一支曲與不受任何宮調限制的「尾聲」的編排。這樣一來，《董西廂》中屬於乙類的九十四組，與屬於甲類的五十三組一樣，不能稱「套曲」了。《董西廂》一百九十一組曲，未聯成套的竟有一百四十七組，占百分之七十六左右。

當然關於一曲一尾還有問題一時難以解決，比如它是從那裡來的？一曲獨用與纏令套數的來源那樣的明確，一曲一尾的來歷對我們卻像個謎。而它在諸宮調中所占的地位是那樣顯著，使得我們更迫切地想把它弄清楚。

弄清諸宮調的結構面貌，是為了擺正其在戲曲史上的地位。歷來往往把北曲雜劇直接放在諸宮調之下。誠然，北曲雜劇在許多方面是直接繼承諸宮調的，但在音樂體制上，兩者間還有條鴻溝需要跨越。北曲雜劇一折一大套，不僅與諸宮調中為數不多的纏令套數有聯繫，而且兩者還有個質的區別：諸宮調還屬詞的範疇（雙闋三疊式），北曲套數則全然是曲的模樣了。唱賺的形式，可為兩者之中介。

南戲的音樂結構卻與諸宮調絕頂相似。若把南戲本子唱辭說白剔除，僅剩一張音樂結構的「網」的話，我們可以看到：這也是一種「諸宮調」：有著一曲獨用、一曲一尾和聯套三種形式，兩者不同在於：（1）三種形式所占比例不同，（2）諸宮調是借助「纏令」走上局部聯套的道路，南戲則是根據「聲相鄰」的音樂邏輯與諸宮調殊途同歸。南戲與諸宮調音樂體制上的近似，表明了宋金是戲曲音樂形式上的摸索階段。它們都是豐富多變的、大型的音樂體制之第一代產物。大曲、鼓子詞等的體制不可不為宏大，但前者祇是「變奏」，後者祇是「重頭」，沒能在一個體制內包容多種曲調。但諸宮調、南戲又都是兼收並蓄階段，巨量的吞飲物還不及消化，難免雜亂。任何一種藝術形式大致都得經過由散到整、由整到工，由工到麗的發展階段。諸宮調本身在音樂體制上的發展，已具由散到整的趨勢。從這一意義上說，諸宮調在戲曲音樂的形成上實在是一個非常重要的環節。

（原載《文學遺產》1982 年第 4 期）

《張協狀元》和中國戲曲藝術形式初創

　　中國戲曲藝術具有獨特的美學形式和獨特的美學價值。中國戲曲的藝術傳統是由宋元南戲和元雜劇奠定並逐漸積累的。《張協狀元》（以下簡稱《張協》）是現存完整南戲劇本中年代最早的一種。本文試圖展示其藝術綜合體的主要組成部分，分析其是如何綜合眾多藝術因素、爲後世戲曲奠定藝術基礎的。

一

　　《張協》結構龐大，風格古樸，各類表現藝術合而未化，綜合性程度顯然是不高的。然而它的最大價值亦在於此，因爲這便於我們看清到底有多少伎藝進入南戲。

　　民間小戲是早期南戲得以綜合其他伎藝的基礎。兩宋時期，民間有一種以旦、丑對面的小歌舞戲，〔註1〕這種形式在《張協》中有著完整的保存。一例在第十二齣：

> （丑作小二挑擔出唱）〔字字雙〕一石兩石米和穀，也一擔擔……
> （旦白）……（丑）唱〔雙勸酒〕……（丑）我有些好事向你説。
> （笑）（旦）小二哥，有甚事？（丑）我有……。（笑）（旦笑）且
> 説。（丑有介）（旦）有甚事，如何不説？（丑笑）我要説，又怕
> 你打我。（旦）我不打你，你自説。（丑）我爹和我娘教你與我做
> 老婆。……（旦唾）打脊！不曉事的呆子，來傷觸人，打個貧胎！

〔註1〕見張庚《戲曲藝術論》，一章三節。

（打丑）（丑叫）好也，保甲，打老公！老婆打老公！（旦）作怪！

我嫁你！看牛骨自不中，三分像人，七分像鬼。（丑）我像鬼？鬼

頭髮須紅……。

上例歌唱中「也一擔擔」之尾句重疊，表演中丑角的呆語、傻笑，旦角的潑

辣，動手打丑，有著民歌與民間小戲的喜劇色彩。另一例旦、丑對面的戲在

第二十六齣，丑扮小二用民歌〔吳小四〕來笑話癡心的貧女，加重了貧女的

悲哀，她也交替唱了兩首〔吳小四〕來抒發自己的心情。這一例，以唱為主，

完全是民歌的唱法。

《張協》中也有不少表演是對宋雜劇的繼承改造，有的場面是宋雜劇的

片斷。如第八齣、第十九齣幾段淨末對面的戲。《宋金雜劇考》指出，第二十

四齣，實際可稱「賴房錢麻郎」：一段「賴房錢」的滑稽表演，夾有〔麻郎〕

的唱曲，與《武林舊事》所載「官本雜別段數」中「賴房錢啄木兒」當為同

類短劇。

《張協》中用得最為頻繁和喜劇效果最好的是淨、末、丑三對面的戲。

這種形式當是旦丑對面的民間小戲與淨末對面的宋雜劇結合、演變而來的，

因為淨、末與丑只有進了南戲才得以見面。如第十齣淨、末、丑分扮神、鬼、

判官的表演，末、丑裝門的表演；第十六齣淨、末、丑對面，丑「弔身」做

桌子的表演；及二十一齣末、丑對面，丑將末當椅子坐的鬧劇，都顯然既不

是宋雜劇的格式，又不是民間滑稽歌舞的品類，而是南戲結合二者的一種創

造。南戲滑稽表演都帶有民間小戲古拙的風趣。

《張協》以及整個南戲所包含的歌舞類也帶有民間與傳統藝術兩方面的

影響，首先是民間「舞隊」。《武林舊事》卷二「舞隊」條所載名目，如「快

活三郎」、「快活三娘」、「四國朝」、「喬捉蛇」、「麻婆子」、「竹馬」、「交袞鮑

老」等等，這些為舞蹈伴唱的曲子後來被大量吸收進南戲，從〔快活三〕、〔四

國朝〕、〔喬捉蛇〕、〔麻婆子〕、〔竹馬兒〕、〔川鮑老〕等曲牌，可以看清它們

的承襲關係。「快活三郎」在單項演出中一定是男扮的，「快活三娘」則女扮，

南戲在採取其曲調時，捨棄它們對於男女演員的規定、於是就成〔快活三〕

了。

大曲在南戲中有兩種用法，一是「拆零」使用，取其單個曲牌入戲，與

其他曲牌混合使用；二是截裁使用，往往截裁「入破」以後的樂曲片斷，有

長有短。《張協》第十六齣有〔後袞〕、〔歇拍〕、〔終袞〕三曲的集中排列，正

是大曲「入破」的一個片斷。大曲「入破」以後是歌舞並作的，南戲每每截用「入破」之後，與載歌載舞的風格一致。

《張協》接受說唱的影響也是明顯的。對戲曲來說，光有歌舞中的歌唱是不夠的。歌舞之「歌」，長於抒情，但無夾白；說唱之「唱」，長於敘述故事，但不起舞。而戲曲則是歌、舞、白三項兼須的。

諸宮調這一說唱形式組曲之法有三：1、一曲獨用 2、一曲一尾 3、數曲一尾聯套。其中第 1、第 3 種，南戲中相應者隨處可見。錢南揚先生曾舉《張協》第三十一齣、三十四齣兩例然後分析道：「這種形式，很明顯是出於諸宮調，只要看《張協》第一齣的第一段諸宮調，也都是引子加一段說白。」〔註 2〕諸宮調數曲一尾是套數。由於唱賺的加入，使原先短小的套子擴大了編制，樂曲也更美了。《張協》中也已有這樣比較高級的套數了：

生上唱南呂引子〔薄媚〕，旦接唱，合唱；生旦分唱南呂過曲〔紅衫兒〕四遍，〔賺〕、〔金蓮子〕二遍，〔醉太平〕、〔尾〕——第十四齣這已是十分完備，十分大型（全套十曲）的聯套形式了，但為數極少。

一些與戲曲藝術關係較遠的伎藝，早期南戲在綜合中也沒將它們漏遺。如說話、武術、雜耍。《張協》第五十二齣：「（淨在戲房作馬嘶）（淨出）看官的各人兩貫酒錢。謝頒賜！喏、喏、喏！（末）都是你一個。」這完全是說書人的聲口。說書人往往一人要兼幾個人的身份。面左時算一人，面右時為另一人，來回轉身、憑發音語調的差異來完成一場對話。這裡賞酒錢的是一人，謝賞的是另一方。「喏、喏、喏！」是摹仿賞錢人在換個發錢。說書人還要模仿各種動物的叫聲。《張協》中對淨角也有同樣的要求，除了此齣有「作馬嘶」外，另有兩處學犬吠、學雞鳴，堪稱一位口技演員了。另第八齣有吹牛過客舞拳弄棒的表演。四十八齣淨、丑兩角則邊以諢語相逗，邊對打對踢。《張協》將此「打野呵」之藝亦收取入來，可見其綜合面之廣和民間藝術的本色。

由《張協》我們看到了眾多伎藝進入早期南戲的基本情況，在此以表結之；後世所謂的「唱、念、做、打」四因素，在早期南戲中業已齊全。

〔註 2〕見錢南揚《戲文概論》第 206 頁。

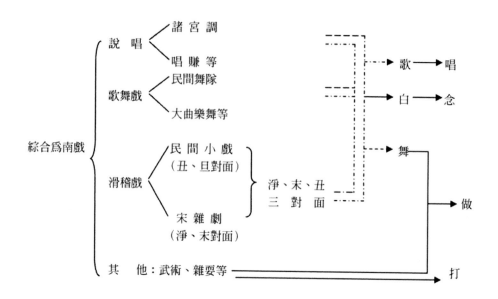

二

《張協》是怎樣綜合如此眾多的伎藝，組成自己新的藝術體制的呢？讓我們看看其中綜合得較爲全面的重場戲第十六齣，以求「窺一斑見全豹」。

第十六齣敷演張協與貧女成婚的場面。可分以下幾段：

（1）淨做「神」出唱〔剔銀燈〕，末（大公）出唱〔大影戲〕、丑作小二出唱〔縷縷金〕、生上唱、旦接唱〔思園春〕，謂之出場。至此生、旦、淨、末、丑五行角色齊全，各人唱一支符合身份的曲子報家門，神想著要供，大公在安排酒席，小二一心想著早點吃，張協、貧女今日成大禮，夫唱婦和，山誓海盟。

（2）設酒敬神，先是淨扮之「神」三番五次偷吃偷喝，諢演一陣，接著張協貧女分別唱〔菊花新〕、〔後衰〕以曲禱祝，兩曲之間又有神偷吃，小二受冤等情節，丑委屈地唱起了〔歇拍〕，淨接唱，最後由生、旦合唱〔終衰〕：「似鸞鳳和鳴」，「效鶼鶼比翼」。

（3）淨、末、丑下場後，生旦分唱合唱〔添字賽紅娘〕共四曲，燕爾新婚，竊竊私語，一告誡「休得要忘卻奴厚期」，一發誓「不須要慮及辜我妻」，而四個「願得……」的合唱，則是兩人共同的心願。

（4）敬完神後就是人的宴席。淨（原扮神）下場改扮李大婆，於是李姓

一家三口與新婚夫妻共慶大喜。擺宴席無桌子，淨、末哄丑來充當，丑「弔身」做桌，可還忍不住要與旁人對話，且在下面不斷偷吃。兩首〔排歌〕是生旦、淨末分唱的，表席間客套，一示謝媒，一示祝賀。最後吃完，丑一起身，「桌子」便不見了。

此一齣各種表演齊全。第一段唱曲予引出各色，類說唱把人物一一交待給觀眾；第二、四段都是摻雜歌唱的滑稽小戲，已不是純粹科白的簡單形式；第三段從劇本看以唱為主，是歌舞之「歌」（一曲復用）的唱法，必為歌舞齊作。

僅此一齣，便有如此眾多的藝術表現手段構成。在戲曲尚未綜合成形之前，瓦舍內的表演往往有著分工，此棚專上歌舞，那棚只演雜劇。人們要想觀賞如此豐富的伎藝，必須跑許多勾欄、許多戲棚。即使宮廷官府演出，雖節目豐富，但也祇是按次序一個個來，由「竹竿子」報幕，類似今天的聯歡，與瓦舍分棚表演性質一樣，都是單項表演。而南戲觀眾只須坐在一處，便能同時領略到美妙的舞蹈、滑稽的科諢、動情的說唱，這對於當時當地的觀眾來說，真可謂大飽眼福了！

《張協》綜合性表演與南戲前各類表演的主要區別、《張協》能在同時同地進行如此豐富的表演的全部秘密，用兩個字便能包括：借故。按社會習俗成婚前不是要敬神麼？那好，民間社火裝神弄鬼的表演便可搬入，向神禱告的唱曲便可設計，人扮之「神」偷吃供品等，也能作為串插之科諢，供人笑樂；按人之常情新娘新郎成婚之際不都有滿腹心曲要傾訴麼？那麼，在此安置載歌載舞的抒情場面，借男女主人公抒發情懷，表現生旦二角的歌喉舞姿；設酒不是要擺席麼？那好，滑稽小戲中以人擬物的表演便有了用武之地……。雖然像神偷吃供品，小二充作酒桌等，在現實生活中是不可能的，對於這一齣主題「成婚」來說，也不是必須的場面，與人物性格塑造更是無涉，全部刪去也毫不影響故事進展，但只要能借著因的，不管是遠是近，都要來露一手。這便是《張協》及早期南戲的特點，也是它們之所以如此龐雜的主要原因。這類例子在《張協》中實在很多。

我們不準備在此評論這種現象屬先進或是落後，這與論文的本意關係不大。我們祇是想憑此窺視中國戲曲最初階段的概貌。在早期南戲那裡，反映社會生活的戲劇故事，還只像是剛剛取代「竹竿子」的職能，為連結眾伎藝而出現在舞臺上，故事在早期南戲中是第二位的，不是「內容」決定「形式」，堪說「形式」決定「內容」：藝人們會多少伎藝，就編多長故事，會舞槍弄棒，

故事中就有武打，會裝神弄鬼，故事中便出神鬼⋯⋯。《張協》已不是南戲最初面貌了，但各類伎藝「借故」表現自己的意味仍然很濃。各類伎藝是借助故事而聚到一起的。南戲創始時的本意不主要在重現歷史、反映生活、揭露社會、刻劃人物性格，而在於表現，表現豐富多彩的藝術手段，文武不擋的藝術本領，表現綜合性的藝術美。

南戲發展後，由於綜合於一體的各類伎藝與表演故事的使命的接近，「借故」的意味不很顯著了，但其精神還在。表現藝術具有相對獨立性和單獨欣賞的價值，這一特性，一直保留在中國戲曲中。

三

在以上兩部分的基礎上，我們將進一步分析總結：《張協》究竟在哪幾方面影響後世，成為千百年來中國戲曲美學原則和藝術規律的始端的。為了論述上的清楚方便計，我們准備採用回望式的「追溯」的方法和分題論之。

1、公開題旨，公開劇情，承認戲是假扮的。

坦白承認戲是假扮的，是中國戲曲不同於電影、斯坦尼話劇體系的一大特點。話劇製造「第四堵牆」，製造「正在進行的生活」的幻境，中國戲曲則常用公開的和暗示的辦法，告訴人們，「我這是學給你看的。」

「自報家門」是承認演戲的最直接的方式。在南戲劇本中，「副末開場」是劇作者的「自報家門」，是全劇的總報家門。這一傳統由《張協》開創。

《張協》的開場十分冗長：末上場念一首〔水調歌頭〕，又一首〔滿庭芳〕；說唱諸宮調一段，由五首曲字五段說白組成；再賣一個「關子」，引出「末泥色」（即生角）；生上場後仍不急於進入角色，卻與「後行子弟」（樂隊及後臺人員）對話了六、七個回合，邊唱邊舞了一段〔燭影搖紅〕，然後才是「祖來張協居西川」的自報家門，開始敷演。《張協》開場諸宮詞體現了說唱向戲曲過渡初期作品的痕跡。這樣，《張協》實有兩個開場，一為「副末開場」，主要是諸宮調一段；生上場後實際又「開」了一次：用〔燭影搖紅〕斷送，類似宋雜劇的「豔段」。另幾本南戲《宦門弟子錯立身》、《小孫屠》、《白兔記》和《琵琶記》，還有近年出土的明宣德抄本《劉希必金釵記》，它們的「副末開場」都已簡明，但基本精神仍與《張協狀元》同，皆由三部分組成：劇作者生活觀、戲劇觀交待；前後臺問答；劇情概要。

宣揚「及時行樂」是南戲「副末開場」的通例：

> 「韶華催白髮，光景改朱容。人生浮世，渾如萍梗逐西東」。——《張協》開場，〔水調歌頭〕
>
> 「白髮相催，青春不再，勸君莫羨精神。賞心樂事，乘興莫因循」。
> ——成化本《白兔記》開場，〔滿庭芳〕

這些宣傳，其實強調的是演戲的作用，因而可將它們看作戲劇觀，娛樂消遣，調劑精神。

其次，自誇劇本和伎能的高超。

> 「教坊格範，緋綠可同聲。酬酢詞源譚砌，聽談論四座皆驚」。
>
> 「精奇古怪事堪觀，編撰於中美。真個梨園體，論諧諧除師怎比？
>
> 九山書會，近目翻騰，別是風味」。——《張協》開場
>
> 「想像梨園格範，編撰出樂府新聲」。——《小孫屠》開場

連《琵琶記》也不例外：「驊騮方獨步，萬馬敢爭先？」

南戲開場的自誇之辭商業化味道甚濃，尤其突出對自己表演伎能的誇耀。這與它們在勾欄內成長、勾欄內出賣是分不開的。戲曲之說明書出現得很晚，南戲要招攬觀眾，一靠貼「招子」，一靠「開場」宣傳，作口頭廣告。這一傳統沿續得很久，今天福建梨園、莆仙戲傳統劇碼都有「頭出生」，是南戲「副末開場」之餘緒。

再次，便是介紹劇情概要了。《張協》以諸宮調介紹劇情，賣一關子把故事截斷，因而是不完整的。後期南戲發展為以一或兩首詞介紹劇情，簡潔而完整。

為什麼要把劇情公開，事先告人？這在話劇等形式中是不太能理解的。這又是由中國戲曲藝術的表現性所決定的。表現藝術（唱念做打的綜合運用）往往凌駕於再現故事之上，而居首位，具有獨立的美學價值。它們往往不以劇情炫耀，不以劇情取勝。為了突出藝術形式，讓觀眾在欣賞時多把精力集中在「怎樣發生」而不是「發生什麼」上，他們是不惜，或謂盡力先將劇情披露出來的。明白了這一點，也就弄清了南戲開場的特殊效用。

2、角色改扮及其寫意特性

角色行當，是戲曲造型藝術的中心，又是集合各姐妹藝術手段的紐帶。南戲行當一般有七項：生、旦、淨、末、丑、外、貼，已確立以生旦為主的行當關係，但淨丑的地位一直很顯著。以至近世，南戲後裔及別一些地方劇種中，仍有「三小（小生、小旦、小丑）當家」之說。由於北雜劇一人主唱，淨末丑

次角便較難得到發展；南戲各角都能唱，相應的說白與表演便也更多些，淨丑角色是在南戲中首先得到發展的，這也可稱南戲的一項特點，一項貢獻罷！而淨末丑頻繁改扮，寫意的造型特色，可謂特點中的特點，不得不論。

淨、末來自宋雜劇，丑來自民間小戲。南戲讓這幾個「活寶」三對面，演出了豐富多彩的喜劇場面。淨由在宋雜劇中與末對面，轉而更多地與丑對面，丑、旦對面也少了。這一傾向在《張協》中已露端倪。

中國戲曲慣以最經濟的物質手段反映繁複的社會生活。《張協》中的淨、末、丑改扮著實達到了「以一當十」的程度。淨扮演李大婆、神祇等十幾個人物，丑也扮了呆小二、小鬼等，還有宰相王德用。

為什麼說他們必然是通過改扮來擔當這些人物塑造的任務的？為什麼可以肯定不是很多演員分扮的？

首先，全劇五十三齣，沒有一處是兩淨扮人物同臺，或兩丑扮人物照面的，末也是這樣，這與元雜劇不同。值得注意的是，有些按劇情本該出場的人物，因這一角色妝扮為他人已出現在臺上了，於是便找藉口不出場，在後用其他手段補救。第十四齣張協向貧女求婚不遂，請李大婆（淨）說合，貧女回答第二天拜神擲杯後再說。按理，第二天（十六齣）祭神，李大婆作為媒人是必到的，但此刻臺上不可缺少的「神」亦得由淨扮，場面上只得沒有李大婆了。於是在十四齣結尾處，大婆對大公說：「明日公公辦些福物，婆婆辦一張嘴兒」。意謂她要等敬完神後再來吃酒。果然，等神「隱去」，大婆才出場。

以上是從空間關係上看到的情況。從時間關係上看，這類角色在串演各種不同的劇中人過程中，都有一定的時間間隔。還以上例為例拜神後神（淨）下場，中間隔生旦對唱合唱五曲，曲間各有說白，然後才是淨扮大婆上場。改扮還有規律可尋：由男劇中人改扮女的時，間隔最長；改扮人物性別、身份、年齡相近時，間隔較短。第二十七齣王勝花刺絲鞭選「東床」，照理說父親王德用應在場，他夫人也說：「教相公親遞絲鞭多少是好」。但由於丑角二十六齣末尾才下，演的是呆小二，與王德用年齡身份大異，一下子出不來，故讓末扮堂後官這樣勸慰夫人：「明日相公別作道理」。這其實也是解釋給觀眾聽的。果然，王勝花刺鞭不遂，其父這才出場找張協交談。

後期南戲劇中人較為集中，但改扮的做法一如即往。尤其是在滑稽穿插較為明顯的場次。《琵琶記》第十六齣丑改扮四次。且有一提示中寫道：「〔丑

換扮上唱〕」，一個「換」字將改扮秘密透露了。

南戲改扮如此頻繁，造型必十分簡單，至少淨末丑三角如此。這樣的舞臺人物造型與觀眾的審美趣味關係很大。觀眾並不反感在這個劇中人臉上看到那個劇中人的影子，相反地，一個演員能有多種發音語調、步履動作、服飾扮相，他們感到的是莫大的藝術享受。演員從不忌諱表現，甚至將改扮的謎底交待，是因為有「知音」懂得讚賞這種表現。今天，這種不完全化妝、頻繁改扮的如北之「摸帽戲」，南之滑稽戲，依然擁有千百萬愛好者。演員與觀眾間有一個默契，誰也不會對這種寫意表演挑剔。梨園戲、川劇高腔等傳統劇碼，也還局部地保留這種改扮。《荔鏡記》「睇燈」一場，規定由生扮五娘，且扮媒婆，改扮之法已及生旦主角。這種近乎遊戲式的改扮當然不是為了玩笑，而是為了——與許多其他藝術手段一樣——表現。川劇《情探》，王魁拋棄桂英，再婚相府，扶他入洞房的丫環，正是由扮桂英的旦改扮的。這將王魁嚇了一跳，正好表現王魁再婚心虛眼花。這種改扮，已為揭示劇中人的心理狀態服務，更為高超。

3、虛擬表演及其演變

中國戲曲的虛擬表演是一大特點。這一特點亦早在南戲中濫觴。

早期南戲的舞臺佈景是名符其實的「空無一物」。景物環境也靠人來表演。請看《張協》中以人作道具。

以人做門。第十齣「古廟避難」，淨（廟神）、末（判官）、丑（小鬼）在廟內商量，為助張協避寒，讓判官小鬼暫充作門。廟神要求說「開時要響，閉時要迷」。過後貧女到來，張協已插上「門」，貧女敲「門」，正敲在小鬼身上，小鬼忘卻自己門的身份，開口求告貧女敲另一扇（判官）。

以人做桌。第十六齣「李大婆為媒張協成婚」。設宴歡慶，四周無桌，淨（大婆）、末（大公）哄丑（小二）「弔身」做桌。他們還「安盤在丑背上」，儼然是真桌子一樣。

以人做椅。二十一齣「王府設計勝花婚事」，丑扮王德用，急著要堂後官（末）搬椅子來坐，一時找不到，便把他「拽倒」作交椅。

到《白兔記》、《琵琶記》時代，仍然有這種表演，前者有以人做案板，後者有以人作秋韆。

南戲以人作道具不光是因為缺少道具，以人擬物本身也是一項表演：滑稽表演。像末、丑裝門，又不甘寂寞，互相指責。以人做桌的丑每每偷吃「桌」

上的酒荣，害的席上之人驚疑猜忌。以人擬物後來成爲南戲系統保留的一項滑稽表演。直至現代，莆仙戲《包公審門鬼》中仍然有小鬼裝門的表演。當然後世戲曲以人擬物祇是作爲「餘興」被保留著，不像早期南戲那樣運用的頻繁。

早期南戲中的以人擬物，是宋雜劇進入南戲尚未融化的痕跡，是爲搏人一笑故意出的洋相，就戲劇性程度言自然不高。後來除偶爾用用外，總的向兩處發展而去：一是由實物出面，比如桌和椅；二是虛擬表演，比如開關門。像《小孫屠》表演孫必成酒醉伏睡，《琵琶記》表演蔡伯喈彈琴，都是需要桌椅的，由實物替代以人擬物；但像案板、像秋韆架，是舞臺上不常用的東西，還保留有草創期幼稚而有趣的表演。

以人擬物表演的另一途，變爲虛擬表演。在虛擬表演剛剛出現，人們對其還不熟悉之時，以人擬物能對觀眾起到一種「導引」作用，《張協》中先有第十齣「以人做門」，在敲門開門時裝門者嘴裏發生「蓬蓬蓬」、「泓」之類的音響，然後在第三十五齣中，就不再有「門」了，就不必再有「門」了：淨、末充當門子，將貧女趕出門後，「閉門介」，必用手做用力關門狀，同時嘴裏發出個「泓」的聲響，一如第十齣中的。有了這樣的過程，觀眾對此就不會覺的太突然，看不明白了，虛擬動作比有實物的舞臺動作要求更高，要求十分的準確，又有藝術加工，所以虛擬表演是更爲高超的表演。它沒有實物可以借助，只能借助觀眾的想像力和審美經驗。而幼稚落後的以人擬物，一開始正啓發了觀眾的想像力，引導觀眾積累這種審美經驗。

「趨馬」的虛擬表演一直被人們當作典型提出。揚棄馬的實形，借助馬鞭，靠著演員準確而又誇張的動作，幫助人們想像出座騎來。北雜劇有以竹馬來表演的，戲曲史著作多說現今「趨馬」是以北劇發展演變而來。但南戲自早期始，已靠虛擬表演來反映騎馬了。《張協》第四十五齣有這樣一段：

「……（末）相公下馬來。（丑）幫幫八幫幫。（叫）具報！（末）
　　具報甚人？（丑）下官下馬多時，馬後樂只管八幫幫幫。……」

其實馬後樂「奏」者與騎馬者只爲一人。這是靠對「馬後樂」的摹擬來啓發人們聯想的，演員必摹擬騎馬與下馬的動作，又怕觀眾不理解，於是以上面一段對話解釋，「導引」的作用亦十分明顯。現今戲曲中虛擬騎馬的表演當也有南戲傳統的因素。《琵琶記》第九齣「墜馬」，寫意程度更高，至今還能在許多地方劇種中看到這一片斷。

可惜的是，由於沒有直接的表演資料，早期南戲虛擬表演舉不出更多的實例。但今天在說明中國戲曲虛擬表演時常舉的開關門、上下樓、騎馬、乘船的例子中，已四中有二。「虛擬」這一精神，當是從南戲起便已確立。

4、靈活的時間空間調度

任何戲劇，當它想把一段故事搬上舞臺，總要遇到現實生活無限的時空與舞臺有限時空的矛盾。有的讓「無限」服從「有限」，用舞臺時空這一框框去套束所要反映的社會生活，「三一律」、「第四堵牆」的表演即屬此類；中國戲曲是無視舞臺束縛的，是變束縛爲自由的，是意興所致無處不可以到、無時不可以達的。表現了特殊的、藝術化的時空觀念。

中國戲曲由歌、舞、白三方面組成，對於時間、地點的披露，也常用這三種手段。

（1）用說白、念誦交待。

第九齣張協被刺傷後，末作土地公公將他叫醒，給他指了下山的路徑。張協憂愁地唱道：「只得扶病起，下山呵」，只聽「（末白）唯，前面來底甚人？（生轉身看）（末）見子災害扶取君，依然足下起祥雲，從容伸出拿雲手，提起天羅地網人。（末下）（生）感得聖道去也！只得山根試叩門……」念誦時，張協與土地必然要做出些騰雲駕霧的姿態來，四句念誦後便由山上來到山根。這是念誦與舞蹈化動作結合來交待空間轉換的。其他各本南戲類似例子很多，有的作「穿長街，過短巷，這裡便是。」更爲簡單。一味寫實的戲劇是不可能有如此轉換的，他們只能把時間空間拘謹在客廳式的場景中。

（2）用歌唱交待。

第十四齣「張協赴梓州任」，四首〔上堂水陸〕是由張協與堂後官、腳夫們獨唱合唱的，表京城到任所途中的景換地移、辛苦勞頓：

〔同前〕（末唱）回首望帝京，（合）水村隔住。（末）長亭共短亭，（合）休斟綠蟻。（末）恩官教你快行，（合）領召旨。（末）目即便離京城，（合）不覺過一里又一里。

〔同前〕（丑唱）行的氣喘。（合）肚中饑餒。……

〔同前〕（淨唱）江陵在眼前。（合）五雞山至：……

四曲後，時間便由白日轉爲黑夜；「時聞得猿猱之韻，夜月輝輝」，地點已由京城轉爲五雞山下。可以想像，演員們一定走了四個圓場，像今天戲曲舞臺

上常看到的一樣。這樣的時速，顯然不是生活的眞實，但它也有依據，依據劇中人心理情懷：張協得官後，赴任心切。中國戲曲中另一種時間的變速是化短爲長，把人物感情豐富的瞬間用長段歌舞、慢調吟誦演繹開去。

（3）用舞蹈象徵轉換。

那些一、二人出場，基本歌唱、絕少說白的場次，往往是歌舞並作的。不少時空調度正是在這些載歌載舞中完成的。如第三齣貧女一邊自歎一邊行進：「村落無人要廝笑」，正是在歌舞中從「村落」「桑麻徑里」，走到古廟前來。

中國戲曲之所以能用說白念誦、歌唱舞蹈來推動時空轉換，與它計白爲黑的舞臺原則有關。這種背景所顯示的時空只有朦朧的、寫意的意味，時空可以根據演員的表演而流動。臺上空無一物，說河則水流淙淙，說山則怪石嶙峋；面對同一張桌，置燭則是桌，往上一躺呼聲大作，則儼然是一張床了。布萊希特對中國戲曲靈活的時空調度很感興趣，他認爲中德戲劇時空觀念有不謀而合之處。但用載歌載舞、唱念做綜合的表演手段來調度時空只能爲中國戲曲所獨有。

5、獨特的演員、角色、觀眾三角關係

任何戲劇藝術都不能把觀眾因素排除在外。然而在如何重視觀眾因素的具體做法上，卻呈現了兩種截然不同的體系。斯坦尼體系要求演員與觀眾間要有堵「牆」，布萊希特則提出「打破」這堵「牆」，中國戲曲是從來也沒有這堵「牆」，因而也無須「打破」的。古老的伸出型舞臺連側面的兩堵也沒有。歐洲傳統話劇不允許演員與觀眾「對視」，中國戲曲不但允許，而且臺上的不少說白歌詞是直接對觀眾而發的。在這樣的時候，演員實際上已「脫離角色」，因而中國戲曲不僅演員與觀眾之間的關係是獨特的，演員與自己扮演的角色之間的關係也是獨特的──不要求完全的「化身」，若即若離，有出入角色的自由。爲此可將演員、角色、觀眾三者的關係放在一處論述。

南戲演員不是一上場便入戲的。「副末開場」的這位副末與劇中人還毫無瓜葛。他祇是作爲「報幕人」來與觀眾交流的。「副末開場」是全劇篇幅最大、儀禮最繁的與臺下交流。它的作用是；

（1）打「招呼」。像《張協》中的「暫息喧嘩，略停笑語，試看別樣門庭」。《小孫屠》「喧嘩靜，佇看歡笑，和氣藹陽春」。成化本《白兔記》、宣德本《金釵記》讓諸位做錦帳錦被包涵的話，皆爲打招呼。又，《張協》中「似

恁般說唱諸宮調，何如把此話文敷演？」則是徵求意見式的。

（２）點明題旨，交待劇情。「副末開場」中慣用兩詞分擔這兩項任務，前面已談。開場前的四句題目，不論是貼「招子」的也好，或像有的人認爲由副末念誦也好，都是爲了向觀眾點明題旨。

（３）交流觀點，爭取「知音」。開場中生活觀、戲劇觀宣傳，都是劇作者爭取「知音」的手段。《張協》及許多南戲作品注重戲的娛樂性，《琵琶記》則宣稱：「論傳奇，樂人易，動人難」，「不關風化體，縱好也枉然」。作者要改變戲劇有傷「風化」的傾向，也是先向觀眾交流，爭取自己的劇作連同自己的主張都能爲人們接受和歡迎。

《張協》中主要劇中人的面貌、遭際、思想等，是唱「引子」和「自報家門」首先向觀眾交待的。像張協第一次出場時的定場詩：「祖來張協居西川，數年書卷雞窗前。有意皇朝輔明主，風雲未際何厭厭……」，又，第十三齣勝花的自我介紹：「〔金錢子〕桃杏儀容，不覺又年笄歲。……（白）……奴家爹爹王德用，身爲宰執……」又唱又說，將人物的出身經歷、思想情緒儘先公佈。

由《張協》等早期南戲開創的這種「自報家門」，一直延繼至今。「自報家門」之時，一般臺上還無他角，演員在是直接向觀眾說話。

南戲的「下場詩」，也是劇情線以外的東西。它們與報家門的「定場詩」前後呼應，或爲觀眾總結一齣戲的段落大意，或提醒觀眾這齣戲的中心何在，具承上啓下作用。像《張協》第十齣的下場詩：「（生白）衣糧全無眼下憂，誰知今日禍臨頭！（旦）愁人莫向愁人說，（合）說與愁人輾轉愁。」將整齣戲的劇情和人物感情概括地重現。

除開場、報家門、下場詩等理所當然的線外之物外，在表演過程中，演員也會常常脫離劇中人身份，說一些局外話給觀眾聽。如第八齣淨（過客）與丑（強人）剛一照面，末（同路人）見他們劍拔弩張，便一下脫離劇中人身份道：「尉遲間著單雄信」。以前代兩好漢的拒戰比喻眼前將要發生的格鬥。從內容和語氣看，必是末角對觀眾直接說的，像說書人經常做的那樣。

南戲不向觀眾保守劇情「秘密」。除以上所述外，連演員改扮的「謎底」也不時地交流給觀眾，很有異趣。先看《張協》第五齣，淨扮張母，一齣場便怒氣沖沖：「噯，叫副末的過來！」其實她在喚家人。不以劇中人名而以行當名稱相喚，透露了這位家人是由「開場」的那個副末、前後場扮張協友的

那個副末改扮的。這為第一種：由他人揭穿。

更多的是自我揭露。第三十三齣，貧女欲赴京尋夫，臨行去古廟求神，遇末扮李大公，貧女與他作別，又說要找大婆告別，此時，「神」突然說話了：「不必去，我便是亞婆」，末告誡：「休說破」。第三十八齣，貧女被張協打離衙門後回來，向廟神哭訴後，「（旦拜）（淨當面立）（末白）它拜神，你過去。（淨）我過去？神須是我做！（末）休道本來面目」。（按：此時淨扮李大婆）。這兩個例子可以互證，說明扮神的與扮李大婆的是一個「淨」，淨自我「坦白」後，末的制止則進一步提醒觀眾想起他們的「本來面目」。南戲演員不但不怕觀眾看出他們改扮的痕跡，簡直是在引導看清這一點。中國戲曲的情趣真是獨特！

至於男女改扮，也有交底的。第十六齣淨唱「步三寸金蓮」，末揭露「一尺三寸」，三十五齣旦說道：「奴家是婦人」。淨問「婦女如何不紮腳？」可見亦由男演員所扮。用交「謎底」法告訴觀眾一些表演規則。劇中亦有實例。《白兔記》第二齣，劉知遠去史弘兆家，丑（史妻）滿口諢話，末（史）提醒她：「諢不過三」。這正是他們插科打諢的一項規則。

南戲歌曲中那些點題式，局外人評論式的合唱，其實也是臺上臺下的一種交流。三十二齣勝花投絲鞭擇夫未成，惱羞交加的那幾段〔雁過沙〕，都有「被人笑，嫁不得一狀元」的合唱。這曲句即是勝花的內心活動，又是觀眾的心聲。

南戲主要來源有三。這種臺上臺下交流亦來自三途。歷史上最古老的滑稽戲古優，作即興的諷諫表演，例與自己的觀眾兼諷刺對象用語言交流；歌舞如《踏謠娘》之和歌，話本的「按喝」：「看官」，如何如何，諸宮調中的「那是誰？是誰？」的設問，都是一種交流。滑稽戲、說唱、歌舞都還基本無有演員與角色的關係，因此與觀（聽）眾交流是容易的。三因素進入戲曲後，出自代言體敷演故事，按理說臺上臺下交流是困難了。但富於創造的南戲卻化此特殊的困難為特殊的便利，創製了一整套定點與不定點交流結合，不忙於進入正劇，適當時機脫離角色等方法，在一定程度上保持了滑稽短劇、歌舞、說唱的特點。布萊希特稱之為「間離效果」，不管「間離」二字用得是否妥當，這樣的「效果」卻是存在的。

結　語

《張協》為後世戲曲提供了有益的經驗，開創了藝術形式，確立了表現

藝術第一性，相對獨立性、并由此產生演員中心、表演中心的原則。我們看到，借助一個《張協》故事，有多少藝術形式得以表現：付諸於聽覺的音樂、歌唱、念誦、說白、諢語、口技，付諸於視覺的舞蹈、科泛、造型、舞臺佈景、武術、雜耍等等。中國戲曲又具有人物造型、表演動作的寫意、虛擬性，舞臺時空的假設性及調度靈活性等特點。演員不完全化身於劇中人，表演不與臺下隔絕。

其實，西方戲劇一味求眞的風氣，也祇是這九十多年中盛行的。十二世紀到十九世紀，在西歐廣大地區，例如在英國，流行的也是廣場演出，也是假面劇，也是一桌兩椅式的簡單佈景，也是自報家門式的不與臺下隔絕的表演。中國戲曲與他們的不同，在於把這一傳統堅持了下來，發展了起來。當西方在一味求「眞」的路上越來越狹窄，不得不高喊「Let play be play」，「打破第四堵牆」時，回首一望，中國戲曲已發展到爐火純青、無與倫比的地步。難怪他們要驚呼這「古老而新鮮的藝術」是他們夢寐以求的理想，將會給他們帶來「戲劇形式的革命」。〔註 3〕今天我們回顧中國戲曲藝術形式與美學原則的創始，尋求其原始粗糙而有生命的源頭，正是爲了更好地保持與發展中國戲曲的民族形式和民族風格。

（原載《上海師範大學學報》1983 年第 4 期）

〔註 3〕見張眞《戲曲人物散論·跋》。

宋元南戲音樂歌唱三題

　　宋元南戲的音樂歌唱是一個很值得研究的課題。自徐渭至今的一般戲曲論著都認爲：南戲音樂歌唱的成就遜於北雜劇，這自然是不容置疑的。但同時我們又不得不承認：就對後世戲曲音樂的影響而論，南戲卻遠勝於北劇。爲什麼會產生這種成就與影響的不平衡現象？南戲音樂歌唱憑什麼對後世戲曲發生深遠影響？對這些問題的探討無疑是有意義的、令人感興趣的。本文所擬之題，遠不能解答以上問題，只能作爲引玉的三塊小磚，以就正於諸位專家。

一、南戲音樂歌唱的兩大來源

　　宋元南戲的藝術形式，主要源自於三途：滑稽戲、歌舞戲和說唱。由於南戲最早劇本的散佚，徐渭所謂的純以「村坊小曲而爲之」和「宋人詞而益以里巷歌謠」的初期面貌，不得全面見識了。憑現今能讀到的完整的南戲本子，我們看到，即使在時代最早的南宋遺篇《張協狀元》中，採自歌舞和說唱的傳統影響已十分明顯。

　　唐宋大曲一般有三部分組成：「散序」祇是演奏，「中序」歌聲加入，「入破」歌舞並作。大曲在唐代總是整體演出，宋時已常以「摘遍法」用其片斷。大曲在南戲中有兩種用法，一是「拆零」使用，取其單個曲牌入戲，與其他曲牌混合使用，如〔大聖樂〕、〔迎仙客〕、〔袞遍〕常被這樣運用。二是截裁使用，往往截裁「入破」以後的樂曲，有長有短。如已在多種戲曲史著作中提到的《琵琶記》第十五齣中的一音樂片斷：〔入破第一〕、〔破第二〕、〔袞第三〕、〔歇拍〕、〔中袞第五〕、〔煞尾〕、〔出破〕是對某大曲「入破」部分的截

裁，這裡可以補充《張協狀元》中的一個類似例證：第十六齣「張協與貧女成婚」有〔後衰〕、〔歇拍〕、〔終衰〕三曲的集中排列，雖較《琵琶記》之例短小，但同樣是截裁於大曲「入破」。

除主要供奉上流社會的「大曲」外，民間「舞隊」給予南戲的影響也很大。《武林舊事》卷二「舞隊」條載有許多名目，是兩宋民間「舞隊」的節目單。「舞隊」在表演時一般有歌曲相伴，其名目後來也多數成為曲牌。這些曲牌又多出現於南戲。如「快活三郎」、「快活三娘」之於〔快活三〕，「四國朝」之於〔四國朝〕，「喬捉蛇」之於〔喬捉蛇〕，「麻婆子」之於〔麻婆子〕，「竹馬」之於〔竹馬兒〕，「交袞鮑老」之於〔鮑老兒〕〔川鮑老〕等等，都是兩宋「舞隊」名目直接演變為南戲曲牌的例子。「快活三郎」在「舞隊」單項演出中一定是男扮的，「快活三娘」則女扮，南戲在採取其曲調時，捨棄它們對於男女演員的規定，於是成為〔快活三〕了。

作為綜合藝術的南戲，對音樂和歌唱的需求量是極大的。它的吸管伸向一切可資利用的傳統樂歌，無論是村坊里巷小曲還是唐宋詞調。但它對與舞蹈相關的音樂歌唱更感興趣。因為它同樣需要舞蹈動作，它在吸收運用這些歌舞之「歌」時，是不會將與之相關的舞蹈身段置於度外的。這就是南戲對於大曲為什麼總是取其「入破」（歌舞並作）部分以下曲子的原因了。載歌載舞的戲曲傳統正是由南戲首創的。

南戲中的歌舞有完整插演和戲劇化舞蹈身段兩種表現方式。後者已不是現成的有名有目的舞蹈段落，而是配合故事情節、人物情緒的身段動作。若從戲劇性論，自然是後者高級。《張協狀元》中已兩者兼有之，如五十三齣，末、丑二角一舉杵一舉襆頭，用〔鬥雙雞〕伴唱的舞弄是一種插演。從末角所唱「好似傀儡棚前，一個鮑老」句，透露了這原是一段有名目的舞蹈，當與「官本雜劇段數」中的「耍鮑老」，「舞隊」中的「交袞鮑老」等相類，也許這種舞姿摹擬傀儡，因而特別有趣。南戲（尤其是後期南戲）中每每有純是歌唱、絕少說白的場次，這些場次又往往只有一、二人出場，而且所歌之曲每每頻用「前腔」或「前腔換頭」，根據曲辭劇情可見這裡常為歌舞並作。如《拜月亭記》那出眾口交響的「子母途窮」，場上只有老旦（王母）與小旦（瑞蓮）兩人，〔引子〕後只唱〔羽調排歌〕和〔憶多嬌犯〕兩個牌子，都用「前腔」，「合前」，寫二人在「黯黯雲迷，寒天暮景」中，「驅馳水涉山登」。二人反覆合唱的「風力勁，天氣冷。一程分作兩程行」，說明她們是在邊歌邊舞中，在步履跟蹌、進一步退

兩步的種種舞姿中，表現她們冒嚴寒穿過野地，翻過山嶺，越過森林，越走越遠了。這就不再是一種舞蹈插演，而是與情節、與人物塑造結合的，戲劇化了的舞蹈身段。這種情況在《張協狀元》中已開端倪。像第三、第七、十三、十五、十七齣均是。有的是「單人舞」，有的（第十七齣）則像上例一樣是「雙人舞」，在這些段落裡演員是不會站在那裡乾唱的。

南戲接受說唱的影響也是明顯的。對戲曲說，光有歌舞中的歌唱是不夠的。歌舞之「歌」，長於抒情，但無說白；說唱之「唱」，長於敘述故事，但不起舞。而戲曲則是歌、舞、白三項兼備的。

歷來對諸宮調給予北曲雜劇的影響談得多（有的甚至提到不太適當的地位），但對於南戲的影響卻評價不足，有的只提到《張協狀元》開場的那段南曲諸宮調，有的只看到南戲中來自諸宮調的曲牌不多（據王國維統計，南曲曲牌五百四十三，出於諸宮調者僅十三），便輕率地低估了它的影響。其實諸宮調是產生於南戲之前，又與南戲共行一段時間的最接近戲曲的藝術形式之一，它宏大的體制、組曲的方法，它講唱故事的使命、曲白相生的特點，不會不引起處在廣徵博收階段的南戲的關注。從表面上看，南戲曲牌同於諸宮調的並不多，但這祇是表明了南戲取自於諸宮調自創的曲牌不甚多。南戲曲牌出自唐宋調的不少，而這些大多是徑由諸宮調輾轉而來的。詞調長於抒情，經由諸宮調培養了敘事的本領，詞調多為單調運用，經由諸宮調後組成了群體，……就像南戲借鑒諸宮調等的經驗，將大曲、法曲「拆零」運用、裁截應用一樣。

諸宮調組曲方法有三：1.一曲獨用。2.一曲一尾。3.數曲一尾聯套。這三種方法，在南戲中都有運用。錢南揚先生曾舉《張協狀元》中情況：「生上唱〔仙呂〕引子〔似娘兒〕，白，下。（第三十一齣）。」「生上唱，〔中呂〕引子〔青玉案〕，白，末上，生末對白；下。（第三十四齣）。」然後分析道：「這種形式，很明顯是出於諸宮調，只要看《張協狀元》第一齣的一段諸宮調，也都是引子加一段說白。」說得很清楚，這是一曲獨用的形式。

一曲一尾的情況南戲中較為省見。《琵琶記》第七齣生上唱引子〔滿庭芳〕，末、淨、丑上唱同牌引子後，是〔甘州歌〕一曲的四番獨唱合唱，然後便是〔餘文〕（即〔尾聲〕。）南戲套曲的制定，往往不計引子。故第七齣這一音樂組織，便是一曲一尾式的。

數曲一尾的大量運用，尤其是自「四大南戲」始，一改《張協狀元》多

不成套，或為短套的做法。「四大南戲」和《琵琶記》，用有這樣大套的場次都在十齣左右，這兒就不一一羅列了。

南戲受唱賺影響也是顯見的。唱賺與諸宮調有著很近的血緣關係。諸宮調套數多注明「纏令」，足見其脫胎於北宋纏令。其實唱賺的前身，亦是纏令。《都城紀勝》云：「唱賺在京師日，有纏令、纏達：有引子、尾聲為纏令；引子後祇以兩腔互迎循環間用者為纏達。」唱賺是添加了「賺曲」的纏令或纏達。它的聯套形式今唯有《事林廣記》中的《圓里圓賺》可以參照：

〔中呂宮紫蘇丸〕、〔縷縷金〕、〔好女兒〕、〔大夫娘〕、〔好孩兒〕、〔賺〕、〔越恁好〕、〔鶻打兔〕、〔尾聲〕。

《張協狀元》中已有唱賺套數的改造運用：

南呂引子〔薄媚〕、南呂過曲〔紅衫兒〕四（指三注〔前腔〕，連用四次者，下同）〔賺〕、〔金蓮子〕二、〔醉太平〕、〔尾〕

這已是十分完備、十分大型（全套十曲）的聯套形式了。祇是在《張協狀元》（第十四齣）中還為數很少。

唱賺套數是很講究唱法、板式的，尤其講究引子、賺曲和尾聲三種曲子的歌唱，南戲對賺曲的套數的要求，一如唱賺。我們新近讀到的一則資料可供證明：

廣東汕頭地區西元 1959 年出土的明嘉靖抄本《蔡伯喈》，有全本卷上和完整的《生本》——生角自手一冊的表演腳本留存。「生本」不少唱段邊上註有一種奇特的符號。仔細一尋，原來註有符號的都是引子、賺曲和尾聲，如第十六齣〔點絳唇〕，二十二齣〔一枝梅〕慢，二十六齣〔鳳凰閣〕，三十齣〔菊花鮮〕慢，三十一齣〔稱人心〕慢，三十三齣〔番卜算〕，三十九齣〔五供養〕慢等皆為引子；三十七齣「入賺」，十三齣的「尾」，也有這種奇特的符號。其中「入賺」的符號最為繁複，現將它轉錄如下：

賺（數句）

你　如　何　穿　著　破　襖　，

衣　衫　盡　是　素　縞　，　呀　，

莫　不　是　我　雙　親　不　保　？

據有關專家鑒定，這種符號是表示唱腔聲音高下、長短宛折的記號。正因爲
「引子」，「賺曲」，「尾聲」唱法講究，故只有此三類曲註符號。（符號墨色不
同於曲文，故推測此乃本書佔有者自註。）這則資料說明南戲在採用唱賺套
數時是遵守其歌唱與板式之成法的。

　　南戲對唱賺曲子佈局的規則，也遵守不誤，將賺曲置於慢板末尾，快板
之前，賺曲過後，很快便入尾。「圓里圓賺」的〔賺〕與「尾聲」只隔兩曲，
《張協狀元》中的亦然。《白兎記》中的三例，〔入賺〕與〔尾〕之間都只隔
一曲，這一或二曲都是快板，這裡的承襲關係十分清楚。張庚先生在《戲曲
藝術論》中說，「唱到『賺曲』的時候是最好聽的時候，但是，等到『賺曲』
唱完了，已經到了尾聲，所以大家老覺得聽不夠」。唱賺與南戲的創作者，都
是掌握了觀眾的這一審美心理，來妙用賺曲的。

　　「纏達」的形式，在南戲中也有片斷反映，夾雜在其他形式之中。如《荊
釵記》第三十九齣「就祿」；〔三臺令〕二，〔一封書〕、〔下山虎〕、〔亭前柳〕、
〔下山虎〕、〔亭前柳〕；

　　又如同劇三十齣「祭江」：〔風馬兒〕、〔綿搭絮〕、〔憶多嬌〕、〔綿搭絮〕、
〔憶多嬌〕、〔風人松〕、〔急三槍〕、〔風入松〕。

　　以上便是對南戲樂歌之來歷的粗淺分析。南戲大量汲取歌舞、說唱的音
樂和歌唱形式，目的不是爲了羅列展覽，而是綜合成新的藝術形體。通過以
下兩題的展示，我們將看到，南戲是怎樣把來自二途的樂歌進行創造性的藝
術處理的：既讓它們綜合於同一個戲劇目的下，同一個音樂結構中，又允許
它們保持各自的特性，分擔各自不同的藝術使命。

二、南戲套曲的幾個特點

　　南戲聯套音樂在全劇音樂結構中的比例與南戲劇本質量是同步提高的。
《張協狀元》中雖也已有上舉的大套，但只止一二。在全劇音樂體制中所占
比例極小，絕大多數祇是短套或一曲獨用。《白兎記》等南戲在這方面的進步
都是十分明顯的。《白兎記》中規模較大的套數有以下幾例：

第三齣「社報」：〔三臺令〕二、〔鶯啼序〕四、〔入賺〕、〔插花三臺令〕、〔尾〕

第五齣「留莊」：〔七娘子〕、〔尾犯序〕四、〔入賺〕、〔纏枝花〕、〔尾〕

第七齣「成婚」：〔生查子〕、〔麻婆子〕、〔七娘子引〕、〔天下樂〕四、〔越恁好〕、〔尾〕

第十一齣「說計」：〔一枝花〕、〔一江風〕二、〔臨江仙〕（引子作尾聲）

第十三齣「分別」：〔桂枝香〕三、〔獅子序〕二、〔入賺〕、〔金蓮子〕二、〔尾〕

第十六齣「強逼」：〔慶青春〕、〔集賢賓〕、〔攪群羊〕三、〔三學士〕三、〔尾〕

第二十一齣〔岳贅〕：〔花心動〕二、〔黑麻序〕三、〔尾〕

第二十二齣「送子」：〔臨江仙〕、〔步步嬌〕、〔江兒水〕、〔川撥棹〕二、〔五供養〕、〔僥僥令〕、〔金錢花〕、〔尾〕

第二十三齣「團圓」：〔剔銀燈〕二、〔一封書〕二、〔稱人心〕、〔大環著〕、〔紅繡鞋〕、〔尾〕

「四大南戲」較之《張協狀元》，在聯套問題上的進步，不僅是比重的增大，而主要表現在與戲劇故事的關係上更為密切。它們所用大套已成為鋪敘故事情節表現人物情感的有機組成部分。設置重要關目的重場戲必用套，用場戲則仍然保持著信手拈來的自由狀態。上舉的《白兔記》在這一點再明顯不過了。「社報」、「留莊」、「成婚」、「說計」、「分別」、「強逼」、「岳贅」、「送子」、「團圓」等齣套曲，基本上勾勒出李三娘、劉知遠悲歡離合的故事梗概。即使剔除過場戲，人們亦能得到故事的全貌。這些用大套之齣，又往往是後世演出不衰的摺子戲。其他幾個劇本情況大體相同：《荊釵記》「慶筵」、「合巹」、「分別」、「閨念」、「夜香」、「續姻」、「團圓」等齣都用大套，或表現喜慶之大場面，或表現男女主人公纏綿依戀的感情；《拜月》《殺狗》，前者如著名的「招商偕偶」，後者表真相大白的「斷明殺狗」都用有套。而《張協狀元》，第十六齣「成親」，寫張協與貧女婚配異常熱鬧，卻不用套曲，尚未有規律可尋。

「南北合套」是南戲套曲最令人注目的特點，是南戲在音樂結構的最大創舉。

　　元統一後，打破了南北隔絕的局面，使原先自生自長的南戲北劇得以照面。元雜劇及其作者紛紛南下，其創作與搬演的中心由大都移到臨安。當時的北雜劇已經歷過它們的黃金時代，音樂結構嚴謹，雖也偶有打破「一人主唱」，或唱南曲的做法，然而這純然是個別作者的一時餘興，總體上體制未有改進。與此相反，處於發展中的南戲，面對藝術上相對成熟的北劇，謙遜好學，方法對頭，以「拿來主義」的態度汲取有用的東西，因而很快就完成了一次新的飛躍。摻合北曲和「南北合套」的創製，是其中比較突出的成績。

　　南戲中運用北曲，當有以下四種方法：

1、插　用

　　即把單首的北曲插在南曲組織中用之。如六十種曲本《白兔記》第二十五齣「寇反」所用北〔一枝花〕。《殺狗記》第二十五齣「月眞買狗」，在南曲〔上林春〕等六個曲牌後，插用北〔清江引〕一首，又接南曲〔綿纏道〕；第二十六齣「土地顯化」，則由南〔粉蝶兒〕與北〔得勝令〕組成。這種插用的作用有的較清楚。如《白兔記》「寇反」齣，用北曲表達武夫殺伐之音，有的就不甚明確，似爲一般的豐富曲調而已。

2、移　用

　　即把北曲一套，完整地移植到南戲中，運用時完全恪守北曲規則，如《小孫屠》第七齣：（末打旋上唱）北〔南呂‧一枝花〕、〔梁州第七〕、〔黃鐘尾〕，這一短套一韻到底，一人主唱，所用尾聲也是北曲格式，北曲歌唱的方法一點沒有破壞。

3、間　用

　　即一南一北的間替使用。從嚴格意義上說，這才是眞正的「南北合套」。如《宦門子弟錯立身》第五齣：

　　　　（旦、生唱）北〔仙呂‧賞花時〕、（旦唱）南〔排歌〕、北〔哪吒令〕、
　　　　南〔排歌〕、北〔鵲踏枝〕、（生唱）（南〔安樂神〕）、（北〔六么令〕）、
　　　　南〔尾聲〕。

此套中四首北曲，同屬「仙呂」，在北劇中也常聯成套；四首南曲，亦同屬「仙呂」。南北間列，唱法是南曲的，上場角色皆能唱。第一首北曲〔賞花時〕就用典型的南曲唱法。旦唱生接，押韻依據南音，「齊微」、「魚模」通押。這種聯套方式兼取南北曲之長，融於一爐。南戲進入傳奇後，「南北合套」往往以

北曲爲主，主角唱北曲，次角唱南曲。如《長生殿》「絮閣」，楊貴妃（旦）唱北曲，《桃花扇》「投轅」，柳敬亭（丑）爲主角，由他唱北曲。這又與北曲雜劇設「主唱角」的傳統有關。

《小孫屠》第九齣的一套十分有趣：（旦唱）北〔雙調新水令〕、南〔風入松〕、北〔折桂令〕、南〔風入松〕、北〔水仙子〕、南〔風入松〕、北〔雁兒落〕、南〔風入松〕、北〔得勝令〕、南〔風入松〕。

曲子排列上頗具特點，北曲爲一整套。南曲則是同一曲牌的反覆歌唱，兩者間列：

A：北曲〔雙調〕一套　A＋B＋C＋D＋E（聯套用法）

B：南曲〔風入松〕　B＋B′＋B′＋B′＋B′（重頭用法）

A＋B＝A＋B＋B＋B′＋C＋B′＋D＋B′＋E＋B′（合套用法）

《小孫屠》中這一套，唯缺尾不合嚴格的套數的要求，這種寓齊整於錯落之中的做法，似曾相識。請看諸宮調《西廂記》卷八的一套：

〔黃鐘宮‧間花啄木兒第一〕、〔整乾坤〕、〔第二〕、〔雙聲疊韻〕、〔第三〕、〔刮地風〕、〔第四〕、〔柳葉兒〕、〔第五〕、〔賽兒令〕、〔第六〕、〔神仗兒〕、〔第七〕、〔四門子〕、〔第八〕、〔尾〕。（註：所謂「〔第二〕」，實爲〔啄木兒第二〕之簡寫，下同）

這是《董西廂》中最浩大的一套。我們把它的組合演述如下：

A：〔啄木兒〕曲　A＋A′＋A′＋A′＋A′＋A′＋A′＋A′（重頭用法）

B：〔黃鐘宮〕曲子一套　A＋B＋C＋D＋E＋F＋G（聯套用法）

A＋B＝A＋A＋A′＋B＋A′＋C＋A′＋D＋A′＋E＋A′＋F＋A′＋G（間花用法）

這樣一展開，我們看清了，《小孫屠》中這種《合套》用法，與諸宮調中的「間花」套何其相似。重頭用法多來自歌舞之「歌」，聯套形式則源自說唱之「唱」，因而此種間花式的合套實際是歌舞之「歌」法與說唱之「唱」法的進一步綜合。來自兩途的曲子和唱法的綜合，由外部進入內部，不可不謂南戲之一進步。南戲中取自歌舞之「歌」、單獨排列時寫作〔前腔〕或〔前腔換頭〕的極多，與北曲套數一組合，間花式合套故也不乏其例。有的雖沒有上例這麼長，不像〔風入松〕重頭用得這麼多，但重頭法也是明顯的。像《宦門子弟》第五齣的那一套：北〔仙呂‧賞花時〕、南〔排歌〕、北〔哪吒令〕、〔南排歌〕……，南曲〔排歌〕亦是重頭用法。

這種成熟的，錯綜與工整統於一體的大套，一般用於劇中人抒發十分複雜的內心世界。《董西廂》為張生對與鶯鶯相識相愛又相離的全過程的回憶，《小孫屠》則是發泄了李瓊梅對孫必達希望幻滅後的全部怨憤。

4、混　用

所謂混用，是指無一定規則的組合。如《小孫屠》第十一齣：

> 南仙呂引子〔梅子黃時雨〕、南正宮過曲〔錦天樂〕、北中呂〔上小樓〕二、〔紅繡鞋〕、南正宮〔四邊靜〕三、〔一撮棹〕。

又，第十八齣：

> 南商調引子〔高陽臺〕、過曲〔山坡羊〕、北仙呂〔後亭（庭）花〕、南商調〔水紅花〕、北雙調〔折桂令〕。

既不是間花，又不是移植片斷插用單曲。不僅南曲不屬同一宮調，北曲亦不是一個宮調之曲。這完全是南曲的散編法。南戲在自由拈用北曲時，將自己的隨意性帶給了它。

南戲在進行它的音樂歌唱上的繼承和創造中，時刻不忘與劇情、與人物結合，因而呈現出戲劇化、個性化的特徵。這在它們的套曲中很為突出。

三、南戲歌唱的多樣性

南戲至元代「四大南戲」階段，歌唱形式更為多樣。南曲套數比重的增加，南北合套的創新，是多樣化的主要原因。南戲歌唱的實際情況是：既保留早期南戲的傳統唱法，又不排斥「引進」新的歌唱法。

南戲歌唱形式多樣化首先表現在演唱者在唱法上的變化。王國維說：「不獨以數色合唱一折，並有以數色合唱一曲，而各色皆有白有唱者，此南戲之一大進步，而不得不大書特書以表之者也。」（《宋元戲曲史》）這一點是相對北曲雜劇說的。北劇「一人主唱」，即獨唱。南戲卻能有獨唱、對唱、同唱、合唱等；北劇一般只能由正旦或正末歌唱，南戲上場角色，不管是抒情色彩的主角生、旦，還是滑稽穿插的淨、末、丑都能唱。當然，並不是唱法多藝術水準就高，早期南戲唱法很多，但多得混亂。《張協狀元》共一百七十支曲，生獨唱僅二十二支，旦獨唱也只二十七支，專以插科打諢為能事的淨、末、丑倒有不少唱段，這種隨意性妨礙了重點的突出。與此相比，北雜劇「一人主唱」是進步的，已開生、旦為主的戲劇體系。但北雜劇的「一人主唱」也

有侷限，比較單調。元末「四大南戲」正是集合了兩者優點的。表面上看，唱法仍然是獨唱、對唱、同唱、合唱幾項，但已發生實質性的變化。由於參合北曲，借鑒北曲的唱法，這時南戲唱法之多，已多得有條不紊，主次分明。「四大南戲」與《宦門子弟錯立身》、《小孫屠》中，淨丑等次要角巴演唱的、伴有合唱對唱的都只在三分之一左右，生、旦主唱的傾向明顯多了。

其次，表現在曲子的編組上，這一點同樣是相對北劇說的。北雜劇之曲全部聯套，南戲之曲編組法卻始終有聯套與散編兩種，發展到了第二階段，受北雜劇刺激後，套曲由短變長，創造南北合套，但不甚重要的戲場所用之散編曲法仍然占很大比重。（比早期的進步，是散編時不再有「一曲獨用」，多爲「一曲復用」。）這是因爲，北曲雜劇只接受了說唱之聯套編曲法，纏令——諸宮調套數——北曲套數是它的發展路徑，南戲卻同時接受了說唱之「唱」法與歌舞之「歌」法。北雜劇也採用一些舞曲曲牌，但祇是單獨採來，卻被編入自己的套數；南戲卻連同歌舞之「歌」（一曲復唱法），與舞蹈動作的緊密相連一同汲取過來了。

南戲演唱之法和編曲之法多樣，早已爲許多人指出，但還未有人將這兩點放在一處考察，尋求規律過。現在我們發現這樣一個特點：對唱與合唱，每每與「一曲復用」者相連。尤其是合唱，往往是哪裡有「前腔」、「前腔換頭」（「一曲復用」的標註法），那裡就有「合」、「合前」。像《殺狗記》第九齣「孫華家宴」，第一首〔夜行船〕可算引子，沒有合唱，後面〔祝英臺〕復用三遍：〔祝英臺〕生、合，〔前腔〕貼、合前，〔前腔〕生、旦貼，合前，最後是〔尾〕。又如《小孫屠》第九齣，從〔北新水令〕以下共十四曲一大套，只由旦一人所唱，一處「合」唱也沒有，緊接著〔石榴花〕和〔同前〕（即「前腔」），由於是重頭，是一曲復用，情況發生了變化，出現了幾句「合」唱。這一對比是很能說明問題的。「一曲復用」的合唱如此之多，是與它出身歌舞之「歌」有關。唐宋歌舞每每以合唱相伴，《踏謠娘》是典型例子，這一特點被帶入了南戲。

自「四大南戲」始，又多了一種「眾」唱。關於眾唱與合唱的關係，我們與何爲《論南戲的「合唱」》（見《戲曲研究》1980 年第 1 期）一文看法不盡一致。何文認爲註有「合」字的多數是全體劇中人的齊唱，不得已時才是幕後人幫唱，並把「眾」唱之例亦算在合唱名下。我們則認爲「合」「眾」有別，理由如下：

1、南戲在表演時若同臺兩三人同唱，是並列角色名標明的。像《張協狀元》第十一齣第三首〔忒忒令〕，標有「（末淨合唱）」字樣：第十二齣：〔賀筵開〕（末唱）……（旦）……（生）……（旦末）……〔同前〕（生）……（旦）……（末）……（生旦）。福建戲文《荔鏡記》則有三行當同列的：

> 第一齣「辭親赴任」最後一曲：「（外、生、占）〔大河蟹〕拜辭爹媽便起程……，（末、丑）仔兒分開我心痛……，（外、生、占）勸爹媽……（合）三年任滿，三年任滿，許時返來即相慶。」

2、「眾」唱是同臺劇中人合唱。「四大南戲」等劇作中註有「眾」唱的有以下幾例，《荊釵記》第三齣兩例：

> 〔珍珠簾〕（旦上）南極耿耿祥光燦，明星爛。慶老園黃花娛晚。（眾）
> 去了青春，不再返，且暫把身心遊玩。
>
> 〔僥僥令〕（眾）銀臺燒絳燭，寶鼎噴沈檀，望乞蒼穹從人願。（合）
> 骨肉永團圓，保歲寒。

另有同劇第十七齣「春科」一處，《白兔記》二十五齣「寇反」、二十六齣「討賊」各一，《幽閨記》第九齣「綠林寄跡」、四十齣「洛珠雙合」各一。「眾」唱的出現，說明「合」、「眾」一定是兩種不同的唱法。我們看到，標有「眾」唱的地方，臺上人物總是很多，或眾將領、眾嘍羅、或闔家老小，這說明「眾」唱是指同臺三人以上的同聲唱，而「合」唱則有幕後人歌聲加入的合唱。若是像《論南戲的「合唱」》一文所說，「眾」，「合」無別，那為什麼一定要分用兩字呢？尤其是同曲兩示（如上面《荊釵記》第三齣的〔僥僥令〕）更不可解釋了。

3、「合」唱很多場合是對獨唱的幫助，尤其是臺上只有一個演員時，所謂「合」唱，很明顯只能是幕後合唱。如《白兔記》十二齣「看瓜」〔醉扶歸〕二首，為旦（李三娘）之獨唱曲，臺上表現三娘一人踉踉蹌蹌趕去瓜園，故兩遍合唱「淚濕透，衣衫袖」，便是後臺的幫唱。有時臺上角色雖不止一個，但根據曲意，不能出自臺上他色之口，所以也只能是後臺幫唱。若把註有「合」字的曲句全部設想為後臺幫唱，卻沒有一處不吻合的。

「眾」唱是臺上人齊唱，「合」唱則是幕後幫唱，這兩項傳統在今天許多劇種中保留著，廣泛運用著。

以上三題，對於南戲音樂歌唱祇是局部的展示，簡略的分析。僅憑此已可見南戲與北劇在這方面的許多不同。北劇音樂以說唱傳統為主、為基礎，

去綜合利用其他樂曲，南戲則對來自歌舞、說唱的因素一視同仁，歌舞之「歌」與說唱之「唱」在南戲中具有同等的地位。由於北劇著重說唱（尤其是「諸宮調」套數）傳統，其他的外來樂歌都以套數的準繩去衡量改造，因而與這些樂歌有關的特點都被捨棄了；而南戲卻不是這樣，它廣泛地吸收藝術表現手法，如與歌舞之「歌」相關的「合唱」傳統、舞蹈動作等等。北劇音樂的主要貢獻在於「集大成」，結構嚴謹，風格統一，樂理水準較高；南戲則由「不協宮調」「亦罕節奏」出發，逐漸取長補短，終於擔當起「承上啓下」的藝術使命。北劇音樂過分強調嚴謹和統一、又過分固守說唱成法（如「一人獨唱」），不敢越雷池一步；南戲則在「承」「啓」之間，有許多戲劇化藝術改造，發揮了應有的創造性。北劇歌唱是跟隨主角的，造成時而歌曲堆砌，時而一曲皆無的不平衡狀態，且又不論劇情，不論故事長短，主角一上便唱，一唱便是一套，劇情遷就歌唱；後期南戲歌唱則跟隨劇情，曲子的安置，唱法的選用，或散編，或聯套，都是根據劇情需要而定的。南戲音樂歌唱呈現出戲劇化、性格化的特徵，在對於戲劇的適用上超過了北劇。

南戲音樂歌唱給予後世戲曲影響很大。明中葉南方「四大聲腔」崛起，清以昆山、弋陽爲基礎分成花雅兩大系統，戲曲音樂歌唱又得到了極大的豐富和發展。但南戲的眾角皆唱傳統，獨唱、接唱、齊唱、幫唱相結合的傳統，載歌載舞的傳統，聯套歌唱和全齣一曲復用的傳統等，一直保留至今。南戲音樂歌唱傳統，可謂源遠流長。

（原載《曲苑》第二輯，1986年5月版）

「副末開場」與中國古代戲曲觀的演進

　　中國古代南戲、傳奇劇本，開卷伊始第一齣，無論名稱「家門」、「首引」、「標目」、「提宗」，或是「家門始末」、「敷演大義」等等，它們都是「副末開場」。「副末開場」是中國古代戲曲獨特開場形式，它的形成和發展，它的存在和意義，應當引起我們足夠的重視。

　　「副末開場」作為報幕形式的出現，是劇作家直接和觀眾的對話。那麼它的內容，總或多或少反映著劇作家的藝術思想，體現著他們的藝術追求，滲透著他們的美學趣味。對我們理解劇作家的人生觀、戲劇觀，有著不容忽視的理論意義。本文力圖通過對「副末開場」的探索，窺視中國古代戲劇觀的幾次演進。

一

　　《張協狀元》是現存最早的南戲劇本，在張協故事被搬上南戲舞臺之前，南宋勾欄內還流行過一種用諸宮調說唱的《狀元張協傳》。《張協狀元》的劇作者，在其冗長的開場白中，反覆將准備奉獻給觀眾的戲劇表演，與《狀元張協傳》作比較：「狀元張協傳，汝輩搬成。這番書會，要奪魁名。」明確表示要超越諸宮調說唱，要與其分庭抗禮。他介紹說，這回表演是要「插科使砌」、「搽灰抹土」、「一似長江千尺浪，別是一家風」，告觀眾「暫息喧嘩，略停笑話，試看別樣門庭」。請注意這兩個「別」字。它正是戲曲力圖從一般長短句韻文中獨立出來，與說唱形式相揖而別的明證。「諸宮調」在宋人的眼裡，是詞的一種，被稱作「無賴詞」（見王灼《碧雞漫志》）。《張協狀元》的表演者為了讓觀眾更直接地體會到戲曲表演與諸宮調說唱詞的區別，截取《狀元

張協傳》一段，放在全劇之前，在說唱了五支曲、幾段白後，嘎然而止，問一聲「似恁唱說諸宮調，何如把此話文敷演？」這便不僅涉及到兩者的區別，而且言及戲曲演出應有超越說唱的地位。

由此，我們看到，中國戲曲從它的初起，就力圖與孕育了它的母體——說唱、歌舞等形式訣別，爭取獨立，爭取超越其他表演藝術而博取全社會的承認。

《張協狀元》的「副末開場」畢竟是冗長、凌亂的，是「副末開場」的初級階段。「副末開場」的固定樣式大概是在入元以後逐漸確立的。

樣式固定後的「副末開場」，一般由三部分組成：用一首或兩首詞的形式宣傳劇作家對生活，戲劇的看法；吹噓自己的劇本和表演；開場「副末」與「後行子弟」問答對話；再以一或兩首詞，介紹劇情概要。我們以《小孫屠》為例，略作展示和說明。

「（末上白）〔滿庭芳〕白髮相催，青春不再，勸君莫羨精神。賞心樂事，乘興莫因循。浮世落花流水，鎮長是會少離頻。須知道，轉頭吉夢，誰是百年人？雍容弦誦罷，試追搜古傳，往事閒憑。想像梨園格範，編撰出樂府新聲。喧嘩靜，竚看歡笑，和氣藹陽春。」

這一首〔滿家芳〕詞，上闋勸人及時行樂，下闋誇耀自己劇本的高超。「勸君莫羨精神」之「羨」，據錢南揚先生注釋，作「餘」講：「言盡情遊玩，不要節省精神。」這與後面「賞心樂事，乘興莫因循，」「誰是百年人」數語意思的一致是。怎樣「乘興」？如何「賞心樂事」？由是轉入下闋，介紹自己編撰的劇本的種種好處，說明自己是欲將快樂奉獻給各位觀眾的。

中國古代戲曲一向注重戲劇在人們生活中的娛樂作用。不光《小孫屠》如此，請再看以下數例：

> 韶華催白髮，光景改朱容。人生浮世，渾如萍梗逐西東。……世態只如此，何須苦匆匆。（《張協狀元》開場〔水調歌頭〕）
>
> 遇景且須行樂，當場漫共銜杯。莫教花落子規啼，懊恨春光去矣！（《幽閨記》開場〔西江月〕）
>
> ……喜轉眼間悲歡聚別，也非關朝家事業，也非關市曹瑣眉。打點笑口頻開，此夜只談風月。（《紅梨記》「薈指」〔瑤輪第五曲〕）

在歎息光陰易逝，告誡行樂須及時之後，劇作家的自我誇耀也久有傳統了：

　　「苦會插科使砌，何吝搽灰抹土，歌笑滿堂中。」「精奇古怪事堪觀，
編撰於中美。真個梨園體，論詼諧除師怎比？九山書會，近日翻騰，
別是風味。」(《張協狀元》開場)

　　調古音清，白雪陽春。金聲玉振恁人聽。憑君看取，雄詞驚四座，
壓倒群英。(《玉鏡臺》開場〔燕臺春〕)

連高明《琵琶記》也不例外：「驊騮方獨步，萬馬敢爭先？」

　　1949 年後在廣東潮汕地區出土的明宣德抄本《劉希必金釵記》和上海郊
區嘉定出土的明成化刻本《白兔記》，是兩個演出底本。這兩本之開場卻不是
用直言自誇，而是以一種自謙之辭向觀眾打招呼。《白兔記》說：「今日戾家
子弟，搬演一本傳奇。……倘或中間字跡差訛，抹音奪字，其腔列調中間有
同名同字，萬望眾位做一床錦被遮蓋」。《金釵記》用韻白表示了同樣意思：「專
伏看（官）耽帶做成慢天錦帳。望遮欄，特等待子期打盹睡，方敢抱琴彈。」
謙遜得簡直有點過份。但細品，覺得它們似以自謙之辭達到自誇目的，所謂
「欲揚先抑」是也！而且謙辭，在正式演出之前是必要的禮節。像成化本《白
兔記》最後還是忍不住道：「果為是千度看來千度好，一番搬演一番新。」

　　在正式敷演戲劇故事之前，宣傳一番對人生的看法，誇耀一番劇本的高
超，這樣做多了，成為一種定式，讓人不得不考慮它存在的意義。我們覺得，
劇作家感歎光明易逝也好，宣揚及時行樂也罷，都是為了宣傳自己的劇作，
為了說明自己奉獻的這本戲，正可以給人世間解悶消愁，助興添樂的。因而
我們說，這實際上是一種戲劇觀的宣傳（本來，戲劇觀是人生觀的一個組成
部分）。中國古代戲曲剛一形成，便以「副末開場」的形式作這樣宣傳，很可
反映當時的人們，尤其是搞戲劇的人們對戲劇參與人生的看法。

　　「副末開場」中的前後臺對答，也是十分有趣的現象。

　　「（末）後行子弟，不知敷演甚傳奇？（眾應）《遭盆弔沒興小孫屠》。」

　　「（末）眾子弟門，今夜搬甚傳奇？（內應）今夜搬《劉希必金釵記》。」
以上兩種較為簡單。成化本《白兔記》要繁縟得多。

　　「（末）借問後行子弟，戲文搬下不曾？（內答：搬下多時了。）既然搬
下，搬的是那本傳奇，何家事故？（內答：搬的是李三娘麻地捧印，劉知遠
衣錦還鄉《白兔記》）。好本傳奇！這本傳奇虧了誰？（內容：虧了永嘉書會
才人在燈窗之下，磨得墨濃，蘸得筆飽，編成此一本上等孝義故事，果為千
度看來千度好，一番搬演一番新。）」

雖多占了一些篇幅，卻十分生動，爲劇本添彩不少。這種生動的前後臺對答，在實際表演中一直保持很晚。請看孔尚任的《桃花扇》。

「(老贊禮)：昨在太平園中，看一本新出傳奇爲桃花扇，……更可喜把老夫衰態也拉上排場，做了一個副末腳色。(內：請問這本好戲是何人著作？)(老贊禮)：列位不知，從來填詞名家，不著姓氏。但看他有褒有貶，作春秋必賴祖傳；可詠可歌，正雅頌豈無庭訓。(內：這等說來，一定是雲亭山人了。)」就這樣，靠前後臺對答介紹了劇名，介紹了作者。一般文學本到後來都只簡寫作「(問答如常)」，但在實際演出中都是根據對象、場合的不同有所發揮的。

前後臺對答用作自誇與劇情介紹間的過渡，它表現出這樣一個特點：中國戲曲不迴避臺上的戲是由「後行子弟」搬演的。「演」就是假扮，所以稱之爲「戲」，爲「弄」。這與上面及時行樂，娛樂消遣的宣稱前後一貫。正因爲是娛樂，便不在乎假扮，不在乎戲弄了。這是中華民族傳統戲劇觀的一個具體反映。承認戲是假的，是由人「搬演」的，是十分聰明的做法，因爲它符合戲劇的本質。「承認」，就能出入角色，自由調度，左右逢源；反之，不啻是作繭自縛，人爲地製造許多侷限。在對中國古代戲曲廣泛接觸，全面認識後，我們看到，由於這一承認，這一宣佈，給予歌、舞、白綜合性的藝術表演多麼廣濶的創造天地！

最後，便是介紹劇情概要了。南戲傳奇作家，都極有概括能力，不論是人生坎坷，世事蹉跎，悲歡離合的故事，還是宮廷民間，忠奸爭鬥，都能在一首詞裏概括殆盡。在此，恕不具體引證了。

二

文學藝術源於社會生活，反過來又用於社會生活。文學藝術對於人類社會生活的作用，大致有審美認識、審美教育、審美娛樂三個方面。中國古代戲曲的這三個方面，是逐步取得的，分階段取得。當戲曲祇是作爲娛樂品讓人消遣時，它正處於第一個階段。

元末明初高明的《琵琶記》，代表了對戲曲的社會地位、藝術使命認識的第二階段——強調「教化」，即所謂「教育作用」的階段。在此之前，人們一般強調的是戲曲的娛樂性，像上一部份裏所引的，從「永樂大典戲文三種」到「四大南戲」，「副末開場」中感歎的都是人生短暫，及時行樂，宣稱的都是「歌笑滿堂」，「賞心樂事」。高明在「副末開場」中這樣概要地批評了前世

戲曲：「少甚佳人才子，也有神仙幽怪，瑣碎不堪觀。」他認爲「論傳奇，樂人易，動人難」。他讓人們對他的新作「休論插科打諢，也不尋宮數調，只看子孝與妻賢。」他觀點鮮明地提出：「不關風化體，縱好也徒然。」這其實是繼承了儒學「詩教」的傳統，是「樂音，所以象德也」，詩，樂，舞都必須奉行先王「德行教化」（見《樂記・樂族篇》）的儒家觀點，在戲曲觀方面的反映。因爲強調教化作用，所以《琵琶記》在對「插科打諢」、「尋宮數調」的看法上，已與《白兔記》等存在很大的分歧。成化本《白兔記》開場說：「不插科不打諢，不謂之傳奇」，把插科打諢視作戲曲藝術的首要標誌。自高明《琵琶記》始，明初劇壇湧現一大批封建說教的作品，其中以邵燦的《香囊記》最甚。它的「家門」中說：「從教感到四座人。傳奇莫作尋常看，識義由來可立身」。也強調教化感化，忠義兩點。在此，我們祇是通過高明和他的觀點，看到當時戲劇觀的轉折。至於當時戲劇教化作用的具體內容，作品與作品之間封建思想意識滲透程度不同等等複雜問題，本文不准備展開。但有一點須指出：不能只憑「開場」之忠孝節義等字樣，即把一部作品全盤否定，應作具體分析，看其實際效果。如《琵琶記》便是一部封建倫理與人民性雜處的作品，而且在具體劇作中，高明並沒有置「插科打諢」、「尋宮教調」於不顧，置觀眾的審美習慣於不顧，而是在「動人」與「樂人」兩方面同時下功夫的。

　　明後半葉，由於資本主義萌芽的產生，出現了以李贄爲代表的新思潮。與此相應，一批進步知識分子運用藝術的手段傳播代表市民階層的思想觀念，使戲曲藝術獲得了前所未有的嶄新的面貌，這一方面，首推曾拜李贄爲師的湯顯祖。陳繼儒在《批點牡丹亭・題詞》中記述過這樣一件事：達官張位曾對湯顯祖說：按照你的辯才，不在二程、朱熹等人之下，爲何「逼漏於碧簫紅牙隊間，將無爲青青子衿所笑！」湯顯祖答道：其實我與老師您一樣，「終日共講學」，祇是「師講性，某講情」而已。湯顯祖自覺以舞臺爲講壇，與李贄的「異端」思想同氣相求，宣傳個性解放，宣傳「生者可以死，死可以生」的「至情」。他戲劇以「情」爲核心的觀點，在他劇作的開場形式中，也屢出現。他的《紫釵記》比改編前的《紫簫記》更突出「情」字：「點綴紅泉舊本，標題玉茗新詞。人間何處說相思？我輩鍾情似此。」他的《牡丹亭》更以人「情」爲靈魂：「忙處拋人閒處住，百計思量，沒個爲歡處。白日消磨腸斷句，世間只有情難訴。」他的不以愛情爲題材的另兩「夢」，也離不開這個「情」字，如《南柯記》開場宣稱：「有情歌酒莫教停，看取無情蟲蟻，也

關情。」他唱情演情，喚醒人們心靈深處的被壓抑了的眞情，在當時引起了很大的震動，直至今日，還有著很大的藝術感染力。「臨川派」另一位劇作家孟稱舜，也與湯氏一樣，自覺標舉「情」的旗幟，與封建禮教對立。他在代表作《嬌紅記》開場中說：「一段幽魂渺渺、兩行紅淚疏疏。貞女烈夫世間無，總爲情多難負。」他的《嬌紅記·自題》，又彷彿爲這兩句開場詩作注：「天下義夫節婦，所爲致死而不悔者，豈以是爲理所當然而爲之耶？」他根本否定世間有所謂「貞夫烈女」，他認爲只有「情」能致死，「女人之情則更無籍詩書理義之文以諷論之，而不自知其所至，故所至者若此也。」直與湯氏之「情不知所起，一往而深」者同調。

雖然同爲重視教化作用，但由於內容不同，主旨不同，藝術水準高下不同，上述劇作在人類生活中造成的影響也極不相同。《香囊記》之類甘作封建禮教的傳聲筒，早被淹沒得無聲無息。《琵琶記》得以在舞臺上流傳，也主要是趙五娘的戲，反映趙五娘吃盡千辛萬苦的生活經歷，而不是硬「貼」上去的封建說教。而《牡丹亭》、《嬌紅記》等劇，是令人窒息的封建時代的一聲驚雷。據史載，《牡丹亭》曾使兩少女發生強烈共鳴「斷腸身亡」，足見其反對封建束縛的撼人心魄的感染力。

三

明末清初是中國戲曲史上十分輝煌的年代。這一時代的成就表現在戲劇作品數量質量上的遞增，大部頭戲曲論著作的相繼誕生，舞臺表演上各路聲腔的爭美鬥艷等各方面。並由此帶來了中國戲曲觀念的又一次演進。戲劇對於社會人生的「審美認識」作用，或謂「史鑒」作用，正是在這一階段被強調，被突出的。

在此之前，中國許多以歷史故事背景，歷史人物爲劇中人的戲劇，都只稱得上「歷史故事劇」或「歷史演藝劇」而已。眞人假事的數量極多，如果祇是把戲劇當作一種娛樂，那是不妨的。只有當戲劇還應當作爲歷史的鏡子，歷史教科書參與人生，戲劇的「史鑒」作用爲劇作家所認識，並自覺擔負起這一藝術使命的時候，才有可能產生眞正強調歷史眞實與藝術眞實相結合的歷史劇。這當然是戲劇觀的又一次飛躍。在這方面，蘇州派代表作家李玉和他的《清忠譜》，堪稱戲曲史上又一座里程碑，而孔尚任的《桃花扇》是更爲傑出的峰巔。

「瑢焰燒天，正亙古忠良灰劫。看幾許驕驄嘶斷，杜鵑啼血。一點忠魂天日慘，五人義氣風雷掣。溯從前、詞曲少全篇，歌聲咽。思往事、心裂；挑殘史，神爲越。寫孤忠紙上，唾壺敲缺。一傳詞壇標赤幟。千秋大節歌白雪。更鋤奸律呂作陽秋，鋒如鐵。」(《清忠譜》「譜概」〔滿江紅〕)「清忠譜，詞場正史，千載口碑香，」(「譜概」〔滿庭芳〕)

開宗明言，以言明志，作者的創作動機，愛憎情感，思想認識，在開場「譜概」中表露得毫不含糊。他要藉詞壇「標赤幟」，借助「白雪」之詞歌頌「千秋大節」，以「律呂」作爲鋤奸武器，寫作一部新的《春秋》。他的《清忠譜》，是那些牽強附的劇作不可比擬的「詞場正史」。基於這樣的思想認識和創作動機，作者把明末天啓年間東林黨人與蘇州市民反對閹黨的一場鬥爭，寫得悲壯激烈，撼人心魄。《清忠譜》的審美認識作用，它的喚起民眾重新認識明末腐敗政治、閹黨誤國的歷史教訓，東林黨人的進步作用及其侷限，民眾團結的力量等，是其同類題材的作品，那怕是張溥的著名散文《五人墓碑記》，不敢望其項背的。吳梅村在《清忠譜序》中說：「余老矣，不復見他年事，不知此後填詞者，亦能按實譜義，使千百歲後觀者泣，聞者歎，如讀李子之詞否也！」充分肯定的也是「按實譜義」這一點。李玉在他另兩部歷史劇《千鍾祿》和《萬里圓》中，也表明了他盡可能追求歷史眞實的藝術觀點：「詞塡往事神悲壯，描寫忠義生氣莽，休錯認野老無稽稗史荒！」(《千鍾祿》尾)「宮商譜入非遊戲，爲忠孝傳人而已，莫作花柳彰聞綺語題」。(《萬里圓》尾)他告誡觀眾不要將他的劇作當作「遊戲」、「稗史」來看，而是「正史」，是被之管弦的《春秋》。

孔尙任《桃花扇》之開場，在形式上也有很大的突破。歷來開場副末，都還只作爲報幕人出現，與劇情人尙無瓜葛。《桃花扇》中的「老贊禮」，既是開場報幕人，劇情穿插者，又是劇中人，甚至是觀眾。請看他的報幕詞：「古董先生誰似我，非玉非銅，滿麵包漿裹，剩魄殘魂無伴夥。時人指笑何須躲。舊恨塡胸一筆抹，遇酒逢歌，隨處留者可。……昨日在太平園中，看一本新出傳奇爲桃花扇，就是明朝末年，南京近事。借離合之情，寫興亡之感。實事實人，有憑有據。老夫不但耳聞，皆曾眼見。更可喜把老夫衰態也拉上排場，做了一個副末腳色。惹得俺哭一回，笑一回，怒一回，罵一回，那滿座賓客怎曉得我老夫就是戲中之人」。可見這個「老贊禮」，既是新戲的先睹者，又是歷史的目擊者；既以第三人稱的身份引導觀眾進入戲劇情境，又以第一

人稱身份參與戲劇演出。「老贊禮」爲主的「試一齣」是劇本半上部分的「開場」；「加二十一齣」是下半部分的「開場」，又是全劇承上啓下的過渡，第四十齣「餘韻」老贊禮與柳敬亭（淨）蘇崑生（丑）一同概括全劇。「老贊禮」在全劇的地位和作用，頗似《紅樓夢》中的甄士隱和賈雨村。「加二十一齣」下場詩道：「當年眞是戲，今日戲如眞，兩度旁觀者，天留冷眼人」。連口吻也極爲相似。作者借助於他，道出自己的家國之痛，創作動機，藝術追求和審美理想。老贊禮「借離合之情，寫興亡之感」數語，一直被用作觀眾、讀者理解作品的一把鑰匙。《桃花扇》的「史鑒」作用曾使清統治者爲之恐慌，作者也爲此受到挫折。

通過「副末開場」，還可窺視作者的思想水準和藝術素養。《桃花扇》要「借離合之情，寫興亡之感」，指導思想十分明確。正在這一點上，它超越歷來才子佳人劇的窠臼，使劇作具有更深刻的社會意義。與《桃花扇》同時代的《長生殿》，也是一部上乘之作。作者洪昇在開場「傳概」中說：「借太眞外傳譜新詞，情而已。」《桃花扇》是借情寫史，《長生殿》是借傳寫情。正因爲洪昇持有這樣的指導思想，雖然也想竭力寫好李唐王朝「安史之亂」這個歷史背景，但給人的印象是：愛情和歷史兩條線索游離，思想主題是矛盾的，較之前世表現愛情的歷史故事劇，沒有多少突破。我們再把《桃花扇》與《清忠譜》作一比較。同爲歷史劇的《清忠譜》卻因爲缺少一個「借」字，沒有借助什麼悲歡離合，生動曲折的事故，牽人心魂的人物命運，比較直露地正面搬演歷史事件，因此在藝術感染力上，低於《桃花扇》。雖然《清忠譜》寫得激情豪邁，正氣回蕩，但沒有見到過它被搬上舞臺正式上演的記載。至少可以說當時搬演得不多，大概與缺乏感染力不無關係。

與孔尚任同代的李漁，是我國戲曲史上一位傑出的戲曲理論家。他的《閒情偶寄》「詞曲」、「演習」二部，是繼王驥德《曲律》之後又一部系統的戲曲理論專著。李漁同時又是一位劇作家，他的「李笠翁十種曲」都是當行之作。將他的劇本開場與理論觀點互相對比，互爲印證，對於全面理解李漁的戲劇思想，也是很有意義的。

對於藝術眞實與生活眞實之關係的探討，歷來爲戲曲理論家所重視。在李漁之前，徐復祚、呂天成、王驥德、李調元等人，都曾就這個問題在理論著作中提出各自的看法，強調虛構在藝術作中的地位，而《鳴鳳記》的作者王世貞，又在劇作「開場」或其他場合，表達過藝術不能脫離生活眞實的看

法。李漁在《閒情偶寄‧詞曲》中，曾專闢「審虛實」一節，來闡述生活與藝術的關係。他說：「傳奇無實，大半皆寓言耳」。「但有一行可紀，則不必盡有其事」。「西廂，琵琶，推爲曲中之祖，鶯鶯果嫁君瑞乎？蔡邕之餓莩其親，五娘之幹蠱其夫，見於何書，果有實據乎？」這一藝術見解同樣見諸於他的劇作開場。他的《意中緣》開場說：「試考鎭本紀，崔張未偶當年。西廂也屬意中緣，死後別開生面。作者明言虛幻，看官可免拘牽。從來無謊不瞞天，只要古人情願。」作者的《意中緣》是描寫明代名士董其昌，陳繼儒與長書法，擅丹青的社會底層女子楊之友，林天素愛情糾葛故事的。此四人雖確有其人，而且以藝術造詣之高超互相敬慕，但並沒有結爲夫妻之實事，但在作者筆下四人志同道合，終成唱隨，因而名之曰「意中緣」。這裡的「意」，不光是作者之「意」，而且是觀者，讀者之「意」——作者描寫的是人們理想中的姻緣，才貌相當，意趣相投。作者拿戲曲史上最有光彩的愛情劇作例證，說崔張愛情實質上也是一段「意中緣」，是當事人死後舞臺上「別開」的「生面」，證明自己的虛構是符合藝術規律，符合人們的審美理想的。李漁聲明自己的劇作是「虛幻」的，並進一步交代這樣聲明的目的，免得諸位觀眾爲劇中人的命運「拘牽」，眞有點「間離效果」的意味！這一開場明白無誤地道出了劇作者的虛實觀，它與《審虛實》中的唯一區別是前者用詩歌，後者用散文來表達的。

李漁十分重視戲曲在文學史上，在社會生活中的地位。他在「詞曲部」一開首，便批評了把寫作戲曲看作「末技」的傾向。他說：「技無大小，貴在能精；才無纖洪，利於善用」。他繼而舉例說：「湯若士（湯顯祖），明之人才也，詩、文、尺牘，盡有可觀，而其膾炙人口者，不在尺牘，詩文，而在《還魂》一劇」。他在《蜃中樓》開場「幻因」中，說得更爲明確：「……不知也似蜃乾坤，終山朝營海市，一旦付波臣。只有戲場消不去，古人面目常存。」他認爲功名利祿，富貴榮華都是虛幻短暫的，與此相比，「戲場」倒具有永久的價值，永遠不會從人們的生活中消逝。這個觀點，直與李贄「有此世界，即離不得傳奇」，「自當與天相始終」（《焚書‧拜月》）的看法同調。這是李漁進步的戲劇觀的具體體現。

「副末開場」在中國戲曲批評史上是有意義的。誠然，與正宗的，系統的理論、評論著作相比，它們是個別的、零散的、隨意的，還處於初級感性的階段。但它們中也不乏精闢的辭語，輕鬆的俏皮話中也時有哲理的閃光。

筆者欣欣於近年方興未艾的古代戲曲理論研究，見眾多研究者已將目光投向專著、序跋、書簡筆記甚至雜詠、對聯、諺語等，即將與創作實踐最為密切的「副末開場」這些零散的，其貌不揚的「劇說」、「劇論」忽略了。當然，「副末開場」是雜亂的，有創作者思想藝術觀點的流露，更多的卻是毫無意義的例語常談和文字遊戲。我們要做的，正是「沙裏淘金」的工作。

　　權將這篇文字，算一種「補遺」罷！

（原載《中華戲曲》第四輯，1987 年 4 月版）

朱有燉和他的誠齋散曲

　　明初曲家朱有燉（1379～1439，一作 1452 年〔註1〕），安徽鳳陽人。明太祖朱元璋第五子朱橚之長子。誠齋、全陽子、全陽翁、全陽道人、全陽老人、錦窠老人、老狂生等，皆其別號。其父朱橚初封吳王，洪武十一年改封周王，移駐鳳陽，十四年就藩開封，洪熙元年（1425 年）卒，由世子朱有燉襲封。有燉在位十五年，正統四年卒於封地，諡「憲」世稱「周憲王」。

　　散曲集《誠齋樂府》刊刻於宣德九年，朱有燉去世之前六年。據吳梅《朱有燉〈誠齋樂府〉跋》〔註2〕所稱，此為其友王孝慈發現於北京廠甸，「詫為瑰寶」，遂郵寄正在南京教書的吳梅。原書有「錦窠老人」所作序和「遊戲音律」、「梁園風月」兩印，與《百川書志》朱氏雜劇集標題和吳梅舊藏朱氏雜劇集印章正好吻合，可知散曲、雜劇二集同時刊佈。吳梅得此「海內孤本」後，曾囑學生錄一副本。後由盧前《飲虹簃所刻曲》收入刊出，遂行於世。原本不分卷，僅分散曲、套數兩類，共有小令二百七十四首，套數三十五套。套數自〔南呂〕〔一枝花〕「詠簾」後已殘缺，世無他刻，因而無從抄補，這不能不說是件憾事。

　　朱有燉的家，曾被捲入所謂「靖難之亂」的明初皇家內部爭鬥的漩渦之中。朱元璋卒，皇長孫建文帝繼位，作為先帝兒子輩的燕王朱棣、寧王朱權等皆不服。由於朱橚與朱棣是同母兄弟，故頗見疑於建文帝，而朱橚也確實

〔註1〕　朱有燉卒年有二說，一為明英宗正統四年，即 1439 年，見鄭振鐸《文學大綱年表》，現引各家文學史多從此說；另一說為明代宗景泰三年，即 1452 年，見朱彝尊《明詩綜》。

〔註2〕　收《飲虹簃所刻曲‧誠齋樂府》卷末。

有異謀。其相王翰屢諫不見納，斷指佯狂而去。終於，建文帝暗遣曹國公李景隆，以備兵邊防爲名假道開封，捉拿朱橚放逐雲南蒙化，後又召回京城禁錮，做了好幾年階下囚，株連諸子，別徙他處而且動輒見詰。朱棣奪得天下後，朱橚復封，隨即進頌九章、佾舞，博得朱棣的歡心與宴賜；若干年後，有人告朱橚謀反，橚行京頓首謝死罪，舊封地後又自動獻還三護衛，終釋皇兄疑心。〔註3〕

朱橚有十五子，除有燉與八子有爌「德善多材」外，多爲平庸之輩與不肖子弟。三子有爋屢屢弄虛謀反，五子有熺嗜好生人肝腦，遂使開封新安門入夜無行人。朱橚本人倒德行俱善、博學多才。史載「橚好學能詞賦，嘗作元宮詞百章」，又曾寫作普及性的農科讀物《救荒百草》，選能入食佐饌的植物四百餘種，一一繪圖說明，以圖改變戰後「國土夷曠」、百姓饑饉的局面。朱橚寄厚望於長子有燉，闢「東書堂」，延請長史劉淳爲師。劉淳「博物洽聞，操行峻介」，長期隱居不求聞達，卻應召做了有燉的老師，〔註4〕當與朱橚敬禮文士、有燉聰穎好學不無關係。有燉曾有「題劉長史白雲小稿」〔蟾宮令〕一首，對老師才德推崇備至：「德行文章，高古清純」、「閒將那胸內珠璣，醞釀作嶺上白雲。」〔註5〕

據能夠讀到的不多的史料可知，朱有燉是一個心無政治傾軋、寄情文學，較爲超脫開明的人物。但是，他畢竟又是農民起義軍領袖的兒孫輩，而且「靖難之亂」這一皇族內部驚心動魄權力之爭時，他已經是二十幾歲的青年了，父輩與家庭的跌宕沈浮，特別是朱明皇族另一位大曲家朱權由戎馬生涯到變相被囚的遭遇，〔註6〕不會不對他發生影響。這種影響應當說是兩方面的，其一，這迫使他走上了吟詩譜曲的文學道路，又不得不以相當的筆墨表忠心、獻誠意、歌功頌德，以換取安定的生活處境；其二，明皇家子孫的封地生活是極不自由的，〔註7〕更不復有縱馬疆場的生活內容，朱有燉有時只能在劇本寫作中，追憶與歌頌農民英雄及其起義生活，以作爲一種對自己的精神安慰與補償。這大概便是他兩則水滸劇誕生的根本原因。我們在分析這一文學現

〔註3〕　參見《明史》卷116。
〔註4〕　參見《名山藏・分藩記》卷36。
〔註5〕　見《飲虹簃所刻曲・誠齋樂府》（下文不注出處者，均出此）卷一，第48頁。
〔註6〕　參見《明史》卷117，"甯王權"。
〔註7〕　參見〔美〕黃仁宇《萬曆十五年》第一章"萬曆皇帝"，中華書局1982年版，第17頁。

象時，自然不能只看到「貴族作家朱有燉」〔註8〕的一面，而忽略了他同時又是農民起義軍領袖的兒孫這另一面。

朱有燉一生著述甚富。詩文有《誠齋集》、《誠齋新錄》、《誠齋遺稿》、《誠齋詞》等。他又通曉音律，擅長排場結構，所作雜劇今天可知者三十一種，可全文閱讀者二十五種。〔註9〕有燉將自己的戲曲、散曲集皆命名爲《誠齋樂府》。爲區別計，後世每每將前者稱作「誠齋樂政傳奇」。

《誠齋樂府》散曲在明代就得到過較高的評價。沈德符《顧曲雜言》云：「誠齋樂府，至今行世，雖警拔稍遜古人，而調入弦索穩愜流利，猶有金元風範。」呂天成在《曲品》中更爲推崇：「色天散聖，樂國飛仙，嗣出天潢，才分月露。」清朱彝尊亦評其曲：「音律諧美，流傳內府，至今中原弦索多用之。」〔註10〕這樣的評語，當包括同樣能被之管弦的散曲作品。可是，自梁乙眞《元明散曲小史》至當今通行的幾部文學史，對朱有燉的評價都不很高。前者認爲其題材侷限在祝壽、求仙、贈妓，「意思既無新奇，字句也不見得渾成，並不上乘。」「渲染著頹廢的享樂主義的色彩」。〔註11〕後者每每數筆帶過，貶斥之意比梁乙眞更甚。

其實，應該給朱有燉以明初曲壇較爲重要的地位。這不僅僅是因爲明初曲家廖若晨星。在開擴文學研究視野的今天，有必要也有可能重新評價這一位皇家出身的曲家，重新發掘其作品中有價值的東西。

《誠齋樂府》的題材並不像通常說的那樣狹窄。

除了慶壽、賀筵、勸飲、樂賓之應景之作外，《誠齋樂府》中最爲大量的是賞花和題情之篇。賞花篇什中，十九首一組的《牡丹樂府》最引人注目。朱有燉生性愛牡丹，又長期生活在牡丹產地中州，因而有大量作品吟詠牡丹，不僅有小令，還有套數，如〔南呂〕〔一枝花〕吟誦一枝「合歡共蕚」的奇牡丹。雜劇作品以牡丹爲題材的也有三種。〔註12〕另有吟賞梅花、海棠、水仙的，也每每以花擬人，表現了一種癡情者與花對答、與花交流的情態。如套

〔註8〕見《明人雜劇選‧出版說明》。
〔註9〕朱有燉劇作，分收在《雜劇十段錦》、《周憲王樂府》三種，《奢摩他室曲叢》二集、《盛明雜劇》二集之中。
〔註10〕參見傅惜華編《水滸戲曲集‧題記》，上海古籍出版社1985年版，第5頁。
〔註11〕梁乙眞《元明散曲小史》第五章"過渡時期的幾位曲家"，商務印書館1934年版，第261頁。
〔註12〕即《洛陽風月牡丹仙》、《天香圃牡丹品》、《十美人慶賞牡丹園》，參見同注8。

曲〔南呂〕〔一枝花〕《詠梅寄情》中的〔梁州〕曲有云:「看了你妖嬈體態,穩重規模,想當時秋波微溜,怎禁伊春色先驅」。這類作品除了一般有閒階級閒散情緒的流露外,應當看到,同時表現了作者「遠人事,親自然」的思想傾向。這當與朱明皇室內部人際關係惡劣,有燉親見父輩坎坷沈浮的生活體驗有關。有一年春三月作者「病嗽」,但仍禁不住遊園賞花,一邊嗽一邊賞一邊「口占小詩」,而後又對自己的這番癡情覺得好笑起來,於是「又戲小曲〔落梅風〕二闋,以自嘲云:

> 茶蘼徑,芍藥亭,強尋芳病中打挣。盡腔腔嗽得來不住聲,嗽不損
> 惜花情興。龍蛇字,鸞鳳紙,病麻花眼睛熟視,任腔腔嗽得來不住
> 止,嗽不減滿懷詩思。

作品中頗能看出他「自己」來。

題情的作品較為複雜。一如他的幾部寫妓女的劇作。同情她們不幸命運者有之,以玩弄婦女為樂者亦有之。小令〔罵玉郎過感皇恩揉茶歌〕、南北曲〔楚江情帶過金字經〕《詠閨情五更轉》、套曲〔南呂〕〔一枝花〕《題情》和《風情》,皆以女子口吻代言,寫得較為真切悽怨,宛折有致,而〔商調集賢賓〕《代人久別詠情嘲漂蕩子弟》,則活現出淫樂頹靡的貴族子弟的心態,現將〔罵玉郎〕選錄如下:

> 「湘裙睡損胭脂皺,非病酒,是悲秋。自從他去了厭厭瘦,瘦多應
> 腹內愁,愁番成鏡裏羞,羞說起神前咒。本待要同效綢繆,誰承望
> 被他僝僽,空想得病纏身,恰盼得書在手,不覺得淚盈眸。」

《誠齋樂府》尚有幾首關心農民疾苦的作品,如南曲〔柳搖金〕《歡農夫收麥時遭連陰雨》、《霖雨初霽農家喜晴》、〔正宮〕〔端正好〕《苦雨有感憫農》一套等,(從後者小引看,作者還曾作苦雨詩若干。)「北曲掃晴娘」,據作者說,乃其「審音定律新製」之曲,作意在小序中亦得以說明:「實苦久雨,偶見人製紙妝婦女,名曰掃晴娘,臂懸灰土,手持掃帚,其意以土克水,欲掃盡陰雲,乃兒女戲劇之具耳。予遂以〔掃晴娘〕名曲,如曲中〔柳青娘〕、〔絡絲娘〕之比也。」這幾首頗有民歌風味的〔掃晴娘〕,表明作者與底層人民尚有一息相通:

> 「掃晴娘,高盤雲髻鬥紅妝,手持竹帚三千丈,舞袖翩揚。掃陰雲,
> 見太陽,曙色光,晴霞晃,彩鸞回馭到仙鄉,相酬進玉觴。(其一)
> 「掃晴娘,腰身可喜好衣裳,便將雲霧先除蕩,盡力掀揚。掃晴天,

萬里長，打麥場，農夫望，歸來相謝救民荒，佳名百世芳。（其四）」

類似這樣風格的曲子，在《誠齋樂府》中並不少見。可見作者並非「一天到晚」祇是想著「女色花草」和「長生不老，昇天作神仙」〔註13〕的。這樣通俗平易而帶著一種諧趣的作品，出自皇家貴族之手尤難能可貴，令人想起他父親的《救荒百草》。

如同一般的文人詩文集一樣，《誠齋樂府》中自然也免不了傷春悲秋，遊山玩水，歌詠棄功名歸隱的篇章。〔慶東原〕四首，即為這一格調的作品。〔慶東原〕曲牌後有「賡和丹丘作」數位，說明他與朱權（號丹丘）有著文字交往。原曲共四首，「賡韻」、「賡意」各兩首。其中「賡意」之一這樣寫道：

自樂閒中道，學些老後瓢，便疏狂不敢將人傲。寬穿領布袍，歪戴頂磕腦，鬆繫個長縧。我不笑別人，一任教別人笑。

「賡韻」中也有類似的句子：「管甚世間名，一任高人論。」這樣的生活態度，「二朱」定然是同調。這也是他們自我保護的最後法寶。

〔白鶴子〕《秋景》之序，可作誠齋曲論來讀。「予秋初有詠秋景詩一首，自吟自和。客有哂余者曰：非詩也，此乃曲中〔白鶴子〕也。予令人以〔白鶴子〕腔歌之，而音調正與之協，予遂續成四首，其前五首焉，乃歎古詩亦曲也，今曲亦詩也。但不流入於濃麗淫傷之義，又何損於詩曲之道哉！」他與正統文人把曲看作「小道」者不同，將曲與詩相提並論，給予很高的文學地位。他認為曲「吟詠情性、宣暢湮鬱，和樂賓友，與古之詩又何異焉？」這幾句話頗能道中藝術活動與社會人生之關係：藝術的效用之一，是人類喜怒哀樂的外化，是人類情感得以渲泄之管道。而且，這一篇序中「暢論南北曲之流別」，也「為詞隱，鞠通輩所未悉」，〔註14〕填補了當時曲論的一個空白。類似的藝術傾向還散見於〔快活年：《題漁樵耕牧圖樂府四篇有序》、〔落梅風〕「荼蘼徑」、套曲〔正宮端正好〕「苦雨」……等幾篇小序中。朱有燉還頗能把握、突出散曲作為諷刺文學的特點，每每是寫了詩尚不足以抒懷抱，又補寫幽默詼諧的曲，在情趣、理趣之外，再創造「諧趣」。上述〔落梅風〕記病中賞花便是一例。

朱有燉在散曲傳統上主要繼承馬致遠、貫雲石一派，文學史上習稱「豪放派」，他的〔天淨沙〕《詠山水小景》九首，清逸俊爽，明顯地打上了「馬

〔註13〕參見《中國文學發展史》第 25 章，上海古籍出版社 1982 年版，第 979 頁。
〔註14〕見吳梅《誠齋樂府·跋》，同注 2。

派」的烙印。朱有燉主要寫北曲，這與他長期生活在北地有關，但也兼寫南曲，集中有二十多首南曲，約占小令的十分之一。尤其可喜的是他的《五更轉》五首，用南曲〔楚江情〕帶過北曲〔金字經〕，把南北曲合編的形式帶進了散曲創作的領域。他的南曲〔四朝元〕還採用了合唱的形式。他的這枝慣寫北曲的筆寫作的南曲，竟是十分的柔媚婉轉，疊字重句更用得流利歡暢，使人覺得朱氏之曲中不乏陰柔之美。梁乙眞將其與湯舜民同歸於「豪麗兩兼」〔註15〕一派，當是公允的。

朱有燉本人還作有一篇《誠齋樂府》引（殘文）。據這篇引文所述，他的這幾百首散曲原本是不會問世的。他說他在「拾掇」「詩詞類而成卷名《誠齋錄》」之後，還「餘時曲數十紙」，本打算付之一炬，在朋友的勸阻下才轉念，將其與「詩錄同刊」，並名之「誠齋樂府」云。十分有意味的是，朱氏《誠齋錄》早已淹沒無聞，本打算一燒了之的散曲集倒反而流傳至今並爲後人所注目。其間，除了偶然的原因外，當還有不同品類在特定時代裏的藝術生命力的深層原因吧！

（原載《古籍研究》1987 年第三期）

〔註15〕同注 10 第六章 "崑曲未流行前的豪放派" ，同注 10 第 267 頁。

中國戲劇起源與形成問題討論綜述

　　戲劇的起源與形成，是任何一部戲劇史、戲劇學史開卷伊始便要涉及的重要問題。由於史料上和理論上的種種原因，關於中國戲劇的起源、形成，長期以來眾說紛紜，莫衷一是。本文試就近年來關於這一問題討論研究的狀況和特點，作一簡要的綜述。

　　關於中國戲劇起源與形成，自王國維至今，研究經歷過三個重要階段。其一是七十多年前，王國維發表《宋元戲曲考》的時期。當時，對中國戲劇的科學研究才剛剛開始，對於起源形成，在「拓荒」者王氏那裡也還是一種初探，因而其論斷每每顯得頗費躊躇，以致留給後人許多疑問。第二個重要階段是任半塘發表《唐戲弄》的前後。王國維之後，雖然時有異議，如許地山提出中國戲劇受梵劇影響而成說、孫楷第提出戲曲源自傀儡戲影戲說等等，但中國戲劇起源於上古而形成於宋元之說，幾成定論。任半塘以數十萬字描述了唐戲劇眞面貌，對此提出詰難，並建議應有人去專治漢戲、宋戲，直到弄清各時代的戲劇面貌之後，再下結論說其究竟起於何時、形成於何時。其三便是近七、八年來有關的學術討論，又一次形成熱潮。除了論文、專著外，兩屆中國古戲曲學術討論上，都曾闢出專題進行討論。各種論點雖多能從前人處找到發端，但幾經反覆，各自都加強了理論深度，並開始注意科學地界定概念，注意將中國戲劇文化現象放到世界文化的大背景中進行宏觀觀照。中國戲劇就是形成於宋元的戲曲的觀點再一次受到衝擊。這當與當前突破舊有觀念的時代要求，有著直接的聯繫。

　　現今對於戲劇（戲曲）形成的時代問題，大致有這麼幾種有代表性的提法：

一、先秦說

任半塘寫作他的《唐戲弄》，對「宋元形成」說提出挑戰，但他並非便要下個「形成於唐」的結論了事，而是力圖用事實服人：唐戲劇豐富如此，我們應當用同樣的目光探察搜尋唐代以前的戲劇活動。他認爲遠在唐之前的周戲「優孟衣冠」《孫叔敖》，「衣冠、眉目、置酒、驚殿、命相、謀婦、復命、歌廉，在在是行動，是『戲事』」，「孟扮敖同時，另有人扮王，由假王與假敖對立完成；象畢，眞正始從而謝，假敖始從而滅。」（《優語集》）他在近年再版的《唐戲弄》的「後記」中，更加明確地指出：不同意王國維把「眞戲劇」的形成定在宋元之後，認爲「眞戲劇」與「成熟戲劇」應當是兩個概念，譬如「眞人」與「成人」。作如是觀，「優孟衣冠」雖尚幼稚，但卻是「眞戲劇」無疑，如同嬰兒也是眞人一樣。因此，中國戲劇當在春秋優戲中即已形成。

由香港上海書局印行的馮明之《中國戲劇史》，名之爲「戲劇」，內容也從上古戲劇一直寫到話劇。關於起源與形成亦持類似觀點：優、俳之流在諷諫之餘，「有時也做點戲劇性的扮演，所以也等於是古代歌舞進向於原始戲劇的媒介，等於是中國古代戲劇最早的一批演員了。」而沈揚的《古優辨》（見《戲劇藝術》1948 年第 2 期）則指出，「古優本來是專供封建帝王聲色之娛，歌舞戲弄是他們的基本職能」，祇是因爲史籍專記他們的政治活動給後人造成了錯覺，但即便是參加政治活動，他們的手段也是與衆不同的「歌舞戲弄」。文章列舉大量事實，意在引起論者對古優的戲劇活動的重視。

同樣持「先秦說」的陳多、謝明卻以《詩經》、《楚辭》作爲他們的論據。這一說與解放前聞一多的觀點有一定的承繼之處。他們認爲，《詩經》中至少有二十多個歌舞劇目，「《詩經》中記錄的劇作是春秋時北方劇種的代表，《楚辭》中保留的劇作是戰國時楚地的偉製。……它們各自以自己獨特的風格發展著。」他們的結論是：「春秋……祭祀歌舞中，嶄新的、獨立的、以載歌載舞、扮演人物、敷演故事爲特徵的幼年時期的戲曲藝術」，「終於衝破神權的束縛而發展成爲嶄新的、獨立的戲劇藝術。」（《先秦古劇考略》，見《戲劇藝術》1978 年第 2 期）

二、漢代說

周貽白嚴格地區別了「戲劇」與「戲曲」兩種概念，若論戲劇的形成，他認爲自漢代始：「假令戲劇的必備條件，必須從故事內容出發，然後構成劇

本，再通過演員們扮人物的藝術形象而表演出來，這才可以稱爲戲劇的話，那麼，《東海黃公》這項角抵戲，便應當成爲中國戲劇形成一項獨立藝術的開端。」（《中國戲曲展史綱要》）

吳國欽則統稱「戲曲」：「漢代的百戲孕育了中國的戲曲，產生了最早的戲曲劇目——《東海黃公》。」（《中國戲曲史漫話》）

祝肇年、彭隆興《「百戲」是形成中國戲曲的搖籃》（見《戲劇學習》1979年第 3 期）及呂曉平《關於中國戲劇形成問題及其爭論》（《戲劇藝術》1986年第 3 期）等論文都推舉《東海黃公》，推舉漢百戲，表述了類似的觀點。

三、北齊至唐代說

夏寫時在他的《中國戲劇批評的產生和發展》一文中，對始於北齊而盛於唐代的《踏謠娘》，給予很高的評價與很重要的戲劇史地位。他說：「西元六世紀末或七世紀初（北齊或隋末），發生了我國戲劇形成過程中具有劃時代意義的大事，第一齣略具規模的歌舞劇《踏謠娘》誕生了。」《踏謠娘》「有了一定規模的劇情，角色以一人增至二人，繼而又增至三人，這些使《踏謠娘》第一次獲得較完整的戲劇形式：而作爲主體的戲劇因素又與音樂、舞蹈、美術等各種因素和諧地結爲一體，於是發生了質的飛躍：我國民族形式的古典戲劇形成了！」

董每戡的研究觀點一向重視戲劇的表演性，認爲「戲曲」主要是「戲」，不祇是「曲」，（見《五大名劇論‧自序》）他提出，隋唐間頗成氣候的歌舞劇，除了歌、白、舞、人物、故事等七項俱全的《踏謠娘》外，尚有《文康樂》：「主題明確，劇情複雜，人物眾多，排場熱鬧，它不但已經逼近戲劇藝術範疇，甚至可以說比前代所已有的東西完成了飛躍的發展，正式走進戲劇藝術的範疇了。如果我們不過分保守，定要把戲劇的範疇限制得那麼狹小，非到曲、科、白三樣齊全如宋戲文、元雜劇的就被摒棄的話。」（《論隋唐間兩歌舞劇》見《戲劇藝術》1983 年第 2 期、第 3 期）

蔣星煜也爲「唐說」提供了新的佐證資料：《唐人勾欄圖》詩（《〈唐人勾欄圖〉在戲劇史上的意義》，見《中國戲劇史鉤沈》）。他由此確認：唐代已經出現比《蘇中郎》等「人物較多、情節較複雜的演出，這種演出，除了樂舞之外，還有十分接近於戲劇形式的演出」，腳色也不止參軍、蒼鶻兩種；唐代已有名「勾欄」的演出場所；「儺」在唐代勾欄內開始了關鍵性的、向儺戲挺

進的演變等等,「對王國維的中國戲劇形成於宋的論點稍有突破。對任半塘的中國戲劇形成於唐的論點稍有補充。」

任半塘在《唐戲弄》中也推舉《踏謠娘》爲「中國戲劇之已經具體而時最早」的,是「全能劇」,但他近年寫的論文中更把戲劇形成推前到先秦。故在此不列。

四、兩宋、宋金、宋元說

這是在中國戲劇(戲曲)形成問題上的多數派意見。細分起來,又有兩宋、宋金、宋元、元等幾多區別。

趙景深、李平、江巨榮等在《中國戲劇形成的時代問題》(見《古典文學論叢》,上海人民出版社 1979 年版)一文中,認爲戲劇當形成於兩宋交替之際。「縱觀中國戲劇歷史的發展,根據目前掌握的實際材料,我們認爲:中國的戲劇的眞正形成,只能定在北宋後期至南宋初期。」

由張庚、郭漢城主編的《中國戲曲通史》以較大的篇幅論述了十二世紀中國的都市經濟和社會矛盾,「十二世紀中葉這個時期(約當 1120～1164年)……,溫州雜劇的出現就在這時候,金院本的進一步戲劇化也就在這個時候。」因而,中國戲曲是「經過漢唐直到宋金即十二世紀的末期才算形成的」。

「宋金說」其實是一種比較寬泛的提法,不像上面所列周之「優孟衣冠」、唐之「踏謠娘」等數種提法那麼確定。「宋元說」是一種更爲寬泛的說法,持這種觀點的人們,認爲只有宋元南戲、元雜劇才能稱得起戲劇(曲)形成的標誌。持這種說法者很多,如王季思《中國文學史》和《玉輪軒曲論》、吳小如《中國戲曲發展講話》(見《臺下人語》)等。有的「宋金」、「宋元」兩提,如張庚在《中國大百科全書·戲曲曲藝》卷有關條目中,即改提「宋元」,《中國文學史》亦然。有的更乾脆直接提「元」,如劉大杰在《中國文學發展史》中所說:「中國眞正的戲劇,始自元代的雜劇。」

近年中國戲劇形成問題的討論,視野更爲開闊,漸具理論深度。特點之一,是各家不再滿足提出一說了事,而著力挖掘其所以如此的歷史的、藝術的、社會心理的原因,如隗芾的《關於中國戲劇產生較晚原因的探討》(見《汕頭大學學報》1985 年第 1 期)、陸潤棠的《中西戲劇的起源比較》(見《戲劇藝術》1986 年第 1 期)等,皆採用比較手法,前者從社會學的角度比較了古中國與古希臘在政治、經濟、軍事、文化等方面的諸多不同特質,指出這兩

個上古文化現象十分相似的文明古國，戲劇形成卻相距一千六百多年，「主要是由於社會發展的不同特點和不同的道德標準造成的。」後者在指出中國、希臘戲劇起源於宗教祭祀之異同之後，提議以階段來說明戲劇的發展，較以年代說明更為妥當，並介紹了李察・修頓爾的「七階段」法。余秋雨在他新近出版的《中國戲劇文化史述》一書中，用將近一半的篇幅論述他的「戲劇美發生學」，從美學的角度對中國戲劇「大器晚成」作了新的探索。儒家所提倡的禮樂相合的觀念、主體性藝術傾向和「溫柔敦厚」的格調、漢唐熱烈勃鬱的、久久不見冷卻的詩的氣氛，都在有形無形中「影響了戲劇美的凝集」。「希臘的奴隸主民主派把巫術禮儀引向藝術之途，形成了戲劇」；而孔子則「把巫術禮儀引向政治、倫理之途，使戲劇美的因素滲透在生活之中，未能獲得凝聚而獨立。」「中國戲劇由於錯過了早期凝聚的時機，因而後來的形成過程就顯得特別曲折和費事。」他認為，中國戲劇大成於「道統淪微」的元代，中國戲劇研究開端於封建正統觀念全面衰微的二十世紀，都不是偶然的。戲劇一直與封建的正統觀念相悖逆。

特點之二是，與戲劇形成的討論相呼應，許多學者開始重視對「戲劇」、「戲曲」等概念進行嚴格的辨析、科學的界定。辨析從王國維筆下的這兩詞之含義說起，葉長海認為，「前者指表演，而後者指文學；前者是戲劇演員的藝術，後者則是戲劇作家的藝術。」（見《光明日報・文學遺產》601 期），查爾綱等則認為在王氏那裡，「戲曲」被認為是完整、成熟的戲劇形式，而「戲劇」則被認為是戲曲的初期階段。（同上 610 期）。兩者都對「王國維混用兩概念」的舊說提出了異議。而更多的學者則認為應根據今日的藝術發展狀況自己判定。任半塘說「戲劇是大範圍，戲曲是小範圍，大可包小，小不能容大」（《對王國維戲曲理論的簡評》《揚州師院學報》1983 年第 1 期）。王小盾認為應當在與其他體裁藝術品類的區別中，在分析其特殊的矛盾中，在把握其歷史的形成中，來確認戲劇的性質，以戲曲代替中國戲劇、用「綜合藝術」定義戲劇，所謂「真戲劇」的提法，都是不妥的。（《試論〈資本論〉中關於事物的質的規定方法》，《戲劇藝術》1986 年第 2 期）。目前，認為戲劇與戲曲應當是兩個概念，不應當以戲曲代替中國戲劇等看法，已得到多數學者的認同，這對於中國戲劇起源、形成討論的深入、重新思考中國戲劇發展的歷史和其在世界藝壇的地位，應該是有益的。

隨著討論的深入，概念辨析也不再侷限於「戲劇」、「戲曲」二詞，上文

的「古優辨」即為一例。洛地在第二屆戲曲學術年會上發言，對「本」提出了新的理解：「戲劇以關目為本，元劇以曲為本，元戲班以正角為本，演劇傳藝以掌記為本。」「本乃木之根，而非全木；本亦劇之本，豈必字字句句斤斤於鴻儒名家。」他認為「文」與「本」是有一定聯繫的兩個概念。過去的戲劇史研究，必以尋找劇本為準，對劇本的理解又過於狹窄，其實偏重於「文」。若對「本」的理解有所突破，那麼許多戲劇史研究上的重大問題都要重新思考，當然包括起源與形成。

特點之三，隨著地方戲、少數民族戲劇的不斷挖掘和研究，大大擴展了研究者的視野，使原有成見很難維持下去。如新疆維吾爾初唐戲劇《彌勒會見記》的被髮現，（見耿世民《古代維吾爾語佛教原始劇本〈彌勒會見記〉研究》，《文史》第十二輯，中華書局版）即被任半塘補入《唐戲弄》之中，首肯並贊許耿氏「新疆戲劇曾給內地漢族戲劇的產生和發展以很大的影響」的結論（見《唐戲弄‧續後記》）。現今地方戲研究也蔚然成風，如安徽的池州儺戲，山西的鑼鼓雜戲、隊戲、院本、河北的賽戲等等，不僅有劇本，而且尚能上演，為人們提供了原本只能從文字記載中得知一二的許多古劇演出的感性認識（均見第二屆戲曲學術年會論文）。這一切，對只有宋戲文、元雜劇才是完備戲劇的成見，從另一個角度，形成了一種衝擊。

（原載《文史知識》1987 年第 9 期，為《古典文學研究動態》所收，中華書局，1993 年 3 月版）

論元代雜劇兩「魂旦」兼及其他

　　本文所舉的兩「魂旦」，是指元雜劇《竇娥冤》中的竇娥魂，和《倩女離魂》中的倩女魂。筆者有感於對前者的評論往往至第三折止，認為第四折「鬼魂報仇」無甚價值可言，甚至指斥為「封建迷信」、「時代侷限」等；對《倩女離魂》的意義也評論不足，亦有「迷信」說存在。筆者還有感於當今世界藝壇荒誕、變形、象徵等超現實藝術思潮方興未艾，不少人已將發掘的目光投向中國古老戲曲這一寶庫。元雜劇作家讓他筆下的主人公以「魂」的形式出現，到底要借助他們道出何種難「言」之衷？表達人類的何種內心動態？追求什麼樣的藝術精神？筆者認為，總結我國古代戲劇家的藝術實踐和經驗，今天比任何時候更顯得需要和有意義。

一、竇娥魂——復仇的女神

　　竇娥魂，在《竇娥冤》的最後一折方才出現。在這一折裏充分體現她的復仇精神。我們說，「鬼魂報仇」是「三項誓願」（第三折中竇娥的三項誓願）的繼續，是「三項誓願」的發展，無論是情節上還是精神上。「三項誓願」祇是證明了冤情，祇是證明了竇娥的清白（白練、白雪皆是象徵），「鬼魂報仇」卻行動性地把復仇作為實踐。歷來評論文章較高地評價了「三項誓願」、卻又將「鬼魂報仇」與之割裂，誠然，這第四折中的曲辭說白，帶有一些封建迷信術語，如「陰山」、「餓鬼」、「水陸道場」、「超度生（昇）天」，還有咒話「急急如律令，敕」等。也許正是這些佛家道家用語，掩蓋了作品原有的光彩，是人們認為其價值不高的緣由。其實，只須略加辨析便可發現，作者的用心全然不是宣揚迷信。首先，這些詞語無一出自主人公竇娥魂之口。（若是作者

有意宣傳迷信，那麼這位來自另一世界的「魂」必然會滿口「鬼話」的），其二，這些宗教術語，在劇中無一處起到作用。張驢兒在公堂百般抵賴，猛見竇娥魂出現，嚇得魂飛魄散，兩番口咒「急急如律令」，但「太上老君」並沒給予他幫助，竇娥魂也沒有像他所希望的「撮鹽入水」似的化作無有，依然大聲責問，舉手痛打。下面一例更能說明問題：竇天章弄清冤案來龍去脈，對女兒說：「你這冤枉，我已盡知」，「改日做個水陸道場，超度你生（昇）天便了」。下面有舞臺提示：「〔魂旦拜科了〕」。但竇娥這一拜，並不是感謝父親為她做「水陸道場」，也不是為終能昇天，不用下地獄受苦刑而高興，她對父親說：「從今後把金牌勢劍從頭擺，將濫官汙吏都殺壞，與天子分憂，萬民除害」，以及「收養」蔡婆的囑託。她的意思顯然是：雖說自己的冤案得到平反，但天下「竇娥」者何止我一個？願殺盡「濫官汙吏」，願天下不再有「竇娥冤」！這分明是元代社會廣大身受階級、民族雙重壓迫的勞苦大眾的心聲，是劇作者集中廣大人民心願而借助「魂旦」之口的一聲聲呼喊！

因而，儘管有某些迷信術語像煙霧似的籠罩，但它無損於竇娥魂復仇女神的形象。我們知道，提倡反抗精神和叛逆精神是中外文學久有傳統的「母題」。中國古代神話中有「刑天爭神」的故事。說刑天被天帝砍去了頭，不甘屈服，兩乳為目，肚臍當嘴，依然持盾牌和板斧上陣（見《山海經》）。希臘神話中有名為「厄里倪厄斯」的三個復仇女神形象，她們一手執火把，一手執由蝮蛇扭成的鞭子，專管懲人類的罪行。作為「魂旦」出現的竇娥，正是古代戲曲舞臺上的「刑天舞干戚」，是具有我民族文化特色的「厄里倪厄斯」。它繼承的是古代神話中反抗暴力的積極戰鬥精神，而不是宗教迷信中一味勸善、勸諒的消極精神。「鬼魂報仇」與以德報怨、順從命運安排、「這半邊臉挨打的時候，應該送上那半邊臉去」（《聖經》）的宗教教義，實在沒有內在聯繫。

「鬼魂報仇」的描寫自然是荒誕的。但正是荒誕的超現實的藝術手段，給予作者極大的自由和便利。《竇娥冤》這樣的題材，若是落在平庸的作者手裏，也許會不是這樣的格局和氛圍。也許第二折會以「家中」與「公堂」兩個不同空間而分作兩折，也許全劇會在「法場行刑」結束。關漢卿卻儘量把生活現實的故事壓縮到最簡練的程度，不惜在一折中空間幾次轉換，就是為了給「鬼魂」——給竇娥的復仇精神留一個相當充分的篇幅。尋求荒誕的形態本來就是對生活外在真實的有意違背，為的是創造一種藝術氛圍，創造一種舞臺奇觀，以追求超越生活表象的內在真實。竇娥魂一上臺，叫一聲爹，

三次弄暗燈火，三次把自己的文卷翻到最上面。這對於劇情發展自然是不可或缺的關目，關漢卿在劇本中刻劃了竇娥性格的發展，由善良懦弱、與世無爭到堅強反抗，而「至死不屈」正是其反抗性格的頂峰。「竇娥魂」的出現，不僅沒有削弱，而且加強了劇作的悲劇性。她本身就是一段冤情，是形象的「至死不屈、死不瞑目」，是人類復仇心理的一種外化、物態化。她的出現，一方面對於人內心深處的悲傷是一種宣洩，一方面，也能給人們認識社會、反抗暴力以某種啓示和振奮。

二、倩女魂——愛的精靈

　　《倩女離魂》共有四折，以「魂旦」主唱主演的占兩折，第二、四折。第一、三折則由正旦主唱。作者把這麼個古代佳人一分爲二，一個是實體的倩女，一個是倩女的魂——倩女愛情的化身；同時也把生活一分爲二，一邊是被封建禮教束縛得令人窒息的現實生活，一邊是「花花草草由人戀，生生死死隨人願」（借用《牡丹亭》杜麗娘唱詞）的理想生活。兩個倩女兩種生活環境交替安排，強烈對比，作者的主題傾向、感情色彩、美學趣味也由此而顯現。

　　第二折是全劇最精彩的所在。倩女不能使王生「身去休教心去了」，乃使自己「身不去卻教心去了」——「魂兒」一路追趕王生所坐的蘭舟，尋尋覓覓，來到江邊。作者爲其所鍾愛的愛情主題和女主人公，設計了一系列的唱曲，寫得景與情諧，情深意切，清新而又生動。且聽這一曲〔小桃紅〕：

> 我驀聽得馬嘶人語鬧喧嘩，掩映在垂楊下。嚇得我心頭丕丕那驚怕。
> 原來是響璫璫鳴榔板捕魚蝦。我這裡順西風悄悄聽沈罷，趁著這厭
> 厭露華，對著這澄澄月下，驚得那呀呀呀寒雁起平沙。

　　在竭力描繪、盡情渲染理想中的一對戀人終於情投意合、同舟進發之後，作者的詩筆沒有順勢寫下去，沒有去展示張、王進京後的種種，而是收住他的筆勢，返回到現實描寫中來——這是讓女主人公倩女跌回冷酷的現實，跌回沒有愛情、沒有自由、只有牢籠般深閨的現實中來。有此一跌，再宕開去——在第四折再美美地描繪那理想中的婚姻，更突出了兩心相肯作爲基礎的婚姻的合理性：「暮春天景色撩人興，更見景留情。怪的是滿路花生，一攢攢綠楊紅杏，一雙雙紫燕黃鶯。一對蜂，一對蝶，各相比併。想天公知他是怎生，不肯惡了人情。中間裏列一道紅芳徑，教俺美夫妻並馬兒行」。當時送「魂

兒」出走的，是一片秋色，如今迎「魂兒」回歸的，是一片春景。同樣寫得情景交融，人在畫中。讓人讀到這樣的曲子，彷彿欣賞到一幅流動的音畫。

如果說，竇娥魂的藝術真實在於，她外化了的至死不屈的反抗精神，在於荒誕故事與真實細節的穿插；那麼，倩女魂的真實性，立足於「情」，立足於「情之所有」。《倩女離魂》問世後三世紀左右，《牡丹亭》作者湯顯祖更自覺地標舉「人情」的旗幟：「情不知所起，一往而深。生者可以死，死可以生」。既然可以有生死都割不斷的「情」，那麼，自然可以有離魂飛魂，「魂兮歸來」的愛。

倩女離魂的荒唐故事之所以令人喜愛，給人以真切感，另一個具體的原因是：作者是按照「人」的形象來塑造這「魂」的，是按照一個癡情者的形象來塑造這「魂」的，因此，這精靈就不是個不可捉摸的幻影，而充滿了「人情」味兒。

出走的「魂」像個私奔少女。歸來的「魂」則全然是回娘家的小媳婦的儀態！綠楊紅杏，她比綠楊紅杏打扮得更為鮮亮；紫燕黃鶯，她比雙飛鳥更加歡快，與丈夫依偎得更緊。回到家中，當倩女魂與實體的倩女「合併」之後，這位私奔少女只得向母親招認了一切：「生恐怕千里關山勞夢頻，沒揣的靈犀一點潛相引。便一似生個身外身。一般般兩個佳人，那一個跟他取應，這一個淹煎病損。母親，則這是倩女離魂」。（〔水仙子〕）這首曲子可以看作全劇的總結，可以看作作者對其藝術手法，藝術追求的自我披露。一個看似荒唐的故事就這樣結束了。全劇無甚情節可言，就寫了這麼一段情，一段關不住的愛情。高樓深院可以將實體的倩女鎖住，父母之命可以將實體的情人隔開，但卻鎖不住、隔不開他們的心。《倩女離魂》便是舞臺上立體化的、形象化的「心馳神往」。作者把一個被束縛的和想往自由的雙重組合拆開了，分而演之，從而抖露了人心所嚮勢不可擋這樣一個真理。

三、元雜劇兩「魂旦」的前前後後

「魂旦」是我國古代戲曲中一種獨立的旦角行當。（這裡順便說一下，在統計元雜劇角色行當時，應將「魂旦」獨立一項。而迄今為止的有關著作還沒這樣做過。）「魂旦」當具獨特的歌喉、獨特的舞步、獨特的身段動作，獨特的服飾打扮，因而，她具有其他旦角行當所無法替代的獨特的藝術魅力。

上舉的竇娥魂與倩女魂，雖然仍由原來扮竇娥和倩女的「正旦」扮演，

但她們的表演必然別是一番風貌。《倩女離魂》第二折有舞臺提示云：「〔正旦別扮離魂上〕」，一個「別」字，亦即「改扮」，透露了兩者外形上的不同。又，從「悄悄冥冥。瀟瀟灑灑」（《倩女離魂》），「慢騰騰昏地裏走，足律律旋風中來，則被這霧鎖雲埋，攛掇得鬼魂快」（《竇娥冤》）等曲辭中，我們能想像她們不同一般的身段和舞姿、「雲」「霧」彌漫、「日」昏「風」旋的舞臺場景、音響效果來。當然，兩魂旦又肯定是不盡相同的。嫋嫋婷婷，飄飄欲仙是她們的共性，但倩女魂更多一些悄無聲息的翼翼小心、竇娥魂則可能是素服叼髮，橫眉怒目，以表示她有深仇大恨在心。「魂旦」這一行當的建立，是我民族戲曲藝術家的一項創造。由於這一創造，以舞臺抒寫愛，抒寫恨這一難題不僅迎刃而解了，而且造就了特殊的美——古代戲曲家們不光敢恨敢愛、且擅恨擅愛！

如同整個戲曲藝術是由許多藝術因素積累綜合而成的，「魂旦」的表演也可在其前世藝術活動中找到醞釀發展演變的軌跡。人們一向指出：楚辭《九歌》中即已蘊含最初的戲劇因素。而《九歌·少命司》中已有巫與「神」的對唱，《九歌·東君》中有「靈」與巫的會舞。至東漢，張衡《西京賦》中，有「總會仙倡，戲豹舞罷」，「女娥坐而長歌，聲清暢而委蛇」等更爲具體的記載。據薛綜注：「仙倡，僞作假形，謂如神也」，又據李善注：「女娥，娥皇女英也」。「假」作「神」形，扮演傳說中的人物，正是一種猶如「魂旦」的戲劇活動。當然，這樣的活動還簡單幼稚，還夾雜在歌舞中尙未獨立出來。

至唐宋，歌舞與其他藝術都突飛猛進，裝神扮仙的表演也更趨進步。唐玄宗年代著名的法曲歌舞《霓裳羽衣舞》，顧名，已能略知主旨與風格：舞、樂和服飾都著力描繪飄然嫋娜的仙女和虛無縹緲的仙境。宋大曲歌舞名目中有《鄭生遇龍女薄媚》、「踏爨」中有《宴瑤池爨》等，也可大概看出其間的扮演神仙的內容。北宋瓦舍中，已出現專事扮鬼神而出名的伎藝人，據《東京夢華錄》載，有名「孫三」者，即以扮「神鬼」擅長。南宋都城杭州，出現一大批「會社」組織，據《都城紀勝》，在「西湖詩社」、「遏雲社」（歌唱團體）、「清樂社」（音樂團體）等一系列社名中，竟已有了「神鬼社」的名稱。可見南宋裝神弄鬼的藝人再不像北宋孫三那樣單槍匹馬，而已有了組織。這種以裝弄鬼神爲娛樂的活動也十分盛行。每近除夕，市民們不僅「畫門神桃符」，而且「街市有貧匄者三五人爲一隊，裝神鬼、判官、鍾馗、小妹等形，敲鑼擊鼓，……亦驅儺之意也」（《夢粱錄》卷六）。毫無疑問，這些歌舞娛樂，

無論來自官廷還是民間，無論是「陽春白雪」還是「下里巴人」，對後世戲曲的神鬼表演都有很大影響。近世昆曲與許多地方戲皆有《鍾馗嫁妹》一劇，造型獨特，別具一種美感，深受國內外觀眾歡迎。它們的承繼關係是不言而喻的。

　　綜上可見，元雜劇「魂旦」表演是前世歌舞娛樂發展演變而來的。正因爲她有著深厚的藝術基礎，故而當元雜劇成熟，爲敷演故事、塑造性格、外化人物內心活動而「召喚」她前來配合時，她便脫穎而出，愉快地承擔了表現人物命運、性格、情感等使命。

（原載《上海師範大學學報》1988 年第一期）

《踏謠娘》的特色及影響

　　在中國戲劇史研究中，產生於北齊、盛行於唐的歌舞小劇《踏謠娘》總是那樣的受人重視。然而對它的評價，給予它的地位，卻有著較大的分歧。筆者認為：進一步認識《踏謠娘》的特色及影響，即《踏謠娘》到底首創了什麼樣的戲劇精神和藝術表現手法，這些精神和手法給予後世戲劇哪些有益的啟示，也許對上述問題的解決會有一定的幫助。須在此指出的是：這裡所謂的「影響」，是指戲劇精神上的某種「呼應」，是「雛型」對於成熟樣式的那種啟發式的影響，而不是直接的模仿和承繼。

　　《踏謠娘》的特色和給予後世戲劇的影響是多方面的。這裡想從題材、形象與主題、抒情特性、和歌傳統、角色確立和戲劇性格幾個方面，分而說之。

一、以家庭故事為題材

　　《踏謠娘》敷演的是一個簡單的家庭故事。在有關史料中，唐代崔令欽《教坊記》所載的最為詳細而可信：「《踏謠娘》——北齊有人姓蘇，齃鼻，實不仕，而自號為郎中，嗜飲酗酒，每醉輒毆其妻。妻銜悲，訴於鄰里。時人弄之：丈夫著婦人衣，徐行入場。行歌，每一疊，傍人齊聲和之云：『踏謠，和來！踏謠娘苦，和來！』以其且步且歌，故謂之『踏謠』；以其稱冤，故言苦。及其夫至，則作毆鬥之狀，以為笑樂。今則婦人為之，遂不呼郎中，但云『阿叔子』。調弄又加典庫，全失舊旨。或呼為『談容娘』，又非」。〔註1〕

　　唐代段安節《樂府雜錄》等的記載與《教坊記》中的稍有出入，但所構

〔註1〕見《中國古典戲曲論著集成》第一冊第18頁。

勒的家庭故事則基本一致。「嬌娘常伴醜夫眠」倒還在次要，最主要的是，這位醜夫還如此地不爭氣。你看他不讀書，不務正業，自號「郎中」，嗜酒如命。妻子見其如此落魄，自然要以好言規勸；丈夫不但不聽，還常常大打出手——戲劇衝突正是這樣構成的。

觀唐一代戲弄名目，以家庭故事為題材的，寥寥無幾。（像《療妒》之類，從名目上看確像個家庭故事，但從現存有關資料來看，衹是一種即興表演而已）。而毋用說以歌、舞、白、表演的綜合手段敷演的家庭故事了。從這一意義上說，《踏謠娘》簡直可謂家庭故事劇之先驅。

或許因為家庭生活是人類生活的重要組成部分，怎樣的家庭關係才合理，一直在人們的探索之中。因而當宋元間南北戲劇大量湧現之際，家庭劇占有很大的比重。特別是南曲戲文。被列為「南戲之首」的《趙貞女蔡二郎》，至今能讀到的最早的完整劇本《張協狀元》，還有世稱「四大南戲」的《荊釵記》、《白兔記》、《拜月亭》、《殺狗記》，都是表現夫妻之間、親屬之間關係的劇作。早期南戲多為「負心劇」，譴責的對象是男子，這與《踏謠娘》中所表現的一致。後期主題大改，由高明的《琵琶記》先行，「翻案劇」一時大興。主題雖變，題材未改，依然是表現家庭成員，主要是夫妻間的關係的。

元雜劇題材較之宋元南戲要廣闊得多，但家庭故事劇和以表現家庭關係為主的劇作，也占有十分重要的地位。較為著名的如石君寶的《秋胡戲妻》、蕭德祥的《殺狗勸夫》、還有表「婚變」的如楊顯之的《瀟湘夜雨》等等，都以討論家庭問題而引起人們的重視和不衰的興趣。元雜劇作家隊伍中還出現了專寫家庭劇的能手，像石君寶就以此而名重一時。

當然，南北戲劇在其緣起和高峰時期湧現大量的家庭問題劇，主要原因應從當時的社會生活中去尋找，在於人們對合理生活的嚮往。但從《踏謠娘》身上，我們可以看到這樣的嚮往由來已久。以戲劇的形式討論家庭問題，反映底層人民的理想，《踏謠娘》開了先河，是不會不對後世戲劇發生的影響的。

反映家庭故事是一個方面，怎樣地反映家庭問題是另一個方面。《踏謠娘》在後者，給予後世戲劇的影響更大。這便是我們所要歸納的下一點內容。

二、女主人公形象與主題

毋庸置疑，《踏謠娘》的主角是女的。從劇名到劇情，從歌舞白的分配到和歌的內容，都說明了這一點。《踏謠娘》的情節很簡單，但女主人公悲慘的

遭際，悲傷的心情，卻已表現了出來。「踏謠娘」善良軟弱，安貧知命，對丈夫敢怨不敢怨，敢恨不敢還手。唯有訴諸鄰里來渲泄她心中的怨恨，慘慘切切，娓娓動聽，這也符合封建社會一般婦女的性格。被之管弦，哀歌一曲，怨舞一段，是能夠打動人心、博得同情、產生美感的——一種悲劇之美。這大概正是以女主人公為主的家庭故事劇千百年來在中國戲劇舞臺上經久不衰的一個原因罷！

劇作的主題每每是由主要劇中人決定的。《踏謠娘》展示了女主人公平常而悲苦的命運，同時說明了她是無力改變自己命運的。封建社會的家庭問題主要是婦女問題。形成於六、七世紀間的《踏謠娘》即已把筆觸伸向這樣一個重大的社會問題，這難道不是一項很寶貴的傳統麼？

中國古典戲劇曾塑造過多少這樣的女性形象！代她們「悲訴」，為她們鳴不平！趙五娘新婚兩月就與丈夫分離，丈夫赴考一去不返。遇災年，她獨自一人贍養公婆、糟糠自咽、祝髮買葬、裙裾包土、琵琶上路，曾賺得觀眾們多少眼淚，李三娘被惡兄嫂逼得夫妻離散、磨房產子、井臺挑水，一十六載方與夫、子團圓；還有那被張協過河拆橋的王貧女（《張協狀元》）；消息誤傳，受盡折的錢玉蓮（《荊釵記》）；好不容易等到丈夫歸家日，卻在桑林裡遭到丈夫調戲的羅梅英（《秋胡戲妻》）等等。在現實生活中，她們也許都任勞任怨，在戲劇舞臺上我們看到的這一「群」，卻都任勞而不任「怨」——像當年的「踏謠娘」一樣，把心中的悲傷傾訴他人（觀眾）。唯其哀怨，唯其將這種悲哀藝術化，才能產生那種特殊情味的、雋永的美感。宋元間南北劇中的家庭故事劇，大體有一個基調：哀怨、如泣如訴。這一基調大多由女主人公命運決定的。追根尋源，我們不得不說，這一基調是由《踏謠娘》奠定的。

三、歌舞並作的抒情特性

由於沒有錄音錄像，古代戲劇表演直接的形象資料，我們是無從得見了。但我們可以從現存宋元戲劇劇本中，間接地看到或推測出種種表演形式來。

我們看到，在許多劇作中，尤其是南戲系統的劇作中，每每有一人出場（主要劇中人），全然歌唱，絕少說白的場次。如《張協狀元》之第三齣，全齣只有一個人物：由旦角扮演的王貧女；全齣由三支曲〔大聖樂〕、〔叨叨令〕、〔同前〕）、一段下場詩組成，「旦上唱〔大聖樂〕：村落無人要廝笑，這愁悶有誰知道。閒來徐步，桑麻徑里，獨自煩惱」。從歌辭中，我們可以想見這位

第一次亮相的女主角孤單、怨悶的情態。那是歌舞並作的。像當年的「踏謠娘」，「徐步入場、行歌」、「且步且歌」一樣。這樣的抒情場面在南戲、傳奇乃至近代地方戲中用得十分廣泛。一人出場，歌舞並作的場次，樂曲上的特點每每是「一曲復用」十分頻繁。如上例的〔叨叨令〕、〔同前〕，便是〔叨叨令〕曲的復用。「一曲復用」法來源於歌舞之「歌」，因而進入戲劇後，也常常被歌舞並作的場次運用。

一人出場（從演員角度看）、歌舞並作（從表演手段看）、一曲復用（從音樂形式看），都是有助於主要劇中人抒發內心情懷的，猶如我們今天經常從舞臺上看到的那樣。這一傳統，亦開始於《踏謠娘》。任半塘先生曾稱《踏謠娘》是獨幕劇，又分三場，第一場旦角一人，第二場旦、末二角，第三場又添丑角。〔註2〕這裡的「一場」，正相當於後世南戲之「一齣」（人物的一次出場，情節的一個段落）。《踏謠娘》之第一場，不正是一人出場、歌舞並作的麼？不正是「踏謠娘」訴說內心積怨的抒情場面麼？《教坊記》的「每一疊」云云，不正是一支曲不止唱一遍，而有著反覆回還的明證麼？只有回還往復，一曲復用，才能與委婉曲折的情調相符。

四、「和歌」的傳統

《教坊記》云：「每一疊，傍人齊聲和云：『踏謠和來，踏謠娘苦和來』。」由此對於和歌的規制我們可以看得十分清楚：和歌設在主歌唱畢一疊之後，而不是插在主歌之中；「和來」完全是「聲」，無具體之義。

一人歌之，眾人和之的唱法，在唐代十分盛行。唐代絕句大多數是可歌的，歌時須經過改造，添入「泛聲」。所謂「泛聲」，就是朱熹曾說過的「連屬之如『和和和』『何何何』」之類。這類「泛聲」也是無義的，可以是獨唱者自唱，也可以由旁人齊「和」。下面一例則眾人齊「和」之特點更為明顯：

唐玄宗天寶二年，陝郡太守韋堅引滻水到望春樓下，積成廣運潭，以利漕運。唐玄宗登樓看新潭，韋堅聚江淮漕船數百艘，使一官員坐第一船作號頭，口唱《得寶歌》，船上有盛妝美女一百人和歌。〔註3〕可以想像當時聲勢之浩大。一人主唱，眾人和歌運用於戲劇，在具有和歌風氣的國度裡，應該說是十分自然的。

〔註2〕見《唐戲弄》第420頁。
〔註3〕參見《中國通史》第三冊第322頁。

　　戲劇到了宋元時代，除元雜劇「一人主唱」，不能設和歌外，上場角色皆可歌的南戲及其後裔傳奇，「和歌」的做法都運用得十分頻繁，幾乎每一場都有〔合〕唱，即使是一人出場的場次，也設有不少〔合〕唱。並且「合唱」皆置於曲之末尾；「合唱」是後臺人員對於上場角色的幫唱；「合唱」曲辭之義，大致有揭示劇中人的內心活動、點明題旨、品評劇情和反映觀眾心聲幾項；「合唱」的做法每每與「一曲復用」相連，復用之典用「〔前腔〕」表示，第二遍合唱部分往往只標「〔同前〕」兩字，因為它與第一遍合唱不僅「腔」同，而且辭同，只須參照前面的樂曲和歌辭唱便可。這幾項，又幾乎都能從《踏謠娘》處看到影子：「和歌」置於「每一疊」之後；「主歌」不止一疊，「和歌」也不妨復用，「主歌」內容有變，「和歌」則老是這幾句（猶如今天的「副歌」）；「和歌」由「傍人」幫唱；反映觀眾的心聲。這實在不是一種巧合，而是附著於中國戲劇本質特性的藝術手段：中國古代戲劇是注重表現的、抒情寫意的；寫意的戲劇形式是允許演員與觀眾交流的。這一藝術傳統保留至今，弋陽腔系統的劇種至今有著這樣的「幫腔」。這一點，又使我們不得不格外地器重《踏謠娘》。

五、角色的確立

　　《踏謠娘》自它誕生後至唐，有了較大的發展。其中最顯見的進步是角色的增加。原只有「旦」、「末」兩角，這時增添了專事調弄的「丑」（《踏謠娘》時代尚沒有角色名稱，這裡權且借用一下）。兩個主要角色（多為一正一反，以示一褒一貶，組成戲劇衝突），中間夾個插科打諢的傢伙，這樣的形式，這樣的角色陣容我們實在不陌生：至今許多地方小戲，仍保留著這一既能展開故事又最為經濟的陣容，俗稱為「三小戲」（小旦、小生、小丑）。即使擴大陣容，仍以三小為主，其他角色可以增刪變動，「三小」卻缺一不可，因而又有「三小當家」的提法。

　　宋元戲劇在角色的配備上也以「三小」為骨幹。還以《張協狀元》為例，「呆小二」（丑扮）作為張協和王貧女之外的第三者，一直在這樣男女主人公之間起著一種「調弄」的作用；另一個由「丑」角扮演的宰相王德用，則在生與貼，即張協和王勝花之間起著同樣的作用。整個《張協狀元》就像是兩臺「三小戲」與若干個淨末對面的「參軍戲」段子啣接而成的。細細尋去，《張協狀元》以後的許多劇目都有同樣的情況，祇是各部分啣接得更為「有機」，

不容易看出「接縫」來罷了。《踏謠娘》時代還沒有角色名稱，當然更沒有形成分工明確的「行當」制度、程式動作，但中國歌舞劇角色的基本陣容，可以說已經確立。

六、悲喜劇因素交融的戲劇性格

中國的傳統戲劇，可以說沒有一部西方式的嚴格意義上的悲劇。即使在關漢卿的大悲劇《竇娥冤》那裡，也有著桃杌太守向告狀人下跪等滑稽調笑的情節。這一特點同樣反映在籠罩著哀怨氣氛的家庭劇中。在北齊「時人」創造《踏謠娘》時，這樣的特點已同時被創造了出來。

任半塘先生在《唐戲弄》一書中對《踏謠娘》作了詳細而精到的分析。但在對其「演出情形」的認識上，有一點小誤。他說：「初限旦末兩角，旦為主，先出場徐步行歌，旋即入舞，歌白兼至，以訴冤苦。即罷，是第一場。末旋上，與旦對白，至於毆鬥。妻極痛楚，而夫反笑樂，是第二場」。筆者認為，《教坊記》中的「及其夫至，則作毆鬥之狀，以為笑樂。」〔註4〕中的「夫」，不是生活原型中的蘇鮑鼻，而是由演員扮演的丈夫。因而非蘇氏以打老婆為樂而笑，而是演員要引逗觀眾在此笑樂。「作毆鬥之狀」，亦說明非生活中之真毆鬥，而是舞臺上的丈夫表演帶著醉態的毆鬥。這裡自然要求演員演得怪模怪樣，滑稽突兀，以期贏得滿場爆笑的效果。表演者做出種種滑稽表情（伴著醉態的凶神惡煞）、滑稽動作（因處醉中，不可能打得十分準確，打錯地方、打空、甚至撲跌在地，都在所不免），自然能引起觀眾的快感，可見將慘慘切切的怨歌哀聲與滑稽調笑結合起來，《踏謠娘》剛一誕生已然。《教坊記》只說「作毆鬥之狀，以為笑樂」，至於能否達到「笑樂」的目的，「笑樂」得夠也不夠，他未詳談。從盛唐表演時「調弄又加典庫」看，當時的觀眾對光是「作毆鬥之狀」是不滿足的。也就是說，笑料尚嫌不夠，於是唐代演員又增添「典庫」一角，增加「調弄」。

作為中國傳統戲劇的普遍性格，悲喜劇因素的交雜體現在宋元明清幾乎全部劇作中。以家庭故事為題材的劇作更是如此。《張協狀元》、《白兔記》等早期作品，淨、丑這類「調弄」角色每每要串演好幾個甚至十幾個劇中人，作為「潤滑劑」，他們受到廣泛的歡迎。「南戲之祖」《琵琶記》的作者在《副

〔註4〕見《唐戲弄》第420頁。

末開場》中宣稱：「論傳奇，樂人易，動人難，」但是劇本中我們看到，作者並沒置廣大觀眾的審美趣味於不顧，而是在「動人」和「樂人」兩個方面同時下功夫的。第十六齣「五娘請糧被搶，」第二十八齣「五娘尋夫上路」，皆爲集中表現趙五娘艱難困苦的重場戲，即使在這樣的地方，也都有淨丑角頻繁改扮、諢語調笑等穿插。他如南之《荊釵記》、《拜月亭》，北方《殺狗勸夫》、《秋胡戲妻》等，無一不有著當年《踏謠娘》中「典庫」式的人物，發揮著他們的「調弄」作用。

本文對於《踏謠娘》所作的分析當然是十分淺薄的。其實圍繞著《踏謠娘》，還有許多問題值得研討。比如，《踏謠娘》誕生於北齊，到唐代又有發展，但終唐、五代三、四百年時間，《踏謠娘》是「孤立」的，極少有《踏謠娘》式的歌舞劇問世，更沒能引發出一個群星燦爛的戲劇時代。這到底是什麼原因呢？尤其是在別樣門類文學藝術高度發展的唐代。另外，「踏謠娘」的生活原型與藝術創造之間是一種什麼樣的關係？在哪些地方、在何種程度上藝術昇華？等等，這一切，有待於有見識的同行們。

（原載《戲曲論叢》第二輯，1989 年 11 月版）

《劉知遠白兔記》縱橫表裏談

中國戲曲由民間說話、說唱中汲取故事題材，借鑒表演方法，並隨著自身表演藝術的日臻完善而把這些故事由低級發展到高級，由簡單發展到繁複，這樣的例子是很多的。西廂的故事主要經歷了唐傳奇、鼓子詞、諸宮調直至北雜劇、明傳奇，即是明證。劉知遠的故事，也有著與西廂相似的經歷。

劉知遠的故事流傳的形式是十分多樣的，比較主要的有：一、《五代史平話‧漢史》，二、劉知遠諸宮調（殘本），三、南戲白兔記（包括新近出土的明成化刻本《劉知遠還鄉白兔記》、明萬曆年間富春堂本《白兔記》和明末汲古閣本《白兔記》），四、元劉唐卿所編雜劇《李三娘麻地捧印》。他如明傳奇《紅袍記》（見《金瓶梅詞話》六十四回），無名氏《後白兔》、皮黃、寶卷、灘黃等十餘種，歷數百年而傳唱不衰。我國宋元南戲的遺響福建梨園戲中，亦保留著這一古老的題材，其中最著名的摺子戲名《井臺會》，更加彌足珍貴。從「史話」到說唱、到扮演，由一劇種到多劇種，劉知遠故事在流傳過程中不斷變化，這種流變與表演形式的更替是互相陪伴、互相交織、互相促進的，由此窺視中國戲曲藝術形式與發展之一途，不僅是可能的，而且是有效的。本文正試圖進行這樣的考察與論證。

一

關於劉知遠的事蹟正史中當然不少，涉及到夫人李氏的就不多見了。《新五代史》中有這樣一段：「高祖（按：指劉知遠）皇后李氏，晉陽人也，其父爲農。高祖少爲軍卒，牧馬晉陽，夜入其家劫取之。……開遠四年，高祖起兵太原，賞軍士，帑藏不足充，欲斂於人。後諫曰：「方今起事，號爲義兵，

民未知惠而先奪其財，殆非新天子所以救民之意也。」高祖於是納諫。看來這位李氏皇后頗有些愛民之心，皇帝也尚能接受意見。這大概正是劉李早年悲歡離合故事的濫觴，也是這一故事之所以深受民眾喜愛、廣爲流傳的重要原因。

宋人話本《新編五代史平話》「漢史」部分基本上集中在劉知遠「發跡變泰」這點上，其中與李三娘「好姻緣翻作惡姻緣」的故事也有二十一項之多，與正史相比，已洋洋可觀。《五代史平話》是宋代較早的「講史」話本，與稍晚出現的《三國志平話》等相比，還是較爲遵依史實的。但「講史」終究是講話藝術，藝術是講究創造的。「講史」是史載記敘、民間傳說與說話藝人渲染誇張的藝術加工三者的有機結合。從正史「其父爲農」，劉知遠「牧馬晉陽，夜入其家而劫取之」，到平話「劉知遠借宿李長者莊上」、「李敬儒收劉知遠牧馬」、「見劉知遠有異相」、「李敬儒招劉知遠爲女婿」、「知遠被兩舅僝僽」，以及發跡後「劉知遠自到孟石村探妻」等項，其中民間傳說與藝人的渲染作用是十分明顯的。而這些由口承文藝樣式生發出來的情節。正是日後這一題材的諸宮調乃至戲曲劇本的主要骨架。

就風格而言，平話也多少爲這一故事日後進入他種藝術品類提供了基調。如李敬儒見知遠有異相，讓王大去做媒，知遠道：「您休來弄我，我一窮到骨，副能討得個吃飯處，您這般說話，莫帶累咱著飯碗」。活脫脫一副社會底層人民的語言口吻、市民文藝質樸直率的風格。僅此一語便活畫出劉氏當時窮困潦倒的處境和萬念俱寂的心情。又如知遠返家探妻，妻叔李敬業對其說：「你的妻房在這裡吃哥哥萬千磨難，日夕監他去河頭挑水，吃盡苦辛」。由此一語，又生發出日後其他藝術形式中多少催人淚下的故事，奠定了《白兔記》作爲悲劇的基礎。

二

諸宮調是宋金說唱文學的高峰。與講史、小說等純粹說話藝術相比，它增加了歌唱，與大曲、鼓子詞相比，它豐富了曲調；與唱賺相比，它不僅音樂上更爲多樣（唱賺只採用一宮調之曲，諸宮調則可聯合各宮調），而且附以說白，吟詩誦詞，使體制大大擴展，適應於講唱長篇故事。我們常說戲曲是一門綜合藝術，那麼諸宮調已作了局部的綜合；如果說講唱文藝與戲曲藝術衹是一河之隔，那麼諸宮調正是此岸的邊沿。

《劉知遠諸宮調》是殘本。全文應有十二章節，現在只剩完整的三章和殘缺的兩章，充其量不過三分之一。但僅此殘本，我們就已可以想見它宏偉的體制和博大的容量。它對劉知遠故事的發展是重大的、決定性的。

與《五代史平話》相比，諸宮調對故事的改造與創新主要有以下幾點：

1、平話中「劉知遠七歲喪父」，諸宮調明確爲劉父打仗時「失陣身亡」，大概爲了強調劉知遠武藝超人的遺傳因素與家庭影響吧！

2、「劉知遠借宿李長者莊上」之前，增加了他在牛七翁酒店遇到號稱「活太歲」的李洪義欺人，知遠打抱不平上前斥責，兩下打了起來，最後擊敗洪義的情節。這使後面李洪義對知遠的懷恨、迫害更有根據。

3、平話中李三娘由父母作主嫁給劉知遠，諸宮調處理爲：李三娘燒夜香，見有金蛇入西房，隨而入之，遇知遠，一見鍾情，於是贈金釵以表心跡。這一「自由戀愛」式的處理方法，在各類劉知遠故事中是獨具一格的，且有更濃的神話色彩。

4、「劉知遠被兩舅僝僽」，離家「去太原投軍」，在平話中十分簡單，諸宮調裏變得十分複雜了。岳父母去世，兩舅多次謀害知遠，先令其夜守桃園，洪義舉棍欲打知遠，卻神使鬼差地錯打了洪信；又讓他草房值夜，放火燒房，結果天雨滅火。後來知遠放牧失牛，自知難免懲罰，這才跳牆別妻，太原投軍。

5、夫妻離別後，三娘受盡折磨，可惜這段悲劇故事在諸宮調裏不能直接讀到，第三章只剩三娘托李四叔沙三太原問安，並帶去口信：剪髮明志，決不再嫁。從十餘年後劉李再會各抒別情中得到的消息是：剪髮、挨餓、推磨、汲水與訴獵這些重大情節，都已在諸宮調中存在。大大超過平話提供的素材。

6、平話中劉知遠扮打草人私會三娘，諸宮調裏劉知遠彷彿也是喬妝私訪的。諸宮調增加如下一個生動情節：知遠告三娘自己已發跡做官，三娘不敢相信，知遠出示官印，三娘才消除疑竇，並奪來捧在手中，直至知遠迎娶，刻劃出歷經千辛萬苦的女子生怕第二次失去丈夫，失去依靠的心理狀態。這便是後世南北劇中「李三娘麻地捧印」的來歷。

另有一些更動，如姓名的改換，人物的增添（尤其是兩個嫂嫂「倒上樹」同「棘針裩」），還有五百強人擄三娘，知遠出戰相認等，較瑣碎，不一一羅列了。

諸宮調體制及藝術特徵，對劉知遠故事情節的豐富與擴展幫助極大。諸宮調說了又唱，唱了又說，兩者的內容可以銜接，更能回還往復，利於渲染

氣氛，刻劃人物心理。如「別三娘太原投軍第二」中，〔中呂調‧牧羊關〕、〔尾〕敘洪義剝去知遠衣服，令看桃園，〔仙呂調‧醉落托〕、〔尾〕講洪義欲打知遠未遂，知遠借酒解悶，又被以「喪期飲酒」爲罪名綁架。接著知遠夜歎，覺得進退兩難：

〔南呂‧應天長〕「知遠早悶瘦心緒，但淚流如雨，晴（當爲「時」之誤）復地又長吁，……妻和我如水似魚不曾惡，一個親故，奈哀哉不幸兩口兒土歿（或爲亡歿），洪義和洪信協冤恨，把人凌辱……」

〔尾〕「戀著三娘欲去不能去，待往後如何受辛苦，這煩惱渾如孝經序。」說白：「據三娘恩愛，盡老永不分離，恐二子冤仇，目下便待拆散。交人去住無門，這煩惱幾時受徹……。」

這一段又是唱，又是說，說白中又有對句又有散句，反反覆覆說明一個意思，淋漓盡致地表現了劉知遠去留猶豫的矛盾心情。

又，由於諸宮調具有豐富的曲調，可供作者根據不同的場面，不同需要以及不同人物不同性格、口吻選擇採用，有的段落較長，根據意思不是一下子斷得下來的，則可選取同一宮調的不同曲調合成一套來寫事抒情。如《知遠走慕家莊沙佗村入舍第一》中，三娘燒香追金蛇，入西房得遇知遠這一段，作者便是用〔中呂調〕的〔安公子纏令〕、〔柳青娘〕和尾四曲作爲一套，一直唱到三娘向知遠贈送金釵，方才停下來說白。

諸宮調是韻散結合的文體，韻文部分便是詩。《劉知遠諸宮調》已有情景交融的富有詩意的曲子。如《知遠走慕家莊沙佗村入舍第一》中，有一曲唱道（〔仙昌調‧六么令〕、〔尾〕）：「……行路闕少盤費途陌受饑，淒時行凝晴忽觀村曈無三里，舉步如飛，來到見莊院景堪題，前臨官道新開酒務一竿斜刺出疏籬。飄飄招颭任風吹，布望高懸長三尺。思憶，勝如邊塞見征旗」。很有古代田園詩的風味，在寫景中也表達了劉知遠心情忽然開朗。最後一句比喻，更反映了他渴望投軍，建立戰功的迫切願望。

中國民間文藝原本是說與唱分開的。兩者的結合大概起自鼓子詞（詩贊體的「俗講」別論）。但從迄今尚能見到的完整的趙令時《西廂記鼓子詞》來看，它祇是把唐傳奇小說《會眞記》拆散了，每段中間夾以〔商調蝶戀花〕詞調之曲而已，缺乏更多的創新，比較單調。諸宮調是當時說唱藝術的集大成者。它利用了古典詩詞抒情特性，並將其與以敘事見長的說話藝術結合。詩詞多爲文人抒發個人情懷，說書則形式單調，諸宮調克服了它們各自的狹

隘性，亦彌補了鼓子詞等音樂上的不足。《劉知遠諸宮調》的出現使得講唱文學與劉知遠的故事都獲得了長足進步。

三

上文中我們曾把說唱與戲曲之差距比作「一河之隔」。諸宮調已完成說與唱的綜合，若再將表演（舞蹈、身段動作等）綜合進來，並將「代言體」為一葉扁舟，說唱向戲曲的過渡便能得以實現。從諸宮調到南戲的發展演變，我們可以看到這一過渡的一些跡象。如果說《劉知遠諸宮調》對於平話的主要進步在於情節上的擴大和增添，那麼南戲對於諸宮調的改造製作主要在於取捨與深化。

《劉知遠諸宮調》提及的人物，有二十個左右；情節的枝蔓也很多。由父亡母改嫁唱起，一直到知遠和後父兄弟不和出走。《白兔記》中的劉知遠，一出場便已是個離家出走的劉知遠了。而且已走近李莊，很快便可引出此劇的第二位主要人物李三娘了，省略了諸宮調〔商調‧迴戈樂〕到〔歇指調‧枕屏兒〕七組曲子的內容，占第一部分的三分之一強，若與平話相比，則是從第九節「劉知遠借宿李長者莊上」開始截取的，前面添加與史弘兆友誼關目，在平話說唱中，李三娘有四個兄嫂，品行皆惡劣，外號「活太歲」，「倒上樹」，「棘針裩」等，純屬市井無賴潑婦，南戲減為一兄一嫂，將四人劣行集中在兩人身上，這樣的改造無疑是符合後代戲劇理論家所歸納的「減頭緒」要求的。線索單一，結構嚴謹，十分經濟地處理每一個情節，安排每一個人物，這是上乘的戲劇作品必備條件。這一回，倒是戲曲藝術的特殊規律帶動了劉知遠故事的演變，與一般文藝內容決定形式的規律不甚同。

好的戲劇又要求在戲劇衝突中寫人物。在諸宮調中，劉知遠故事已形成矛盾雙方：劉李與他們兄嫂，較平話進一大步；南戲在此基礎上，又把這一矛盾雙方組織到戲劇衝突中來，並著重刻劃人物性格。諸宮調中洪義兄弟暗害知遠，先設桃園計，又夜燒草屋，情節不少，但知遠總處於被動地位，之所以免於一死，借助的都是天的力量。最後又丟失牛不敢回家而出走，顯得軟弱無能。

南戲中桃園計改為瓜園計：洪義夫婦假意與知遠和好，說要三分家產，一份給知遠夫婦，六十畝瓜園就是分給他們的主要部分，三娘得知後非常著急。因為她知道瓜園內鬧瓜精，不放知遠前去。知遠卻將計就計打敗了瓜精，

又痛打了洪義，然後出走。這樣安排不僅表現了劉知遠的武藝高強，為其日後的屢立戰功作了伏筆，而且減少了頭緒，可以想像這些情節在舞臺上演出也是十分精彩的。南曲戲文作為我國正式戲曲之開端，已經有了武打的場面。《張協狀元》出強人，《白兔記》出瓜精。武打表演來自於宋雜劇中的雜技與武術，南戲已把它們融化進劇中，成為自己血肉相關的組成部分，為塑造人物形象，展開劇情服務了。

劉知遠出走，李三娘的受苦遭磨難的悲劇故事，像強逼、挨磨、分娩、送子、汲水數齣，雖然諸宮調已開端，但語焉未詳，南戲在很大程度上進行了再創作，其中，「磨房產子」最為感人：「叫天不應地不聞，腹中遍身疼怎忍」。三娘借不來木盆剪子，只得生下孩子用衣服揩乾，用嘴咬斷臍帶，起名「咬臍郎」。這一節也許是南戲獨創的，因為平話，諸宮調中知遠之子都不叫咬臍郎（一名劉子義，一名劉成裕）。

由於殘缺，諸宮調中成祐十二年後如何到達親娘身邊並詢問身世已不得而知，南戲這一節亦十分動人，那便是眾所週知的出獵徐州，白兔引路，母子相會。自此，劉知遠戲多以《白兔記》命名了。這不僅是一個情節增設，一個名稱變化的問題，因為在平話，甚至在諸宮調裏，知遠發跡變泰的過程總是故事的重點，只有當這一故事到了戲曲藝人與書會才人手裏，搬上舞臺之後，李三娘故事的比重才真正增加了很多，發跡變泰的故事才真正演化為劉李悲歡離合的家庭故事的背景，用虛寫的手法處理了。

《白兔記》的劇詩也有較高的文學價值，音樂豐富，風格古樸，表現手法豐富多樣。尤其是汲古閣本，不少唱詞寫得十分形象，如「汲水」，旦唱〔綿搭絮〕之「前腔」：「井深乾旱，水又難提，（白）一井水都被我吊乾了。（唱）井有榮枯，眼淚何曾得住止。」這一比喻是生動的，又十分通俗，完全符合李三娘的心境與口吻。有人曾論述曲中的比興與詩詞不同，曲之比常有「賦」（直抒胸臆）的意味。《白兔記》中許多堪稱「曲之比」，開《琵琶記》趙五娘以糟糠自比的先河。

歷史人物劉知遠進入話本，進入說唱，進而走向舞臺，經歷了用單一手段、局部綜合手段、多形式綜合手段等等階段。從中我們可以看出以下幾點：（一）我民族藝人、觀（聽）眾對藝術美的追求是永不停頓、永不滿足的。真可謂「言之不足則詠歌之，詠歌之不足則足之蹈之，手之舞之」，戲曲藝術，一個故事的敷演中包容唱念做打眾多的藝術手段，從某種程度上說，它反映

了我民族廣大民眾的審美理想，同時又是這一理想的產物。（二）當綜合的戲曲藝術《白兔記》出現於舞臺之後，話本、說唱劉知遠故事並沒有就此消聲匿跡，正如今天戲曲曲藝並舉一樣。這說明藝術之單項美、個體美、綜合美都是人們欣賞的對象，尤其在我們有著眾多人口與眾多愛好的國度。而百花齊放的形勢亦是這樣才能造就的。（三）我國不少戲曲故事的形成與發展，與表現形式的變遷有關。並不都是編好故事後，再改造表現形式來與之相適應的。我國戲曲表現藝術的相對獨立性是一大特點。這從《白兔記》故事及表演的變遷中可以看得十分清楚。

四

劉知遠故事到了戲曲成熟的年代，已發展得十分完整、生動而曲折了。北劇此本全佚，無從管窺；南戲三本，富春堂本獨樹一幟，據考爲弋陽腔本，〔註1〕另當別論，成化本與汲古閣本情節相近，唱辭也有不少是一致的。但前者爲民間演出腳本，後者經文人一定的改動；前者保持了元南戲的大致樣子，後者改得與明傳奇一樣體式。將兩者放在一起對照、印證，找尋異同，分析優劣，亦能有不少心得。如果說上文是「縱談」劉知遠故事的流變，那麼，這一部分則是「橫談」——用比較研究的眼光看視這兩本子，並粗淺地探索一下造成它們異同的原因。

首先，兩者開場十分不同。成化本情節結構簡練，卻有著十分繁衍的「副末開場」：（1）吟詩，副末上場先吟誦五言詩四句；（2）一大段歌頌太平的開場白；（3）唱〔紅芍藥〕，全曲由「哩囉嗹」語助詞組成。有人認爲這是一般「演奏」，〔註2〕其實還是一段唱。一則曲牌名前明標著「末唱」，另則福建梨園戲、莆仙戲劇種至今還保留有正式演出前唱「哩囉嗹」的儀式，謂之「驅崇淨場」；（4）吟誦宋代秦觀〔滿庭芳〕詞一首「山抹微雲」。（5）向觀眾打招呼：「今日戾家子弟，搬演一本傳奇，……倘或中間字跡差訛，馬首奪字，鄉談別字，其腔列調中間有同名同字，萬望諸位做一床錦被遮蓋。」這般話令人想起鄉間「草臺班」「還望諸位多多包涵、多多捧場」的報幕形式。（6）副末與後行子弟對答：「借問後行子弟，戲文搬下不曾？（後：搬下多時了也。）既然搬下，搬的那本傳奇，何家故事？（後：搬的是李三娘麻地捧印，劉知

〔註1〕參見《中國戲曲通史》上冊第256頁。
〔註2〕見《文物》1973年一期汪正慶文。

遠衣錦還鄉白兔記）好本傳奇！這本傳奇虧了誰？（後：虧了永嘉書會才人在此燈窗之下，磨得墨濃，蘸得筆飽，編成一本上等孝義故事。）果為是千度看來千度好，一番搬演一番新」。這樣在實際演出中用對答形式引出劇情概要、炫耀表演上的不凡之處的做法在早於《白兔記》的《張協狀元》之中已然。再往上追溯，則與諸宮調引辭有一定的淵源關係。它們都有濃重的廣告意味，鮮明的商品買賣烙印。

成化本開場的最後一項——〔滿庭芳〕詞，才介紹劇情大意。汲古閣本只此一詞，作為開場是至簡的。兩者比較，可見南戲介紹劇情的開場詞是必須的，規定性的，其餘則是根據演出實際外加的，即興的，隨意性的。汲古閣本如果搬上舞臺，一定也會添加一個禮節性的開頭，這就是案頭文學本與表演實踐的區別。文學本的簡練正是為舞臺表演留有餘地。

在情節上，成化本比汲古閣本少八齣：社報、遊春、保襁、求乳等，多數無關緊要，省簡得有理，也有較好的關目如「求乳」：正直熱心的竇公懷抱從池子中救起的咬臍郎，一路向婦女下跪求乳，餵養嬰兒，十分感人。成化本無過多枝蔓，讓人覺得情節緊湊，節奏感、跳躍性強，有的地方銜接十分利索，如「成婚」之後即接「逼書」，將婚後李氏父母相繼去世等情況都讓淨（洪一）在「逼書」齣一開頭用寥寥數語說明。關目緊湊這一特點在十二、十三齣，十九、二十齣等處都有體現。真正的舞臺演出，歷來都是十分靈活，可增可刪的。

在別的一些地方，成化本倒也不惜濃墨醋筆，盡情描述，盡情渲染，最突出的是「成婚」一場，詳盡地再現了宋元時代的民間婚俗：

「（淨作『禮人』，指揮新娘新郎）一步一花開，二步二花開，三步
花心落，奉請新人下轎來，金斗金樑柱，金毛獅子兩邊排……。」

接著是三上香，拜天拜地拜堂上雙親，吃交杯酒，送入洞房，然後「撒帳」：

「淨念云：一撒東，三姐招個窮老公，堂前行禮數，拜狗散烏龍。

「撒帳南，兩口兒做事莫喃喃，白日不要鬥閒口，到晚炕上不要
玩……」

撒帳，由東而南而西而北，然後，「撒帳前」，所用之語，吉利又逗趣，很有「鬧新房」的意味。撒帳在當時婚俗中，是十分重要的而熱鬧的環節。北宋孟元老《東京夢華錄》有載：「男女各爭先後對拜畢，就床，女向左，男向右

坐，婦女以金錢彩果散擲，謂之『撒帳』」。〔註3〕《白兔記》的這一段表演，正是把這一民俗具體化、立體化、藝術化了。可是在汲古閣本中，這些生動的，充滿民俗氣息的表演全不見了，祇是簡單地寫著：「（淨念介）一枝花插滿庭芳，燭影搖紅畫錦堂，滴滴金杯雙勸酒，聲聲慢唱賀新郎」。以八種曲牌名聯綴成一段吉利話，乾癟，像文字遊戲。文人案頭的玩意兒，雅是雅了，但缺乏生活氣息，也不適於舞臺演出。

當然，在情節的安排上，汲古閣本也有勝於成化本的。比如劉知遠離開三娘後的節目，成化本的安排為：途歎、投軍、巡更、拷問、岳贅、強逼、挨磨、分娩等，基本是表演完劉知遠這條線後，再表演李三娘的。汲古閣本把兩條線穿插起來：投軍、強逼、巡更、拷問、挨磨、岳贅、送子。分娩、岳贅兩齣，一面三娘蓬頭垢面，拘於斗室，萬千艱難，一面則掛燈結彩，笑語歡言，劉知遠洞房花燭，對比強烈，是開《琵琶記》之先的又一例。

汲古閣本《白兔記》的角色行當名稱和分配，與成化本也有不少差異。汲古閣本已有了「小生」和「老旦」兩個行當，史弘兆，咬臍郎均由小生扮演，而成化本中，史由末演，咬臍郎由小外扮。可見小外是小生的前身。「外」歷來釋為「生外又一生」，《白兔記》中這一「生外之生」比生年齡小，故稱「小外」。到了明代，「外」這一行當漸漸固定為老年男子的扮演者，那麼「小外」就顯得不夠貼切了，進一步改為「小生」，從年齡與身份類型兩方面分別角色，這當是角色行當上的一大進步。

文人參與創作對《白兔記》故事的合理組織，增添詩情畫意是有很大作用的，而實際演出中藝人再創造更有積極的舞臺意義。許多有生命的戲曲舞臺劇都是這兩者結合的產物。這一點，甚至在今天也還是適用的。

五

如果說上文就劉知遠的故事是自「縱」向「橫」談的，那麼這一部分，筆者打算再由「表」及「裏」一談——略略窺探這一故事的民俗文化底蘊。

（一）兔崇拜與子母會。在遠古民俗動物崇祀中，兔崇祀傳說也十分豐富。綜而觀之，有關兔的傳說大致有以下幾個特點：1、兔與月、星等天象崇祀有關。如古籍記載的「玉衡星散而為兔」、「月中有兔」等。2、兔為瑞物，

〔註3〕見《東京夢華錄》卷五「娶婦」條，上海古典文學出版社1956年版第31頁。

「赤兔上瑞，白兔中瑞」。3、王者出而白兔現。4、兔能行走如飛，「逮日追風」。〔註4〕5、兔與慈母、孝子有關。古籍《外國圖》云：「西王母國前有玉山白兔」。《漢書》的方儲傳則記方氏「事母孝，母死乃負土成墳，種奇樹十株，鸞鳥棲集其上，白兔遊其下」。類似記載還能舉出若干。如《隋書》華秋傳，說華秋廬於母墓之側，有一白兔為獵人所追逐，奔入「匿於秋膝下」，得免，自此長居廬中，「郡縣嘉有孝感，具以狀聞」云；而《前燕錄》則記載慕容皝田不聽一老人勸告，射殺白兔，「還宮遂薨」云。

　　劉知遠、李三娘故事之中添加兒子成祐獵兔遇母的情節，當始自諸宮調。這一情節的添加之所以能為民眾接受、傳播，並最終上升為重要情節，決定了後世的這一題材劇本以「白兔記」名世，看來皆與有關白兔的民俗信仰、民間傳說有關。西元946年，劉知遠從石重貴手裏奪得政權，改「後晉」為「後漢」，翌年即讓兒子劉承祐繼位。這個在位僅三年的「隱帝」在中國史上實在淹沒無聞，但在民間傳說中卻很「顯」耀。民俗讓金蛇作為劉知遠的帝王之兆，於是給承祐配備了個白兔；南戲《白兔記》中成祐追趕白兔，轉眼便到了沙陀村，驚訝道「怎麼來得這等快」？左右應介：「就如騰雲駕霧來了」。可見這只白兔即如民俗傳說中的「飛兔」一般，是個神物；而整個白兔引路子母會的情節，又浸透著一種所謂「孝感」，這也是十分明顯的。

　　（二）蛇、火崇拜與劉知遠形象。劉知遠故事演變的過程中，還有一個十分明顯的現象是：劉知遠形象是一步步被半神化，神化的。在《五代史平話》中，李敬儒夢見赤蛇化青龍，醒來推門出看，見劉知遠正臥莊門，黃蛇串鼻，紫袍人為其撐黃傘，於是敬孺與妻商議，欲嫁女與劉。諸宮調中，劉知遠臥槐樹下，紅光紫霧，聲息如雷，李三娘夜燒香，見金蛇入西房，隨而入之，得見知遠。在兩本南戲《白兔記》中，李大公見到臥在蓬蒿中的劉知遠，「鼻息如雷，蛇串七竅，火光沖天」，三娘見「五色蛇兒墜紫青紅，不見蹤影」，於是父親陪她同去看熟睡中的劉，並由此決定了終身大事。伴隨劉知遠熟睡的，先而黃蛇，再而金蛇，三而五色蛇；先僅有蛇，後有紅光，最後是沖天火光；發現知遠異相的，先只李父一人，後又加三娘，情節是一步步複雜化、戲劇化起來了，這一情節的發生與迭加，當亦與遠古民俗信仰有關。

　　已有文化人類學者注意到：世界各民族民俗有一個共同點，認為蛇、太

〔註4〕散見《春秋·運鬥樞》、王充《論衡》、《瑞應圖》、《淮南子》等，轉引自《淵鑒類函》卷四三一。

陽、火都是人類的祖先神。〔註5〕在我國，蛇崇拜與龍崇拜有關，而火崇拜又與日崇拜有聯繫。遠古華夏民族的龍圖騰正是在蛇圖騰的基礎上發展而成的。古書中也多有蛇爲「龍類」、五百年化龍化蛟的記載。民間「夢兆」中更有夢見龍遊入室，屆時出生者乃爲龍體，日後必爲帝等說法。比劉知遠所建後漢政權稍晚的後周，其太祖郭威，據《孔帖》所記，其異相直與智遠如出一轍：「周太祖嘗寢，柴後見五色小蛇入鼻間，心異之，知其必貴，敬奉愈厚」。〔註6〕也許後世劉知遠戲曲中的這一情節，正是從郭威身上「移植」來的。人類的火崇拜也起源得很古遠。火既施恩惠於人類，又降災難於人類，這兩重性格正是最高統治者在普通人眼中的形象。由此說來，民間的大量文藝形式中，帝王出生時每每有「火光沖天」的描寫，就不足爲怪了。

（三）色彩崇尚與版本時代。我們知道，每個民族都有自己的色彩崇尚。西洋人婚禮用白，日本人用黑，而中國的傳統婚禮用紅，認爲只有紅才代表喜慶、吉祥、興旺發達。但中國的色彩崇尚又是有一定時代性的。中國的元代是歷史上十分特殊的一個時代。元蒙民族崇尚白色。他們有一個傳統的節日叫「白色節」即新年元旦，大汗與所有臣民都穿白色衣服，贈送白色禮物，還要將大量白馬敬獻給大汗。〔註7〕現存元蒙的統治者的畫像，特別是成吉思汗、忽必烈的像，多是著白色、銀鼠色、或淺米色的。〔註8〕而明代，則改制取法周、漢，服色、旗色皆尚赤。〔註9〕明初規定文武官員的朝服必須是「赤羅衣」、「赤羅裳青緣、赤羅蔽膝」，狀元朝見皇帝時亦「用緋羅」。〔註10〕在《中國古代服飾史》中所選明代大官僚像，如「邢玠夫婦像」、「孔子六十二代衍聖公孔聞韶像」及《北京宮城圖》中的官員形象，幾乎無不著紅。〔註11〕

《白兔記》的成化本與汲古閣本有一個非常有趣的情節區別。當劉知遠投軍、雪夜巡更、躲在騎樓下避寒時，樓上的岳小姐頓生憐憫之心，於是一

〔註5〕 見羅永麟《〈白蛇傳〉與中國傳統文化的衝突及其悲劇價值》，《民間文藝季刊》1989年四期第175頁。

〔註6〕 轉引自《淵鑒類函》卷四三九。

〔註7〕 見《馬可波羅遊記》二卷第十五章，福建科學技術出版社1982年版第102頁。

〔註8〕 參見周錫保《中國古代服飾史》第十二章附圖，中國戲劇出版社1984年版第359頁。

〔註9〕 參見烏丙安《中國民俗學》第七章第三節，遼寧大學出版社1985年版第101頁。

〔註10〕 同註8第十三章，第379、380頁。

〔註11〕 同上彩色圖釋23、24。

件戰袍從天而降一般蓋在了劉身上。但成化本中岳小姐拋的是「白花戰袍」，汲古閣本岳小姐卻拋了件「紅錦戰袍」，故而小說《金瓶梅》中所演的劉知遠故事名《紅袍記》。根據元明兩代色彩崇尚的轉換，我們可以進一步肯定：成化本《白兔記》所承的是元代的本子，而汲古閣本則由明人作了較多的改動。

　　由民俗的視點審視《白兔記》、還可以做許多題目的，如婚俗的舞臺化表演，如市井綽號與戲劇反面人物等。限於篇幅，就此打住。

氏族爭戰、臣服與戲劇發生發展

　　在中國，人們早已明白戲劇的發生與遠古戰爭是有關係的。《說文解字》云：「戲，三軍之偏也，一曰兵也。」這一解釋能從金文《師虎殷銘》中得到證實。可見原始意義上的「戲」字正與戰鬥有關，後來才演變成表現遊戲性表演性的相鬥相打。但是，遠古爭戰究竟與戲劇有著什麼樣的關係呢？這一戰事與那一戲究竟是由什麼聯繫到一處的呢？卻一直不甚了然。

　　爲了探索這一藝術之謎，自然首先得從神話入手。在這裡，是否讓我們先從日本神話看起。這是因爲：1.華夏民族是一個神話傳統相對貧乏的民族。不僅記載不甚完整，而且許多神話形象被「人」化、即歷史人物化了。或許周邊民族的遠古神話能給我們某種補充和啓示；2.中日兩民族曾同屬一個文化圈，兩國文化有著同根異花般的關係。日本神話中的戲劇傳說，可以成爲中國戲劇發生學研究上的一種參照。

一

　　追溯日本戲劇的起源，可以追尋到多種神話故事之中。其中一個叫作「山幸海幸的故事」。說的是弟弟山幸將哥哥海幸的魚鈎弄丟了，尋找魚鈎來到海神宮殿，獲得潮乾珠、潮滿珠兩件寶物。回家後，每逢兄長施暴，弟弟便舉起潮滿珠來引大水淹溺哥哥，直到求饒才以潮乾珠退潮。終於哥哥被降服了，甘做弟弟的「家來（僕人）」，又「以赭塗掌塗面」，說「吾汗身如此，永爲汝俳優者」。乃「舉足踏行」，模擬自己被大水淹沒時的種種醜態，以示不忘前事，取悅、效忠於弟弟。與日本所有的神話故事一樣，《山幸海幸》也是自日本神代開始口口相傳，至西元八世紀初始借用漢文，記錄在《日本書紀》和

《古事記》上的。值得注意的是，上述神話中海幸的模擬表演已具有多種戲劇的性格：化妝、模擬、身段動作、觀者演員，並已出現了「俳優」這一戲劇專用名詞。這則神話還向我們透露了，遠古戲劇活動是與原始爭戰有關（儘管爭鬥的雙方被附會為一對兄弟）。爭戰中的敗者為俳優，模擬表演是臣服的具體表現之一。

　　日本列島從西元前二、三世紀到西元四世紀，是上百個部落小國間爭戰、併吞、分合頻繁的彌生、古墳時代。據載，當時部落間爭戰後，被征服者為了表示對征服者的服從，常常須在征服者面前表演自己一族的土俗歌舞。〔註1〕這一傳統一直延續到西元四世紀的大和王朝統一。當時，最先向大和王朝表示臣服的隼人氏族，而隼人氏族的祖先相傳正是海幸。隼人氏族服從大和王朝的實際行動是：一、在朝廷儀上表演「隼人舞」；二、從事守護宮門的工作。這正是神話中海幸所從事的「家來」與「俳優」的兩項職務。隼人舞現雖已不傳，但繼隼人氏族之後向大和天皇臣服的久米、駿河、吉志等氏族的風俗舞——久米舞、駿河舞、吉志舞，至今還有傳承。久米舞是劍舞，四舞人先帶劍上場舞蹈，最終拔劍揮砍，據說表現陸上武人的武藝；吉志舞與此相對，表現海上武人的英姿，二十名舞人披甲持盾，另二十名樂人戴冑揮矛，是一種場面浩大的戰爭模擬舞。駿河舞是六名女子舞，頭插櫻花，亦帶劍而舞。同時還有土師宿彌，文忌寸氏族的「盾臥舞」，其藝態已從名稱中透露。〔註2〕令人驚訝的是它們全是武舞。這自然不可能是為了在征服者面前顯示自己的武裝力量。抑或是表示以武力效忠？這正是個十分有趣的現象。

二

　　人們在追溯中國遠古戲劇活動時，總是首先想到「夔率百獸舞」。

　　帝曰：「夔，命汝典樂。」夔曰：「於！予擊石拊石，百獸率舞」。（《尚書·舜典》）

　　帝堯立，乃命質作樂，質乃效山林溪谷之音以歌，乃以麋鞈置缶而鼓之，乃拊石擊石以象上帝玉磬之音，以致舞百獸，⋯⋯（舜立）乃令質修《九招》、六列》、《六英》，以明帝德。（《呂氏春秋·古樂》），高琇注云：「質當作夔」）

〔註1〕參見林屋辰三郎《中世藝能史的研究》第一部第二章。
〔註2〕參見同上，以及後藤淑《日本藝能史入門》III。

近年有新觀點認為，所謂「夔率百獸舞」實為一種圖騰舞蹈，是夔帶領眾多以動物為圖騰的氏族代表相率歌舞。為什麼要在堯面前這樣歌舞呢？因為「堯舜氏族是他們的首領」。〔註3〕在這裡，我們想把這一觀點再推進一步。我們認為，夔之所以帶領「百獸」在「氏族領袖」面前這樣歌舞，那是因為夔首先在戰爭中輸給了堯，夔只得以歌舞供奉於堯面前，以示自己的臣服。而且，上述記載似還包含多重爭戰、多重臣服在內：先是眾多以動物為圖騰的氏族在戰爭中敗給了夔、臣服於夔、被併吞進了夔氏族，然後才是聽命於更大的勝利者──「帝」，在夔的指揮下供奉原氏族歌舞。可見「夔舞」已含有多氏族、多圖騰文化因素。

接下來，讓我們把夔與另一個傳說人物──方相氏──放在一起考察。在中國的傳說人物中，「方相氏」的身份，與日本的「隼人」十分相似。請看下列記載：

> 方相氏掌蒙熊皮，黃金四目，玄衣朱裳，執戈揚盾，帥百隸而事難（儺），以索室毆疫。大喪，先柩。及墓入壙，以戈擊四隅，毆方良。（《周禮‧夏官》）

> 先臘一日，大儺，謂之逐疫。其儀：方相氏黃金四目，蒙熊皮，玄衣朱裳，執戈揚盾。十二獸有衣毛角。中黃門行之，冗從僕射將之，以逐惡鬼於禁。（喪禮）大駕，方相氏立乘四馬先驅。（《後漢書‧禮儀志中》）……

> （黃帝）召募長勇人方相氏，執戟防衛，封阡陌將軍。（《歷代神仙通鑒》卷二）

上引三項資料中可見，傳說中的方相氏，從事三項職能：驅儺、防衛、喪俗中充當「先驅」角色。這與隼人氏族成員在大和朝廷所充當的角色何等相似乃爾！

已有學者推定，方相氏所主持的儺祭，來自一個熊圖騰氏族的圖騰祭禮，其圖騰應當是人面、四目、熊掌。〔註4〕這種妝扮成半人半熊模樣的驅儺活動，之所以在殷商時代會在中原地區盛行起來，最合理的解釋應當與隼人氏族之於大和王朝、夔圖騰氏族之於黃帝氏族一樣，也只能是氏族間爭戰、吞併、

〔註3〕 參見郭英德《世俗的祭禮》上編 II。郭氏推測「其圖騰大致是人面、四面、熊身」，筆者認為「熊身」或為「熊掌」更妥。

〔註4〕 同上。

融合的產物，是熊圖騰氏族向黃帝氏族表示臣服的產物。以方相氏為中心的驅儺逐鬼活動，從某種意義上說也是一種防衛職能。儺式在很早就包含有舞蹈的形式，所謂「方相與十二獸舞」〔註5〕是，那就在驅鬼防衛安全的同時，又供奉了一份娛樂。

在弄清了方相氏的面目之後，再回過頭去看「夔」就比較容易清楚了。夔圖騰氏族在降服於黃帝氏族之後，以自己氏族的特長——善歌、善擊鼓〔註6〕、能「拊石擊石」效「上帝玉磬之音」，以致「舞百獸」——來侍奉、効力於黃帝氏族。上述資料雖然簡短，但堯、舜，對夔皆用「命」，不容置疑的命令式口氣畢現，而夔對堯、舜的臣服、順從也能從字裡行間感受到。一些辭典列夔為「堯舜之臣」，〔註7〕正是夔臣服之後充當典樂之臣之意。

夔舞當然於後世不傳。而方相氏所主持的儺祭儺舞，給予後世戲劇的形成發展以不可估量的影響。中國大陸至今還有十幾個民族共擁有數十種儺戲。朝鮮半島的代表性假面劇「山臺都監劇」〔註8〕與日本假面國劇能樂，都能從儺事中找到源頭。「方相氏」這一名稱雖然至宋而從宮廷儺祭中消失，但邊遠地區民間、周邊民族之中，直至近代還有流存，〔註9〕其變形和替代形象更是不勝枚舉。〔註10〕戲劇之形成與遠古氏族爭戰、臣服之間的關係，已於儺祭→儺舞→儺戲一途中，得到充分的證明。

三

在論及中國戲劇起源與遠古戰爭的關係時，另一個不容忽視的傳說是：蚩尤與蚩尤戲。

看來當年的黃帝氏族是征服了夔以後再征服蚩尤的。清馬驌《繹史》卷五引《黃帝內傳》云：「黃帝伐蚩尤。玄女為帝製夔牛鼓八十面，一震五百里，連震三千八百里」。善擊鼓又善製鼓的夔氏族，看來在黃帝征服蚩尤的戰爭中

〔註5〕 見《後漢書‧禮儀志》。
〔註6〕 參見同註4，I。
〔註7〕 見《中國神話傳說辭典》「夔」條。
〔註8〕 參見李杜鉉《朝鮮藝能史》三、四章。
〔註9〕 〔清〕郭鐘岳《甌江小記》：「……東嶽會，會中有方相氏高與簷齊，他則黃金四目，儺拜婆娑」。參見後藤淑《中世假面的歷史的‧民俗的研究》序。
〔註10〕 筆者認為，日本能樂儀式曲中的「翁」、中國南戲系統的開場「副末」，福建現存古劇中的踏棚之「相公爺」，土家族儺堂戲中的開場「土老師」等，皆與方相氏有一定的，程度不同的承繼關係。詳論恕後。

立過功的。夔牛鼓也不光是打擊樂器，同時也是鼓舞士氣的武器。

典籍中關於蚩尤的記載很多，擇其要有：「蚩尤姜姓，炎帝之裔也。」「蚩尤兄弟八十一人（或作七十二人）」「人身牛蹄，四目六手，耳鬢如劍戟，頭有角」等。蚩尤最終是被黃帝執而殺的：「傳言黃帝與蚩尤戰於涿鹿之野，黃帝殺之，身體異處，故別葬之。」〔註11〕關於「蚩尤戲」，《述異記》卷上所記最詳：

> 秦漢間說，蚩尤氏耳鬢如劍戟，頭有角，與軒轅鬥，以角觝人，人
> 不能向。今冀州有樂名「蚩尤戲」，其民兩兩三三，頭戴牛角而相觝，
> 漢造角觝戲，蓋其遺制也。

現在的問題是，黃帝打敗蚩尤後，蚩尤何以還能以勇士的形象出現在戲劇中。這或許也是由臣服帶來的結果。

上引所謂「蚩尤兄弟八十一人」「七十二人」云，說明蚩尤並不是一個人，而是一個氏族，而「人身牛蹄」、「四目六手」、「頭有角」以及「銅頭鐵額」等，或許是這一個氏族的圖騰形象。蚩尤最終為黃帝所殺，或許被殺的衹是首領，整個氏族並沒有消滅。在投降黃帝氏族後，那麼蚩尤氏族的勇武好鬥不僅不為害，反而於黃帝氏族大有益處，成為可資利用的武裝力量。這一推斷並非臆測，另有材料堪作證明：

> 後天下復擾亂，黃帝遂畫蚩尤形象，以威天下。（《龍魚河圖》）

走入戲劇的蚩尤形象正是與畫中的一樣，堪助黃帝以「威天下」的。在後世的民族祭祀中，蚩尤正是作為黃帝手下的一名大臣，一名武將而與黃帝共用供奉的。《史記・高祖本紀》記劉邦起兵，「祠黃帝、祭蚩尤於沛庭」；《封禪書》記齊祀八神。「三曰兵主，祀蚩尤」。無論是戲中、畫中還是民俗祭禮中，蚩尤終於作為戰神的形象出現。蚩尤戲中渲染蚩尤的所向無敵，正是黃帝氏族向外誇耀自己的得力武將，誇耀自己武力雄厚的手段，正與這之前夔鼓（實為夔氏族力量的象徵）被黃帝用來打蚩尤一樣。

蚩尤戲後來稱為「角觝戲」。秦漢時代角觝戲十分流行。《史記・李斯傳》「是時二世在甘泉，方作角觝優俳之觀」云，正是宮廷角觝表演的記錄。而漢代有名的角觝戲《東海黃公》，則同時流行於民間與宮廷：「三輔人俗用以為戲。漢帝亦取以角觝之戲焉」（《西京雜記》上）。

〔註11〕 參見〔宋〕羅泌《路史・後紀四》「蚩尤傳」、《龍魚河圖》《皇覽・塚墓記》
等。

《東海黃公》之前的蚩尤戲、角觝戲，已知是一種戲弄式的角觝，與作為體育競技的角觝已有區別。但有無規定性情景則不得而知。但《東海黃公》卻已具有大致完備的戲劇要素：人物妝扮、戲劇故事、戲劇衝突，由演員當眾表演規定情景：劇中主人公東海黃公必須以失敗者的形象出現，戲劇的結局必然是白虎勝而黃公死。《東海黃公》的演出似也帶有一種爭戰臣服、戲劇奉納的意味。

與遠古氏族爭戰、臣服密切相關的蚩尤戲，經由漢角觝戲《東海黃公》而極大地作用於世戲劇的形成。兩宋構欄瓦舍中十分多見的「相撲」「爭交」，正是角觝的傳承。兩宋的相撲同樣可分兩種類別：競技性相撲和戲劇性相撲，兩者都具有觀賞價值。南宋《夢粱錄》「角觝」條云：「角觝者，相撲之異名也，又謂之『爭交』。且朝廷大朝會、聖節、御宴第九盞，例用左右軍相撲，非市井之徒，名曰『內等子』。」「內等子」設額一百二十名，而且每三年一次「當殿呈試相交」，勝者不僅可得巨額賞賜，且能獲「軍頭」等武職。此外，來自各地的摔跤高手則聚「護國寺南高峰露臺爭交」，勝者也能得賞獲職位。至於戲劇性相撲，北宋汴京就有「相撲」、「喬相撲」、「小兒相撲」多種，《東京夢華錄》卷五「京瓦伎藝」條有「楊望京：小兒相撲」之語，一個藝人表演小兒相撲，很有可能就是兩手兩足著地，一大人充當兩小兒，作緊緊摟抱難分難解之相撲狀。這種表演近現代還常見於舞臺和戲場。「喬相撲」，顧名思義，是滑稽相撲的意思。戲劇性相撲與競技性相撲最根本的區別是具有規定情景：相撲路數與結局是預先規定好的。相撲者，或大吹大擂者負，或高大高壯者輸，或相撲動作一派醉態，這才能產生滑稽的效果，贏得觀眾的笑聲。

兩宋構欄中的這種相撲技藝表演段子後來被綜合進了戲曲。這可以從現存最早的完整戲曲劇本《張協狀元》中得到證實。《張協狀元》第四十八齣「張協參見王德用被屏」中，有丑扮王德用，淨扮柳屯田的一段滑稽調笑表演，先模擬躬弩，踢球，緊接著又模擬一段「白廝打」：

〔淨〕這個打一拳，這個也打一拳。這個踢一腳，〔丑〕這個也踢
一腳。（淨丑相踢倒介）

《張協狀元》是戲曲藝術綜合之初的本子，從中可以看出許多伎藝進入戲曲後的拼湊的、尚未消化的痕跡。早已有學者從中「拆卸」下整個的宋雜劇段子「賴房錢」過。〔註12〕從中我們還能離析出「學鄉談」、「數藥名」、「裝鬼神」、「舞

〔註12〕參見胡忌《宋金雜劇考》第四章（十四）。

鮑老」、以調弄鄉下人爲內容的「雜扮」等伎藝段子。劇中也融合有「喬相撲」的段子當然不作爲怪。後世戲曲中這樣的滑稽相撲也不少。敷演武松武大郎故事的崑劇《打虎‧遊街》中，武松與虎形（人扮）的相撲是「東海黃公」的傳統，而武太郎模仿表演的一段小矮拳，則全然是「喬相撲」的路數。

日本古代的相撲表演似亦受有中國的影響。平安時代，日本宮廷的相撲常與其他散樂表演同時演出。如《三代實錄》貞觀三年（861年）六月二十八日條中，有「天皇御前殿，觀童相撲。……九番相撲後，有勒令停。左右互奏音樂。種種雜伎、散樂、透橦、咒擲、弄玉等之戲，皆如相撲節儀」的記錄。後來的典籍中又出現「散樂相撲」的提法：「追相撲四五人取了，次散樂相撲」（《小右記》長和二年（1013年）八月一日條）。所謂「散樂相撲」，當爲有別於競技目的的戲劇性相撲表演無異。誕生於十一世紀的日本演劇史重要史料《新猿樂記》，在所記的出演於京都稻荷祭的各式猿氏演目中，有「獨相撲」一項。這也是一種戲劇性相撲，估計類似於中國的「小兒相撲」。猿樂極大地影響了後世的能樂，特別是能樂中的狂言，全然繼承猿樂的滑稽表演。其中滑稽相撲類的表演亦很豐富。有一齣名《蚊相撲》的狂言，表演蚊子精與侯爺相撲，不可一世，但人最終還是以計謀征服了蚊子精。這齣狂言戲中有戲，集相撲的兩種觀賞性──驚險的與滑稽的──於一劇，十分有趣。狂言《唐相撲》，則敷演一名日本相撲手在從唐土回國前，在唐皇帝前表演相撲。最後與皇帝做對手，差點拉著皇帝的小腿將皇帝摔在地上，令文武百官大驚失色。最後多名臣子抬著皇帝下場。這齣戲的滑稽意味亦十分濃重。日本國劇歌舞伎中也揉有相撲對打的表演，特別是市川家元的戲目。西元1989年在東京都連演三個月餘、取得轟動效應的中國京劇與日本歌舞伎同臺合作的《龍王》中，就有十分精彩的撲打表演。那是第三場，表演日本漁民海彥來到中國的翠屏山蚯蚓原，遇一隻大虎，海彥（由著名演員市川猿之助扮演）以十分漂亮的身手打服了老虎（注意，與中國「武松打虎」不同的是，海彥祇是征服老虎，並令虎爲自己效力，一如遠古的黃帝氏族對待夒氏族、蚩尤氏族，大和王朝對待隼人等一樣），這時，丑扮中國地方官吏雷開出場，阻擋海彥上山，並於老虎有一段十分滑稽的「喬相撲」。不用說雷開慘敗，仆跌在地求饒。中日兩國劇的開打撲跌身段動作若同若異，很能反映兩國戲劇間同根異花的微妙關係。正因爲兩國戲劇有著十分深遠的淵源關係，故兩國劇同臺演出一個故事，才能取得如此和諧、美妙的藝術效果。

四

在探索戲劇起源與遠古氏族爭戰、臣服之間關係時，還有一項重要資料不容輕視，那就是中國楚辭中的《九歌·國殤》。

操吳戈兮被犀甲，車錯轂兮短兵接；

旌蔽日兮敵若雲，矢交墜兮士爭先。

凌余陣兮躐余行，左驂殪兮右刃傷。

霾兩輪兮縶四馬，援玉枹兮擊鳴鼓。

天時墜兮威靈怒，嚴殺盡兮棄原野。

出不入兮往不反，平原忽兮路超遠。

帶長劍兮挾秦弓，首身離兮心不懲。

誠既勇兮又以武，終剛強兮不可凌。

身既死兮神以靈，魂魄毅兮為鬼雄。

儘管在具體解釋上存有差異，但今天的戲劇起源探索者，幾乎無人不將審視的眼光投向《九歌》的。人們看到，《九歌》的前面九篇（《九歌》實為「十歌」）有以祭者口氣寫的，也有以各種神的口氣寫的，由此推測當時的祭壇上，已有女巫男覡分別扮演天神（東皇太一）、日神（東君）、雲神（雲中君）、水神（湘君、湘夫人）、生命神（大司命）、愛神（小司命）、河神（河伯）、山神（山鬼）的。但追索至此，幾乎不再有人繼續下去，肯定末篇《國殤》也是有妝扮、有「化身表演」的。有的認為前面九篇皆是所扮之神與迎神之巫對唱，唯有本篇「全是迎神者所唱」；〔註13〕有的祇是籠統地稱其為「男巫們的群舞」。〔註14〕尤其不能自圓其說的是對詩中「挾秦弓」的解釋。有的含糊地譯作「秦國製造的弓，」〔註15〕有的則認為這一段描寫寓楚軍「長驅入秦之意」，秦弓是他們的「戰利品」。〔註16〕這種解釋無疑是牽強的。這首詩如果真是紀念楚國將士的英靈，那屈原何以要讓楚國軍隊持敵國秦國之弓呢？筆者認為，正是這「操吳戈」、「挾秦弓」等對應性的描寫，披露了《國殤》也是有妝扮、有化身表演的，妝扮的正是敵我雙方的將士，化身的正是南北兩地的軍馬。

〔註13〕見陸侃如、龔克昌選譯《楚辭選譯》「九歌·國殤」。

〔註14〕同上。

〔註15〕見余秋雨《中國戲劇文化史述》第一章。

〔註16〕見蔣天樞《楚辭校釋》「九歌傳第三」。

　　我們知道，模擬戰爭場面的歌舞表演的發端遠比屈原時代要早。屈原也正是見楚地「俗人祭祀」歌舞歌詞「鄙陋」，才寫作新歌辭《九歌》的。已有學者注意到，原始人「不光在戰前模仿戰鬥，在戰爭獲得勝利，或狩獵中滿載而歸之後，男人們也要在篝火前，把他們進行過的事再現一遍。他們相信這樣做可以確保勝利。在這裡觀看的是女人和孩子，他們並沒參加戰爭或狩獵，因而他們是本質上的觀眾、聽眾。」〔註 17〕而且，這裡所謂的模擬「進行過的事」，不僅只有他們一方的，還包括他們的敵對的一方的。有學者在現今未開化民族調查中獲知，有的島上的原始部落以咒術的手法，力圖使戰爭中的敵人「得一種致命的病，然後再把敵人打敗。」「他模仿著這種病末期的痛苦狀。他在地面上痛苦地翻滾著，抽筋似地悲鳴。」〔註 18〕為的是將敵人致於死地。

　　《國殤》所表明的情節和主題歸向，也只能是這樣的表演兩軍對峙，短兵相接。我方英勇無比，經過十分艱苦的惡戰，終於把敵人殺得橫屍原野；而敵方雖也銳氣十足，但最終「首身離」，只得帶著未竟的壯志去稱雄於鬼界了。至於《國殤》所表現的戰爭模擬舞究竟出演於戰爭之前還是戰爭之後，這無關緊要。因為原始先民戰前戰後都要舉行這種祭祀性的歌舞表演的，戰爭前舉行是為了預祝勝利，使部落獲得「必勝」的信念；班師後舉行是為了確保勝利，同時給部落的婦女孩子帶來一份娛樂。日本的久米舞中有用長劍砍殺蜘蛛的動作，據說這象徵著久米氏族曾經征服過「土蜘蛛」氏族（或許是以蜘蛛為圖騰為氏族）。久米氏最初將砍殺蜘蛛的動作編入自己的土俗舞中，也是為了鞏固已有的勝利。〔註 19〕

　　上文已經說過，不論是中國遠古的夔率百獸舞、蚩尤戲、儺舞、「國殤」舞也好，還是日本的隼人舞、久米舞、吉志舞也好，都是武舞。這種誇耀武力、表現武姿的舞蹈表演，原本在自己部落裏，是為了祈禱本氏族的平安和勝戰而設的；一旦這一氏族被另一氏族征服，這種土俗歌舞原封不動地搬到征服者面前去表演，一是為了表示供奉、二是為了表示效忠，以武力效忠。而對征服者來說，他當然樂意觀看，並樂意把這樣的表演拿出去示人，那是因為，新併吞的氏族已經成為自己氏族的一部分，誇耀他們的尚武有力便是

〔註17〕見渡邊護《藝術學》第十一章「咒術與藝術」。
〔註18〕同上。
〔註19〕參見後藤淑《日本藝能史入門》。

誇耀自己。一如黃帝畫蚩尤像「以威天下」一樣。

綜上，那些原本用於部落內祈禱勝利或鞏固勝利的歌舞表演，後來被用於向征服者表示臣服，這是個改變功用的大轉折。渡邊護在他的《藝術學》中指出：「當某一咒術行爲從一個種族或部族轉移到另一個種族或部族的時候，也有可能使其本來目的脫落」。而「失落了他目的的性格的咒術，在很大程度上具備了成爲藝術的性格。」上述中日兩國遠古氏族的土俗舞蹈，正是在氏族被征服和被併吞過程中「脫落」了原有目的：祈禱勝戰或確保勝戰。當這些土俗舞在向征服者的部族轉移時，它們被加上了新的目的：表示效忠。而這種後來被強加上去的必定更容易脫落。這種祭祀舞正是在他目的的二度脫落中，產生了成長藝術品類的契機。中國的角觝、儺舞，日本的各類土俗舞，正是這樣逐漸走上藝能化道路的。

（原載《戲劇藝術》1992 年 2 期）

性崇拜及其在戲劇中的面影

　　民俗信仰中的所謂「性崇拜」，一般包括性交崇拜、性器崇拜和繁育崇拜。在被視作戲劇源頭的遠古祭祀和民間活動中，有許多伴隨著、滲透著性崇拜意味，有的本身就以性崇拜爲主要內容。而且這種民俗的性崇拜意識對後世戲劇的發展，也投有這樣的影響。已知人類最早的戲劇形式是四千多年前印度的「濕婆」。濕婆當時被當作「生成」之神崇拜，又是主司音樂、舞蹈和戲劇的神。祭祀「濕婆」的寺院裡至今不設偶像，祇以牛或男根模型作爲濕婆的象徵而祈禱。《羅摩衍那》中有濕婆與女神優摩之間歷時百年的一次交媾的情節，而酬謝祈禱濕婆神的「演出」形式很有可能是「背誦的史詩傳說與古啞劇藝術的合併。」〔註1〕或許正是用背誦史詩和啞劇模擬的手段將性交場面敷演於祭壇，也就是戲壇上的。另一個在戲劇發生學上有名的希臘「酒神頌」中，也摻有明顯的性崇拜、性狂歡活動。酒神狄俄倪索斯原不是希臘的本土神，他在本土埃及被祭祀時，已經伴有對男根模型膜拜的程式，被希臘引進後，更發展爲由酒神信徒們抬著神像，舉著男根模型遊行的場面。〔註2〕

　　其實，中國戲劇以及在她影響下的朝鮮半島、日本列島傳統演劇系統，即所謂「東亞戲劇」系統，也有十分類似的情況，表現於其發生和發展的階段。探索性崇拜意識與東亞戲劇的發生、發展的關係，是本文所力圖做的。

〔註1〕見麥唐納《印度文化史》，中華書局1948年版。P81～83。
〔註2〕見《希羅多德歷史》第二卷第四十八、四十九節，商務印書館中譯本，P132～133。

一

在探求中國戲劇起源的研究中，人們已經注意到了遠古時期的「雩舞」。
〔註3〕雩舞是在求雨的祭祀儀式上進行的。以歌舞乞雨，這在中國出現得很
早。《殷墟文字》甲編三〇六九號一版上有「庚寅卜，癸巳隸舞，雨？」「庚
寅卜，甲午隸舞，雨？」的卜問，詢問的正是何時供奉舞蹈求雨為好。祈雨
的舞蹈又稱作「雩舞」。雩，無論是字的構成還是發音，皆與「雨」相通。《穀
梁傳》曰：「雩，得雨曰雩，不得雨曰旱。」《說文》云：「雩，夏祭樂於赤（夏）
帝，以祈甘雨也，從雨於聲。雩，或從羽，雩，羽舞也。」這裡把雩舞的形
式——執羽而舞——也一併交待了。此舞名「雩」，舞具為羽，目的求雨，三
字同音，頗令人注目。雩舞先前是由巫參與的，所謂「若國大旱則司巫帥巫
而舞雩，若旱暵則女巫舞雩。」（《禮記・月令》）。自秦漢以降，雩祭儀漸趨
繁複，其中歌舞部分大致定型，以「舞僮八佾六十四人，皆元服持羽翳而歌
〔雲漢〕之詩。」而北齊則「選伎工端潔善謳詠者」參加。〔註4〕

從現存典籍資料可以窺見，以雩舞為中心的祈雨儀式還伴隨有男女的性
活動。《路史・餘論》引董仲舒《春秋繁露請雨法》說，為了祈降甘雨，「令
吏妻各往視其夫，到起雨而止。」同書《請民止雨》又云：「四時皆以庚子之
日，令吏民夫婦皆偶處，凡求雨之大禮，丈夫欲藏，女子欲樂和而樂神。」
直至南北朝時還有這樣的做法。梁武帝大同五年四月後旱，「祈雨行七事」，
其中之六便是「命會男女，卹怨曠也。」〔註5〕

雩舞一般在專設的雩壇中進行，但也有在桑林中進行的。《呂氏春秋・順
民》有「天大旱五年不雨，湯乃以身禱於桑林。」祈雨又似與「社」有關。
如晉武帝咸寧二年春旱「祈雨於社稷山川」，隋帝也曾請雨於「社稷及古來百
辟卿士有益於人者。」〔註6〕我們知道，社祭主要是祭土地神的，其一年中規
模最大的為春社與秋社，皆兼有乞雨的意味，因為豐收是離不開雨水的。社
祭又可作臨時祭雨之用，蓋二者目的一致，都為了求取豐收是也。據考證，
社祭中的「尸女」形式也與男女性活動有關，聞一多，郭沫若等先生亦曾指

〔註3〕見張庚、郭漢城《中國戲曲通史》第一章一節，中國戲劇出版社，1980年版，
　　　　P5。
〔註4〕見《淵鑒類函》卷一百七十二《禮儀部・請雨一》，中國書店，1985年8月版。
〔註5〕見《淵鑒類函》卷一百七十二《禮儀部・請雨一》，中國書店，1985年8月版。
〔註6〕見《淵鑒類函》卷一百七十二《禮儀部・請雨一》，中國書店，1985年8月版。

出尸女即通淫之意。〔註7〕無論是舞雩還是尸女，都伴有作出性行為或模仿性
行為，企圖以男女交合來誘發天帝興雲布雨。中國歷來將男女歡愛諱稱作「雲
雨」，證明了古人相信性交與興雲布雨有關。

　　相信可以以男女交媾來達到請求甘霖的目的，體現了古代巫術性思維的相
似律，即把人類與自然界看作具有可比性和相通性，把人類的「雲雨」看作是
自然界雲雨的示範。後來，人們還將它們進一步推而廣之，發展為凡與男女性
別或男女交歡有關係的事物，都被認為與求雨有關。上述桑林之所以亦被當作
求雨的場所，就是因為桑林多傳為男女幽谷淫奔之所。《淮南子》高誘注文曰：
「桑林者，桑山之林，能興雲作雨也。」古人求雨於「能興雲作雨」的「諸山
川」，恐怕這些山川亦植有桑樹。另外，中國漢民族早已賦予性以陰陽兩分的觀
念。對於旱澇等自然災害，亦用陰陽的觀點來解釋和試圖解決。〔註8〕《月令》
中所記「旱暵則女巫舞雩」，後有注曰：「使女巫舞，旱祭崇陰也」。「尸女」通
淫與「合男女」的做法則是使「陰陽和合」。隨著古人陰陽觀念的聯想物的逐漸
增多，雩祭的做法也漸趨繁複。如古人設南門為「陽門」，北門為「陰門」，故
董仲舒《請雨之法》中有閉南門，縱北門，「蓋亦古者達陰之意也。」後漢昭帝
六年行「大雩」之祭，規定「不得舉火」，以求「抑陽助陰」，亦因古人將水火
分屬陽陰的緣故。祈雨祭典上的舞僮及其他參與者「衣皂」，「衣元服」，也因為
黑色「屬陰」，反之「請止雨」則衣「朱弦」。〔註9〕古人為了讓天帝行雨，先
令人間陰盛陽衰。這就是所謂巫術性思維的「聯想群」，而「這些聯想物之間都
是可交際的，因為特定文化中的大多數人很熟悉它們」。〔註10〕

　　在現存許多民間的祭祀戲劇中，有著這方面的大量實例。山西省壽陽縣
一帶，有一種祭祀性的表演叫「耍鬼」，又稱「愛社」，是一種處於儺舞和儺
戲之間的形式，表現的主題是「軒轅黃帝大戰蚩尤」的傳說。這種表演每年
的七月十三日在軒轅廟會上舉行，除此之外，出演最頻繁的場合，就數天旱
「祈雨」了。應當說，紀念軒轅黃帝與求雨沒有直接的關係，但由於當地人

〔註7〕　見龍耀宏《「雲雨」與巫山神話考釋》，《文學遺產》1990 年 4 期。

〔註8〕　如《春秋繁露》雲：「大旱，雩而請雨。大水，鳴鼓而攻社。天地之所為，陰
　　　　陽之所起，或請焉或攻焉，何也？曰：大旱，陽滅陰也……大水者，陰滅陽
　　　　也。……變天地之立，正陰陽之序，貞行其道而不忌其難，義之至也」。

〔註9〕　見《淵鑒類函》卷一百七十二《禮儀部·請雨一》，北京市，中國書店，1985
　　　　年 8 月版。

〔註10〕　見弗萊《批評的解剖》，轉引自葉舒寬《神話原型的批評》P15～16，陝西師
　　　　大出版社，1989 年版。

傳說，在軒轅廟的石洞裡求雨最靈，所以就把兩者聯想到一起去了。《壽陽縣志》（光緒八年重修）云：「北神山，在縣西七十里，有軒轅帝廟，禱雨多應。」既然把求雨的地點定在軒轅廟最爲靈驗，那麼，以紀念軒轅帝爲主旨的演藝「耍鬼」，移用作求雨的手段，也是順理成章的了。祈雨的劇目在山西其他地區的祭祀性演劇中也存在，如雁北地區的「賽賽」、晉南地區的「鑼鼓雜戲」、上黨的「隊戲」等，每當這些地方缺雨，他們都能拿出相應的劇目來，以表演作爲求雨的手段。

貴州威寧縣板底裸戛彝族的「撮泰吉」，是一種全民性的祭祀性表演活動。分祭祀、耕作、喜慶、掃寨四大部分，其中第二部分又有送種子、買牛、耕種、孕育、收獲、報祭等段子，在模擬農業生產的一系列動作中，也插演交媾示意場面。阿布摩（一千七百歲老爺爺，戴白鬚面具）與阿達姆（一千五百歲老奶奶，戴圓盤無鬚面具）是一對，嘿布（一千歲漢族老人，戴無鬚兔唇面具）趁人不備，從身後抱住阿達姆作交媾狀，阿布摩發現後，用拐杖追打他，然後也從背後與阿達姆作交媾示意表演。這段表演是很受學者們注意的。其一，其性交形式從背後進行，與動物相似，說明這是人類十分原始的現象；其二，阿布摩驅逐嘿布，不讓他與阿達姆歡愛，似含有保持民族純潔性的意思。當然，在農業生產的模擬表演中插演性交模擬，其巫術性意味也是顯見的。

筆者認爲，求雨式的「雩舞」之所以與戲劇的發生有關聯，正是由於這種「聯想」的作用。從某種意義上講，後世的某些戲劇表演也是這樣的「聯想物」。乞雨祭典上的男女交媾原本就是十分禮儀化、形式化的，上述的「令吏民夫婦皆偶處」、「命會男女、卹怨曠」中的「命」、「令」等語氣皆透露了這樣一種特點。它的進一步禮儀化、形式化，便是「做交媾狀」。古人相信桑林都可以用作求雨，何況是對男女交媾的模擬了，我們推測乞雨祭典上或有從正式交媾到「做交媾狀」的演變，一些少數民族至今依然流行的有關祭祀形式上大量「做交媾狀」的實例，支持了我們的觀點。﹝註11﹞而載歌載舞的、有故事情節的對男女交歡的模擬，就是本質上的戲劇。這或許正是後世民間

﹝註11﹞參見王小盾《從生殖崇拜到祖先崇拜》（《中國文化源》）百家出版社，1991年版 P146「螞拐節」，P149「鼓社祭」。另外，筆者近期考察到的湘西土家族「毛古斯」、貴州彝族「撮泰吉」等古老祭祀活動中，也有大量的性器模擬、性交模擬存在。

「淫戲」特多、百禁不止的深層原因了。盛行於農村，出演於春秋迎神賽會上的「淫戲」曾使南宋理學家陳惇大為惱火。他羅列當時東南一帶的實況說：「四境聞風鼓動，復爲俳優戲隊，男女聚觀，淫奔酗鬥。」「秋收之後，優人互湊諸鄉保作淫戲。」〔註12〕那場景，特別是由淫戲引起的淫奔，直是原始風俗的復歸。陳惇斥之爲「倡以禳災祈福爲名」，其實在老百姓心靈深處，或許眞相信上演淫戲能促使自然界風調雨順、五穀豐登的呢！

二

另一個已經引起戲劇發生探索者重視的原始歌舞是「萬舞」。《中國戲曲通史》引聞一多的觀點，認爲這原是祭祀氏族女始祖節日裡跳的舞蹈，現在尚存於西南少數民族地區的「歌墟」、「跳月」等可能是它的遺態。《詩經》中有篇章描繪過它的舞姿。《陳風・東門之枌》中的「東門之枌，宛丘之栩。子仲之子，婆娑其下」，據說記錄的正是這種求歡之舞，以致「穀旦於逝，越以鬷邁。視爾如荍，貽我握椒」，男女主人公互贈愛物，在這一吉日裡竟要帶鍋遠行，雙雙私奔。這自然是一種野外舞蹈，或還是在高地（宛丘）舉行的。《邶風・簡兮》描寫的則是另一種「萬舞」。「簡兮簡兮，方將萬舞。日之方中，在前上處。碩人俁俁，公庭萬舞。」是一種男子跳的室內武舞，顯然較前者後起。但《簡兮》亦是一首愛歌，〔註13〕值得注意。

「歌墟」在中國又有「歌圩」、「坡會」、「風流坡」等名稱。「歌墟」之俗不僅中國有，鄰國日本也有。日本的這種古老的男女交際形式叫作「歌垣」，歷來被視作藝能演劇起源之重要一途。日本歌垣先於野外或海邊高地舉行，後來進入可開設市場的平坦之地。大和地方稱「歌垣」，東國地方稱「嬥歌」；大和地方的海拓榴市，東國的築波山是舉行歌垣的有名之地。中日兩國的「歌墟」都在春秋兩季舉行，具體日期雖多不同，但「春歌」定在三月三日，即「上巳節」，秋歌定在八月十五日，即「中秋節」的民族和地區很多。

關於這種歌會的起源與目的，兩個現行的權威辭書都表示無法考定。日本《大辭林》稱其爲「預祝豐收」的行事，日本《演劇百科》認爲其「來源於農耕祭・祀活動」；中國的《辭海》等更含糊地稱其涉及「慶祝豐收」云。

〔註12〕 見陳惇《北溪先生大全集》中《上趙壽丞論淫祀書》、《上傅寺丞論淫戲書》。
〔註13〕 《陳風・東門之枌》三析參見同註3，《邶・簡兮》參見高亨《詩經今注》「簡兮」小序，上海古籍出版社，1980年版，P54。

那麼，何以男女交際的這種野外歌會，會有「預祝豐收」或「慶祝豐收」的效用呢？

我們看到，「歌墟」活動也帶有十分濃重的性崇拜色彩。日本辭書《大辭林》「歌垣」條云：「這種男女集體歌舞飲食活動還伴有性開放。」〔註14〕中國少數民族壯族的「歌圩」至今還有飲食和性活動。中國上古時期男女間的兩性放縱與兩性禁忌都是有季節性的，而三月三左右正是縱性情狂歡的兩性節日。《詩經·鄭風·溱洧》正是描寫三月初三鄭國的溱洧河邊男女戀愛大集會的，桃花流水「方渙渙兮」，「維士與女，伊其相謔」。〔註15〕流行在海南島黎族地區的三月三節叫「孚念孚」，其起源傳說為：遠古洪水退後，只剩一對表兄妹，妹便在臉上刺紋，使表兄認不出她，於是在「孚念孚」這一天結合，生兒育女。〔註16〕中國漢人居住區自漢代以降，上巳節歌舞交合傳統逐漸淡化，似只剩下水邊「祓禊」之風俗，但這種祓除病氣、修潔淨身之舉，似與兩性關係亦相關。〔註17〕《長恨歌》的「春寒賜浴華清池」、「始是新承恩澤時」，《長生殿》「禊遊」之後的「幸恩」，「窺浴」之後的「密誓」，皆透露了兩者之間的關係。漢人在這一天裡的求子之俗亦是一種性崇拜的反映。《太平寰宇記》卷七十六稱「每三月上巳有乞子者，漉得石即是男，瓦即是女，自古有驗。」由此可見，遠古三月上巳之俗的性崇拜意味，在這一文化始發的中心區域逐漸淡化，逐漸變形，後來反而顯得十分隱蔽，而在少數民族地區和域外周邊區域，反而得到較完整的保存。

歌墟選擇在春秋兩季——播種季節與收獲季節舉行，自然與農耕有關。上述「雩舞」與求雨儀式雖也是在農耕儀禮，但不是常年的，只有當旱災之年才臨時舉行的。而歌墟，卻是固定的、常年的。歌墟選擇的地點亦引人注目的。歌墟、歌圩、歌垣、風流坡等名稱，有一個有趣的相似之處，即「墟」、「圩」、「垣」、「坡」等皆指土堆積而成的高地。這令人聯想起地乳，想起「社」，想起女始祖，即生殖神。已有人指出古代社神是一位女性，即高禖——高母，

〔註14〕 本文日語資料均為筆者自譯（除特別註明外）。

〔註15〕 《詩經·鄭風·溱洧》：「溱與洧，方渙渙兮；士與女，方秉蕑兮：女曰：『觀乎？』士曰：『既且』。『且往觀之外，洵訏且樂』。維士與女，伊其相謔，贈之以勺藥」。

〔註16〕 見《中華風俗辭典》「孚念孚」條。

〔註17〕 關於這一點，今人多有論述。如陳勤建《中國民俗》（中國民間文藝出版社1989年版）第四章第二節所述。

又是一位主「婚姻」之神。〔註18〕由此推測，遠古男女交歡的歌會形式或許與後世的春社秋社還有點什麼關係呢！

在遠古人眼中，自然萬物的繁殖生長教育，與人類的繁殖亦有可比性。既然人的「雲雨」能夠誘導天的雲雨，人的繁育自然也能感召地的繁育，天上陰陽和合、風調雨順，地上五穀豐登、繁殖興旺，這正是求雨祭與歌墟各自的使命。歌墟——春秋社會之俗，其實歌舞藝能是外殼，外在表現形式。因為要使男女互相傾心，歌舞交際是必不可少的手段。其功利性目的是祈禱豐收。當著這種交感巫術性的目的脫落之後，歌會便成一種自娛娛人、男女青年求愛擇偶的社交活動——手段變成了目的。日本的歌垣最後連這一次生的目的也脫落了，進一步遊藝化、儀式化起來，終於成為一種表演形式而進入宮廷，給後世演劇的形式以一定的影響。

歌墟——春秋社的性崇拜意味雖然在中國漢人地區日漸隱蔽而漸不為人所知，但它們一直沒有消失。它們在民俗慣習和民俗演藝中不絕如縷地傳承著，直至進入後世成熟戲劇形式。我們看到，古代戲曲愛情題材很多，而這些舞臺上的愛情故事的展示，幾乎無一例外地以春、秋為背景的。《牆頭馬上》的裴少俊李千金初相見正是在「三月初八日，上巳節令」，〔註19〕《拜月亭》中的瑞蘭世隆則結伴於「秋風颯颯」〔註20〕之中。杜麗娘驚夢於「姹紫嫣紅」〔註21〕之春，倩女離魂於瀟瀟夜雨的「暮秋之道」。〔註22〕這類作品對社會生活的反映，所表達的人類追求愛情自由的心願，已為人們談深談透。但蘊含在作品深處的，表現原始文化遙遠記憶的層面，卻一直為人們所忽略。又如，《西廂記》取材於唐傳奇《鶯鶯傳》，但在唐傳奇中，崔張初識的情節並沒交待季節，《西廂》中卻冒出個「早春二月」的背景；按情節崔張相聚一月有餘而分別，可「長亭送別」卻已是「碧雲天、黃花地、西風緊，北雁南飛」的秋季。這樣的違反常識的謬誤之處在古代戲曲中比比皆是，對春、秋的調遣幾近隨心所欲，卻廣為觀眾首肯。原因就是，劇中所謂的「春」、「秋」，是屬

〔註18〕 參見何新《諸神的起源》第七章內容，三聯書店，1986年版，P131，137。
〔註19〕 見《裴少俊牆頭馬上雜劇》第一折「沖末」說白。《元曲選》第一卷，中華書局，1958年版，P332。
〔註20〕 《閨怨佳人拜月亭》第一折〔混江龍〕曲，人民文學出版社，1976年版，《關漢卿戲劇集》，P418。
〔註21〕 《牡丹亭》第十齣「驚夢」〔皂羅袍〕曲，人民文學出版社，1963年版，P45。
〔註22〕 見《迷青瑣倩女離魂雜劇》第一折〔混江龍〕曲，同註19，P706。

於神秘思維範疇的、與人類情緒相吻合的符號，而不是實際的生活經驗。人們既然能夠創造「青春」、「傷春」、「懷春」、「春夢」一類蘊藏男女之愛含意的詞彙，能以「悲秋」、「秋思」、「多情自古傷離別，更那堪冷落清秋節」來表達人的離恨相思，人們自然也能夠將她們搬上舞臺，繪聲繪色地敷演她們，津津樂道地欣賞她們的！這裡面，難道沒有歌墟以及春秋社這樣的性狂歡節的遠古記憶在起作用麼？

<h2 style="text-align:center">三</h2>

遠古性崇拜中的生殖器崇拜，在戲劇表演中也有不少投影。本文開頭提到的印度「濕婆」，還有起源於埃及、發達於希臘的「酒神頌」，即是典型之例。中國的鄰國朝鮮與日本的演劇中，亦有許多這方面的實例。

被公認爲與演劇起源有關的日本土偶，是日本繩文時代（西元前三世紀以前）的遺物。〔註23〕日本出土的土偶有一個十分有趣的現象：幾乎全爲女性，全製有誇張的乳房、孕腹和女陰，這當然與祈禱增產、繁殖的祭祀活動有關。日本的神代神話《天之岩戶》，則被公認爲是表現日本戲劇起源的代表性文字資料，其中有這樣的情節：巫女天鈿女命，爲了吸引躲進天之岩戶的天照大神重新面世，她「樣子如同神鬼附體」，「巧作俳優」，「敞胸露乳，腰帶拖到陰部」。〔註24〕這段文字描寫與上述土偶的實物形象是一致的。日本繩文時代出土文物中也有模擬男根的「石棒」，相當於中國的「石祖」。這種男根崇拜當爲父系社會形成後才出現的，較土偶爲代表的女性器崇拜或晚。但男根模型的運用，在後世的民俗演藝中卻十分多見，這大概與日本以男性爲中心的社會模式一直沿續至今有關。在現實生活習慣中，日本人有向新婚夫婦送男根模型以示祝賀的風氣。日本愛知縣有一種全民性的祭祀活動叫「花祭」，其中有主持者手持男根模型，跑著追逐在場女子，把塗在模型上的蜜糖（象徵物）去沾女子臉。女子雖哄笑著四處逃竄，但一旦被粘上，便認爲是吉利的，不可隨便擦掉。日本的民族演劇形式之一——神樂中，有著更爲戲劇化的情節。如山口縣岩國市的「行波神樂」中，有名爲「豐靈武鎮」的段

〔註23〕參見後藤淑《日本藝能史入門》II「原始藝能的世界」，社會思想社，1988年版，P26。

〔註24〕見安萬侶《古事記》上卷「天照大禦神與速須佐之男命」四，中譯本由鄒有恆、呂之明譯，人文出版社，1979年版，P21。

子，說是爲退散疫病而設。而先有四舞人背插各色旗幟上舞，中途上來個滑稽角色，背一隻包袱，手持一把上書「天下泰牢」的團扇和一把小槌，與舞人問答後東向坐下，舞動小槌，叩拜正面，然後作滑稽模擬舞，最後從包袱裡掏出男根模型，在觀眾的哄笑聲中退場。愛知縣津島神社的「參候祭」中有一段七福神舞——大黑曲，舞著上場後與樂隊對答，從包袱裡拿出各種東西，最後取出男根模型，請樂隊奏樂，而他則舉著男根模型，在舞庭裡合樂舞旋，並把男根觸到觀眾頭臉身體上，說如此便能爲人們帶來福，退治惡鬼。在這類祭祀藝能的表演中，男根是作爲驅逐惡魔的咒具而出現的。〔註25〕

在朝鮮戲劇中，男根甚至被編入情節之中。朝鮮具有代表性的木偶劇音譯可作「國都閣氏劇」，劇中人洪同知由一個裸體木偶充任，具有一條誇張的陽根，後來洪同知被一位青年少爺退治，化作其本相蛇形，而陽根則被那位少爺用來抬官吏母親的靈柩。〔註26〕這後一情節又透露了傀儡戲原本是喪戲、起源於喪俗的事實。

日本還有一種與農耕祭儀有關的藝能叫「田遊」。田遊中也有舉男根女陰道具表演的，但現今最常見的是由一翁一媼（皆戴面具）擁抱而舞，作交歡狀。退場後由作孕腹狀的老媼一人出場，舞旋入場，待再出場時除翁媼外，還帶一可愛的小兒，意謂即剛生育的孩子，最後則在眾人齊聲歌唱的極有節奏的歌聲中，孩子被放在大鼓上合樂而夯。這則是對繁育全過程的模擬了。〔註27〕

在中國，男根崇拜在遠古信仰中的表現，不僅見諸於文字記載，而且有大量的實物可資證明。在東西南北許多地方都出土過作爲崇拜物的男性生殖器模型，有石製、木製、玉製各種質地。〔註28〕由於漢族居住區進入古代社會後巫術的衰退、儒學的盛行，有許多原始崇拜的痕跡已被掩蓋、篡改得面目全非了。石祖的性崇拜意味，社稷、社會的性崇拜意味，皆是近年才被重新提起。傳承於戲劇表演中的這一崇拜心理跡象，也是淡而又淡，幾不見遺影。但中國戲曲到底是大成於漢族儒學道統最爲薄弱的金元時代，北方少數

〔註25〕 參見後藤淑《能與日本文化》一「今與昔的能・狂言」，木耳社刊，1980年版，P58～59。

〔註26〕 參見〔日〕《演劇百科》「國都閣氏劇」條：又見李杜鉉《朝鮮藝能史》第四章「假面劇與人形劇的傳承」，日・東京大學出版會，1990年版，P206～207。

〔註27〕 筆者在留日期間，曾觀賞過東京都德丸的「田遊」與橫濱市鶴見神社的「田遊」，兩者皆有類似的情節。亦可參見日本《第二十回東京都民俗藝能大會》資料。

〔註28〕 參見何新《諸神的起源》第七章內容，三聯書店，1986年版，P131，137。

民族入主中原所帶來的對儒學倫理和正統文化的衝擊，是難以估量的。因此在我們今天能看到的大量金元戲劇文物和文字中，性崇拜尤其是男根崇拜的痕跡也略略可辨。

近年在北中國有大量的金元社火戲劇文物出土。那許多雕磚上有一個人物形象令學者們大惑不解，那就是一個肩扛絲瓜樣的長形瓜的形象。如新降縣南范莊金墓雕磚的第七人，又、焦作市西馮封村金墓社火雕磚的第五人等。〔註29〕筆者認爲，那長瓜很有可能就是男根的模擬物。至於與其相對應的那個形象所持的荷葉，是否爲女陰的模擬物，尚不敢過於肯定。在金元雜劇院本表演中還有滑稽演員以中指模擬男根的，如山西稷山縣馬村四號金墓雜劇磚雕的下行左起第二人，同縣化峪鎮二號金墓雜劇磚雕的左起第三人等。〔註30〕在戲劇表演中出現男根雕磚畫面多在墓葬中發現，恐怕又與朝鮮劇中以男根抬靈柩的情節有某種一致性。中國傳統喪俗中亦久有在墓壙中驅魔逐鬼的做法了，〔註31〕而男根模型又具有此等效用，或許這正是此類雕磚大量產生的民俗信仰根據。

還有一點值得注意的是，在金元雜劇院本中出現的道具「磕瓜」。磕瓜的出現，代表了宋雜劇的「仗」。磕瓜又名「皮棒槌」，很有可能是男根的模擬物。與上述日本行波神樂「豐靈武鎭」中的「小槌」相比，兩者都名「槌」，都有滑稽角色所持，都可以用來擊打對方，效用十分相似。〔註32〕筆者認爲，「豐靈武鎭」中的小槌，正是那種滑稽角色包袱中那枝男根的外化、替身，那滑稽角色先舞動小槌，向東方朝拜，向觀眾席祝福，最後才亮出男根模型。（而「大黑曲」中則是舉著男根模型向觀眾祝福），可見兩者是有關聯的。中國的磕瓜與之區別在於，在表演中不再亮出它的「本來面目」，自然兩者的巫俗意味有濃淡之別，但中國的磕瓜道具上也有些許巫俗文化要素的殘存。它可以擊打由淨扮演的壞人或怪人形象，與「退治惡魔」有可關聯之處，又是

〔註29〕參見廖奔《宋元戲曲文物與民俗》圖版十二，及第四章第四節的文字和圖廿八，文化藝術出版社，1989年版，P89、91。

〔註30〕參見《宋金元戲曲文物圖論》六五、六九，山西人民出版社，1987年版，P31、34。

〔註31〕如《周禮‧夏官》所記：「方相氏……及墓入壙，以戈擊四隅，毆方良。(註：方良，罔兩也)」。

〔註32〕「豐靈武鎭」中雖不見以槌擊人的記載，但十年前在中國家喻戶曉的日本電視劇《姿三四郎》中的「槌和尚」，則常常以「皮棒槌」擊人腦袋，擊人天靈蓋，並且這一情節每每伴隨著滑稽與哄笑。這「槌和尚」形象當來源於日本民俗藝能中持槌持男根的滑稽角色。

力量的一種象徵物。元人李伯瑜有散曲〔小桃紅〕專誦「碌碡」:「木胎氈觀
(襯)要柔和,用最軟的皮兒裹。手內無他煞難過,得來呵,普天下好淨也
應難躲。兀的般砌末,守著又粉臉兒色末,諢廣笑聲多。」從內容看,也像
是「一題雙關」的篇什,句句道著碌碡,又好像通篇描摹男根。元散曲中這
類淫穢主題的詠物篇特多。如詠「區食」而實詠嫖妓的《嘲妓家區食》等。

在邊遠地區現存祭祀巫儺戲劇活動中,也有不少使用男根模型道具之
例。流行於湘西吉首一帶土家族居住區的「毛古斯」,是一種十分古老的戲劇
「活化石」。「毛古斯」的表演有兩點頗引人注目,其一是登場人員赤身裸體,
結草為服,用稻草或茅草覆蓋於頭身,頭上並紮出朝天的辮角來;其二,就
是扮演男子的人員身前胯下紮有一根誇張的男根模型,也以稻草繞紮,頂端
用土紅(一種半風化的紅色石頭)之汁水浸染,稱作「粗魯棍」。表演有「示
雄」、「甩擺」、「打露水」、「挺腹送胯」、「左右抖擺」等,顧名思義,都是些
顯示男性力量、表現男根崇拜的情節。演至高潮,毛古斯可以用「粗魯棍」
去觸及周圍女子的身子,女觀眾們不僅不以為失禮,且認為這是神賜,於生
兒育女有利而樂於接受。這一點,直與日本「花祭」中的表演如出一轍。

「毛古斯」可謂表現土家族民族繁衍的一篇史詩,也是對子孫後代進行
教育的一部教材。其「圍獵」、「捕魚」、「做陽春」等段落是對生產過程的模
擬,為的是將這些祖先創造的生產手段繼承下去;其男根道具的表演,則類
似於現今所謂的「性教育」,是「種族繁衍」的需要和祈求的表現。

貴州織錦縣少數民族「穿青族」有一種「慶五顯儺戲」,只有十五場,第
九場叫「雲魁殿」,又分「請仙娘」、「戲仙娘」數折。扮演者穿本民族服裝,
戴面具,手持一根五花竹棍,稱作「火草桿」的,亂舞亂戳,又把棍夾在胯
下,說一些流言淫語,向五方去請「仙娘」。請不來,又用象徵男性生殖器的
墨狀弔在胯下去請,才把「仙娘」請到。接著,男女(須由男扮女)兩劇中
人載歌載舞,唱「花燈」十月懷胎、十二月小調,還做些求歡性交的示意動
作;「仙娘」則做接墨狀入懷、懷孕、生子等示意表演,也有茶酒師在中途參
與戲弄仙娘的,叫做「俗壇」。這場戲的男根崇拜和祖先崇拜色彩極濃,穿青
族說唯有這樣演,「五顯神」才會保祐子孫繁衍發達。

上文展示了性崇拜——性交崇拜、繁育崇拜和性器崇拜與農耕儀禮的關
係,以及它們在以中、朝、日為中心的東方戲劇的發生和發展中的投影。其
實,順著這一思路,文章還可以再做下去的。比如,東方傳統戲劇的臺本中,

每每有大量的艷言猥語，令今人不堪入目。《西廂記》的唱詞賓白就十分淫靡。尤其是張生，大量的「下流話」使他幾乎不符合身份。鶯鶯的不少唱詞也很露骨。紅娘的兩方挑逗，百般引喻，更起到了推波助瀾、相得益彰的功用。日本演劇也有這種情況。中世古猿樂中有一則小戲「假成夫婦爲體，學衰翁爲夫，模姥女爲婦，始發艷言，後及交接」，〔註33〕艷言挑逗與性交模擬是放在一起表演的。近世歌舞伎的一些作品更是有過之而無不及。這種現象的深層，似也有一種性崇拜意味，也與農耕民俗信仰有關。中國農人在傳統農耕習俗中，常在口中吟誦些淫猥的言辭，以「感召」田地生產繁茂的莊稼。這類「下流話」，直與巫俗中的「咒語」同性質。如《湘山野錄》卷中有「李退夫撒園荽」條，云：「沖晦處士李退夫者，事矯怪，……一日，老圃請撒園荽，即《博物志》張騫西域所得胡荽是也。俗傳撒此物，須主人口誦猥語播之則茂。退夫者固矜純節，執荽子於手撒之，但低聲密誦曰：『夫婦之道，人倫之性』云云，不絕於口。」或許正是歷史悠久的農業社會，深厚的農耕習俗傳統，使遠古人認爲可以預祝豐收、祈禱繁殖，能化育萬物的性崇拜意識及其祭祀形式，在主要植根於農村的戲劇藝術中，得以傳承了下來。

（原載《戲劇藝術》1992 年第 1 期）

〔註33〕見藤原明衡《雲州消息》。轉引自同註 23，P94。

宋元戲劇伎藝人藝號述論

　　在中國戲劇史上，宋元時代是一個蛻變、突進的十分重要的時代。它不僅爲我們留下了大量的戲劇名目與戲劇劇本，同時在大量的史料中，留下了數以百計的演員伎藝人的名號。這也是一筆豐富而又寶貴的遺產。因爲任何戲劇都離不開演員，有論著將其置於四要素之首，稱其爲「最本質的要素」。從某種意義上說，演員隊伍的面貌正是某一歷史階段戲劇面貌之一部，演員的藝術素養是戲劇表演藝術水準的重要因素。考察宋元時期活躍在城鄉勾欄瓦舍的戲劇伎藝人藝號，能有助於我們瞭解把握宋元演員隊伍之概況、窺視市民階層的審美情趣及其對戲劇演進的反作用。而這兩點，又是我們探索宋元戲劇活動及其發展演變的重要管道。同時，在民俗學視野中，綽號又是某一歷史時期民俗心理與市井俗語結合的產物。本文力圖從上述三個方面作一個簡略的研究，以展示這一藝術的、同時又是民俗的有趣現象。

一

　　筆者在宋元正史、筆記等史料中，鈎沈出近三百個藝人名號。下文中，除在注釋中特別注明之外，均來自《東京夢華錄》、《武林舊事》《繁勝錄》、《夢粱錄》和《青樓集》等，分類整理成「表一」如下（一名二出者後者用括號）：

表　一

一	疊字型	唐安安、熊保保、李心心、吳女女、馮六六、班眞眞、魏道道、顧山山、孫秀秀、荊堅堅、區區、茶茶
二	行第型	文八娘、趙七、賈九、孫三、吳八兒、任小三、孫三四、林四九娘、竇四官人、張七、曾九、李四、馬二、紅字李二、馮六六、查查鬼張四、梨園黑老五

三	聯姓吉名型	賀壽、王侯喜、諸國朝、時豐稔、宋邦寧、宋清朝、宋國珍、周人愛、王榭燕、王庭燕、張嘴兒、度豐年、安太平、陳桔皮、羅衣輕、王稅輕〔註1〕、嚴父訓
四	諧音型	朱（珠）簾秀、李（鯉）魚頭、侯（猴）耍俏、曹（朝）皇宣、史（使）騾兒、吳（五）百四、莊（裝）秀才、崔（催）上壽、張開
五	動物名型	張驢兒、沒困駝、兔兒頭、豬兒頭、鶴兒頭、鴛鴦頭、何白魚、猢猻王、蟲蟲、花馬兒、駱駝兒、周獸頭、韓獸頭、金獸頭、黑駒頭、（史騾兒）、象牛頭、迎春蠶、吳牛兒、鱔魚頭、燕子頭、蚌蛤頭
六	食物名型	榾柮兒（餛飩）、鐵刷湯、江頭魚、元魚頭、陳桔皮、何白魚、粥張二、棗兒徐榮、爐肝朱、白腸吳四、王團子、酒李一郎、酒李二郎、（李魚頭）、科頭粉、五味粥、羔兒頭
七	地域型	河北子、小關西、溫州子、昌化子、武當山、平江周二郎、平陽奴、西夏秀、大都秀、燕山景、婺州張七姐
八	珍寶型	蓋中寶、象牙孩兒、玉簫、珍珍、小瓊、張金線、國玉帶、玉金帶、花玉帶、小王帶、玉馬杓、玳瑁斂
九	景觀型	瑤池景、賈島春、南春宴、龍樓景、重陽景、（燕山景）、喜春景、瓊花宴、簾前秀、丹墀秀
十	花果型	小杏、小梅、蓮、蘋、小蕊、燕雪梅、玉葉兒、秦玉蓮、翠荷秀、芙蓉秀、瓊花宴、樊素三、解語花
十一	誇耀型	張藝多、丁都賽、劉名廣、真個強、魚得水、謝棒殺、丁仙現、施半仙、施小仙、牛四妙、事事宜、（解語花）、張臻妙、自來強、自來俏、天然秀、天賜秀、天生秀、宋賽歌、賽關索、賽金帶、賽簾秀、賽天香
十二	師承型	薛子大┐（自來強）┐大禍胎 尹關索┐（施半仙） 薛子小┘小來強 ┘小禍胎 小關案 （小半仙） 　　　　　　　　　　　　　賽關索 菖蒲頭┐蠻婆兒┐曹娥秀┐王玉梅┐（南春宴） 小菖蒲┘小婆兒┘小娥秀┘小玉梅┘小春宴 順時秀┐（珠簾秀） 小時秀┘（賽廉秀）
十三	伎藝型	劉百禽、長嘯和尚、喬萬卷、任辯、陳尾犯、耍秀才、（莊秀才）、渾身手、渾身眼、張韻舞

〔註1〕 羅衣輕、王稅輕，為遼代藝人之號。由於遼代伶人傳世資料不多，且此二號頗具特色，故收在此。前者見於《遼史・伶官傳》，後者見於曾鞏《隆平集》卷二十《夷狄・耶律隆緒傳》。

十四	諧趣型	毛團、稱心、沒勃臍、沒困駝、風僧哥、趙野人、大特落、田地廣、快活三、金魚兒、銀魚兒、茱市喬、（大禍胎）、（小禍胎）、歡喜頭、錯安頭、周忙憧、陸眼子、畫牛兒、粉兒、喜溫柔、一分兒、張嘴兒、（張開）、（查查鬼張四）、鬼婆婆、（侯要俏）、霍伯醜、慢星子、梅醜兒、般般醜
十五	寫貌型	周雙頂、任大頭、唧伶頭、赤毛朱超、楊長腳、向大鼻、嚴偏頭、溫大頭、笑厭兒、張鬍子、田眼睛光
十六	職業型	（粥張二）、倉張三、故衣毛三、（酒李二郎）、扇李二郎、（棗兒徐榮）、棗兒余二郎、（爆肝朱）、掇條張茂、畫魚周、笙張、鋤頭段、付賣鮮、（白腸吳四）、（王團子）、（酒李一郎）、鐵稍二韓通住周竹窗、裱背陳三媽、屧片張三媽、浴堂徐六媽、轎番王四姐、香沈二郎、雕花楊一郎

以上表格在分類上也有不甚妥當之處，如前幾項似為「形式」，中幾項涉及內容，後幾項又有以風格為標準的，並略有重複者。但筆者作此粗略分類的本意，原是為論述上的方便計，只要能達到目的，其他不再計較。特作聲明。

二

在將藝人名號作上述不盡合於邏輯的分類之後，我們便可看出這些藝號的廣告意味以及包含於其間的藝術追求。許多藝號本身便是一則廣告。但做廣告的角度、方式不盡相同，故這些「廣告」的風格也有所差異。大致可分類如下：

（一）直接與本人所從事的伎藝有關聯的，即上圖表「伎藝型」所列。如操縱傀儡的突出他的「線」（張金線），毬杖踢弄的誇耀他有「渾身眼」，講史的自稱腹內藏有萬卷書（喬萬卷），講小說的則賣弄他的口才（任辯）。更為直截了當的有：「學百禽鳴」的索性姓劉名百禽，「小唱」的歌手則名陳尾犯（「尾犯」是歌唱方式之一，元曲曲牌中有〔尾犯序〕）等等。

（二）突出自己的美處、好處、特別之處的，如「俏枝兒」以突出其身材，「象牙孩兒」以突出其膚色，「唧伶頭」突出其頭部靈活，「張開」、「張眼光」、「田眼睛光」突出其眼睛有神，「長嘯和尚」突出其嗓音洪亮，「董急快」、「王急快」突出其動作靈敏。

（三）拉江湖英雄、名人、本行前輩藝人為參照物，來提高自己身價的。如三國時關羽的兒子關索（現行《三國演義》無見），不知為何得宋元伎藝人崇拜，故有「嚴關索」、「張關索」、「小關索」、「賽關索」等角觝藝人；許多

名「小」、「賽」的，皆屬此類，如賽簾秀、小順時秀；更有甚者，宋瓦舍中有一個專講「小說」的說話人名「李公佐」，則是直接搬用唐代傳奇小說家李公佐的名字。

（四）一般的誇耀者，如上圖表「誇耀型」所列種種。其中「丁都賽」這一人物，曾發現於河南偃師宋墓的戲雕磚上，磚上線刻一人，頭戴軟巾諢裹，上綴花枝，長衫束帶，背插團扇，腳著長靴，雙手作抱拱狀，磚右上角有「丁都賽」三字。「都賽」，口氣頗大。但並非一般的狂妄之輩，雕磚可以證明當時她在中原一帶的知名度。〔註2〕

（五）連用姓名以成一詞彙，或含有吉利之意，或表現滑稽之趣，這在上述圖表亦已表明。其中的「吉名」久有傳統。〔清〕翟灝《通俗編》十即謂「吉名」曰：「《武林舊事》載南宋供奉優人，有號歡喜頭者。他亦多連姓為吉名，如賀壽、王侯喜、諸國朝、時豐稔是也。……原其始，則在六朝已有。《南史・羊侃傳》有彈箏人陸大喜。《通鑒》：後漢有猇州伶人靖邊庭」。其實晚唐莊宗時之伶人「唐朝美」〔註3〕者，連姓為吉名的做法更為明顯，宋代藝人之宋邦寧、宋清朝、宋吉、宋國珍者，正與此一脈相承。入宋則宋姓藝人（或許本不姓宋）借姓氏歌功頌德。值得注意的是，由蒙古人入主的元代卻不見這類名號，反而在書會才人中多見以「漢」字命名的，如關漢卿、武漢臣等，這當是民族意識的一種反映。宋元藝號連用姓氏者，另一用意是為了戲謔，如陳桔皮、張嘴兒等。

（六）專事滑稽小戲表演的，如雜劇丑角、院本、雜扮、散耍等樣式的藝人，名號中獨多諧趣，上述圖表的「諧趣型」以及「伎藝型」、「誇耀型」、「諧音型」之一部分，已列。這些皆是江湖上所謂的「諢名」。

（七）一些自言其醜，甚至強調醜陋不堪的名號，在大批突出美好、娟秀、靈巧、伎藝超群的名號中十分引人注目。但它們同樣具廣告意味，是別具一格的廣告。「霍伯醜」、「梅醜兒」之外，還有「般般醜」。這位元代女伎藝人般般醜，曾被人盛贊為「果然名不虛傳」。〔註4〕這類名號，正符合美學上反醜為美的原理，達到吸引人的目的。

〔註2〕 參見《文物》1980年劉念茲文《宋雜劇丁都賽雕磚考》。
〔註3〕 參見《唐戲弄》第七章《演員》。
〔註4〕 《中國古代戲曲論著集成》第二冊《青樓集》「般般醜」條。

三

在這許多名號裡，我們還能窺探到當時藝人們的伎藝水準和藝術追求。首先他們已經十分重視頭部的動作和眼睛的功夫，故藝號中名「頭」、名「眼」者頗多。舞綰百戲演員有名錯安頭、喜歡頭的，已透露了他們表情和頭部動作之「神」；唧伶頭是雜劇演員，可見雜劇表演也是講究頭部動作的；他如韻梅頭、耍大頭、鶴兒頭等。最有趣的要數喬相撲演員「鴛鴦頭」。在宋元語言裡，「喬」是怪模怪樣，非正經的意思，「喬相撲」即滑稽相撲，而非體育比賽相撲的意思。兩宋瓦舍伎藝相撲中有一種「小兒相撲」，筆者認爲並非真是由兩個小孩表演相撲，而是由一個大人來演的。《東京夢華錄》「京瓦伎藝」條的「小兒相撲」項，只列一個演員名：楊望京，便是明證。這一表演至今尚存：演員手腳皆著地，作兩個小兒之四條腿，腰間覆兩頂帽子，似兩個小孩緊摟著相撲，難分難解。「鴛鴦頭」，兩個頭，又是兩個難以分離的頭。很有可能這位號「鴛鴦頭」的相撲演員擅長小兒相撲。至於與眼睛有關的藝號，大致一表現眼睛有神，像張眼光、田眼睛光之屬；又一表現眼睛善於表情達意，如雜扮演員眼裏喬；至於誇張的陸（六）眼子、渾身眼，則是一種戲謔。號「渾身眼」的北宋伎藝人既會使小樂器，又會耍「毬杖踢弄」，他的藝號似與後者伎藝有關。兩宋踢毬是遊戲，又是表演，其伎藝之精湛美觀，我們可以從《水滸傳》第二回和《圓里圓賺》〔註5〕中得到印象。這位藝人在踢弄時，一定像渾身長眼似的有「毬」必應！宋雜劇「眼藥酸」〔註6〕圖中畫有一個衣帽挎包上插滿眼睛的人物，這也是一個「渾身眼」！總之，注重頭與眼睛的伎藝要求，至今亦然。

宋元伎藝人藝名中綴以「喬」、「耍」字的很多，從中可以看出當時重視滑稽、詼諧、嘲謔的藝術和審美傾向。如劉喬、重明喬、眼裏喬、斗門喬、茶市喬、耍秀才、耍大頭、侯耍俏、劉耍和等。這類名號中最長的一個由七字組成：喬使棒高三官人，包括三方面的內容：「使棒」是其從事之伎藝，「喬」字點出其使棒的姿勢動作滑稽可笑，這裡的使棒同樣不屬於體育項目，而是具有觀賞價值的滑稽表演，「高三官人」才是這一藝人的姓氏排行。這樣的由三個詞彙組成的名號，不正是一則完整的廣告麼？另有錯安頭、陳桔皮、猢猻王、大小禍胎、趙野人、張嘴兒等，也都滑稽有趣。須指出的是，這些伎

〔註5〕參見《王國維戲曲論文集》第49頁。
〔註6〕參見《中國大百科全書》「戲曲曲藝」卷彩畫插圖一（上）。

藝人多表演散耍、雜扮、唱耍令、耍曲兒等。在宋元滑稽小戲節目單中，稱「喬」稱「耍」的名目也很多，如北宋的喬筋骨，喬相撲，南宋舞隊節目的喬三教、喬迎酒、喬親事、喬樂神、喬捉蛇、獨自喬等等。這些藝號和這些節目表明了一個同樣的藝術傾向。正是這些滑稽表演的專門家創造了這一大批滑稽節目；正是這些滑稽表演鍛煉了一批喜劇演員。當各類伎藝綜合進入戲曲後，這些伎藝人便在戲曲表演中充任淨丑類角色，也將滑稽這一特殊機能帶入戲曲，以致中國戲曲特重諧謔滑稽，甚至有「不插科不打諢，不謂之傳奇」〔註7〕的說法。

元代的演員、尤其是女演員的藝號似比宋代稍雅一些，但同樣含有廣告意味，隱約體現了某種藝術追求。元代女演員多以「秀」命名，一方面誇耀形容姣好，同時顯示演伎秀美。其間似亦蘊含著元雜劇追求本色當行的藝術傾向，如天然秀、順時秀、天賜秀、連枝秀、天生秀、趙真秀、班真真等名號透露了這一消息。

有史料證明，宋元伎藝人確實常將藝號寫在招子上張貼以招攬觀眾。《青樓集》寫到當時蜚聲「浙西」的小春宴擅演的戲目甚多，「勾欄中作場，常寫其名目，貼於四周遭樑上，任看官選擇需索」。〔註8〕這大概便是藝號何以這般響亮、易記、有趣的重要原因了。藝人們靠它們表明伎藝水準與招攬觀眾，故這些藝號又透露著種種藝術傾向與藝術追求。

四

現在，讓我們通過藝號，看看宋元伎藝人隊伍的結構成份與商業化程度。中國戲曲演員隊伍有兩個特點十分顯著，一是親緣關係，二是師徒傳承。在藝人的群體裡，親緣關係亦每每是一種師徒傳承關係，祇是師與徒同屬於一個家族而已。師徒間的口口傳授、一招一式地教學，很有些民俗傳承的意味。這種關係亦久有傳統。中唐時活躍於淮甸到浙東一帶的，有一個頗負盛名的「陸參軍」戲班子，其成員周季春、周季崇、劉來春，以及下輩周德華，就是互為兄弟、夫婦、母女等關係的家庭戲班子。〔註9〕能說明宋元伎藝人這種關係的直接史料不多，但我們能以他們的名號中發掘出一些資料來。結合一

〔註7〕 見明成化刊本《白兔記》「副末開場」。
〔註8〕 《中國古代戲曲論著集成》第二冊《青樓集》「小春宴」條。
〔註9〕 參見〔唐〕范攄《雲溪友議‧陽春詞》。

部份史料作些研究探索，有助於我們更清晰地更準確地認識這支隊伍的構成。

　　據《武林舊事》「諸色伎藝人」載，南宋杭城的影戲伎藝人中有「三伏」與「三賈」，「三伏」之下有小字寫道：伏大、伏二、伏三。「三賈」則為賈偉、賈儀、賈佑，他們的名字都是單立人旁，是三兄弟無疑；同時活躍在影戲行業的還有賈震與賈雄，可能不屬於「三賈」家屬的，故不並稱。同樣情狀的，鼓板伎藝人中有「三張」：張眼光、張開、張驢兒；雜劇演員中有「三何」：何晏喜、晏清、晏然；裝鬼神的王鐵一郎、王鐵三郎，都是兄弟關係。夫妻同事藝壇的也很多。《夢梁錄》「小說講經史」條下有「陳良甫」與「陳郎婦」一對夫婦，同樣的情況，雜扮演員有卓郎婦、唱京詞的有蔣郎婦、吳郎婦，唱諸宮調的有周郎婦、高郎婦等等。像「媳婦徐」「媳婦朱三姐」這樣的藝號中，也能看出這種家庭關係來。至於上述圖表「師承型」所列大禍胎、小禍胎等等，也有可能是上下輩關係或兄弟關係，至少是師徒關係。

　　元代伎藝人的情況，包括父子夫婦等親緣關係，因《青樓集》而得以記載，無須我們從名號中去推測了。除了材料豐富的《青樓集》外，《錄鬼簿》、《輟耕錄》亦有些零星記載。如既寫劇本又當演員的紅字李二與花李郎，他們同是教坊劉耍和的女婿，雖然沒提兩個女兒與家庭其他成員，但已可想見這一家人的多才多藝了。〔註10〕又如，至元年間松江有一座勾欄崩塌，正值元代著名演員天生秀及其家班子在那裡演出。〔註11〕

　　宋元伎藝人名號中，有一部分注明其原來的身份或職業（也有可能是他家庭所從事的行業），這被羅列在上述圖表的「職業型」一項之中。它或可幫助我們瞭解宋元伎藝人的來歷和成份，並進一步推析他們將什麼樣的習俗、情趣、技巧和審美眼光帶給了戲劇伎藝。

　　這類名號有的恐怕是為區別重名藝人而產生的。如南宋伎藝人中有三個李二郎，兩個張二，為了區別，他們都有「名前綴」：酒李二郎、扇李二郎、花李二郎，粥張二、倉張二。當然，這酒、扇、花，可以猜測為這三位藝人早先（或同時）經營的買賣，也可能是性格愛好之特徵：嗜酒、愛花、攜扇。但「粥」和「倉」二字，則絕對是營業上的區別無疑。根據這類名號的前綴多半是本人職業或家庭行業來看，這酒、扇、花三字，指的是釀酒、製扇、植花、或製花或賣花的可能性更大些，況且還有一位「酒李一郎」，很有可能

〔註10〕《錄鬼簿》「紅字李二」、「花李郎」條。
〔註11〕見《南村輟耕錄》卷二十四「勾欄壓」條。

便是酒李二郎的兄長,兩人同屬從事酒業的家庭。

　　這類名號還有兩個特點:從名前所綴的行業名稱來看一是飲食的為多,二是小手工藝人、小經紀人為多。飲食業商販在戲曲綜合形成之初大批湧入戲劇伎藝人隊伍,這一點是中國戲曲史十分特殊的文化現象。這當與宋元時代市商民俗有關。宋元都市商業有坐商與行商兩種形式,坐商是端坐店堂,行商則是沿街叫賣。與其他行業,如珠玉業、服裝業、鞋帽業等相比,飲食業在當時較多採取行商的形式,或走街串巷、或設攤叫賣,特別在瓦舍之內,飲食攤位無數,與戲劇伎藝同處一個市場。即便是作為坐商的點心店、酒樓之類,店員也每每要將顧客點的菜肴酒果名目用吟唱的調子報與「局內」。〔註12〕故飲食商販特別擅長「唱叫」、「歌吟」和「數板」。另一個情況是,當時的酒樓、茶館、食店之類兼營劇演小唱十分盛行,這也為飲食業商販接觸伎藝人、甚至轉行為伎藝人提供了方便。總之,飲食買賣本身鍛煉了一批能唱會吟,饒舌功夫極強的人們。〔註13〕北宋瓦舍單項表演中有「叫果子」(後插演在元雜劇中,參見《百花亭》),戲曲曲牌中有〔紫蘇丸〕〔梅花酒〕〔辣薑湯〕〔酥棗兒〕等等,恐怕都與飲食商人走進伎藝人隊伍不無關係,有的甚至正是由他們攜帶進來的。而裱背、展片、掇條、鋤頭、雕花、扇(製扇和修扇)等,都是宋元時代常見的,亦多為小本叫賣的手藝經紀業,浴堂、轎番則是服務性行業。

　　宋元都市商販如此大規模地湧入伎藝人隊伍,又逐漸成長為戲劇演員,極大刺激了這一藝術形式的商品化進程,使宋元戲劇伎藝急劇地市民化、商業化,並因競爭的需要不斷地棄舊圖新、綜合蛻變。演伎可以作為商品在市場上堂而皇之地出賣,這樣的經營性表演與宋以前主要供奉皇家貴族的做法大相徑庭。宋元藝人甚至以買賣二字入號,如尹常賣、付賣鮮、楊賣奴等。這種名號,以及職業型之名號種種,都是前世伶人樂人藝號之中所未見的。宋元戲劇伎藝表演,已成為當時商品經濟的一個組成部分。

五

　　在這一部分,我們擬進一步探索藝號所包含的市井習俗、民俗心理,以及它們與市井俗語結合的過程。

　　讓我們先來揭示這樣一個有趣的現象。我們知道,宋元是文人雅號大興

〔註12〕見《東京夢華錄》卷四「食店」條。
〔註13〕同上卷三「天曉諸人入市」、《都城紀勝》「食店」、「市井」等條。

的時代，大致自北宋的歐陽修始，文人學者幾乎無人無號，甚至不止一個。
這一時代農民起義英雄的諢號也十分普遍，最為典型的是水滸好漢，一百單
八將，人人有號。如果將此二者與宋元伎藝人藝號排列、比較一下的話，我
們看到：藝號與「雅號」很有距離，而與「諢號」十分相近，儘管藝人所從
事的事業似乎與詩詞文人更接近些，這一點，似與日本傳統戲劇藝人不同。
日本藝人亦有藝名，但更具詩情畫意或宗教意味，很像文人或僧侶的名號。
現將水滸英雄與戲劇伎藝人名號對比如下：

表二

水　滸　英　雄	戲　劇　伎　藝　人
呼保義（宋江）	曹保義、王保義、尚保義、徐保義、汪保義
青面獸（楊志）	周獸頭、金獸頭、韓獸頭
豹子頭（林沖）	兔兒頭、元魚頭、象牛頭、鶴兒頭、鴛鴦頭
大刀、雙鞭（呼延灼）	小棹刀、喬使棒高三官人
赤髮鬼（劉唐）、鬼臉兒（杜興）	赤毛朱超、查查鬼張四、鬼婆婆（孫秀秀）
沒遮攔（穆弘）、沒面目（焦挺）、沒羽箭（張清）	沒勃臍、沒困駝
黑旋風（李逵）	黑八郎、小黑大、黑四姐、黑四媽
小旋風（柴進）、小遮攔（穆春）	小關索、小黑大、小來強、小禍胎
病關索（楊雄）〔《宣和遺事》作「賽關索（雪雄）」〕	賽關索、嚴關索、小關索
一丈青（扈三娘）	一丈白楊三媽、一條黑、一條白、一拔條
賽仁貴（郭盛）	賽關索、賽先生、賽貌多、賽簾秀、賽金帶、賽天香
短命二郎（阮小五）、拼命三郎（石秀）	快活三（郎）
鐵臂膊（蔡福）	大臂吳三媽、曹鐵拳
玉麒麟（盧俊義）	夜明珠、玳瑁斂、蓋中寶
花和尚（魯智深）	花李二郎、花念一郎、花馬兒、花花帽孫秀

從上表中便可明瞭兩者在擇詞、含意、氣勢上的相似。當然兩者也有區
別，戲劇伎藝人名號更具商品化氣息和詼諧格調，水滸英雄則多神鬼氣息和
英雄氣概。

兩者都有以「關索」為號的。我們知道，《三國演義》中並無關索其人，

但在民間故事、講唱文藝和民間小戲中，關索卻有著不可思議的重要地位。六十年代出土於上海嘉定的《明成化刊本說唱詞話》，收有民間說唱本子十六種，其中四分之一是關於關索的：《花關索出身傳》、《認父傳》、《下四川傳》、《貶雲南傳》。近年民俗學家在雲南、貴州一帶搜集到大量的關於關索的傳說與故事，雲南甚至還有屬於儺戲系統的「關索戲」，關索崇拜在宋元時已很盛，這從圖表二的數種名號中已得到證明。其中病關索的「病」字，是宋元市語，作「賽」、「比得上」講。市語中有把快步如飛的人稱「病貓兒」〔註14〕的，《武林舊事》「官本雜劇段數」之「病爺老劍器」、「病和採蓮」，水滸英雄中還有「病尉遲孫立」、「病大蟲薛永」，都是一樣的用法。

以鬼、仙字樣入號，則蘊含有鬼靈信仰的民族心理。鬼靈信仰起源於人類把自己看作雙重構造——肉體與靈魂可以分離——的觀念，發展到後來信仰中的鬼靈又有善惡之分，善鬼在民俗中往往可以升格爲神仙，〔註15〕於是，在民間，特別是在北部中國的語系裡，有許多帶「鬼」字的詞彙並非貶義，甚至與聰慧、靈敏的意思相通，如「機靈鬼」、「鬼工」。鬼字在宋元市井中用得十分普遍，他們把早市叫「鬼市子」，〔註16〕相思病叫「鬼病」，〔註17〕舞臺演員上下場處叫「鬼門道」，〔註18〕當時還誕生過一部重要的書籍叫《錄鬼簿》。藝名與諢名中的這一類型正是在這樣的民俗氛圍中產生的。元代大都女優孫秀秀，深得觀眾喜愛，當時京師有諺曰：「人間孫秀秀，天上鬼婆婆」，〔註19〕這是對她的最高的贊詞了。

好漢諢名與藝人樂號雖都有相當數量「禽獸名」型的，但就其含意與風格而言，則互有異同。水滸英雄中的青面獸、豹子頭、撲天雕、插翅虎、兩頭蛇等，皆是些猛禽毒獸，突出其勇猛無畏、或心狠手辣；而藝名中的鶴兒頭、鴛鴦頭、猢猻王、蟲蟲、燕子頭等，則皆以戲謔的字面暗示其伎藝高超或其他特點。中國向有這樣的民俗：給孩子起一個畜生的小名，每每是家禽名，小狗小豬小猴隨口叫，以示其賤，暗寓賤而易養之意。〔註20〕在民間藝

〔註14〕參見《宋元語言辭典》「病」條。
〔註15〕參見《中國民俗學》第十五章第四節。
〔註16〕見《東京夢華錄》卷二「潘樓東街巷」條。
〔註17〕參見《宋元語言辭典》「病」條。
〔註18〕參見《中國戲曲曲藝辭典》「鬼門道」條。
〔註19〕《中國古代戲曲論著集成》第二冊《青樓集》「孫秀秀」條。
〔註20〕參見《中國人名的研究》「多名制的使用・小名」。

人的這類藝號中，似亦有這樣的民俗心理存在，因爲他們所選擇的動物都是十分常的：豬、兔、驢、騾、駒（小馬）、羔（小羊）等。

宋元江湖上人還有故意以官職官名爲號的，這也是當時市井習俗之一。「茶博士」便是其中明顯一例。宋江號「呼保義」，或許還有其農民軍起義、聚義的含義在內，可小說講史弄傀儡影戲的伎藝人中，號「保義」的竟也如此之多！按「保義」之名，全稱「保義郎」，原爲宋代武官之職稱。由於宋皇室好將此作爲空頭官銜籠絡起義軍首領及輸財出力的民眾，所以「保義」二字漸次成爲一般性的尊稱甚至自稱。如微服私訪的宋徽宗就曾被一個魚販叫過「保義」，〔註21〕宣和年間一支河北起義軍則自稱「賽保義」。〔註22〕曾慥《高齋漫錄》稱：「近年貴人僕隸，以僕射、司徒爲卑小，則稱保義，又或大夫也。」可見這是一種底層人民的風氣。市井伎藝人中稱「大夫」的也有，另有號「貢士」、「解元」、「書生」、「進士」、「秀才」的，均見《武林舊事》「諸色伎藝人」條。

自言其醜，以此逆反之途達到嘩眾取寵的名號，同樣與整個市井愛自嘲、說反語的社會風尚有關。自名其醜的做法不光伎藝人有，與戲劇伎藝人接近的文人之中也有此風。《錄鬼簿》作者鍾嗣成就以「醜齋」自號，還專門寫有散曲套數《自序醜齋》。〔註23〕一般百姓則常以此「醜名」作爲自己小孩的乳名，其用意與「賤名」同。現藏山西博物館的沁源正中村出土的一幅金墓壁畫中在一個年輕女子身邊註有「小女醜女」四字。〔註24〕可見「醜女」是她的小名無疑。這種社會風俗大概也可分爲兩種不同的情況：一種是就醜論醜，直言說明，一反傳統名號皆爲美辭的做法；另一種是指美言醜，達到標新立異、出奇制勝之目的。這與以「恨」言愛，稱情人爲「冤家」的習俗是一致的。元代一位「豐神英秀、才思敏捷」的曲家蘭楚芳，曾爲自己與同樣美麗無比的女藝人「般般醜」寫過這樣一首散曲：「我事事村，他般般醜。醜則醜村則村意相投。則爲他醜心兒眞博得我村情兒厚。似這般醜眷屬，村配偶，只除天上有。」〔註25〕一派戲謔調笑之趣。正是在這樣的民俗風氣之中誕生了堪稱「嘲謔文學」的元曲。在散曲中，人的生理缺陷，如禿指甲、歪口、

〔註21〕〔宋〕莊季裕《雞肋編》。
〔註22〕《宋會要》第一百七十七冊「兵」十二。
〔註23〕見《全元散曲》鍾嗣成套數〔南呂一枝花〕《自序醜齋》。
〔註24〕見《中國古代服飾史》第十一章附圖八。
〔註25〕《全元散曲》蘭楚芳小令〔南呂‧四塊玉〕《風情》之二。

駝背、皮黑、麻臉、右手三個手指等，人的性格人品上的毛病，如貪婪、吝嗇、說謊、假正經、假清高、假學問等，都可以成為描寫、嘲弄的題材。這在傳統詩詞中是見不到的。

從上述諢號藝號中，我們還可以看出些當時的服飾習俗來。如，何以用「花」字命號者如此之多？這便與當時時風愛美容、好修飾有關。而鮮花正是當時的飾物之一。女子毋論，男子也喜在帽上鬢邊簪花。蘇軾有詩云：「人老簪花不自羞，花應羞上老人頭。」〔註26〕元曲中更有「花壓帽沿低」〔註27〕、「貂帽簪花重」〔註28〕等句。宋徽宗曾帶花帽出遊。元至正間禮部尚書全子仁，「帽子常喜簪花，否則或果或葉，亦簪一枝」，還以此為題，自吟首句，令賓客續詩。上行下效，蔚為風氣。水滸英雄蔡進，生來愛「一朵花枝插鬢旁」，故有「一枝花」的諢號；伎藝人中帶有「花」字的藝號，當亦多為這種情況。特別是「花花帽孫秀」，直是當時這一帽飾習俗的形象寫真。

演員多以藝號行世，在中國，直至近現代亦然。京劇演員中的劉趕三、劉趕四、張大奎、張二奎、麒麟童、蓋叫天等藝名，〔註29〕都為大家熟知。這一傳統，可追溯到先秦的「優施」、「優孟」等，或可看作藝號之發端；後唐莊宗好演戲，給自己起了個藝號「理天下」，曾與藝人敬新磨（也是藝號）同臺演出。但這一傳統之定型，當推宋元時代。這與中國戲曲的起源形成的歷史階段幾乎同步。

（原載《中國民間文化》第六集，1992 年 6 月版）

〔註26〕 見蘇軾《吉祥寺賞牡丹》詩。
〔註27〕 《全元散曲》柴野愚小令〔雙調・河西六娘子〕。
〔註28〕 《全元散曲》吳西逸小令〔商調・梧葉兒〕《京城訪友》。
〔註29〕 參見《中國伶人血緣之研究》乙「前論」、丙「本論」。

從儺祭到戲劇之一途
——以宋代儺事、神鬼表演、南戲爲中心

　　許多遠古巫覡祭祀都對戲劇起源發生過影響。天上的日月星辰崇拜，地上的山川河流崇拜，起源於動植物崇拜的圖騰祭，發生於祖靈信仰的祭祖等等。但對於戲劇來說，最直接、最全面、最久遠的影響源，無疑首推以驅逐鬼疫爲目的的儺祭。

　　儺祭不僅在本土中國大陸發展爲儺戲，而且在遠涉朝鮮半島、日本列島之後，也相繼、分別演變爲戲劇形式。當然，這三者的發展途徑不盡相同，在三地域各自成長起來的同一系統的儺戲形式也互有異同。對於朝鮮半島與日本列島的儺系統戲劇面貌與發達路徑，筆者已有另文作了介紹。本文旨在展示本土儺的發展情狀，並以宋代的儺與神鬼表演爲考察、論述的中心，以窺視儺文化走向戲劇之一途——作爲重要的組成部分，綜合進形成之初的中國戲曲中。

一、從漢儺到宋儺

　　中國儺祭始於殷商。自殷商直至隋唐，中國的儺祭形式無甚大的變化。綜其特點是：方相氏戴黃金四目假面，主導驅儺；十二獸衣毛角，與方相氏作舞驅疫；上百名侲子作爲附從，是大部隊。

　　南北朝、隋唐時代，是中國儺史上的轉折期。雖然隋唐宮廷儺式全然承襲漢儺，但民間儺式已呈世俗化、多樣化傾向，特別是西域地區。而後，西城儺漸次影響中原古儺的面貌，爲宋代儺祭以嶄新的容貌面世奠定了基礎。

　　在這裡，爲了論說的方便計，且將先秦至隋唐基本一致的傳承儺式稱作

「漢儺」，而將由宋代開創的，極大地影響後世的儺祭形式稱作「宋儺」。漢儺是原生態的儺形式，宋儺則是次生態的東西。且看《東京夢華錄》：

> 「至除日，禁中呈大儺儀，並用皇城事官。諸班直戴假面，綉畫色衣，執金槍龍旗。教坊使孟景初，身品魁偉，貫全副金鍍銅甲裝將軍；用鎮殿將軍二人，亦介冑，裝門神；教坊南河炭醜惡魁肥，裝判官；又裝鍾馗、小妹、土地、灶神之類，共千餘人，自禁中驅祟出南薰門外，轉龍灣，謂之『埋祟』而罷」。

南宋筆記記錄的與此大同小異。

宋儺與漢儺相比，主要有以下兩大變化：

（一）方相氏消失了，十二獸（或稱「十二神」）、侲子也消失了。方相氏原本是中國儺祭的中心人物。自殷商至隋唐的有關史料記載中，對方相氏的描寫總是最詳盡的。可以說，方相氏原是儺祭的標誌。宋宮廷儺祭中失卻了原有標誌，可是仍然稱「儺」。

（二）原有中黃門等貴族子弟扮演人物，主持舉行的祭儀，至宋已改由「教坊諸班直」人員行之。這正是儺祭進入宋代以後而逐漸向儺戲過渡的關鍵。

宋儺中又新添了不少形象。綜合南北宋兩代的筆記史料，共有：將軍、門神、判官、符使、鍾馗、小妹、土地、灶神（南宋作「灶君」）、六丁六甲、神兵神尉、五方鬼使等。這些都是在民俗生活中十分多見的世俗神鬼的形象。我們將在下文一一作詳細分析。

在這裡，還想指出的一點是：方相氏雖然至宋代在官方舉行的大儺中消失了，但在民間，在中國文化傳播的周邊區域，似乎並沒有徹底消失。清代郭鍾岳《甌江小記》中，有「東嶽會，會中有方相氏高與簷齊，他則黃金四目，儺拜婆娑，旁街曲巷，必須周歷」云。郭氏所記乃中國南方東南沿海的狀況。在北方的朝鮮半島，傳自中國大陸的「儺禮」祭儀中也一直有方相氏的形象。被考定為統一以前（五～六世紀以前）新羅王族陵墓的壺杆塚中，就曾發掘出過不甚完整的方相氏面具；[註1] 直至朝鮮朝的十五世紀初，在歲末的宮中儺禮中，依然有方相氏登上火山後逐疫的記載。[註2] 日本列島許多

〔註1〕〔朝〕李杜鉉《朝鮮藝能史》第一章3。日本東京大學出版社"東洋叢書"⑥，1990年1月版，第50頁。

〔註2〕〔朝〕李杜鉉《朝鮮藝能史》第三章1。日本東京大學出版社"東洋叢書"⑥，

寺社至今保留有追儺式上所用之面具，其中有兩塊名「方相氏」的，但同時又名「鬼面」。〔註3〕那是因爲，很長一段時間來，「方相氏」在日本被誤認爲鬼名。〔註4〕作爲原有儺祭標誌的方相氏，在儺文化發生發展的中心區域消失了，卻保留在周邊文化之中，這是文化移動研究中值得注意的現象。

二、宋儺的人格化、戲劇化傾向

這一部分，欲將上文已羅列的，宋儺中新出現的世俗神形象，擇其要者簡析如下。

（1）將軍。筆者認爲，宋儺祭式中的「將軍」是漢儺之「方相氏」的變形。理由一，方相氏向有「阡陌將軍」之異名，〔註5〕宋儺中的「將軍」，或正是「阡陌將軍」之簡稱；理由二，歷來扮演方相的人，要求高大魁偉，無論在中國在日本，都有這樣的記載，〔註6〕與宋儺中由「身品魁偉」者充當「將軍」的做法全然一致；理由三，漢儺中方相氏與宋儺中之將軍皆置首位，可見兩者在儺祭中均處中心的位置。

（2）門神。宋儺中的「門神」亦介冑，將軍裝扮。中國民間的門神信仰也可以追溯到十分古遠。《月令廣義·正月令》云：「黃帝之時，神荼鬱壘兄弟二人性能執鬼於桃樹下。今人畫像於板，列於門戶，書其名於下。」關於門神的附會傳說人物，除了「神荼、鬱壘」外，也有說是秦瓊、尉遲恭的，說是溫嶠、岳飛二將軍的，也有說是鍾馗的，五花八門。但民間更多的是只畫武士於門，並不附有姓名，門神就叫「門神」而已。〔註7〕宋儺中的「門神」也不提姓名，且另有一個「鍾馗」出現，正合民間的多數觀點。民眾貼門神也是爲了驅鬼。正是目的上的一致性使它與儺祭結合在一起的，但貼門神與行儺祭又是有區別的，門神以守爲驅，儺祭則以攻爲驅，以追襲爲驅；門神

1990 年 1 月版，第 81 頁。

〔註3〕 〔日〕後藤淑《中世假面的歷史的、民俗學的研究》序言，多賀出版 1987 年版，第 7 頁。

〔註4〕 日本《年中行事辭典》「追儺」、「節分」條。

〔註5〕 《歷代神仙通鑒》卷二：「（黃帝）召募長勇人方相氏，執戟防衛·封阡陌將軍」。

〔註6〕 日本《年中行事辭典》「追儺」條：「……選大舍人中身長高大者……戴黃金四目假面，黑衣朱裳，右戈左盾」，東京堂 1958 年版，第 490 頁。

〔註7〕 宗力、劉群《中國民間諸神》，「門神」條，河北人民出版社 1986 年 9 月版 P222。

是靜態的，驅儺則是動態的。「門神」作為一個形象進入宋儺，改變了原有門神信仰的只「守」不「攻」的存在形式。正是戲劇性的「妝扮」將「門神」帶進儺祭儀式的。宋以後，貼在門戶上的靜態的「門神」與出現在祭式、戲劇中的動態的「門神」並行不悖。進入戲劇的「門神」，由於脫落了「驅鬼」這一功利性目的，逐漸演化為專事調笑的滑稽形象。關於這一點的詳細論述，將在下文展開。

（3）判官。判官原是自唐代開始設立的一種官職，宋以後成為州以下各級地方官的輔佐官。民間信仰和民間藝能中也常常可以看到判官形象，身份似依然是輔佐官，出現在閻羅、鍾馗身邊以協助他們。判官的形象要求「醜惡魁肥」，正好與將軍的高大「魁偉」形成對照。北宋教坊中的孟景初與南河炭，正因為形象上符合要求，使他們得以在儺祭中充任將軍與判官，一如現今的「特型演員」。

（4）鍾馗。鍾馗形象之起源，現今學者中有指出其與商代之丞相「仲傀」有聯繫的。〔註8〕其盛行則自唐代，正史野史均有記載。這一故事說的是唐明皇病中夢見鍾馗啖二鬼，夢同後令畫師吳道子畫鍾馗像，並明令天下日：「歲暮驅除，可宜遍識，以祛邪魅」云。鍾馗舞在唐代已十分成熟。晚唐周繇寫有《夢舞鍾馗賦》可資證明。進入宋儺的鍾馗料想也不僅是一個形象而已，而應當是一段成熟的鍾馗舞，也許還有一定的戲劇性表演。因為傳說中的鍾馗之妹也已一並進入宋儺之中，則後世戲劇舞臺上「鍾馗嫁妹」的主要人物和簡單情節至此已大致構成。民俗文化生活中的鍾馗驅鬼也有攻、守兩種形態。作為門神的鍾馗取守勢、而活躍於儺祭儺舞中的鍾馗則是個出擊者的形象。鍾馗、判官、小妹形象不光出現在宋代宮廷大儺之中，民間除夕的乞食之藝中也有他們的面影。南宋《夢粱錄》卷七「十二月」條有云：「自此之月，街市有貧丐者三五人為一隊，裝神鬼、判官、鍾馗、小妹等形，敲鑼擊鼓，沿門乞錢，俗呼『打夜胡』，亦驅儺之意也。」可以想見，這以乞食目的的神鬼鍾馗表演，一定比大儺之中的更具多樣性、觀賞性，更接近後世的戲劇形式。

（5）土地。土地神形象產生於民間俗信土地崇拜，遠古便已發生，幾經流變，後世與民眾關係最為密切的便是各地區的土地神，它是一種區域性神祇，並逐漸人格化，成為地區的保護神，民間稱作「社」，各地祭祀土地神的

─────────────

〔註8〕何新《諸神的起源》附錄「鍾馗考」，三聯書店1986年版P272。

日子叫作「社日」，按說，這種以守護為職能的神祇，與以驅鬼逐疫為主旨的驅儺不是一回事，但在開放性的宋代儺事這兒，既然能包容把守門戶的「門神」，自然也能進一步接納以「守護神」面目出現的土地神了。正是在「守」字上將土地與門神縮結在一起的。

（6）灶神。灶神，民間又稱灶王、灶君菩薩等。俗稱臘月二十四灶神「上天言事」，待正月十五再回來。民間人家為了讓其「上天言好事，下界降吉祥」，臘月二十四那天在灶神畫像的嘴上塗蜜糖者有之，抹粘糕者有之，弄酒糟者有之，意欲令其或甜言蜜語，或裝聾作啞，或醉話連篇，總之是不許他說真話。這樣的一位灶神，怎麼也會跑進儺祭的呢？他對於小鬼，談不上有什麼驅除之力吧？或許保祐民間人家不挨餓，也是一種保護神的功能？原來，灶神與民間的土地神、井神、門神、行道之神一起，因與民眾的衣食住行關係密切，而作為「五祀」受到普遍的祭祀。灶神是憑著與門神、土地神的瓜葛，同寓「五祀」的這種裙帶關係，而進入宋代儺祭的。試以簡表示之：

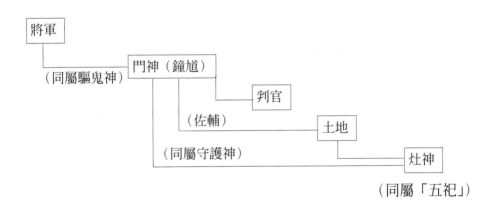

如果說宋儺中的「將軍」代替了漢儺中的「方相」，那麼門神、鍾馗、小妹、土地、灶神等形象，則取代了原有的「十二獸」。這一取代表現了這樣的一種變異走向。（1）人格化趨勢。儺祭的主導人物已不再是「黃金四目」、「掌蒙熊皮」的半人半鬼半獸的形象，而是在人世間常見的穿著「金鍍銅甲」威風凜凜的將軍。隨從者也不再「衣毛角」，戴獸面，而變成由傳說人物演化的世俗神祇，這些形象都是在中國民間以和藹可親的面目出現的善神。宋代七夕節日食品中有一味叫「果食將軍」樣子是「被介冑，如如門神之像」。〔註9〕

───────────────

〔註9〕《東京夢華錄》卷八「七夕」條，上海古典文學出版社1956年版P49。

可見民間對門神形的喜愛，不然不會以他們爲模特兒來造型食品的。（2）戲劇化趨勢。這些世俗神在民間傳說中皆是有名姓、有籍貫生平、有家庭親屬的形象，他們的進入儺活動自然把原有的故事一同帶了進去。可以想像，他們在儺祭之中，不會像原來「方相與十二獸舞」那樣單純，而一定在歌舞之中敷演些簡單故事的。

三、兩宋其他場合的神鬼表演

我們說，宋代是儺祭、儺舞走向戲劇的重要時代，其中一個令人注目的現象便是：裝神弄鬼已不再侷限於驅儺祭儀，而開始逐漸形成一檔檔獨立的節目，出演於各種不同的場合。

在兩宋筆記中我們看到，各民間俗神誕辰廟會也多有神鬼表演。如六月六日二郎神生日，所呈百戲中有「裝鬼」一項，還有藝人爬到數十丈高的竹竿頂上「裝神鬼，吐煙火」的，「甚危險嚇人」。〔註10〕又如南宋都城杭州二月八日「祠山聖誕」，陸上「神鬼威勇，並呈於露臺之上」。湖中龍舟上亦演戲，裝扮「十太尉、七聖、二郎神、神鬼」等形象。〔註11〕北宋都城汴京每年三月初於金明池瓊林苑有遊園活動，在供奉皇上的百戲中，神鬼也是十分活躍的形象。《東京夢華錄》「駕登寶津樓諸軍呈百戲」條中描繪詳盡：「有假面披髮，口吐狼牙煙火，如鬼神狀者上場。著青帖金花短後之衣，帖金皀褡，跣足，攜大銅鑼隨身，步舞而進退，謂之『抱鑼』。繞場數遭，或就地放煙火之類」；「有面塗青碌，戴面具金晴，飾以豹皮錦繡看帶之類，謂之『硬鬼』。或執刀斧，或執杵棒之類，作腳步蘸立，爲驅捉視聽之狀」；有假面長髯，展裹綠袍靴簡，如鍾馗像者，傍一人以小鑼相招和舞步，渭之『舞判』。還有面白金晴髑髏狀的「啞雜劇」、披髮文身的「七聖刀」、假面異服如祠廟神鬼塑像的「歇帳」，還有上百人黃白粉塗面的「抹蹌」，等等，集當時的神鬼表演於一處。兩宋神鬼表演用於許多節日慶典，唯皇室壽宴，規定「不用獅豹大旗神鬼」。〔註12〕更令人注目的是，當時的神鬼表演已成爲一個日常性的節目出現在勾欄瓦舍中。北宋都城有名孫三的藝人專演神鬼，〔註13〕南宋這方

〔註10〕《東京夢華錄》卷八「六月六日崔府君生日二十四日神保觀神生日」，同上P48。
〔註11〕《夢粱錄》卷一「八日祠山聖誕」條，同上P144。
〔註12〕《東京夢華錄》卷九「宰執親王宗室百官入內上壽」條，同上P30。
〔註13〕 同上卷五「京瓦伎藝」條，同上P30。

面的名藝人有謝興哥、花春、王鐵一郎、五鐵三郎〔註14〕等，並出現了以「神鬼社」命名的社會，〔註15〕「舞隊」等名目中更有「喬謝神」、「神鬼聽刀」、「喬樂神」、「抱羅裝鬼」、「查查鬼」等神鬼短劇和表演。〔註16〕神鬼的形象也出現於宋雜劇之中。「官本雜劇段數」的「塑金剛大聖樂」、「鍾馗爨」、「二郎神變二郎神」、「傳神薄媚」、「驢精六么」〔註17〕等段子中，一望而知有滑稽調笑的鬼神表演。

　　兩宋時代活躍在各種場合的神鬼表演，正是從儺祭到戲劇的中介。這些鬼神形象在原有的儺祭儀式中，是以「驅鬼逐疫」這一宗教性目的而結合在一起的。他們原本是一個整體，卻在兩宋日益膨脹的商業化劇演潮流的衝擊下「化整爲零」。當然這些自成段落的、小型的神鬼表演也有成色上的區別。出現於各種神誕廟會等宗教性場合的多少還帶有些許宗教色彩，靠近原有的儺祭形式；而表演於其他場合，特別是勾欄瓦舍的節目，則已脫落驅鬼目的，全然是一派戲劇的風貌了。這，正反映了兩宋神鬼表演節目在儺祭到戲劇演變過程中「承上啓下」的性格。

四、宋以及後世戲劇中的神鬼形象

　　如果將從宋儺到神鬼節目的發展過程概括爲「化整爲零」，那麼神鬼表演段子最終綜合進戲曲則是一種「化零爲整」的過程。當然，這一過程並不是「回歸」到原有祭儀，而是零散表演的神鬼節目與其他戲劇因素的融合，與其他形式的宋金雜劇段子的攜手，共同參與表演一個新的戲劇故事。

　　《張協狀元》是中國戲曲史上現存最早的完整劇本。在《張協狀元》中，有好幾個來自宋儺的世俗神形象。

　　劇本第九齣，敷演張協在過五雞山時遇強人，被搶劫受傷倒地。這時，有土地神（末扮）出現，見此「強人打倒公侯」的不公平現象，這位「當山土地」同情得「淚雙流」。這位土地公公不但救醒了張協，還指點他投宿之處，幫張協「足下起祥雲」，飛下山去。正如這土地在自己的下場詩中所說：「從空伸出拿雲手，提起天羅地網人」。土地神做了一件救人性命、功德無量的好

〔註14〕　《武林舊事》卷六「諸色伎藝人」條，同上 P461。
〔註15〕　《都城紀勝》「社會」條，同上 P98。
〔註16〕　《西湖老人繁勝錄》，同上 P111。
〔註17〕　同註3卷十，同上 P508～512。

事。至今尚遺存在福建的古南戲莆仙戲中也有《張協狀元》一本，第三場的情節相當於永樂大典戲文《張協狀元》的第九齣，說的是五雞山的土地神奉玉皇旨意欲撮合張協與王貧女的婚姻，命一隻虎將張協引到古廟前，只許傷協手臂不許傷其性命。〔註18〕這裡的土地公公除了善眉慈目的樣子外，簡直又是個專牽紅絲線的「月下老人」。一般的土地形象是以區域保護神為基礎的，莆仙戲的這個土地神除了這一因素外，有「高謀信仰」在作其底蘊。

《張協狀元》第十齣有淨扮山神、末扮判官、丑扮小鬼的表演。山神說有張協者要來投廟，廟門破爛不雅，令判官、小鬼權且充當廟門，判官反駁道：「判官如何做門？」因為在民俗信仰中門神應當由武官、鍾馗擔任，判官祇是他們的輔佐官。但情急處末丑還是假充了一回門，「各家縛了一隻手」表示門連在門框之上，淨（山神）讓他們「開時要響，閉時要迷」。貧女來時，敲門敲在丑背上，丑口擬敲門聲「蓬，蓬，蓬！」待再敲時，丑叫道「換手打那一邊也得！」一派插科打諢的滑稽表演。第十六齣淨扮神，三番五次地偷吃婚宴上的酒肉，害得丑扮小二受父親的責打。神鬼形象初入戲曲即已呈現如此滑稽調笑的風格，表明了它繼承的正是「喬謝神」、「喬樂神」、「二郎神變二郎神」這樣的宋雜劇的喜劇傳統。另外，第二十七齣丑的科白中有「且來學個鍾馗提小鬼」，證明早期南戲除了綜合一般歌舞、諸宮調、宋雜劇段子外，還搬用儺舞段子入戲。

裝神弄鬼的做法在後世南戲劇本中一線傳替。「四大南戲」之一的《白兔記》有「報社」一齣，「跳鬼判的，蹺蹺的，做百戲的」，直是一齣戲中之戲。被譽為「南戲之祖」的《琵琶記》實是個敷演現實人生的題材，卻也在第二十七齣「感格墳成」中不失時機地插入段裝神弄鬼的表演：當山土地神為趙五娘羅裙包土築墳的精神感動，喚來南山白猿、北嶽黑虎，在五娘瞌睡之際為她築好了墳。清初的《長生殿》後半部出神露鬼之處更多，第二十七齣「冥追」中有「副淨扮土地」，奉東嶽帝君之命保護死在馬嵬坡楊貴妃的肉身，安頓她的魂魄。這位馬嵬坡小神親手為楊妃解去白練，好言相勸。在三十齣「情悔」中又發給她「路引一紙」，任其「魂遊」，極富同情憐憫之心。第四十六齣《覓魂》中，道士楊通幽奉皇上之命「上窮碧落下黃泉」，尋覓楊氏魂魄，來到森羅殿上詢問，有判官向小鬼勾來「官嬪妃后」名簿，遞呈道士查看。這一情節令人想起現今

〔註18〕 劉念茲《南戲新證》第六章第二節，中華書局 1986 年版 P142。

依然活躍在邊遠區域的民俗戲劇中的「勾簿判官」〔註19〕形象。「勾簿」，正是民間傳說與戲劇中判官的一項職能。除了「勾簿判官」，還有「引調判官」（泉州提線木偶）、「了願判官」（土家族儺堂戲）等名堂，判官也像土地一樣，是民間戲劇舞臺上十分活躍、十分招人喜愛的形象，儘管前者兇惡，後者慈善，兩者的面目大相逕庭。

南戲舞臺上神鬼形象的具體妝扮，我們也能從劇本中獲知一二。如《張協狀元》第十二齣丑扮小二反駁貧女時的說白：「我象鬼？鬼頭髮須紅」。透露了當時扮鬼須套紅髮頭套；又如第十齣淨扮神出場時的自況曲辭云：「似泥神又似生神，唱得曲說得些話」，這一方面是一種諢語，淨扮神祇以自嘲的口吻披露了出人扮神的秘密；一方面也讓我們得以推測：當時的神鬼形象很有可能是戴著泥製面具上演的。

值得注意的是，來自儺祭的神鬼形象與神鬼表演，多保留在南戲系統的戲劇形式中。這當與中國長江以南地區素來「好事鬼」、「多淫祀」〔註20〕「俚俗以神爲戲事」〔註21〕的傳統有關。後漢王逸在《楚辭章句》中說：「楚國南郢之邑，沅湘之間，其俗信鬼而好祠，其祠必作歌樂鼓舞，以樂諸神」，可見這種傳統可以追溯得十分久遠。當然我們看到，「信鬼而好祠」的，到後世遠不止「南郢之邑、沅湘之間」，而是包括東南沿海在內的廣大南方地區。

曲六乙曾經論述過儺戲與戲曲的關係，說：「我認爲，儺戲不應屬於戲曲範疇，而是自成一類的藝術體系」。「儺戲是具有世界普遍性的藝術現象，戲曲是中國所獨有的藝術現象」。〔註22〕筆者十分贊同曲先生的這一觀點。確實，以驅鬼逐疫爲目的的宗教劇形式不光中國有，還存在於世界其他地區，如朝鮮半島、日本列島，儘管在那些地區或許並不叫「儺戲」；但中國戲曲則在世界劇壇獨樹一幟。中國戲曲是一種以娛人爲目的的、以歌舞白爲主要手段的戲劇樣式，與內容上的神鬼劇、形式上的假面劇的儺戲有著本質的區別。但是，中國戲曲在它形成之初，也接受過來自儺祭非同小可的影響；同時，中國戲曲在它發達之後，又給予儺戲以不可小覷的影響。這正是儺戲與戲曲

〔註19〕 侯紹莊《德江儺堂戲源流試探》（收於《儺戲論文集》），貴州民族出版社 1987年版 P37。

〔註20〕 〔唐〕陸龜蒙《野廟碑》。

〔註21〕 胡雪岡、徐順平《談早期南戲的幾個問題》（收於《南戲探討集》一）。

〔註22〕 曲六乙《建立儺戲學引言》，（收於《儺戲論文集》）貴州民族出版社 1987年版 P11。

的區別與聯繫。

本文在上面已經說過，從宋儺到神鬼表演到戲曲，那些神鬼形象是在離開了「驅鬼」的目的而走向分散，後來又在新的目的下再度聚合的。這後一個「化零爲整」的新的目的就是敷衍故事。換一句話可以這樣說：在這裡，是一個戲劇的目的，即娛樂的目的，替代了一個宗教的目的。

古代儺祭爲後世儺戲之源，這一途徑，已爲許多學者的許多論文所展示。本文展示的則是另一途。這在儺文化研究中或許也是一種「補白」的工作。筆者認爲，給予初期戲曲影響的是次生態的宋代儺祭。這種影響經由兩宋的神鬼表演段子，而進入以南曲戲文爲主的中國戲曲。這一曲折的走向以及與「儺戲」的關係，試以簡圖示之。

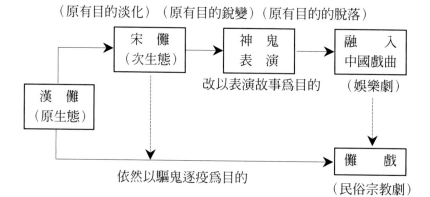

從「文戰不勝」到「白馬解圍」──
也談崔張形象、兼及《西廂記》對於《會真記》的功與過

　　崔張愛情在中國文學史上是一個特殊的存在。作為這一愛情故事中的男女主人公，我們已談論得夠多的了。人們每每在同情不幸的鶯鶯的同時譴責「負心漢」唐張生，在豔羨幸福的鶯鶯的同時讚美「志誠種」金元張生。今天，當我們對整個文學重新打量、也把現代審視的目光投向崔張故事的時候，我們發現，以往的談論似乎有點簡單化。本文「也談」崔張，試圖將筆觸深入到唐崔張的內心世界，探究其心理活動的軌跡和動因；力圖科學地評論金元崔張對於唐崔張「改造」之功過得失。清代戲曲理論家李漁曾指出：「白馬解圍」是《西廂記》的「主腦」。〔註1〕這裡的「主腦」，是指能夠牽動整劇動作、轉變、機遇的關鍵。那麼，唐傳奇《會真記》也應當有個「主腦」的。筆者認為，那就是「文戰不勝」四字。筆者想抓住兩個「主腦」來展開論述，由此說來，文題又是本文的「主腦」。

一、兩個空白，與四處疑問

　　中唐詩人元稹的《會真記》，總共不過千餘字。寫到張生的，篇幅自然更小。但透視其內心世界，我們發現，這位至簡的張生，原是個很複雜的系統，是一個兩種心理因素錯綜交雜的對立統一的組合。

〔註1〕見《閒情偶寄》卷一，《中國古典戲曲論著集成》七，第14頁。

初亮相的張生處在一個相對恒定的狀態之中。在擾雜的賓朋遊宴上，張生「容順」、「堅孤」，一絲不亂。又未嘗近女色，自稱「非忘情」，而是尚未遇到令其動心者。很快，由於「顏色豔異，光輝動人」的鶯鶯的出現，自以為極有自制力的張生。「幾不自持」，「行忘止・食忘飽」。要命的愛情來得這樣快，甚至等不及尋找媒人。赴情約不料受到一番訓導後，張生絕望了。這場心靈風波直至鶯鶯「盤薦枕席」方得平息。一個月後，在經歷了短時間的離別之後，兩人再度重逢，相聚「又累月」。照理說，這一對情人年貌相當，情投意合，應當是難捨難分。可就在張生再度離開蒲州後，便捨棄了鶯鶯。不僅如此，還將鶯鶯所酬書信情物在友朋間公開，並大發一通關於「尤物」、「忍情」的言論。張生的所行所為彷彿是不合邏輯、不合情理，難以解說的。

人們也曾力圖解開這個「謎」，這個「始亂終棄」的謎。較有代表性的解法有二：有人企圖考證出鶯鶯並非出於高門，由地位懸殊這一點來為張生的行為尋找邏輯根據。〔註2〕有人則說「張生除了卑鄙自私，以女性為玩物之外，找不出其他理由可以解釋。」「無非是玩夠了」。〔註3〕其實，小說沒有明確提供門第懸殊的資訊。祇是說崔家「財產甚厚，多奴僕」，說崔張是中表親戚，門第當然不會相去太遠的。「玩夠了」說也難以成立，張生不像是一般流氓，小說也沒有提供他朝三暮四的材料。

要解張生行為之謎，有兩個「空白」需要填補。

空白之一，是張生將去之前夕，「不復自言其情，愁歎於崔氏之側。」敏感的崔氏「已陰知將訣矣。」張生愁歎何為？為什麼不復言其情？內心有著什麼樣的衝突？另一個需要合理補足想像的是，張生何以將鶯鶯的復信情物公開？它們在他心中引起什麼樣的波瀾？他這一行為的動因是什麼？祇是為了炫耀一下自己豔遇麼？

兩處「空白」只須填入一個答案：「文戰不勝」。也就是說，「文戰不勝」四字，是把握張生心理運動的鑰匙。

張生離別之夜的愁歎，是為自己難以預卜的前途而發。顯然張生已預感到自己情場淹留過久，「文戰」難以取勝。他為自己「累月」來精力耗費於情場已生懊悔之意。他明白自己面臨選擇。他「魚與熊掌」皆欲得之而不能。

〔註2〕參見陳寅恪《元白詩箋證稿》。

〔註3〕唐異明《讀〈霍小玉傳〉，兼論〈鶯鶯傳〉及〈李娃傳〉》，見《文學遺產》1983年第三期。

他為自己尷尬的處境「愁歎」。他准備不足西下赴試。果然，正如預感一樣，他「文戰不勝」。他必須留在京師為功名而奮鬥，於是寫信，「以廣其意」，寬慰鶯鶯，希望得到其理解。至此，還看不出他決意而拋棄鶯鶯來。

如果說臨別愁歎是張生猶豫傍徨的產物，那麼，公開情書則是他毅然絕情的實踐。這是一封多麼纏綿悱惻的書信！愛與恨於一身的少女把娓娓輕語、哀哀低哭化作文字。這裡有近日心緒的自訴、有愛事的回顧和自怨，這裡也有兩種前途的清醒自度：若張生「仁人用心」，俯就其隱微的心願，那她便如獲第二次生命一樣；若張生取「達士略情」一途，鶯鶯說，自己的愛情也是不能泯滅的，死後也要依託著風露，跟在愛人腳邊。隨信捎上玉環、青絲等物，都欲「因物達情」，飽含著聰明的暗示。張生面對這一紙坦誠的心曲、殷殷的期待和清醒的估測，是不可能無動於衷的。這是鶯鶯自他們相處以來說的最長的一段話語，最坦白的一次交流。張生真正面臨選擇了。他作出的反應是：選擇「達士」，決心「略情」。他用公開情書，發議論詆毀鶯鶯來鞏固自己的決心，實踐自己的「忍情」。

作為一個時代曾經有過的青年知識份子，一個活生生的人當然不會像舞臺上出現的風流小生那麼簡單。張生首先是孔孟之徒，是科舉時代的儒生。他不能總置身於情場。他還有著更重要的追求體系——「科場」時時在召喚他、吸引他。舞臺上才子佳人「私訂終生後花園」與「落難公子中狀元」，總是可人心意的兼而有之，但在現實生活中，它們每每是矛盾的，互相排斥的。張生從鶯鶯身邊離去，前在赴試，就沒能「小生覷這功名，如拾芥耳」』（元張生語），而是「文戰不勝」。這對首先是孔孟之徒的張生，自然是極大的震動、刺激和恥辱。他自度不能抵擋鶯鶯的美，以致在溫柔鄉消蝕了意志消磨了光陰。他將鶯鶯的美看作他通往仕途的最大障礙。他公開情書，其實是公開他的誓願；與其說他賣弄「豔遇」，不如說他是為自己的「改邪歸正」爭取更多的監督者。

聯繫唐代出身低微的寒士為躋身政界而奮發圖強、新進士階層受全社會豔羨的史實看，聯繫作者元稹從社會下層步入官場之坎坷經歷看，我們可以說，張生是為功名犧牲了鶯鶯、犧牲了愛情，犧牲了他一度陷得很深的溫柔鄉。他當然不是因為「玩夠了」，因為他不是在鶯鶯和另一個所愛的女人間作選擇。張生的行為根據只能是一連串的內心衝突，是一連串平衡——不平衡——平衡——不平衡的交替。是兩種不同質的欲求——愛情欲求與功名欲求

的拼搏。他的性格，正是這相反相成的兩種基本欲求的組合體。這樣的性格運動直至小說結尾處還在繼續：當兩人各有所歸之後，張生居然還去看望鶯鶯，通過她丈夫，「求以外兄見」。遭鶯鶯拒絕後，「張怨念之誠，動於顏色」，並等待了幾天才走。毋論公開情書、甚至婚姻，都沒能讓張生忘卻鶯鶯，都不能最終鞏固他的「忍情」。張生走了，帶著他內心世界的不平衡。小說留給讀者一個不了的結局。

這些素材，若放到後世，在小說獲得了高超的心理描寫能力之後，是大有文章好做的。可惜，唐傳奇還處於只「述其異」的階段。它沒能展開張生愛而後悔、反省思過，校正生活道路而備受情感折磨的全部心理過程，以至留下多處令人費解的「空白」。

如果說這位張生令人難以解說，那麼，與其相關的這位鶯鶯更顯得難以捉摸。有許多疑問伴隨著人們對她的審視。

小說鶯鶯初見張生是在張有恩予崔家以後。先託病不出，母親發火後，這才「久之，乃至。」延俄良久，並非為了妝扮，只見她「常服陣容，不加新飾」。在母親逼迫下勉強與張生見禮，卻「凝睇怨絕」。終席無一語，無論張生如何「導之」。好一個清高的「怨」美人！

這裡便有一個疑問：張生對鶯鶯一見鍾情的當時，鶯鶯對張生竟是一見鍾「怨」麼？若真是這樣，張生即以「春詞」試探，如何便得到「待月西廂下」的相約？當然後來在西廂的月光中張得到的是一番訓詞。鶯鶯的所行所為，到底孰真孰假？

唐傳奇「賴簡」給人一種突兀感。因為它不像元雜劇，前面有一大段「鬧簡」的內容，由紅娘向觀眾展示鶯鶯讀信、情緒變化和作假的全過程。在這裡，從內閣步出的鶯鶯「端服嚴容」，她的話語與她的臉色一樣冰冷。她指責張生「以亂易亂」，說自己寫了一首假「情詩」為的是當面表達這番意思。她告誡張生「以禮自持」，便翻然而去。一個「冷」美人。

鶯鶯自稱「情詩」是假，訓詞是真。我們便能信麼？

崔張結合之夜，是在「端莊嚴容」說教後的三天。鶯鶯「嬌羞融冶，力不能運支體」。天曉臨去「嬌啼宛轉」，「終夕無一言」。又是一個不言不語的淚美人！此情此景，朦朧的月色，難以捉摸的鶯鶯，怎麼不叫張生再三再四地懷疑自己在夢中。即便是我們讀者，也一方面為「此時無聲勝有聲」而懾服，又為這不合常理的、無言的幽會而大惑不解。

更耐人推敲的是：幽會之後，鶯鶯「又十餘日，杳不復知」。鶯鶯怎麼了？這十餘天裏，她內心是怎樣的一種況味？這與幽會當夜「終夕無一言」有何關係？或者，她已有了某種預感？

至訣別，鶯鶯言行越發「奇」了。張生面臨分離一味「愁歎」，鶯鶯卻一反常態；「恭貌怡聲」，勸說張生。她先舉一端：「始亂之，終棄之，固其宜矣，愚不敢恨」。若兩人自此「撒手」，自己最終被棄，也是相「宜」的。再舉另一端：如若「君亂之！君終之」，這場以「亂」開始的愛情能夠白頭「終」老的話，那就是過望了，對此「君之惠」，她將感念不盡，又何必「深感於」這短暫的分別？她說，對張生的不愉快，無味奉獻。平日張生求其彈琴而不得，今日要爲君子了卻此願。但一曲《霓裳羽衣序》不數聲而「哀音怨亂」，鶯鶯也投琴掩面而歸，再不復出。當夜沒有「春宵一刻值千金」的同居。

鶯鶯眞的「不敢恨」麼？那麼，歲餘之後，何以不出見張生？

正是這些疑問逼著我們去探視鶯鶯內心世界。我們看到，若要概括鶯鶯的心理特徵，沒有比「無常」二字更合適的了。變態，即「喜怒無常」之「無常」。該笑迎的卻「怨絕」，該親熱的卻冰冷，該喁喁私語之時卻無言，該泣別時卻「怡聲」……。但變態，正是人們情感深摯的表現。鶯鶯的「喜怒無常」，正披露了她情感之流程，以及愛而不得其愛的深重心音。

二、簡化了的和淺化了的

由於小說《會眞記》提供的，是一個至簡的張生，和一個朦朧的「缺筆」的鶯鶯，故而，後世藝術家便有可能在較爲自由的天地裏，重新構畫男女主人公，使之更符合自己時代的社會理想和審美情趣。金元時代的董解元和王實甫便是這方面的代表。

董、王二氏的《西廂記》，對《會眞記》作了種種改造，最關鍵的，是將「負心漢」張生一舉改造爲「志誠種」。於是整個戀愛過程、人物關係、藝術氛圍都有了質的變動。《西廂記》對張生形象的改造，其實是一種簡化。所謂「簡化」，就是說，它拆卸了這樣的一個組合，它把一個人物性格的雙重複合體，改變作單一體。

《西廂記》張生是單純的。他之所以有可能成爲「志誠種」，主要因爲，「文戰」在他的心目中沒有地位。雖然董《西廂》開卷便交待：「珙有大志，二十三不娶」。王《西廂》更把張生安排在「往京師求進」途中，逗留在河中

府的。但自張生撞見了那「五百年前的冤家」，便「糊塗了胸中錦繡」，再不提讀書作文，再不提進京趕考，雜劇張生更公然宣稱：「小生便不往京師去應舉也罷。」放棄了追求功名的念頭。最後都是被老夫人逼著，爲了最終與鶯鶯成就婚配大事，才「上朝應舉」去的。應舉祇是愛情中的一塊砝碼。

說唱與雜劇中的張生，都不像功名心切的封建時代孔孟之徒，這首先是由金元時代獨特的政治統治性質、社會風氣、知識份子道路等社會存在帶來的。金元知識份子也有做官的，但多不靠「學而優」。以武功崛起於黑水白山之間的蒙古高原上的女眞族和蒙古族，文化水準十分低下，包括坐上統治寶座的貴族在內。加上近百年的「廢科舉」，堵塞了知識份子的傳統仕途，許多讀書秀士只得給不識幾個大字的蒙人、色目人官僚集團當小吏，或者索性在勾欄瓦舍裏討生活。不少漢知識份子不屑於被推薦謀得一官半職，在政治上採取與統治者不合作的態度。他們與他們的前輩對功名的看法已大相徑庭了。在這點上，元代戲劇家白樸與他父親的「代溝」堪稱代表。父親白華曾在金廷官至宰相，後來又做元朝之臣。他在白樸身上寄予厚望，願他能走仕宦之路。但白樸卻屢屢拒薦，終生不仕。他在散曲「寄生草」中曾這樣嘻笑怒罵道：「長醉後方何礙，不醒時有甚思？糟醃兩箇功名字，醅溘千古興亡事，麯埋萬丈虹蜺志。」簡直要把「功名」二字就酒吃了。在其他人的散曲作品中，還有「百無一用是書生」的憤激，「離了利名場，鑽進安樂窩」的自勸等等，比比皆是。當元曲家在塑造他們的戲劇人物時，特別是像張生這樣知識份子形象時，這樣的功名觀和生活觀，自然就帶給了他們。因而他們筆下的張生，只能與小說張生面目迥異。

在《會眞記》裏，崔張愛情的阻力，破壞力，全部來自張生本身，來自「文戰」，來自張生更爲強烈的自我實現欲求：功名欲。當崔張私下結合，被崔母鄭氏知曉之後，連這位老夫人也「欲就成之」。兩種《西廂》，因爲簡化了張生，「淨化」了張生，而又要把崔張愛情有聲有色、曲折迴還敷演出來，兩位市民藝術家充分發揮了他們的才能。首先，他們將作品的「主腦」改過，將足以左右崔張愛情的「文戰不勝」換作「白馬解圍」，把原作中張生衛護崔家這一「引子」，移動了時間，擴大了篇幅，提高了在全事件中的地位，使之成爲崔張愛情的轉捩點。其次，又利用他們的如神之筆，調遣出、衍化出許多人物和故事來。「老夫人成了封建禮教的化身，她的言而無信，翻手爲雲覆手雨、幾乎把兩個青年的愛情推向了絕境；而爲了充分暴露這位相國夫人的

「變臉術」以及她的失敗，於是前有孫飛虎圍寺及「賴婚」，後有「拷紅」、「逼試」及鄭恆奪妻等一系列情節，一系列似乎更合情理的、淺顯易懂的、爲市民觀眾所喜聞樂見的人物和情節。可以說，這些人物，老夫人、孫飛虎、鄭恆，這些外在的破壞力，都是原小說張生的「分身」。這便是金元人對張生的理解、「補白」和改造。金元藝術對張生的簡化，「志誠種」對「負心漢」的簡化，明顯地烙上了時代心理變遷的記印。

如果說，金元市民藝術簡化張生，是因爲他們不喜歡原張生的所行所爲，拆卸了他「惡」的那一半，那麼，他們對鶯鶯的「淺化」正是出於對這個人物形象的愛。

你瞧，他們用最美的語言渲染了這位元佳人的出場：「她宜嗔宜喜春風面」，「且休題眼角留情處，只這腳蹤兒將心事傳。」她春風滿面，青春氣息洋溢全身，笑著走著，「臨去秋波那一轉」。這是一位「笑」美人，她的笑一經攝入張生眼簾，立即便「風魔了張解元」。隔牆聯吟後的笑臉相迎、答謝家宴時的快步赴會，自然都是「佛殿初見」中那位笑吟吟的美人的繼續；只有「鬧簡」「賴簡」兩折峰回路轉，但都因觀眾早在紅娘的指點下得知這是小姐「作假」，因而毫無思想負擔，祇是快樂地看紅娘怎樣把這「假意」兒一條條撕破給人看。

《會眞記》的「佳期」是無聲的，令人費解的無聲，元雜劇中則有聲。鶯鶯臨去殷殷告誡：「妾千金之軀，一旦棄之。此身皆託於足下，勿以他日見棄，走妻有白頭之歎。」張生則再三保證。離別時的小說鶯鶯「不敢恨」，而雜劇鶯鶯則連連呼「恨」，「恨相見的遲」，「恨不倩疏林掛住斜暉」、「恨塞滿愁腸胃」，兩人長泣而別。這樣的愛情經歷，這樣的女主人公，彷彿更合情理，更易把握理解。我們說，金元說唱雜劇淺化了鶯鶯，主要指修正了原型的「變態」，使其恢復了常態。悲歡離合，合必歡，離必悲，一如常情；心歡便笑，情悲就哭，一目了然。

一個簡化了的，一個淺化了的，這是時代的產物，亦是市民藝術品種的特產。如果從「接受美學」的角度看，市民觀眾亦是簡化與淺化的決定因素之一。說唱、戲曲皆生長發達於勾欄瓦舍，皆以小商人、小手工業者、軍士、妓女等社會低層次人們爲服務對象。他們不喜歡小說張生的所行所爲；他們無法把握張生「始亂之，終棄之」的心理軌跡。他們簡單化地勾畫了一個「志誠種」。直線因果式地表現了「願天下有情的都成了眷屬」；同時，他們喜愛

並參與創造了一個親熱近切的笑美人。月下私情，喁喁輕語；長亭送別，殷殷叮嚀，一如他們調養出來的許多女孩子。出身門第提高到宰相之女的鶯鶯，卻一派小家碧玉的儀態。應當說，金元市民觀眾的理解力和好惡，對戲曲崔張形象的定型起到了決定性的作用，這種作用，甚至左右了董解元王實甫本身的見解。在我們一向強調藝術要照顧多數人「喜聞樂見」的角度，這樣的作用尤爲顯見。

三、悲與喜、離與合：功與過

簡化了張生、淺化了鶯鶯，都還不是《西廂記》對於《會眞記》的本質性、整體性改造，而祇是它的產物。《西廂記》對於《會眞記》最本質的改造在於：將一段悲劇重造成一則喜劇，將一個分裂結構，改變爲一個圓滿結構。

悲劇衝突是悲劇之爲悲劇的首要因素，在亞里斯多德的「過失」說、黑格爾「罪過」說的基礎上，當代歐美悲劇理論家們提倡悲劇衝突起於人物的內心矛盾和內心分裂。如美國藝術理論家西華爾指出：「悲劇人物是自相矛盾的和神秘的」，「心中同時存在犯罪和無罪之感」（《悲劇形式》），而柯列根則強調：悲劇衝突的根源「並非由於外在力量，而是由於主人公的內在分裂。」（《悲劇和悲劇精神》）。《會眞記》主人公兩種人生追求的對立，兩種心理要素的分裂，帶有二極性特徵的性格運動，規定了這種衝突的悲劇性質。由於「文戰」，更由於後來的「文戰不勝」，張生內心的衝突和拼搏，實質上是兩種「價值」的衝突，是愛情價值和功名價值的衝突。「當一種具有純粹價值的那個對象產生一種力量去破壞更高貴的純粹價值時，悲劇性這樣才顯而易見。」（德・希勒《論悲劇》）

喜劇的性質正與悲劇相反。「喜劇的定數是運氣——這種運氣是世界帶給人的，而人則或者接受或者失去或者碰到或者躲開這種運氣，悲劇的定數卻是人自己帶來的，也是世界所要求於他的。這就是他的命運。」（美・蘇珊・蘭格《感情的形式》）。因而，喜劇衝突完全不同於悲劇衝突，它是外在的、感性的，遊戲式的。爲此，近來有論者提出，喜劇衝突與其說是「衝突」，不如改稱「碰撞」更爲合適。〔註4〕使崔張故事大改觀的董解元王實甫氏，他們的全部奧秘和全部成功，正是改換了故事的靈魂，——把「文戰不勝」、換作

〔註4〕李浽《論莎士比亞中期喜劇的民間性》，見《戲劇藝術》1986年第一期。

「白馬解圍」，把內心矛盾換作外部衝突，把固有命運換作偶然運氣。一句話，把悲劇靈魂換作喜劇靈魂。「白馬解圍」使本來朦朧的崔張愛情明朗化，合法化了，正是一個飛來的運氣。祇是這運氣不肯輕易讓男女主人公在握罷了。它幾度似近又遠，曲折徘迴，全部的「戲」正是在此中產生，因而《西廂記》的大頭文章都做在「初見」與「佳期」之間，「佳期」之後，已近尾聲。「運氣」已爲這對戀人把握，無須多鋪張了；而《會眞記》的重點卻在後半，「佳期」之章，尚未過半。因爲男女主人公的內心衝突、「文戰」與愛情的矛盾，都須在私下結合之後才能鋪開。

從人物形象看，最能體現《會眞記》悲劇氛圍的是鶯鶯。家宴上「怨」容可掬的鶯鶯，明月夜端坐嚴訓的鶯鶯，幽會後「嬌啼宛轉」的鶯鶯，訣別時強作歡顏的鶯鶯。這位唐代佳人的身上總籠罩著一層悲劇意味，一種清高、怨艾和不易捉摸的悲劇美。她的那種「怨態」，眞令人敬畏瞻仰，不敢等閒視之。悲劇人物的行動是「受難」。當然也有抗爭，但那是受難中的抗爭，以受難爲歸結的抗爭。我們上文所說的她的全部「變態」，正是她內心「受難」，靈魂受到熬煎的表現。

人說，當我們觀賞悲劇和悲劇人物，採取的視角是仰視或平視；而當我們面對喜劇，則採取俯視。眞的！我們對金元鶯鶯，卻自始自終有一種「居高臨下」的感覺。「鬧簡」一折她正在梳粧檯前展讀情書，我們，卻在紅娘（其實是在作者）的引導下「升騰」到了她閨房的上面，俯視她由喜而怒的神情變化以及種種作假，一面聽紅娘以曲代言爲我們作著介紹。紅娘在這一折末尾唱道：「看你個離魂倩女，怎發付擲果潘安」，其實也代表了觀眾繼續俯視崔張喜劇表演的心願，那就是「賴簡」。鶯鶯大聲斥責，紅娘假意幫腔，張生只會傻跪在那裡，原先誇下的海口一兌現不了……這是多麼令人發笑的喜劇關目！正因爲人們已然看到過鶯鶯對情書的愛不釋手，已經窺見她的內心眞情，所以以毫不擔心的精神狀態觀賞其假怒假絕假訓，她越是怒得厲害、絕得徹底、訓得嚴厲，喜劇效果越是濃烈；三個人越是「碰撞」得厲害，喜劇效果越是顯見，因爲那是無害的、遊戲式的「碰撞」。當我們「俯看」這位鶯鶯的一切時，我們禁不住用調侃的口吻議她，善意地取笑她。那些一攻便破的「假意兒」眞是人世間無價值的東西，作者假紅娘之手一條條撕破給人看。但我們不敢撕小說鶯鶯的，不敢用調侃的念頭想這位鶯鶯，笑這位鶯鶯。文學作品中的人物形象大致都有 what、why、how（什麼、爲什麼、怎樣）三要

素，大凡優秀的、高美學層次、耐讀耐品的人物形象，每每 why ≠ how。這位鶯鶯便是一個。愛就一定是笑麼？就一定是「相迎」麼？就一定是酬答麼？從與張生相識不久便「自薦枕席」看，鶯鶯也是「一見鍾情」。卻「怨」，卻終席無言。她怨這樣一個人兒突然降臨她的生活，騷亂了她本已稍不平靜了的心，喚醒了她本已漸漸自醒了的愛，這可以由紅娘「沈吟章句，怨慕者已久」之言為證。幽會當夜，她一言未發。本來，由她說話、提醒、叮嚀就是多餘。若張生想說，該由他主動說。臨去，她「嬌啼」，確是預感到了不祥：她沒有得到愛的保證，「豈期既見君子，而不能定情」是也。以後十數天她「杳不復知」，愛火燃燒著她。「自獻之羞」又啃齧著她。最後，她以「還將舊時意，憐取眼前人」回報了求見的「外兄」，再一次活現了她的自尊和怨念。我們敢說，「愚不敢恨」丈量出了她心中之恨的長度，「固相宜也」透露了她心中的不平。「棄置今何道」道出了她無言的譴責。這是一段由生活中的偶不自重抖露出來的人內心深處的自尊。這是一段借助「不得其愛」而表現的沈重的愛。這便是小說鶯鶯的份量，這便是悲劇的哲理品格。悲劇重在道德情感的震撼，喜劇則更多地在娛樂中體現一些清楚明晰的道理。把崔張故事平易化、通俗化、喜劇化，把一個哀豔纏綿的愛情故事向盡可能多的大眾開放，這是《西廂記》之功；但同時，它改換了原作「愛而不得其愛」的母題，代之以「願天下有情的都成了眷屬」美好而淺薄的祝辭。它降低了原作的美學層次，這又是《西廂》之過。

悲劇的結構是一種分裂結構。這裡所謂的「結構」，指是內在結構，情感結構，一切都無可補救，無可挽回。喜劇的結構則每每是圓滿的。該嘲弄的嘲弄了，該諷刺的諷刺了，該歡笑的歡笑著迎向太陽。但不一定非得是中國式的大團圓。如果說董王二氏西廂故事喜劇化是成功的，那麼，結尾卻是平庸，失敗的，兩部皆是。那種善惡有報，皆大歡喜式的大團圓結局，那種「止痛」式的，對嚴峻社會問題提供淺薄「藥方」式的結局，應當說是有害的。觀眾從戲場離開，帶走了一時的安慰、淺薄的滿足和笑，卻沒能帶走感情的風暴、生活的哲理和深沈的思考。這當然不單是《西廂記》一部劇作的問題，而是整個中國戲曲的品格。連明代傑出的戲劇家湯顯祖在把《霍小玉傳》搬上舞臺時，也曾畫蛇添足，增加了個團圓尾巴。一時戲劇幾無不團圓的結局，全部的明傳奇最後一齣幾乎都以「圓」名。於是，中國戲曲除了缺乏悲劇，悲劇美外，同時缺乏理性品格……古代戲曲家順應了大多數中國人的審美習

慣，但卻能擔負起校正、提高民族審美心理的使命。《西廂記》在後世的實際
演出中，每每於「草橋夢鶯」處腰斬，廣大觀眾也似乎不耐煩看其「團圓」，
好像要手造一種憾意，一種分裂，一種餘味來。這說明中國觀眾的審美心理
不是一成不變，也不是鐵板一塊的。但是這一「資訊反饋」並沒有引起古代
藝術家應有的重視與反思。至今七百年間，只有一個還實踐過崔張故事以悲
劇面貌這一藝術課題，那就是明末的藝術理論家卓人月。〔註5〕可惜，他的《新
西廂》沒能傳世，無從分析這悲劇西廂何以不能在劇壇上站住腳的主客觀原
因，這當是戲曲史之憾事。

　　自卓人月至今，又是三百多年過去了，世界經歷了以往任何一個三百年
都不能比擬的翻天覆地的變化。時代越是向前發展，人們越是能欣賞悲劇、
欣賞悲劇美。聞悉作爲中國文學名著的崔張故事將搬上螢幕，願這篇文字、
這篇對其演變及功過所作的粗淺介紹和分析，能對今天的編導者有所幫助。

（原載上海師範大學《文苑》第一輯，1993 年 9 月版）

〔註 5〕 卓人月的《西廂記》不傳，但其自序收在明崇禎間刻本《古文小品冰雪攜》
　　　　中。參見陳多《一篇罕見的古典戲曲悲劇論著》，《地方戲藝術》1984 年第四
　　　　期。

明清小曲的流變及其他

一

　　小曲是曲的一種體式。小曲是相對戲曲散曲的名稱，一般指明清時代南北曲以外的各種民間歌曲。小曲的「小」，與結構規模上的大小無關，是指它的曲調形式較爲簡單而已。小曲在民間的俗稱很多，如俗曲、俚曲、市井小令、時調、清曲等。

　　小曲的起源可以追溯得十分久遠。《詩經》中的某些篇章，漢之「相和歌」，六朝之「子夜四時歌」等，已可看出後世小曲的某些端倪；經隋唐、宋元的提高和傳替，終於迎來了「小曲的時代」──明清時代小曲的蔚爲大觀。除了久有傳統「山歌」、「採茶歌」、「五更調」、「四季調」等得到繼承和發展外，又有具備曲牌體外表，但和體式嚴格的南北曲分道揚鑣的新曲子大量產生，被稱爲「時調」，即時新曲調之義。卓珂月稱小曲爲「我明一絕」，[註1] 可見當時人以新興的小曲爲驕傲。入明後小曲又有許多流變。據沈德潛《萬曆野獲編》云，宣德至弘治（1426～1505）八十年間，中原流傳〔瑣南枝〕、〔傍妝臺〕、〔山坡羊〕；而後十數年又起〔耍孩兒〕、〔駐雲飛〕、〔醉太平〕；嘉、隆五十年間，又有〔鬧五更〕、〔寄生草〕、〔羅江怨〕、〔哭皇天〕、〔乾荷葉〕、〔粉紅蓮〕，十分盛傳。到了清代，某些風行一時的小曲在它們的風行地很快爲新的曲子所取代，或流傳到別處改頭換面繼續風行，或從此消聲匿跡。這種現象比之明代有過之而無不及。據《揚州畫舫錄》（1793年刊）稱，揚州最

[註1] 見〔明〕陳宏緒《寒夜錄》卷上序。

先流行〔銀紐絲〕、〔倒板槳〕、〔剪靛花〕、〔吉祥草〕等，而評價最佳的數〔劈破玉〕；後來又有人新創〔趺落金錢〕；二十年前揚州人忽「尚哀泣之聲」，曲名〔到春花〕；後來〔剪靛花〕又被人改用下河土腔歌唱，改名爲〔網調〕；到作者著書的乾隆年間，揚州又「群尚〔滿江紅〕、〔湘江浪〕」，而〔京舵子〕、〔起字調〕、〔馬頭調〕、〔南京調〕等外地傳入的調子，爲了取悅於本地人之耳，都被進行了地方性改造。當時揚州的這種狀況，頗能反映全國各都市小曲流行之面貌。

與其他韻文形式相比，小曲是最爲流動和多變的。小曲何以會有這般顯著的特點呢？

我們知道，明清兩代的小曲是最爲貼近民眾生活的韻文形式。中國幅員遼闊，地形地貌多樣，人口眾多，歷史悠久。在漫長歷史的進程中，形成了各地區不同的生活方式和風俗習慣，形成了具有鮮明地域色彩的音樂和其他藝術樣式。小曲流變，正是各地民俗、各地音樂以及各地區民眾不同的審美觀念薰染的結果。嶺南民歌的溫婉清麗，那是由椰風蕉雨的嶺南風俗做基礎的；太湖流域民歌的纏綿舒緩，因爲江南水鄉人向以柔弱爲美，以委婉爲美；北中國崇尚雄壯豪放，但同爲北方也有不同之處，陝北小調有一種黃土高原的蒼涼之感，而蒙古民歌像駿馬在草原上飛跑一樣奔放。

小曲在明代主要是以隻曲的形式流行，故王驥德在《曲律》中說，小令是「市井所唱小曲」。〔註2〕到了清代，小曲在藝術形式上得到了長足的進步和發展，內容的繁複促使形式向多樣化開拓。除了單曲重疊反覆、襯字疊句的增加、虛聲幫腔、變體的大量產生以外，又出現了多曲聯套和「帶過曲」的形式。小曲聯套的形式也多用引子和尾聲，但在宮調的規定上不如散曲套數嚴格。一部分小曲聯套逐漸出現角色分工、科白表演，漸趨敘事和塑造人物，呈現清唱小曲向說唱、戲曲過渡的傾向。到了清代，除了承自上代的小曲以外，以「某某調」爲牌名的民間小調亦漸次盛行，且多具地域性。如京津山東地區的〔馬頭調〕，西北地區的〔西調〕，東南一帶的〔吳歌〕，南方兩廣地區的〔粵謳〕等，更有〔湖廣調〕、〔瀝津調〕、〔南京調〕、〔揚州調〕等，標明地域名稱。少數民族地區的小調，如蒙古的〔爬山調〕，回族等的〔花兒〕，另有西南地區的苗歌、壯歌、侗歌等，也非常豐富多彩。

〔註2〕 見王驥德《曲律》三卷「論小令第二十五」，《中國古典戲曲論著集成》（四），
　　　　中國戲劇出版社1959年版，第133頁。

二

　　小曲的題材內容十分廣泛多樣。它反映農人市民、江湖藝人、僧民妓女、商人販夫甚至流氓乞丐等各階層人們的社會生活，表現各地風土人情、故事傳說，甚至自然常識、遊藝娛樂都被揉進小曲。最爲多見和最具價值的，當推那些表現愛情的篇什。戀愛婚姻、離情別緒、憶念相思，還有變心負情，在小曲中皆有充分表現，反映出當時追求戀愛自由的社會心聲。當然，其中一部分也混有腐朽沒落、色情下流的低級趣味。

　　描寫男女戀愛是古代樂歌的不朽主題，明清小曲繼承並發展了這一主題。像〔山歌〕、〔月上〕，可以看作宋代歐陽修〔生查子〕「元夜」的續篇。歐陽修的「月上柳梢頭，人約黃昏後」家喻戶曉，而〔月上〕中的女主人公在「月上」之後仍不見情郎踐約而來，只得獨自孤伶伶地站在柳樹下面思忖：「咦不知奴處山低月上得早，咦弗知郎處山高月上得遲？」樸樸素素的兩句話把那女子對情郎的信任表現得透徹而富有情趣。同樣，我們可以從〔劈破玉〕《分離》和敦煌曲〔菩薩蠻〕「枕前發盡千般願」之間，看到這樣的繼承與發展的痕跡。

　　小曲在這方面還有不少全新的創造。如〔鎖南枝〕「傻俊角，我的哥！和塊黃泥捏咱兩個。捏一個你，捏一個兒我，捏的來一似活托……」以和泥捏人爲喻，要與哥哥「我中有你，你中有我」。讀著這樣淳美眞摯的戀歌眞會令人陶醉的。而在此前的樂歌中，尚未見到過類似的內容，故讓人耳目爲之一新。

　　中國文藝非常講究表現人間的悲歡離合。因而「懷人」也是中國樂歌十分嫻熟的主題。表離別相思的名篇佳作，在傳統詩詞中比比皆是。小曲也不示弱。〔打棗竿〕「從南來了一群雁」、〔西調〕「書離懷寄情詞」等等篇章，皆是「懷人」的傳統手法在小曲中的再生。而小曲與傳統韻文相比，則更多些調侃嘲謔。如〔掛枝兒〕《賣相思》、《送別》等，與傳統的離別相思相比，就多了一派戲笑的情調。《送別》描寫一對戀人臨分手依依不捨，淚眼人看淚眼人，卻不料邊上的牽驢老漢也哭了。他因爲驢兒吃苦而哭。因他一哭，整個「哭」的氣氛便被破壞，戀人或「噗嗤」破笑，而整個畫面，亦就宛如生旦戲之外又添丑角戲一般，變得好看起來了。

　　因了愛是文藝作品的永恆主題，故而表現「情變」、譴責負心郎亦綿延不絕。小曲中的這類題材也不少，如〔掛枝兒〕《查問》、〔嶺頭調〕《長情短情》

等。弔亡詩在傳統韻文中不多見。在這裡，我們也能看到幾首以小曲弔亡的篇章，如〔粵謳〕《弔秋喜》、〔太平年〕《男思女》等。另外，《有一個妞妞兒》、《人人都說奴足大》等反映的是婦女所受的管制和迫害。

通俗文藝向來是老百姓的大學校。他們正是通過這些淺顯易懂、喜聞樂見的形式，來學習文史知識，學習自然常識，來參與娛樂活動的。小曲時調也對明清時代的民眾起到了這種傳播時事、傳播知識的作用。三國英雄進了小曲，水滸故事進了小曲（像《魯智深遊戲山門外》、《閻婆惜的魂靈到了三更》等），戒煙的勸告進了小曲（如《鴉片煙》、《二格媽媽》），新發生的冤案也很快就在小曲中有了反映（如《李毓昌集》、《蓮英十二月唱春》），小曲還有許多傳授時令節氣和農耕知識的篇章，不贅。

描寫各地各民族風土人情的小曲很多，這使小曲帶上了濃重的民間色彩。《新年到來》、《祭竈》、《門神》表現傳統的歲時節令和民間俗信，《貨郎兒》、《買豆兒的繞街叫》記載的是當時的市商習俗，令我們得以窺見當時的叫賣聲歌。《弄猴》則對民間猴戲這一遊藝形式作了忠實的記錄。另外，中國民眾人與人之間拌嘴鬥機鋒的現象十分常見，特別是族中和鄰里。反映在小曲中的，像《罵雞回雞》、《鄉里親家瞧瞧親家》、《娘罵女·女回娘》等，其實還遠不止這幾篇，這裡祇是選其代表而已。其他如反映婚俗的《哭嫁歌》、《撒嬌歌》，乞丐要飯的《蓮花落》等，也從不同側面實錄了當時的社會習俗。

三

明清小曲時調是明清兩代的流行歌曲。當然，並不是唯有明清兩代才有流行歌曲。詩，特別是絕句，是唐之流行歌曲；詞，即「長短句」，是宋之流行歌曲；南北散曲是元之流行歌曲。與前代的這些流行歌曲相比，明清小曲時調顯得更開放一些，更生活活潑一些，更民間底層一些，因之也與普通人的本性更靠近一些。這些特點的獲得，或者說具有這一系列特點的小曲時調能在明清兩代流行不已，興風作浪，與明清兩代的時代背景有關。

明代近三百年，給人的印象正是這一時代名稱「明」的反義詞——暗。朱明王朝腐敗得很早，政府機構又十分無能。明王朝的施政方針著眼於防範，無論對內對外，對上層建築還是經濟基礎。明代是歷史上又一個大興土木修建長城的時代，不僅修繕祖宗留下的北長城，而且新築東南沿海的「海上長城」。魏晉之後，唯有明代沒能在敦煌留下自己的形象，正是因為它將敦煌「關」

（嘉峪關）在了國門之外。它在政治上實行集權，經濟上不扶持先進形式，文化上扼殺人的創造力。八股取士、「文字獄」皆源於明。總之，有明一代，是一個黑暗、壓抑的時代。史學家很難找出其間昌明發達的階段，以及特別有作為的帝相。

於是在民間，在廣大的市民和農民之中，廣泛地產生著一種與統治集團思想游離的思想情緒。雖說明代是元蒙之後七百年中唯一的一次中原政權回歸漢民族的時代，但明朝政府的腐朽和失敗，早早地便喪失了民心。這種不與統治集團同調的思想情緒，表現在文藝上，便是我行我素，甚至反其道而行之。統治者大搞「禁欲」，民間則「縱欲」得厲害；統治者給四萬多節婦烈女樹碑立傳，民間文藝則塑造了一大群放縱自己情欲甚至性生活放蕩的女性形象。《金瓶梅》恰恰誕生在明代而不是其他時代，正是證明。明代小曲時調亦然。對於小說，統治集團還能明令禁止，但對流行歌曲，對於像風一樣從甲地刮到乙地，口口傳授的、一聽便會的流行歌曲，統治者與道學家自然無奈得很；對小說作者，自然還可以追查和咒罵中傷，但對創作了數以萬計的小曲時調的無名氏，當然無從查起亦無從罵起。於是《金瓶梅》被禁止了，但「金瓶梅」式的情緒，卻隨著流行歌曲四處流行，越演越烈。一個過於鉗制過於壓抑的時代，同時還會造成它的知識份子的分化，造就「離經叛道」者。產生於明中後期的標舉「人情」、「童心」為旗號的新思想潮流，正是這樣的一群知識份子推動、掀起的。這種新思潮與民間的對統治集團的不信任感和逆反心理一拍即合，這又促進了像明代小曲時調那樣的民間文藝的提高、發展與保存。所以有馮夢龍編輯的「童癡一弄」「二弄」，所以有歌女阿圓等低層民眾向馮氏提供小曲、推薦小曲。〔註3〕

清王朝是中國封建社會最後一個王朝。明代是前期文壇寥落，中葉後，逐漸趨於繁榮；清代則相反。清代中葉前，出現過兩個有作為的帝王：康熙和乾隆。由於他們本身的漢學造詣的號召力，在清代，中國封建社會所創造的幾乎所有的文藝樣式，幾乎都呈現了最後的繁榮，詩詞賦曲、散文小說，甚至駢文，概莫例外。清代文藝是中國封建文藝的集大成。當然，更毋論「近而繼之」的小曲時調了。

清代小曲時調的發展，主要表現在形式上，題材內容也稍有拓展。這一

〔註3〕 參見〔明〕馮夢龍《掛枝兒》趙景深序，《明清民歌時調集》上，上海古籍出版社 1987 年版，第 5 頁。

點，我們已經在上面言及。明代小曲具有開創性的意義，有一種集體無意識的反抗性指令起作用，而清代小曲則主要是繼承。應當說，清代小曲無多大突破性進展。

在明清小曲興起的同時，已有一部分文人學士熱心於搜集編纂小曲唱詞專輯。明成化年間出版的《四季五更駐雲飛》等，或謂最早的時調小曲刻本。而明代最具代表性的小曲集是馮夢龍編輯的《山歌》和《掛枝兒》。明代小曲集每每是一種曲子的專輯。萬曆年間刊出的戲曲劇本《玉谷調集》和《詞林一枝》等的中欄，也夾有若干小曲，曲調較爲單一，或不明曲調。與明代的相比，清代的小曲集有以下兩個特點：一、規模較大。如乾隆間人王廷昭編纂的《霓裳續譜》有八卷六百二十二首曲子，嘉道年間人華廣生編纂的《白雪遺音》更收有小曲七百三十三首。二、曲調更爲豐富。清代曲集每每兼收各種曲調，是爲小曲總集。連刊本較早規模並不大的《萬花小曲》，所涉及曲調也在十種之上，明清小曲原有大量存世，近人鄭振鐸曾搜集到一萬二千首之多，惜盡毀於戰火。劉復、李家瑞《中國俗曲總目稿》收俗曲六千多種，其中多數是小曲。今天尚能讀到的約在三千種左右。

小曲原本是一種主要供清唱的藝術歌曲，但它的流行卻給予同時與後世的說唱戲曲很大的影響。〔南詞〕加說白，用於講述故事，就成了「彈詞」，《白雪遺音》中的《玉蜻蜓》即爲一例。而北方曲藝「單弦牌子曲」，則產生於有〔岔曲〕頭尾的聯套小曲。蒲松齡的《聊齋俚曲》也是用小曲加說白寫成的說唱和戲曲。一些地方劇種如越劇、滬劇、錫劇、甬劇等，都含有以小曲形式填詞的部分。有的民間戲曲還改動小曲的內容，或原封不動地將其搬進自己的表演之中。如江蘇高淳目連戲中有「罵雞」一齣，與清代廣爲流傳的表現鄰里糾紛的小曲《罵雞·回雞》，無論在內容還是風格上均十分相似，對這些可作一專題探討。

（原載《上海師範大學學報》1995 年第一期）

論宋元戲劇的蛻變

本文論宋元戲劇蛻變的「醉翁之意」不僅在宋元，而試圖涉及中國戲劇史上的一個重大問題，一個爭論不休的問題：即中國戲劇的形成問題。因爲宋元時代的戲劇，可以說是中國戲劇史上最爲紛繁、最爲複雜、最爲變化流動的階段，因而宋元戲劇具有劃時代的意義，它劃出了一個蔚爲大觀的戲劇時代。筆者將其作爲主要觀照對象，力圖重新考察、重新結論中國戲曲的形成。本文將宋元戲劇放入產生它們的那個時代的民俗背景中加以考察，試圖換一個新的著眼點以便將這一爭論不休的問題帶出「怪圈」。效果如何，尚有待檢驗。

一、也從王國維說起

關於中國戲劇的起源與形成，大概是戲劇研究領域意見最爲紛呈的一個題目了。從時代上分、有先秦說、兩漢說、隋唐說、宋金說、宋元說等等。舉具體篇目作標誌的，有《詩經》說、《楚辭・九歌》說、《優孟衣冠》說、《東海黃公》說、《張協狀元》說，等等。〔註1〕但有一個十分一致有趣的現象是：不管論者持什麼說，不管意見有多大的距離，幾乎都是從王國維說起的。以上多種說法，幾乎都可以從王國維那兒找到出處、找到根據。對以上某一說法的反駁，也每每遷「怒」於王國維。

是的，王國維是說過「後世戲劇，當自巫、優二者出」〔註2〕這分明是「先秦」說了，但他接著又說：「而此二者，固未可以後世戲劇視之也。」

〔註1〕 參見拙文《近年來中國戲劇起源與形成問題討論綜述》。
〔註2〕 本句與以下有關引文，均引自王國維《宋元戲曲考》。參見中國戲劇出版社《王國維戲曲論文集》（西元 1984 年 7 月版），P1～108。

　　王國維是說過：「東海黃公」、「敷衍故事」；北齊之《踏謠娘》等「合歌舞以演一事」，則分明又是漢說、隋唐說了；但他在本章的總結中卻又說「唐、五代戲劇，或以歌舞為主，而失其自由、或演一事，而不能被之歌舞，其視南宋、金、元之戲劇，尚未可同日而語也。」

　　只有到了講述宋金戲劇，王國維才不再進兩步退一步，而用十分肯定的語氣，稱它們為：「真戲劇」，「真戲曲」。於是「宋金」、「宋元」論者心安理得地把王氏引為知己。而不同意者則詰問道：「難道宋元以前的戲劇都是「假戲劇」不成？

　　在近年關於這一問題的討論中，人們較多地把工夫下在廓清「戲劇」與「戲曲」兩個概念上，認為戲劇是個大概念，戲曲是個小概念，戲劇形成可以推得早一些，而戲曲則形成於宋元。但問題又由此而生，這樣說來，隋唐那些「合歌舞以演一事」者怎麼樣？不也是表演加唱嗎？難道所謂「曲」非得是曲牌體的南北曲不可嗎？如此說來清代的板腔體戲曲，不也有被趕出「戲曲」之門的危機了嗎？更何況還有許多多民間歌舞小戲呢。問題確實依然存在。

　　那麼王國維的觀點到底是什麼？是否如有些人所批評的那樣，王氏觀點模棱兩可、含糊不清的麼？筆者認為，與其把王國維的徘徊看作是戲曲研究先驅者的侷限（當然，侷限是存在的），不如把它們看作是先驅者的用心。王國維沒有把話說死。謝謝他沒有把話說死。這才是面對一樁複雜多元藝術現象所應有的科學態度。他在拋出「上古至五代之戲劇」（注意：「戲劇！」）的大前提後，又每每縮回一句。縮回一句，這分明是在告訴後人：中國戲劇起於何時，那得看你運用什麼樣的尺度了。最寬泛的尺度自然可以量到先秦，而最嚴格的尺度是量到宋元。他彷彿料到將來會有新的資料發現或新的方法借鑒，為研究打開新的視野；他彷彿預料到後世戲劇舞臺上將有許多反傳統的形問世，會為戲劇研究提供新的尺度。

　　王國維的觀點是清楚的。王國維觀點的最可貴之處在於：他在論述上古至中古至五代的每一種戲劇樣式時，最後都拿來與宋元戲劇作比。（這也是後世有人認為王氏持「宋元」說之所在）這就表明：上古至五代的戲劇樣式雖有偌多的變化和發展，但就它們的本質來說是一致的。它們都不能與宋元以後的戲劇同日而語。宋元以降之戲劇是經過質變了的戲劇。王國維稱其為「真戲劇」。也許是擇詞上欠考慮，以至「真戲劇」的「真」字給後人留下了話柄。

　　後人也有力圖修正王氏「真戲劇」之提法的：有提「成形戲劇」的，有

提「成熟戲劇」的，成形，倒過來便是「形成」，於是又兜回到什麼叫形成的「怪圈」裡來了。「成熟」，與之相對的便是「不成熟」，中間階段的還有「較成熟」，彷彿也衹是量的遞進。又有人添加劇本、代言體、規定情景等種種限制，同樣招來反詰。

問題彷彿不應再停留在劇本、代言體等表面層次上了。宋代戲劇與前世戲劇相比當有質的飛躍。宋元戲劇既是藝術的尺度，又是歷史的尺度。宋元戲劇推出了一個戲劇的時代（只有宋元戲劇才堪稱「劃時代」的）。

那麼，深層次的宋元戲劇蛻變，到底是什麼呢？

是獨立，是向它的母體（遊藝、儀禮等民俗文代）告別的獨立。

二、宋金雜劇的雙重文化性格

首先解釋一下為何「雙重文化性格」。德國民俗學家拿烏曼曾經指出：每個民族都有基層文化和表層文化兩部分，其中反映民俗傳承的是占據基盤的、用作基礎的文化現象，而反映個性的，由個人一時憑個性創作則屬表層文化的範疇。屬基層文化範疇的民俗傳承與民間文藝具有集體性、口頭性、變異性、傳承性、無名性等等特點。但是，兩種文化形態又不是互不相關的兩件事物，它們是互相關聯，互相滲透的，表層文化以基層文化為基礎，而表層文化的少量形態也不時地沈澱到基層文化之中，成為其有機的組成部分。〔註3〕

宋金雜劇正處在這兩種文化屬性的蛻變之間。宋金雜劇是中國戲劇形式將獨立未獨立之間的產物。宋金雜劇的重心還在遊藝活動、祭祀活動一邊——包括宮廷活動與民間活動，但已具奔向獨立戲劇的趨勢。

首先讓我們看一下，宋金雜劇與哪些民俗活動在一起，又是怎樣與這些民俗活動在一起的。

（1）混跡於歲時節日活動。中國的四時節令一向豐富。宋金時代由於都市經濟的發達，市民階層的崛起，許多傳統節日活動從封閉隔絕的農村流入城市，滙集城市，更顯得紛繁熱鬧。元旦、元宵、清明、七夕、中元、中秋、重陽、天寧、獵日、除夕等等。其中，戲劇伎藝與元宵、中元的關係最為密切。北宋都城汴京的元宵節日慶祝活動每每在前一年的冬至後就准備了。以

〔註3〕轉引自拙譯《日本民俗學方法論》，《民間文藝季刊》，1988 年第 2 期。

正月十五日為中心的兩三天裡，宣德樓前御街兩邊更是「奇術異能，歌舞百戲，鱗鱗相切，樂音嘈雜十餘里」。其中有雜技，有傀儡戲，有說唱，更有雜劇、雜扮等戲劇表演。中元節的「目連救母雜劇」更是連演七天，「觀者增倍」。〔註4〕

（2）混跡於民俗遊藝活動。北宋都人十分愛好春遊秋遊，其中汴京城的金明池玉林苑是都人最好的遊春去處。「自三月一日至四月八日閉池，雖風雨亦有遊人，略無虛日矣」。人們在享受自然界的大好風光的同時，亦不忘一飽眼福。「藝人池上作場」，還有「池上飲食」，並由此產生了一系列以「水」為名的戲劇伎藝：水傀儡，水百戲，水秋韆等「水戲」。連特為皇帝而設的「五殿」「御幄」周圍亦「不禁遊人」，「殿上下迴廊皆關撲錢物飲食伎藝人作場，勾肆羅列左右」。〔註5〕關撲（博戲）、猜迷等遊藝活動皆與演劇關係密切，兩者早在一處「耳鬢廝磨」，當然互有影響，不無關聯。

（3）混跡於宗教祭祀活動。從廣義上看，七月十五的中元節的節日活動，亦是一種宗教色彩的祭典。清明掃墓、除夕驅儺亦然。宋元間人掃墓不光帶茱肴杯盤，還要請「歌兒舞女同行」。驅儺更不用說，無論是頭戴假面的人物裝扮，還是舞矛弄盾的開打，都與成形戲劇只有一步之遙，更毋論儺祭之後作為餘興的娛神娛人的「儺戲」了。除此之外，當時還有許多神佛生日需要戲劇伎藝前去「捧場」。「六月六日州北崔府君生日，多有獻送，無盛如此。二十四日州西灌口二郎生日，最為繁盛」。是日「於殿前露臺上設樂棚、教坊鈞容直作樂，更互雜劇舞旋」。至於皇家郊祭，大族家祭，儀禮之後的演劇活動更為豐富多彩。近年發現於山西潞城的《迎神賽社禮節傳簿》，提供了這方面最為詳盡的第一手資料。〔註6〕

（4）混跡於人生儀禮活動。誕生、成年、成婚、祝壽、喪葬等人生儀禮活動中，我們也能頻頻看到演劇伎藝活躍的影子。且不說對後世戲曲影響頗大的婚禮上的「撒帳歌」，以及喪葬時的驅儺、「演傀儡」，宋金之前與宋金時

〔註4〕 參見宋孟元老《東京夢華錄》卷六「元宵」條、卷八「中元節」條。上海，古典文學出版社，1956年版，P34、P49。

〔註5〕 參見同上，卷七「三月一日開金明池瓊林苑」條、「駕幸臨水殿觀爭標錫宴」條。同上，P39、P41。「水戲」記錄又見宋吳自牧《夢粱錄》卷二十「百戲伎藝」條等。同上，P311。

〔註6〕 參見同上，卷八「六月六日崔府君生日二十四日神保觀神生日」條。同上，P47。

代的朝野壽宴上的戲劇表演活動，亦可單獨寫一篇論文了。在北宋皇帝生日宴會上，樂奏、歌舞、雜技、相撲之外，也有雜劇表演。在整個宴會的九盞御酒中，雜劇表演處於正中——第五盞御酒之時。可見其地位之顯著，已被作爲眾藝之中心。帝皇之下，官僚亦然；生誕如此，忌日亦然。南宋時「二月八日爲桐川張王生辰，霍山行宮朝拜極盛」。在競集的百戲中，「緋綠社雜劇」列於開首。亦證明了演劇的地位已升騰於諸藝之上。〔註7〕

（5）混跡於衣食住行等生活消費活動之中，尤其是飲食活動。因爲中國傳統的飲食習俗本身即與節日儀禮、人生儀禮、民俗信仰關係密切。古代流傳下來大量筆記的記述「節物」時首先總是食物。「節日飲食」是中國食俗的一大特點。上述清明野餐與露天戲劇表，演祭典壽宴上以「第幾盞酒」爲序來安排的劇藝表演，以及大量出土墓刻中，戲劇表演與墓主夫婦坐在擺滿佳餚食品的食卓前以觀劇佐餐的形象，十分生動地表現了這一點。（詳見拙作《兩宋的飲食習俗與戲劇演進》）。〔註8〕

（6）混跡於商業販賣活動之中。商品交換的集散地可以聚集起許多人，商店林立的街市自然也是吸引人的好去處。伎藝人很懂得這一點。他們將自己的歌喉、樂器和表演「借」給商販，使許多伎藝成爲一種招攬顧客的廣告，同時又將自己的行蹤寄跡於酒樓、茶館、飯店，努力將顧客演變成爲他們的「觀眾」。「叫果子」、「數藥名」等來都成爲單項伎藝，在不賣果子、藥品的場合也能單獨表演，富有音樂性的叫賣聲後來進步成名爲〔叫聲〕、〔賣花聲〕〔註9〕等曲牌進入戲曲。在酒樓茶館、不論是「擦坐」（歌吟）、「趕趁」（吹蕭、彈阮、息氣、鑼板、歌唱、散耍）〔註10〕都是綜合之前的戲劇「零件」或拆零以後的戲劇演出。

地處中國北方的金朝，先取代遼而與北宋對峙，後奪得中原與南宋對峙。有金一代的戲劇水準和存在狀況基本上與兩宋一致。宣和七年（1125年），北宋許亢宗出使金朝，其筆記中記有這樣一段：

> 「次日詣虜庭，赴花宴，並如儀。酒三行則樂作，鳴鉦擊鼓，百戲
> 出場，有大旗、獅豹、刀牌、砑鼓、踏索、上竿、鬥跳、弄丸、摑

〔註7〕 參見同上，卷九「宰執親王宗室百官入內上壽」條。同上，P54。
〔註8〕 參見〔宋〕周密《武林舊事》卷三「社會」條。同上，P377。
〔註9〕 參見同註4，卷五「京瓦伎藝」條。同上，P30。又參見同註6。
〔註10〕 參見同註8，卷六「瓦子勾欄」條。同上，P442。

簸旗、築球、角抵、鬥雞、雜劇等。」〔註11〕
其雜劇表演與朝廷節令、宴飲活動、鬥雞等遊戲同處的特點亦十分顯見。

上述種種尚寄生於民俗活動的戲劇因素或戲劇雛型，正是借廣大的民俗天地為溫床，發育成長的。它們離王國維所謂的「真戲劇」——即嚴格意義上的，堪以視作獨立的藝術樣式的戲劇，僅有一步之遙。但這是關鍵的一步。

三、宋元戲劇——中國戲劇的「成人節」

宋元時代的新的戲劇樣式，那以現今可以獲知全貌的《張協狀元》為標誌的、堪稱「中國戲曲」的藝術品種，到底比它的前身多了點什麼呢？宋元時代的戲劇活動，到底比它的前輩多了點什麼呢？

就其內容因素而言，多了劇本，多了講唱藝術的要素；就其外部要素而言，多了戲劇表演自己的天地，多了專為戲劇表演提供劇本的書會和才人。

這幾項又有互相聯繫，有了構欄瓦舍，戲劇表演才有了自己日常性的去處，才能作為商品向外界推銷，才可能有自己真正的觀眾（以前只能是宗教徒、顧客和遊人兼作觀眾）。也因此才有必要擁有了自己專業性的劇作者隊伍——書會。因為有了兼寫講唱的書會才人，也因為在構欄，每每與講唱藝術對臺演出，講唱藝術因素，講唱的故事情節大量流入戲劇也是再自然不過的，於是劇本大量誕生。《張協狀元》便是由名為《狀元張協傳》的諸宮調移植改編而成的，這在它的「副末開場」中告白得十分清楚。

不要小看了劇本的意義。在過去的中國戲曲形成討論中，常常有一種反駁性的意見認為：沒有劇本留存，並不等於沒有戲劇活動；當今尚且有許多無劇本的即興表演，你不能否定它作為戲劇的性質云。此話不無道理。但我們說，宋元戲劇之所以具有劃時代的質變，正是劇本體現了這一種質變，正是劇本把中國戲劇從來以往的基礎文化型態帶進了表層文化形態，改變了以往的集體性、口頭性、無名性等特徵。使其既有傳承性（縱向），又有傳播性（橫向）。而且無論是內容還是形式，亦不能像過去那樣的隨意變異了。當然，並不是說自宋元之後，中國已不再有屬於基礎文化範疇的戲劇形態了。並不是宋元戲劇樣式都一舉帶過了「渡橋」，上升為表層文化了。事實是不僅仍然有大量的戲劇活動留在基礎文化的範疇中，而且在廣大的民俗文化基盤上，

〔註11〕〔宋〕許亢宗《宣和乙巳奉使金國行程錄》。轉引自廖奔《宋元戲曲文物與民俗》。文化藝術出版社，1989年版，P98。

還在不斷地發生著新的戲劇。同時，已成為表層文化的戲劇也有再度降落而成為基礎文化有機組成部分的。發生於儺祭儺舞的儺戲系列，便始終呈現著基礎文化色彩。敷演目連救母的故事的目連戲系統，雖然也產生過較正規的劇本，但據近年調查的材料看，各地目連戲的實際搬演，其祭祀性格、民俗遊藝性格依然十分濃重。

早期劇本仍然殘留些許民俗文化性格。如《永樂大典戲文三種》雖然已注明出自「九山書會」、「武林書會」才人之手，已不再是「無名氏」之作了，但仍具有「集體性」的特色。成化本《白兔記》與汲古閣本《白兔記》，每每在以歌舞對唱為主的生旦戲部分相同，而在以科白為主的淨丑滑稽表演部分，顯出很大的不同，隨意變異的基礎文化性格在淨丑身上仍十分顯見。儘管如此，這些劇本所代表的宋元間戲劇形態，已逐漸擺脫民俗文化性格，而奔向獨立的戲劇藝術層面。

在一次關於中國戲劇（戲曲）起源形成的討論會上，有學者談及遊戲與戲劇的關係，認為小兒「過家家」、「玩打仗」等遊戲中有事件、情節、矛盾衝突、臺詞、觀眾，因而「兒童遊戲從戲劇的本質上來說，是一種很有社會性的群眾性的藝術活動形態」。〔註12〕確實，從表現形態看，戲劇是藝術品類中與遊戲最為接近的一種。與遊戲在名稱上共用同一個「戲」字，便是明證（這一點中外同調，英語中的 play，也是遊戲與戲劇的合用詞）。但就本質、原理而言，二者卻又是有區別的。在祭祀、藝術、遊戲三者中，祭祀的行為是非功利性的，而目的卻是功利性的，如求雨、勝戰、祈禱豐收等，藝術與遊戲的行為與目的都是非功利性的。但藝術與遊戲的區別在於藝術需把成果公佈於世，組織進社會活動之中，並隨著它們的流傳而漸具社會性和功利性；遊戲的本質卻是無須將其「成果」送到社會上去。由積木搭成的樓房無須拿到社會上去，而是搭成以後即被拆毀。遊戲缺少一種類似「劇本」的東西。

由此說來，未經宋元時代蛻變之前的中國戲劇，十分地接近遊戲，搭了拆，拆了搭，並不重視「成果」。唐戲弄像「過家家」一樣十分用心地搭成過一座《踏謠娘》，還像「玩打仗」一樣「搭」成一個十分雄壯的《樊噲排君難》，但總也沒能留下「成果」來，儘管以當時的文字記錄水準是不難記錄整理《踏》、《樊》之臺本的。「戲弄」這一名稱，即含有遊戲的意味。劇本的出現

〔註12〕見《論中國戲劇之起源——中國戲劇起源研討紀實》，收入知識出版社，1990年 5 月版《中國戲劇起源》，P274。

在戲劇史上的意義，正在於劇本正是作爲「成果」向社會流播，向後世流播。劇本將像遊戲那樣的戲劇形態，帶進了作爲藝術品類的階段，成爲嚴格意義上的戲劇，成爲「眞戲劇」。

戲劇的孕育與萌芽，得助於在各類民俗活動、民俗文化土壤中的寄生，戲劇的長足進步，又得助於告別民俗文化這一母體，擺脫民俗文化的纏裹。中國是可以寫一部戲曲史，再寫一部戲劇史的。中國戲曲，作爲約定俗成的概念，作爲當今世界劇壇獨樹一幟的演劇形式，是可以將宋元以前的演劇活動作爲史前之物處理，同時將宋元之後仍然混跡於民俗文化之中的演劇形式作爲旁支處理。但中國更應當有部戲劇史，一部在弄清各時代戲劇活動面貌、在治了「斷代史」以後再彙合起來撰寫的戲劇史，花大力氣於尙無劇本的、帶有無名性、集體性、口頭性、傳承性、變異性等種種民俗文化性格的戲劇形態，並在宋元以後，同時注目有劇本的「戲劇顯史」。這就如同中國繪畫，可以有「中國繪畫史」與「中國畫史」，後者專指結合題款、印章藝術三位一體的、中國特有的水墨畫樣式；而前者，則包羅唐宋以前的所有繪畫，包括那些佛教壁面。巧的是，中國特種的「中國畫」，亦是在宋元定型的。宋元是幾種中國特種藝術樣式的定型時代，當有其深刻的歷史文化原因。

宋元戲劇，在中國戲劇史上是劃時代的。

宋元戲劇，中國戲劇的「成人節」。儘管當時都沒有顧上改換名號，宋喚「雜劇」，元還喚「雜劇」。但元雜劇與宋雜劇卻有著質的不同。故後人將舉行過「成人式」以後的戲劇樣式喚作「中國戲曲」。

（原載《中華戲曲》第十八輯，1996 年 5 月版）

論清代地方戲的崛起
對中國戲曲的振興作用

一

　　對中國戲曲史來說，清代，尤其是清中葉後，又是一個舉足輕重的時代。其標誌，是各地民間地方戲的崛起，展現了一個百花齊放般的嶄新面貌。地方聲腔與劇種的興起，與昆曲的衰落，已不能維持一統天下的局面這一現象密切相關。清中葉後地方聲腔的繁盛，與明代侷限於江南一帶的「四大聲腔」的格局不同，她在全國遍地開花。從黃河以北到嶺南，從西北高原到東南沿海，幾乎都有她的聲息。而且不久就由農村進入城市，以北京與揚州兩個都市為根據地。

　　清人李鬥在《揚州畫舫錄》裏說：「兩淮鹽務例蓄花、雅兩部，以備大戲。雅部即昆腔，花部為京腔、秦腔、弋陽腔、梆子腔、柳子腔、二簧腔，統謂之亂彈。」又據《在國雜誌》等筆記，另有楚腔、吹腔、弦索腔、巫娘腔、瑣吶腔、柳子腔、勾腔等在民間流行。如果對上述聲腔作一歸納總結的話，可概括為「南昆、北高、東柳、西梆」四大聲腔。「南昆」，即南方的昆曲，此時雖已露「內囊」，但「外面的架子還沒有很倒」，依然保持著劇壇正宗的地位，成為各地方戲移植劇目，學習音樂、表演、舞美的標本。「北高」，即高腔，發端於弋陽腔，流行到各地後，與各種民間音樂結合，形成青陽腔、樂平高腔、潮州高腔、長沙高腔、四川高腔、高陽高腔等，說是「北高」，其實並不侷限於北地。「東柳」，指產生於河南東部與山東一帶的弦索腔，以及

發展演變後的柳子戲系統。這是一個與民間文藝關係始終密切的戲曲系統。「西梆」，亦是個「大族」。梆子腔產生於山陝交界地域，流行於黃河流域廣大地區，幾度發展、融合、分化後，形成秦腔、同州梆子、蒲州梆子、中路梆子、北路梆子、上黨梆子、河北梆子、老調梆子、河南梆子、萊蕪梆子、章邱梆子、曹州梆子等。

　　僅就上面羅列的一些聲腔名目，我們就能看到，當時的戲曲振興是全面的、遍地開花一般的。而這種雨後春筍般的振興局面的形成原因和歷史作用，很值得放到文化的大背景中作一番考察。

二

　　清代地方戲的百花爭艷，在中國戲曲發生學上意義重大。

　　我們說，中國戲曲的「發生」並不是一次完成的。遠古祭祀活動中曾「發生」過戲劇因素，這為中國戲曲提供了遠源；漢唐百戲散樂中也「發生」過戲劇雛型，為中國古代戲曲提供了近源；〔註1〕宋金雜劇演藝中「發生」了成形的戲曲樣式。〔註2〕元明南北戲曲「兩枝雙秀」的局面，正是宋代這次大「發生」的產物；清近代的地方崛起亦可看作是又一次很大規模的「發生」。這一次「發生」振興了中國劇壇，奠定了中國戲曲近現代發展的基礎。祇是清代的這一次「發生」，不太為人注目，難以為人注目，或者說，幾乎還沒人將這一歷史階段的戲劇現象放到「發生學」的領域裏去觀照過。那是因為，自宋元以來，中國戲曲脫離民俗文化這一「母體」而獨立，中國戲劇由「地下河」而一舉流成「明河」。人們在宋元以後，即戲劇形式大成以後的戲曲進行研究時，每每共注意觀察「明河」，而忽略了地下動態。其實，在宋元以後這條戲曲「明河」之下，依然存在著「地下河道」。換句話說，中國戲曲從宋元以後，分作兩途，一途以表層文化的形式流作「明河」，一途仍屬基層（民俗）文化範疇，「地下河」依然流淌，並與「明河」依然不時地有著些許聯繫。入清以來，正是「明河」水流枯竭、水質變劣（此為許多昆劇劇本變為案頭讀物喪失舞臺生命力之喻）之時，「地下河道」卻正因為長時期的醞釀積累而水源豐富，水流活躍。幾番湧動，終於衝破缺口，與「明河」有了溝通，將自己清

〔註1〕詳見拙作《論中國戲曲發生的兩個源頭》《上海師範大學學報增刊〈文苑〉》第二輯所收。

〔註2〕詳見拙作《論兩宋戲劇的蛻變》，《藝術百家》1995年第2期。

澈的，充滿生命的活水注入到「明河」之中，令其河道變寬，水流量變大，流速加快。雖然由於「明河」的存在，我們看不到「噴泉」般的奇觀，但我們必須說，這也是一種「發生」。

中國的民間戲劇活動一直與種種民俗生活相縮相結，相輔相成，兩者間的聯繫從來沒有停止過。在宋代，盛行於民間的迎神賽會上的「淫戲」，就曾使南宋理學家陳淳大為惱火。他斥之為「偈以禳災祈福為名」，說當時東南一帶「秋收之後，優人互湊諸鄉保作淫戲」，他在上書中請求對此嚴厲禁止。〔註3〕到了元代，這些與民俗信仰結合的「民間戲曲」仍然興旺，也遭到過統治者的干涉，與元雜劇一同被列入禁止行列。如至元十八年十一月朝廷有禁令云：「十六天魔休唱者，雜劇裏休做者、休吹彈者，四大天王休扮者，骷髏頭休穿戴者」。〔註4〕生動地反映了當代民間戴假面套頭，扮天王天魔的戲曲活動場面。

由明入清，這樣的出演於廟會、社會各種民俗節日場合的戲劇一直很興旺，特別是由儺事發展而來的儺戲，十分豐富多彩。另外，上巳賽神、春秋社日，各地農村也大演戲曲。這類民俗演劇與正宗戲曲一直有著分工。到清代，就形成了「花雅」兩部的分工。《揚州畫舫錄》云：「郡城演唱，皆重昆腔，謂之堂戲。本地亂彈祇行之禱祀，謂之臺戲。」但由於「堂戲」的日漸保守、僵化、貴族化，脫離了廣大農民、市民觀眾，「臺戲」便日漸抬頭，慢慢不「祇行之禱祀」了，走下祭壇，趁著清中葉的經濟大潮，對以昆腔為主的「堂戲」形成了威脅，造就了一種競爭的局面。

昆腔的貴族化，不光表現在題材內容上，且表現在戲班子的素質上。昆班每年五月就開始怕炎熱而「散班」歇夏，亂彈班在這時非但不歇，還趁機組織「趕火班」入城，去占領昆班拱手相讓的戲劇市場。剛走出社火活動時，「亂彈」只敢在城外四鄉演出，夏天才趁虛而入，如此一個夏季下來，等昆班秋涼後恢復演出時，城裏觀眾劇場已大多為亂彈班搶奪去，不但本地亂彈，而且外地亂彈也紮下根來。如安慶亂彈演員就受聘於揚州亂彈，與之搭班演出。〔註5〕

中國的文學藝術，無論是詩歌戲曲小說，究其起源，無不來自於民間。

〔註3〕 見〔宋〕陳淳《北溪先生大全集》「上趙壽丞論淫祀書」、「上傅寺丞論淫戲書」。
〔註4〕 見《元典章》卷五十七「刑部」十九「雜禁」。
〔註5〕 均見《揚州畫舫錄》。

一旦成型，文人參與創作，提高了原有樣式的品位，但也易走上脫離大眾、脫離生活，雕琢僵化之途。每當這時，民俗文化依然給其以滋養，或令舊有形式充入新的生命因素而振興，或以新的樣式取代舊的缺乏活力的樣式。中國戲曲在清代的狀況，正是如此。清中葉後各地方劇的興起，若站在「中國戲曲」這一大立場上觀之，是一種復活、振興的活動；若站在具體劇種的立場上看，則是花部取代雅部而成為中國劇壇的主角。

這裡還有兩點須一提。其一，北雜劇這種形式自元末明初以後一直退居二線，明中葉後更加消沈不彰，其實，北雜劇並沒有消失，祇是「沈」到民間文化層面，在民俗藝能中得以留存。民俗文化研究者總是將一個民族的文化形式分作「基層文化」和「表層文化」兩大類，有時也稱作「民俗文化」與「精英文化」。他們在研究這兩類文化的關係時曾經指出：「與表層文化把握創造價值這一點不同，基層文化在前理論心生思維的基礎上，樸素地形成了一種具有濃重典型性、集團性、傳承性意味的文化。在基層文化中，也包含時時從表層文化中沈澱下來的、後來又世代繼承下來的東西，這些東西沈潛於基層文化之中，不知不覺地轉化為民俗」。〔註6〕北雜劇的情況正有點相類似。

我們看到，北雜劇許多劇目保留在民間儺戲系統之中。如山西、河北、內蒙一帶的「賽戲」，是在驅儺和春社上演出的戲劇形式，其中就有《單刀會》、《華容道》、《戲柳翠》等劇目；皖南儺戲劇目《陳州放糧》，也與北雜劇《陳州糶米》有一定關聯；至於貴州地戲、儺堂戲中表演三國、楊家將、岳飛、封神以及《柳毅傳書》等歷史、神話劇目，更與雜劇密切相關。除了劇目，北雜劇更與民間戲劇活動在戲劇精神上相關聯。故焦循在《花部農譚》中說：「花部原本於元劇，其事多忠孝節義，足以動人；其詞下質，雖婦孺亦能解；其音慷慨，血氣為之動蕩。」由此說來，曾為表層文化的雜劇，後沈澱到基層文化的領域，得到過基層文化的保護；其給予後世「花部」戲劇的影響，是經由了基層文化而實現的。北雜劇走過了由「明河」而「暗河」再返回「明河」的曲折歷程。當它再度返回「明河」時，它已不再以本來的面貌出現了，以致於很多人對其「相見不相識」了，得出北雜劇早已消失的結論。誠然，北雜劇四折一楔子的形式到清代已消失了，但其精神，包括許多藝術表現和題材內容，都為花部戲劇繼承發揚而流傳至今。

〔註6〕見拙譯《日本民俗學方法論》，譯自日本《民俗研究手冊》，刊於上海文藝出版社，《民間文藝季刊》1988年第2期。

其二，明清兩代，特別是清代民間小曲的盛興，給予花部戲曲影響頗大。明代民間小曲十分風行，曲調豐富多彩，被明人卓珂月稱爲「我明一絕」。清代小曲除繼承小曲傳統之外，又自有特色。首先，某一曲調離開本土，進入他鄉之後，爲了取悅當地人之耳，多進行了地方性改造。如揚州城裏先流行〔銀紐絲〕、〔剪靛花〕等，又有人新創〔跌落金錢〕，後來揚州人忽「尚哀泣之聲」，而〔剪靛花〕被人改用下河土腔歌唱，改名〔網調〕。沒有改名的外地小曲〔京舵子〕、〔起字調〕、〔馬頭調〕、〔南京調〕，也進行了地方性改造，以適應揚州方言、音樂和揚州人審美習慣。這樣一來，小曲的地域色彩便十分鮮明。久而久之，西北有〔西調〕、東南〔吳歌（山歌）〕，京津山東地區有〔馬頭調〕，嶺南兩廣地區有〔粵謳〕等。其次，明代小曲主要以隻曲的形式流行，清代，小曲內容的繁複促使形式向多樣化開拓，除了單曲的重疊反覆，襯字疊句的增加，虛聲幫腔的運用，變體的大量產生外，又出現了多曲聯套和「帶過曲」的形式。小曲聯套也多用引子和尾聲，但在宮調的規定上不如散曲套數嚴格。一部分小曲聯套出現角色分工，科白表演，漸趨敘事和塑造人物，呈現清唱小曲向說唱、戲曲過渡的傾向。小曲給予說唱的影響自不必說，給予戲曲的影響也不小。蒲松齡就曾經用山東淄川地區的俚曲寫過劇本《牆頭記》、《禳妒咒》、《磨難曲》、其中《牆頭記》一直是五音戲、山東梆子等地方戲的保留劇目。又如，收於《綴白裘》的「梆子腔」《擋馬》唱〔批了〕夾以小曲，《探親·相罵》唱小曲〔銀絞絲〕、《過關》唱小曲〔四大景〕與〔西調〕、《出塞》中也有〔西調〕之曲，《上街·連廂》唱〔玉娥郎〕與〔字字雙〕、《別妻》唱〔五更轉〕，而一些與昆曲曲牌同名的曲子，如〔駐雲飛〕〔山坡羊〕等，也不合昆曲曲子的規矩，在格律上其實更接近同名小曲。地方戲曲的聲腔來源是多元的，其中民間音樂當爲一大來源。而作爲許多地方聲腔特點的「滾調」和「放流」的創設，更與民歌小曲中的「帶把」關係密切。〔註7〕

清地方戲聲腔與昆腔的主要區別在於：昆腔是曲牌聯套的形式，而花部各聲腔是板腔體，以一首樂曲爲基礎，屬於單曲體的結構形式，運用各種節拍形式的變化，如三眼板、一眼板、流水板、散板、搖板等，將基礎樂曲作種種不同的變奏。板腔體的基本結構單位是一對或若干對上下句，其唱詞的基本格式不再是長短句，而是七字句和十字句。由於板腔體音樂的出現，花

〔註7〕 參見《明清民歌時調集》，《霓裳續譜》趙景深序，上海古籍出版社，1987年9月版，第3～8頁。

部戲劇的劇本避免了傳統南北戲曲長期存在的戲劇結構和音樂結構的矛盾，無須受一套音樂即一折或一齣的段落束縛，能夠更加自由、靈活地安排劇情，發揮戲劇應有的表現力。

三

花部地方戲自有一批爲民眾所喜聞樂見的劇目。這些劇本對於清代戲劇的振興，亦有大功勞。現就《賽琵琶》簡介簡析如下。

《賽琵琶》在清人焦循《花部農譚》中有記載，此劇屬亂彈腔。寫的是陳世美高中後，入贅相府，秦香蓮攜兒女千里尋夫，陳世美非但不認，還派人行刺。香蓮逃至三官廟欲懸梁自盡，被三官神所救，並授以兵法，香蓮出戰西夏以軍功得官。香蓮凱旋回京，正趕上陳世美獲罪下獄，香蓮親臨審案，這就是有名的《女審》一齣的內容：香蓮列數陳世美之罪，洋洋千言。當時的農民市民觀眾極爲欣賞這齣戲，說《西廂·拷紅》一齣中紅娘反責老夫人，人人以爲大快，但還是比不上《賽琵琶·女審》令人痛快。焦循更是激贊其如「古寺晨鐘，發人深省。」

我們不妨追溯一下這類譴責「負心漢」的題材在中國戲曲史上所走過的歷程。南宋時期溫州戲文中出過一本叫《趙貞女蔡二郎》的戲。這本戲早已失傳，但我們可以以前人記載中對其內容窺探一二。《南詞敘錄》在「趙貞女蔡二郎」的劇目下注有：「即舊伯喈棄親背婦，爲暴雷震死。」可以想見，這是一部譴責負心郎、并表明負心決無好下場的民間戲劇。到了元代末年，高明著手修改這部劇作，把劇名改作《琵琶記》，把原爲負心人的蔡伯喈入贅相府的情節，改成被迫無奈，把原作的「三不孝」改爲「三不從」，把由於蔡這一文人道德品質低劣造成的悲劇，改成由客觀原因造成，並把全劇最後「馬踏趙五娘（貞女），雷轟蔡伯喈」的結局徹底改掉，以一夫兩婦、闔家團圓作結。同爲知識分子的高明爲舞臺上的知識分子形象抱不平，並來了個一百八十度的大翻案。但是民間不服。封建政治的文人官僚制度不變，產生這一類負心人的溫床即還存在，拋棄「糟糠之妻」的社會問題便不能杜絕。民眾雖對這一類人和事無法從根本上解決，但他們還是可以在輿論上給以譴責，而民間戲劇舞臺，正是他們堪以利用的「道德法庭」。開始，民間在搬演《琵琶記》時，多演趙五娘含辛茹苦的摺子，以示對五娘的深刻同情。這實際上已蘊含著譴責批判之意，但廣大民眾一定仍覺得不過其癮，於是有《賽琵琶》

問世，直接了當地、公開地打出要「賽」過「琵琶記」的旗號來。

那麼，《賽琵琶》究竟在哪些方面「賽」過《琵琶記》呢？

首先，它另起爐灶，編寫了一個全新的劇本，而不是把《琵琶記》拿過來再度修改。被知識分子高明染指過了的趙蔡婚變劇，在文學藝術上當然比原來的民間小劇水準高，故民間劇作家要是再把它拿過來修改，便很難超過高作水準的。民間藝術家們的聰明之處是避開原作，不再在趙蔡二人的故事上兜圈子做文章，天下的負心人多是，寫誰都能達到目的。事實證明這樣做是明智的、成功的。自《賽琵琶》問世以來，趙蔡的舊事就不太被搬上舞臺了，而陳世美秦香蓮的故事卻廣為流傳，成了這類題材的代表性劇作，幾乎家喻戶曉，而「陳世美」，更成為後世負心漢的代名詞，成了一種約定俗成的典故。這在「題材因襲」風行的中國戲曲史上，應當說是十分突出的。

其次，在對「棄婦」的塑造上，也擺脫了一味讓人同情的窠臼，不把文章做在「訴苦」上，而是塑造了一個自強自立，靠自己的智慧才能改變自己及兒女命運的女性形象。在這一點上，《賽琵琶》就不光是賽了一個《琵琶記》，而是超越了自唐代《踏謠娘》以來的「怨婦訴苦」系列的傳統。當然，劇中有一個三官神授兵法的情節，但這衹是一種添加劑而已，無礙於秦香蓮形象的獨立性。應該說，秦香蓮這一女性形象是有近代意義的。

再次，在結局的處理上，《賽琵琶》不僅一掃《琵琶記》一夫兩婦和睦相處、兩婦人還互相謙讓大老婆地位這樣的迂腐封建的內容，而且也不像《趙貞女》那樣借助雷神的力量來聲張正義打擊邪惡，它用「人」的聲音就問了陳世美的「罪」了。它表明人的力量是無窮的。「從來就沒有什麼救世主。全靠我們自己。」從這點意義上，《賽琵琶》不僅是「賽」了《琵琶記》，還「賽」過了《琵琶記》的前身《趙貞女》。

四

清代花部戲曲的百花齊放，直接導致了近代京劇的開創。說到京劇，人們向以西元 1790 年徽調「三慶班」進京為乾隆皇帝慶八十大壽，視作其開端，至今已有兩百餘年的歷史了。徽班進京、大獲成功後，又有楚調（即「漢劇」）接踵而來，與徽調搭班演出，互相在「耳鬢斯磨」中逐漸融匯，並吸收過昆劇的許多藝術養分，特別是表演方面，但是京劇並非是昆劇的後裔。京劇的音樂體系、題材內容以及臉譜系統主要不是來自昆劇。

　　京劇的許多劇本題材來自楚徽二調，還有一些來自京腔和梆子，來自昆劇的相對來說比較少。如十分有名的劇目《群英會》、《借東風》、《華容道》，實際上是楚調《祭風臺》的改編本；《李陵碑》、《清官冊》來自《兩狼山》，《鍘美案》來自《賽琵琶》，《快活林》來自《鬧店·奪林》，《大名府》的情節則與唱〔西調〕的《過關》相類似。上述種種京劇的重要劇目，都來自花部戲劇，這一點是十分明顯的。

　　近代京劇誕生後，幾經周折，終於成長爲中國的國劇而受到世界的矚目。這一點，我們要記首功於花部戲壇的。

（原載《上海師大學報》1996 年第 3 期）

「竹竿子」考

概　要

　　「竹竿子」是宋代宮廷樂舞之引舞人，即指揮舞隊進出場的主持人，由於主持節目時手持一枝「竹竿拂子」，故名。本文博徵史料，就宋代樂舞「竹竿子」的概況，「靈竹崇拜」的民俗文化背景，作爲器物的竹竿子由巫具演化爲戲具的過程，以及「竹竿子」在域外的影響，都作了詳盡的考述。這些，對於民俗文化的研究有一定意義。

一

　　竹竿子，據藝術類辭典解釋，爲宋代宮廷樂舞之「引舞人」，即指揮舞隊進出場的「主持人」。由於主持節目時手執一枝「竹竿拂子」，故名。又據載，擔任這一工作的均爲「參軍色」，所以也有將參軍色看作竹竿子之異名的。〔註1〕

　　「竹竿子」見諸宋代筆記的，主要有孟元老的《東京夢華錄》，其卷之九「宰執親王宗室百官人內上壽」條，有著較爲詳盡的記載。十月十二日，是當時天子的壽辰。根據孟元老的描述，全宴會共有酒九巡，每一巡又分「御酒」、「宰臣酒」、「百官酒」三個層次，每一巡與每一層次的儀式都不一樣。第一、二巡是「徒酒」，不上下酒的菜肴；第九盞酒後只上「水飯」，表明宴會即將結束。第三至第八盞酒時上的菜也各有定規，記錄分明。席間樂歌舞的情況是這樣的：上「御酒」時，「歌板色」，先是笙簫笛相和而奏，繼而「眾

〔註1〕王國維《古劇角色考》第187頁，中國戲劇出版社1984年版。

樂齊舉，獨聞歌者之聲」；待「宰臣酒」時，「樂部起〔傾杯〕」；最後「百官酒」，「〔三臺〕舞旋」，至此才歌舞並作。每一巡酒都先這樣來一遍。大抵這時的樂歌舞是為配合飲酒而設。第一、二巡酒只有這樣的歌舞樂儀式，第三巡酒時，同樣的儀式之後有「百戲人場，旋立其戲竿」，同時上「下酒」菜，文武百官邊吃邊觀賞百戲的表演。

「竹竿子」是在第四巡酒時出現的。「第四盞如上儀舞畢」，還是先樂歌舞地來一遍，接著，「參軍色執竹竿拂子，念致語口號，諸雜劇色打和，再作語，勾合大曲舞」。第五盞「御酒、宰臣酒、百官酒」之後，「參軍色執竹竿子作語，勾小兒隊舞。……參軍色作語，問小兒班首近前，進口號，雜劇人皆打和畢，樂作，群舞合唱，且舞且唱，又唱破子畢，小兒班首人進致語，勾雜劇人場，一場兩段。……雜劇畢，參軍色作語，放小兒隊」。第七盞，也是在百官酒後，「參軍色作語，勾女童隊人場」。女童隊「或舞採蓮」，「參軍色作語問隊，杖子頭者進口號，且舞且唱」。「唱中腔畢，女童進致語，勾雜劇入場，亦一場兩段訖，參軍色作語，放女童隊，又群唱曲子，舞步出場」。第六盞酒時「左右軍築球」表演；第八盞同第一、二盞，第九盞時「左右軍相撲」，都沒有「竹竿子」出場的記錄。

關於竹竿子「勾隊」詞、「放隊」詞、致語問答的具體內容，可參見南宋史浩的《鄮峰真隱大曲》。《大曲》所收舞曲歌詞六首，是為「採蓮舞」、「花舞」、「劍舞」、「漁父舞」、「太清舞」與「拓枝舞」。所錄舞曲，不光有曲詞，還有「舞臺提示」，以小字出之。現將《採蓮舞》有關部分引在這裡，以窺一斑：

（五人一字對廳立。竹竿子勾，念：）伏以濃陰緩轡，化國之日舒以長。清奏當宴，治世之音安以樂。霞舒絳彩，玉照鉛華。玲瓏環佩之聲，綽約神仙之伍。朝回金闕，宴集瑤池。將陳倚棹之歌，式侑回風之舞。宜邀勝伴，用合仙音。女伴相將，採蓮入隊。

（勾念了，後行吹〔雙頭蓮令〕，舞上，分作五方。竹竿子又勾，念：）伏以波涵碧玉，搖萬頃之寒光；風動青萍，聽數聲之幽韻。芝葦雜還，羽憶飄搖。疑紫府之群英，集綺筵之雅宴。更憑樂部，齊迓來音。

（勾念了，後行吹〔採蓮令〕，舞轉作一直了，眾唱〔採蓮令〕：）

（略）

（唱了，後行吹〔採蓮令〕，舞分作五方。竹竿子勾，念：）伏以過雲妙響，初容與於波間；回雪奇容，乍婆娑於澤畔。愛芙蓉之豔冶，有蘭芷之芳馨。蹀躞凌波，洛浦未饒於獨步；雍容解佩，漢皋諒得以齊驅。宜到階前，分明祇對。

（花心出，念：）（略）

（竹竿子問，念：）既有清歌妙舞，何不獻呈？

（花心答，問：）舊樂何在？

（竹竿子再問，念：）一部儼然。

（花心答，念：）再韻前來。

（念了，後行吹〔採蓮曲破〕，五人眾舞到「入破」。……竹竿子念：）伏以仙裾搖曳，擁雲羅霧縠之奇；紅袖翩翩，極鶯翻鳳翰之妙。再呈祥瑞，一洗凡容。已奏新詞，更留雅韻。

（念了，花心念詩：）（略）

（吹、唱、舞〔漁家傲〕，共五遍，即十疊）

（竹竿子勾，念：）伏以珍符沓至，朝廷之道格高深。年穀屢豐，郡邑之和薰遐邇。式均歡宴，用樂清時。感遊女於仙衢，味奇葩於水國。折來和月，露泡霞腮。舞處隨風，香盈翠袖。既徜徉於玉砌，宜宛轉於雕梁。爰有佳賓，冀聞清唱。

（念了，眾唱〔畫堂春〕：）（歌詞略，舞；又唱〔河傳〕，歌詞略，舞）

（舞了，竹竿子念遣隊：）浣花一曲媚江城，雅合鳧鷖醉太平。楚澤清秋餘白浪，芳枝今已屬飛瓊。歌舞既闌，相將好去。

（念了，後行吹〔雙頭蓮令〕。五人舞轉作一行，對廳杖鼓出場。）

舞曲《採蓮舞》引畢。此曲有吹、有唱、有念、有舞。在這裡，除「花心」和眾舞人的歌詞略去外，「竹竿子」的致語勾詞遣詞、竹竿子與花心的對答之詞基本引全，好讓我們有一個較完整的認識。

以上宋人筆記和舞曲曲詞，從內外兩方面，給我們提供的印象大致有這樣幾點：

一、竹竿子參軍色是在宴會的高潮處出場的。全部九巡酒中的第四、第

五、第七巡，正是中間部分。第一、第二、第八盞，純奏樂純抒情歌舞，第三盞表演百戲，第九盞表演相撲，都不用「竹竿子」引導。而第四盞「大曲舞」、第五盞「小兒隊舞」、第七盞「女童隊」舞則有所扮演，有一定的內涵，故而必需借助「竹竿子」先行「報幕」，以助觀眾欣賞。

二、竹竿子的任務一是「勾」，一是「放」（又作「遣」）。一個節目將上場，先由「竹竿子」上前「致語」，致語用四六駢文，多是頌贊之詞，是爲詩贊體。每段「致語」最後兩句都是四言句，是直接指揮的話語，或引舞隊入場，或指揮樂隊奏樂，或將舞隊引到「階前」，或讓演員吟詩、清唱等。表演結束，竹竿子還要上場，念七言四句詩一首，然後以「歌舞既闌，相將好去」遣送演員下場。竹竿子在表演之前的致語叫「勾隊詞」，意爲「勾」出一個表演隊伍來；表演之後的念誦叫「遣隊詞」或者「放隊詞」。

三、演出中也有不用「竹竿子」的時候，由演員擔任報幕介紹，如第五盞酒時小兒舞隊表演中，有「小兒班首人進致語，勾雜劇人場」；又如第七盞酒時也有「女童進致語，勾雜劇人場」的做法。似乎勾放樂舞是竹竿子的任務，而勾雜劇，則可以由場上其他人員擔任。史浩舞曲中，也有兩首不用「竹竿子」的，它們是「花舞」與「漁父舞」，叫做「自勾自遣」。

四、「竹竿子」的勾隊詞皆自「伏以」起首，是一種敬詞。宋代樂舞多在宮廷或王公大臣的堂府盛會上演出，故以敬詞發語，便是理所當然的了。但也有例外。《劍舞》中有一處竹竿子念詩，七言八句，就沒以「伏以」起首；《漁父舞》一上來的「漁父自勾」，也沒用敬詞發端。大抵詩贊體的四六駢文「勾詞」須用敬語詞頭。

二

宋代的樂舞演藝活動，何以「節目主持人」會手拿竹竿拂子、進而得到「竹竿子」之異名呢？這，恐怕要追溯到中國自遠古即已存在的竹崇拜了。

竹是中國古代眾多的圖騰崇拜之一。近年已有學者指出：古夜郎國竹王的傳說，就頗有圖騰意味。〔註2〕竹圖騰原是植物圖騰，後與動物圖騰中的鳥圖騰、龍蛇圖騰、猿圖騰融合，產生「複合圖騰」現象。這種遺跡，在古籍中多有記錄。

〔註2〕馬學良《雲南彝族禮俗研究文集》第 12 頁，四川民族出版社 1983 年版。

《墨子》載：「公輸子削竹木以為鵲，鵲成而飛之，三日不下，自以為巧。費長房隨壺公入山，公以竹杖與騎，至家，以竹杖投葛坡，即化為龍。」

《南康記》載：「南野縣有漢監匠陳鄰，其人通靈，夜常乘龍還家，龍至家則化青竹杖。」「靈竹化龍」的傳說，後來在詠竹的詩歌中，成為常用的典故。又，《四民月令》云：「五月十三日謂之『竹醉』，又謂『竹迷』，是日栽竹多盛。《岳陽風土記》又謂之『龍生日』。」民間將栽竹之時令稱作「龍生日」，可見兩者結合的緊密程度。日本也有「竹迷」（「竹醉」）之日，影響已及域外。

《異苑》：「桐廬人嘗伐竹，見一竿雉頭蛇，身猶未變，此亦竹為蛇、蛇為雉也。」同書又有「節中有人」的記載：「建安篔簹竹節中有人，長尺許，頭足皆具。」竹變蛇，竹中人，都是些靈異的故事，後者與夜郎竹王的出身如出一轍。《吳越春秋》：「越王問范蠡用兵，對曰：『越有處女，願君王問之。』處女北行見王，道逢老人，自稱袁公，即杖箖箊，竹末折墮地，處女即接其末，公操其本而刺處女，處女舉杖擊之，公飛上樹，變為白猿。」這又是與猿猴圖騰有關聯的痕跡。

在此等遠古圖騰的基礎上，產生了靈竹崇拜的民俗心理。人們認為竹能驅病、退兵、求雨、求晴，有逢凶化吉遇難呈祥的效能。《花木考》有云：「新羅神文王時，東海中有小山浮水，隨波往來。王異之，泛海人其山上，有一竿竹，命作笛吹之，兵退病癒，旱雨雨晴，風定波平，號『萬波息』笛。」值得注意的是，這裡記的是中國的周邊國度、朝鮮半島的新羅（西元初－935）。周邊國尚且如此，更不用說中國本土了。《唐書》中載有這一件舊事：大中四年（850），黨羌作亂，宣帝出近苑，在百步之遙立一竿尺許短竹，手持兩支箭，說「黨羌窮寇」，只有暴亂一年的本錢，我是看不起的。「今我約射竹中，中則彼當自亡；不中，我且率天下兵殄之」。果然一箭中的，左右山呼萬歲。不久，「羌果破殄」。這條資料表明：人們相信竹有預卜的效用。這正是為什麼人們總是用竹來製作占卜巫具的道理。

竹子在民俗文化中被視為靈物，進而被廣泛地運用於喪儀。《宋史》曰：「寇準在雷州逾年，既卒，衡州之命乃至，遂歸葬西京。道出京南，公安縣人皆社祭，哭於路，折竹植地掛紙錢，逾月視之，枯竹盡生筍。」古時，人居父母之喪，也用竹杖，名為「苴杖」。今江浙一帶習俗，子孫為前輩送葬，要手捧青竹竿，謂之「哭喪棒」，似為古直杖之變。瑤族人辦喪事，須在亡者墳頭插「歸宗

竹」。雲南一些佤族鄉村，家中死了人後和出喪前，要跳「竹竿舞」、「掃帚舞」等喪儀舞蹈，由一老藝人帶四個青年跳（五人，示「五方」），人手一枝竹竿或一把竹製掃帚，穿花掃舞，意謂驅除惡邪。〔註3〕在民間，竹器還常用於解小兒之厄，驅除病魔。湖南、四川民間有以竹編橋為病兒禳災之俗；〔註4〕冀南鄉村以竹耙子「摟魂」，認為這樣就可以為病兒招來丟失的靈魂了。〔註5〕

竹子尚有個異名曰「桃枝」，甚至一種皮黃而光滑的竹子被叫作「桃枝竹」。〔註6〕蓋兩者皆被認為具有驅厄避邪的功能。桃木之避邪功能在民俗文化中是十分著名的。梁元帝的《賦得竹詩》中即有「柯亭臨絕澗，桃枝夾細流」句。

近年，有學者指出《竹枝詞》與「踏歌」與巫儺文化的關係。麻國鈞在《竹崇拜的評文化印跡》中說：「《竹枝詞》原為古代巴人的謠曲，因唱者手執竹枝而得名。後來，唐人劉禹錫發現了它，並依其歌而重新填詞，遂廣其傳。」〔註7〕這一點，在《新唐書》卷93「劉禹錫傳」中書之甚詳：「禹錫貶連州刺史，未至，斥朗州司馬。州接夜郎諸裔，風俗鄙甚，家喜巫鬼，每祠，歌《竹枝》，鼓吹徘徊，其聲愴佇。禹錫謂屈原居沅湘間，作《九歌》使楚人迎送神。乃倚其聲，作《竹枝詞》十餘篇，於是武陵夷理悉歌之。」可見劉氏《竹枝詞》原為西南人民巫儺神事而作。白居易《聽竹枝贈李侍御》：「巴童巫女竹枝歌」，也表明了巴蜀一帶《竹枝詞》實為巫歌的事實。廣西一帶也有《竹枝詞》，貴縣有《城廂竹枝詞》，崇善縣有《太平竹枝詞》，云：「巫現偏能濟病身，降壇班氏語頻頻；可嫌風俗流傳慣，不問醫生問鬼神。」〔註8〕《竹枝詞》與巫術與驅病的關聯更為顯見。

劉禹錫對自己的《竹枝》諸歌頗為自得，他在《別夔州官吏》詩中說：「唯有九歌詞數首，里中留與賽蠻神。」將《竹枝詞》與屈原的《九歌》相提並論。兩者在作意與效用上確是相當一致的。他的《陽山廟觀賽神》「舊落風生廟門外，幾人連踏竹歌還」，則將竹枝與踏歌並提。關於踏歌的祭祀鎮魂功能，

〔註3〕 聶乾先《雲南少數民族儺舞簡介》，載《雲南儺戲儺文化論集》第327頁，雲南人民出版社1994年版。

〔註4〕 向儲成等《湖南邵陽儺戲調查》，載《中國儺戲調查報告》第104頁，貴州人民出版社1992年版。

〔註5〕 《中國地方誌民俗資料彙編》「西南卷上」第312頁，書目文獻出版社1991年版。

〔註6〕 《洲鑒類函》卷417第3頁。

〔註7〕 1994年中國雲南儺戲儺文化國際學術研討會論文。

〔註8〕 民國二十六年（1937）《崇善縣誌》第二編「社會、風俗」。

筆者將以另文論之。

南宋時，夔州一帶人們手持竹枝踏歌，名爲「踏磧」。陸游《踏磧》：「鬼門關外逢人日，踏磧千家萬家出。竹枝慘戚雲不動，劍器聯翩日初夕。」《月令粹編》卷4云：「蜀中鄉市，士女以人日擊小鼓，唱《竹枝歌》，作雞子卜。」人日，正月初七，古人於此日行占卜，南北朝以還人們在這一天互贈「華勝」祈福消災，故又名「人勝日」。

前蜀，杜光庭《錄異記》卷2也有類似記載：合州趙燕奴「每鬥船，驅儺及歌《竹枝詞》較勝，必爲首冠」。這段文字告訴我們，來自巫儺祭祀的技藝，已被單獨提取出來競賽了。其原有的祭祀意味必然有所脫落，同時增加藝術表演的趨向。

三

上文表明，竹崇拜在中國的民俗文化中，具有深厚的基礎。那麼，竹竿子又是怎樣進入樂舞演藝的呢？它的進入演藝，又有著怎樣的作用呢？

我們說，「竹竿子」之參與樂舞演藝，作爲器物的竹竿子由巫具演化爲戲具，正是戲劇源於巫儺祭祀的又一佐證。

「竹竿子」初入演藝，其使命還不是主持節目，而是驅邪淨場、降神迎神。剛剛脫離祭壇的戲劇演藝，身上還帶有較多的神聖意味。既然是神聖之事，就必須先行驅邪逐鬼，好迎接諸神的駕臨。這一階段，持竹竿子上場者嘴裏吟誦的，必然是與驅邪迎神使命有關的內容；到了第二個階段，這樣的主持人雖然還是舉著竹竿子上場，但吟誦之詞已漸漸洗去神「味」，而改作對王者聖人、盛世豐年的讚頌，用作勾隊放隊、介紹劇情的演藝組織調度。宋代樂舞中的竹竿子，正處於這一階段。宋代「竹竿子」吟誦「贊詞」，也是「手持竹枝口吟詞」，所以也可以說是一種「竹枝詞」，一種廣義上的「竹枝詞」，但內容與形式都有了些變化。第三個階段，則是作爲「竹竿子」標誌的竹竿拂子也消失了，保留第二階段獲得的讚頌、引導、問答、介紹等功能，這就是宋元及後世戲劇（特別是南戲系統）中的「副末開場」。

本文第一部分展示的，是其第二階段的面貌。第一階段的面貌，我們很難從典籍中獲得。所幸的是，中國民間尚有大量的混雜於祭祀活動中的「準戲劇」樣式存在，可爲我們提供豐富直觀的第一手材料。

湖南城步苗族，有一種「慶古壇」的巫祭活動，結束時，要行「踩田」

的儀式：「踩田時，必用若干面大鼓製造出極驚心動魄的氣氛。寨老頭人手持『花樹』在前開道，巫師倒退著狂舞，眾人則魚貫而行。……隊伍在象徵性的『田』裏踏歌、舞竹枝，在巫師的領導下高唱《踩田歌》。」這裡的「花樹」是一竿竹枝，在西南少數民族地區用於許多巫儺神事中。〔註 9〕

山西雁北地區的賽戲，又稱「社賽雜劇」。在正式演戲之前，有所謂「過街」的先行形式。先行官名爲「雞毛猴」，出場時手舉三尺長的十字竹竿，上套一領小襖，襖領口綁著一把雞毛撣子，這一道具俗稱「雞毛竿」。雞毛猴走街穿巷，爲各家各戶驅邪消災，也爲晚上將要演出「賽戲」的戲場淨場。〔註 10〕

山西潞城一帶的「官賽」，首先出場者名「前行」，手持一竿「戲竹」，立於前臺念誦「前行贊詞」，贊詞均爲韻體文與散體文交雜的詩贊體格式，與宋代樂舞「竹竿子」贊詞同類。這一地區 80 年代中還發現一部《迎神賽社禮節傳簿》，是祭祀戲劇之節目單，開首就是「前行說《三元戲竹》」，「前行」不僅手持「戲竹」，而且贊詞的內容也是介紹「戲竹」的來歷，「天元戲竹，出於軒轅皇帝」，「地元戲竹者，乃是衛靈皇帝所製」，「人元戲竹，乃是唐明皇所造」，說「唐明皇帝手執松竹往梧桐樹上一獻，成了二十八根，……按下二十八宮調」云。〔註 11〕

竹子參與民間祭祀戲劇，不光由人充當的「竹竿子」一項。我們考察的目光盡可擴大些，連帶審視演出場所等其他方面。據載，福建泉州一帶演出提線木偶戲時，要以「十枝竹竿三領被」搭成一個「八卦棚」，若是接著上演人扮演的戲，必須拆下一根竹子以示區別，因爲在那裡，木偶戲歷來看得比人戲神聖。〔註 12〕漳州一帶有「竹馬戲」，其最大特點是，演出前須先跑「竹馬」：由四個姑娘分扮春夏秋冬，用竹竿代馬在舞臺四角邊跑邊歌舞，歌唱一年四季，最後合唱一段祝詞結束。〔註 13〕華南龍躍頭地區在行道教祭祀儀式時，也由「揚幡竿」開頭。他們在三個方向樹三根「幡竹」，又由三個道士和緣首手持三根塗有花紋的竹子小幡在村裏遊行，而幡竹下的「神屋」裏貼有

〔註 9〕 林河《〈九歌〉與沅湘民俗》第 271 頁，三聯書店上海分社 1990 年版。

〔註 10〕 張之中《山西儺戲的流變與分佈）第 7、122 頁。

〔註 11〕 廖奔《宋元戲曲文物與民俗》第 363、382 頁，文化藝術出版社 1989 年版。

〔註 12〕 黃錫鈞《泉州提線木偶戲神相公爺》、陳松民《漳州的南戲》，載《南戲論集》
第 474、219 頁，中國戲劇出版社 1988 年版。

〔註 13〕 黃錫鈞《泉州提線木偶戲神相公爺》、陳松民《漳州的南戲》，載《南戲論集》
第 474、219 頁，中國戲劇出版社 1988 年版。

對聯，上書神的名字，其迎神的意圖十分清楚。〔註14〕

同屬漢文化圈的朝鮮半島、日本列島的情況也相似，在祭祀戲劇演出的場所，隨處可見竹的面影。

朝鮮古代儺祭與戲劇結合的形式叫「山臺儺禮」，其演出場所「山臺」上就設有許多竹竿。當時的舞臺上各設春山、夏山、秋山、冬山，故名「山臺」。每座山上各樹立「上竹」三根、「次竹」六根，在一次表演中，這七十二根竹竿上曾同時爬上去過 2700 多名「山臺役軍」。〔註15〕流傳於韓國慶尚北道的城隍祭假面劇，有幾種類別，其中「河回別神祭」頗具代表性。它開頭進行「降神」儀式。由兩名「廣大」（巫藝）手持「神竿」和「神鈴」，另有十數個「廣大」等人員相隨，一起來到城隍堂，主持的「廣大」搖動神鈴，意欲以鈴聲喚來城隍神；如果這時「神竿」微微抖動，便說明神已經沿著神竿下凡了，全體在殿外叩拜，接著，將神鈴繫在神竿上，是為「城隍竿」，是城隍神附身之所。全體返回演劇的地方「洞舍」前，將「城隍竿」置於洞舍的屋簷下，然後演出「別神祭假面戲」，娛神兼娛人。〔註16〕慶尚南道栗旨一帶的代表性民俗演藝，名「竹廣大」，表演的藝人也名「竹廣大」，〔註17〕簡直與中國的「竹竿子」有異曲同工之妙。

日本的神道教藝能叫「神樂」。日本神道教不設偶像，祭神之時須設一「神座」，作為神的依附物。日本人在舉行「臨時祭」的場合，最為常見的神之依附物，是神樂演出場所四周高高挺立的竹柱，這些竹子通常是裝飾過的，稱作「大奉」；日本愛知縣的民俗藝能「花祭」中，作為降神與神的依附物，則是以竹子為主要材料製成的「白幣」。〔註18〕日本廣大農村的農耕祭祀活動「田樂」，也每每是在四周插有竹杆的地方進行的，這些竹竿還往往連枝帶葉。日本人相信，神正是通過這些竹柱降臨人間的，故有將其看作「天梯」的。〔註19〕

〔註14〕見〔日〕諏訪春雄《宗教禮儀與藝術》，載《中華戲曲》第八輯第 80、81、76、82 頁。

〔註15〕《光海君日記》卷 156。

〔註16〕參見李杜鉉《朝鮮藝能史》第 135、187、188 頁，日本東京大學出版會 1990 年版。

〔註17〕參見李杜鉉《朝鮮藝能史》第 135、187、188 頁，日本東京大學出版會 1990 年版。

〔註18〕見〔日〕諏訪春雄《宗教禮儀與藝術》，載《中華戲曲》第八輯第 80、81、76、82 頁。

〔註19〕見〔日〕諏訪春雄《宗教禮儀與藝術》，載《中華戲曲》第八輯第 80、81、76、

　　宋宮廷樂舞百戲的表演場所，我們也能看到類似的情況。上述《夢華錄》「宰執」條所記，第三盞酒時，「百戲入場，旋立其戲竿」。這「戲竿」二字值得注意。「竹竿子」在元代改稱「戲竹」，〔註20〕上述山西賽戲中也有所謂「戲竹」，應與「戲竿」同義。宋代「築球」表演也有用「竹竿子」的，南宋陳元靚《事林廣記》插圖「南宋唱賺圖」，是一幅描繪以賺曲為伴唱、表演踢球的畫面（同書《圓里圓賺》正是這類賺曲的歌詞），畫中即有持「竹竿子」的人物形象。〔註21〕朝鮮古代音樂論著《樂學軌範》卷3是介紹「唐樂」即中國樂舞的，其「拋球樂」中也有「妓二人奉竹竿子立於前」云，並畫有二女在球門持竹枝的插圖。

　　綜上可見，東亞廣大地區民間演藝活動中，作為環境佈置的插竹竿，與表演者舉竹竿上場，是互為表裏、相輔相成的，前者是靜止的，後者是移動的。

四

　　若仔細辨析，宋代樂舞「竹竿子」，其中的巫術意味並沒全然淘洗乾淨。在宋宮廷壽宴上，「竹竿子」自第四巡酒之後出場，因為這時上演的，是《採蓮舞》一類的大曲歌舞，扮演的五位花仙都來自天上，其中「花心」的「自報家門」曰：「我本清都侍玉皇，乘雲馭鶴到仙鄉。」史浩舞曲《劍舞》也有神仙色彩，「竹竿子」在上場「勾詞」中說：「爰有仙童，能開寶匣。」「鼓三尺之瑩瑩，雲間閃電；橫七星之凜凜，掌上生風。」另外的《太清》、《柘枝》二舞，顧名亦知有神聖意味，故此四舞用「竹竿子」，自與一般的《花舞》、《漁父》舞的不用「竹竿」有別。而且，表演中的「勾雜劇」都不用「竹竿子」，也因為雜劇敷演的是人間故事，扮演的主要是人。這界線很是清楚。

　　宋樂舞「竹竿子」進入戲曲後演變為「副末開場」，其中讚頌、介紹劇情、對問對答的做法，與「竹竿子」一脈相承。

　　　借問後行子弟，戲文搬下不曾？（後：搬下多時了也。）

　　　既然搬下，搬的是哪本傳奇、何家故事？（後：掇的是李三娘麻地捧印，劉知遠衣錦還鄉白兔記。）

82頁。

〔註20〕見《元史》卷71《禮樂志・五》。

〔註21〕《宋金元戲曲文物圖論》第47頁，山西人民出版社1987年版。

好本傳奇！這本傳奇虧了誰？（後：虧了永嘉書會才人……）

這是成化本《白兔記》副末開場的問答部分。這樣的問答比宋「竹竿子」的通俗多了，而以設問引起觀眾興趣的用途還是一致的。兩者明顯的區別是：「竹竿子」與場上演員如「花心」對答，副末則與「後行子弟」對答。因為「副末開場」時場上除了開場副末外沒有別人。而把伴奏人員稱作「後行」，則是從宋樂舞開場繼承來的。「竹竿子」與「副末」沒有自稱「前行」，但與「後行」的理當是「前行」。和山西北部賽戲中的「前行」一樣，自然也有驅邪淨場的作用。

宋元及後世戲劇的副末開場形式，驅祟淨場的痕跡也還有留存。成化本《白兔記》裏的開場副末唱一種不明含義的「哩囉連」，〔註22〕福建古劇開場形式「相公爺踏棚」中這位相公爺也唱「哩囉連」，並明言是用作「淨場」的「咒詞」。〔註23〕這說明：戲曲開場雖不再手持竹竿，但驅邪淨場的使命沒有丟。

「竹竿子」的作用，現在較流行的說法是「淨場」，認為宋代「竹竿拂子」的頂端是剖開的細竹絲，形如一把倒置的竹掃帚，且古代一直有「靈竹掃壇」的神話。〔註24〕這樣的推測自然是不錯的。但我們看到，並不是所有的竹竿子都是這一種形狀，更多的並不是這種形狀，且沒有材料表明「竹竿子」有摸擬「掃」的身段動作。竹竿子「淨場」的巫術性功能是存在的，但淨場不一定就是「掃」。中、韓、日三國祭祀戲劇演出場所多在周圍樹以竹竿，在這裡，竹竿就成為「保持祭場清淨的結界標誌」，〔註25〕野鬼邪魔不得入內。人舉的竹竿應該與此有同樣的象徵意義、是一種「標誌」。

令人注目的倒是這特殊竹竿上的裝飾。日本「花祭」用的竹竿頂上飾有白紙條，稱作「白幣」；華南龍躍頭用的「幡竹」上塗有花紋；湘西苗族《慶古壇》用的「花樹」、雁北「賽賽」中則用「雞毛竿」；韓國是把「神鈴」繫在「神竿」上的「城隍竿」，讓我們看到竹竿裝飾上的林林總總。由此，我們是不是可以說：宋代「竹竿拂子」上端的絲帚形，或許也主要是一種裝飾，是「竹竿子」眾多裝飾中的一種，以示其與眾不同，是降神淨場的巫具。進入演藝之後，這一點被保留了下來，並且有所發展，如元代「戲竹」上還繫

〔註22〕詳見拙作《〈劉知遠白兔記〉縱橫表裏談》，《藝術百家》1991年第4期。
〔註23〕張之中《山西儺戲的流變與分佈》第7、122頁。
〔註24〕1994年中國雲南儺戲儺文化國際學術研討會論文。
〔註25〕見〔日〕諏訪春雄《宗教禮儀與藝術》，載《中華戲曲》第八輯第80、81、76、82頁。

有「流蘇香囊」，〔註 26〕這當然是爲了追求美觀。「竹竿子」的另一個作用是「降神」。韓國民間的「城隍竿」，日本的竹桂和「白幣」，都是這樣解釋的，認爲神是順著竹竿下凡人間的。我們研究靈竹崇拜在戲劇演藝中的投影，域外的情狀給了我們一個新的視角。

至於「竹竿子」爲誰「淨場」，也有兩種說法：一是爲即將上場的神仙（後世是戲劇人物）而設；二是爲觀眾而設。這兩者，恐怕是個先後演替的關係。先是爲即將迎來的神聖而驅祟；當戲劇一步步從祭祀活動中擺脫、獨立出來以後，只剩外殼的「淨場」形式便是爲了觀眾、即請來的客人而設的了，於是演變爲「副末開場」這種獨特的報幕形式。

（原載《揚州大學學報》1997 年第三期）

〔註 26〕見《元史》卷 71《禮樂志・五》。

踏歌考
——兼論踏歌與月崇祀、後世戲曲的關係

一

　　人們對「踏歌」這種中國古代的歌舞娛樂形式，也許並不陌生。踏歌是一種「相抱聚蹈」、「踏地爲節」的集體歌舞活動，它的特點是用踏步來加強歌拍，反覆歌唱一調，或以鼓樂伴奏協調。在踏歌中，產生了一批節奏鮮明、曲體規則的樂曲，也造就了一種「調同詞不同」的歌唱風格。〔註1〕但是，它本身所包含的巫術性祭祀性的準宗教性質，以及對後世的載歌載舞的中國戲曲的定型所產生的影響，卻很少爲人注意。

　　本文想做一番向前溯源、向後探流的工作。中國最早的關於踏歌的記載，現在尚能讀到的，要數晉·葛洪《西京雜記》中的了：漢代宮女「十月十五日……相與連臂踏地爲節，歌〔赤鳳凰來〕」。稍後的北朝史書《北史》中，記有北魏時人尒朱榮「與左右連手踏地，唱〔回波樂〕而出」（第四十八卷）。

　　隋唐間記錄踏歌事的，就要多得多了。隋唐曲子〔繚踏歌〕、〔隊踏子〕、〔踏春陽〕、〔踏金蓮〕、〔踏歌詞〕、〔紇那曲〕、〔竹枝〕等，都是誕生於踏歌的歌舞曲。盛唐時的教坊曲〔山鷓鴣〕似也與踏歌不無淵源。唐詩人顧況《聽山鷓鴣》詩云：「誰家無春酒？何處無青鳥？夜宿桃花村，踏歌接天曉。」劉禹錫還曾寫過《踏歌詞》：「春江月出大堤平，堤上女郎連袂行。唱盡新詞歡不見，紅霞映樹鷓鴣鳴。」劉詩也將「踏歌」和「鷓鴣」（即〔山鷓鴣〕）相提並論。

〔註 1〕參見王小盾《唐代酒令藝術》，上海知識出版社 1995 年版第 89 頁。

　　唐代史書《朝野僉載》和《舊唐書・睿宗紀》中所記錄的踏歌事，都是正月十五日在京城安福門外舉行的，後者說：「出內人連袂踏歌，縱百僚觀之。」這段話令人玩味。我們知道，內人又名「前頭人」，這些女藝人專門供奉皇室，平時是不准出宮的，連一個月一次的家族探訪也只許家中的女成員進見。〔註2〕這段記載用了個「出」字，一個「縱」字，對「內人」用「出」，對百官用「縱」，意爲「放縱」，說明這天的踏歌活動是很難得的機會。

　　宋代的宮廷依然有「踏歌」，《東京夢華錄》卷九「宰執親王宗室百官入內上壽」條，介紹當時在皇帝的壽宴上，「第八盞御酒，歌板色，一名『唱踏歌』」，這裡有兩點值得注意：其一，這裡的踏歌是「唱」的，看來祇是歌唱原來的踏歌詞；其二，這裡的「踏歌」已是異名，它的正名是「歌板色」。《夢華錄》記的是北宋事，《夢粱錄》則是南宋的筆記，在卷三與上同名的條目中，它是這樣記載的：「第八盞進御酒，歌板，色長唱踏歌。」與《夢華錄》大同小異。除了在皇家壽宴「唱」踏歌詞外，承襲唐代傳統，南宋正月十五也行「踏歌」。《武林舊事》卷二「元夕」條所記的李員房詩中，有「人影漸稀花露冷，踏歌聲度曉雲邊」句，可見也是一夜踏歌到天明的。《宣和書譜》云：「南方風俗，中秋夜，婦人相持踏歌，婆娑月影中，最爲盛集。」可見宋代的踏歌事在前代的基礎上又有發展變化──民間用在八月十五中秋節也有「踏歌」。

　　明代最爲有名的劇作家湯顯祖，也在一篇名《新林浦》的詩作中提到過踏歌：「凌陽浦裏雜花生，曉屋鳴鳩春樹青。昨夜南溪足新雨，轆轆原上踏歌聲。」同時代的田汝成有《西湖遊覽志餘・熙朝樂事》，中云：「是夕（指中秋夜），人家有賞月之燕，或攜溢湖船，沿遊徹曉。蘇堤之上，聯袂踏歌，無異白日。」可見明代民間的踏歌活動也是在春秋天的野外進行的，特別是中秋之夜，承襲了前代的傳統。

　　唐宋踏歌已不光在節日裏舉行，且進行於其他場合，如慶祝戰爭勝利、祝壽、爲朋友送行等。唐宣宗年間，唐朝軍隊收復河湟之地，爲慶祝勝利，「士女踏歌爲隊，其詞大率言葱嶺之士，樂河湟故地歸國，而復爲唐民也。」而當時誕生的新曲調〔葱嶺西〕，據考正是爲慶祝這次勝利而作的「踏歌」調。〔註3〕

〔註2〕見〔唐〕崔令欽《教坊記》，中國戲劇出版社 1959 年版《中國古典戲曲論著集成》第 11 頁。
〔註3〕見《唐語林》卷七。

李白有《贈汪倫》詩:「李白乘舟將欲行,忽聞岸上踏歌聲。桃花潭水深千尺,不及汪倫送我情!」《朝野僉載》(爲《通雅》所引)還有一段關於踏歌的有趣記載:「唐閻知微與突厥默啜,連手踏〔萬歲樂〕於(趙州)城下,(趙州令)陳令英在城上曰:『『尚書爲戒踏歌』』。這段記載告訴我們:唐時少數民族中也有人會踏歌,且踏歌行得過於泛濫了,以至尚書出面號召「戒踏歌」。

二

下面,讓我們看看「踏歌」流傳海外日本列島後的大概情況。

隋唐時期,日本曾照搬中國的典章文化,其中包括「踏歌」。

日本現存最早的關於「踏歌」的記載,見於《日本書紀》卷三十、「持統天皇七年(693 年)正月丙午」條中的有關文字。其曰:「賜京師男女年八十以上、及困乏窮者布,各有差,賜船瀨沙門法鏡水田三町。是日,漢人等奏踏歌。」同書「持統天皇八年正月十七日」、「十九日」兩條,也有「漢人奏踏歌」、「唐人奏踏歌」等語。據《日本書紀・通釋》的解釋,「漢人」即指應神天皇(約西元二世紀左右)前後「歸化」日本的漢代之人的後裔;而「唐人」,則是指推古天皇以後的中國「歸化」人。前者又被稱作「秦氏」,全部姓秦或與秦字訓讀音相同的「羽田」、「波多」、「幡多」、「羽太」、「八田」等。〔註4〕當時日本的踏歌也是正月十五前後舉行,實與唐代的做法一致。

自天平二年(730 年)以後,踏歌漸漸成爲宮中的定例行事。正月十五爲「男踏歌」,十六爲「女踏歌」。前者由少年參加,後者由女童參加,這兩天的宮中活動稱作「踏歌節會」,其准備、儀式全以「元旦節會」爲準則,可見被重視的程度。男踏歌需在宮中挑選「歌頭」六人,「歌掌」、舞人各二,「踏掌」一人,樂人十二,以和琴、新羅琴、琵琶、橫笛、編木、笙、篳篥、銅拍子伴奏。當夜,歌頭以下諸人從「月華門」(以「月華」爲名,值得注意)入禁中,列隊於右近陣的前庭。首先,天皇賜「三獻御酒」,一盞之後,「國棲奏歌笛獻御贄」,接著連奏「立樂」、「萬歲樂」(與閻微知等所踏之歌一樣),「地久樂」、「賀殿樂」、「延喜樂」,終了,舞人在「紫宸殿」之南庭「踏歌三周」,列隊到「御前致裎詞」,退出禁中,便散向各處行踏歌,直至拂曉召回。在這期間,天皇與王公貴戚們繼續酒宴,有時也把酒肴賜於歌頭舞人。男踏

〔註 4〕轉引自嚴紹璗《中日古代文學關係史》第七章,湖南文藝出版社 1987 年版第281 頁。

歌到圓融天皇之後，就失傳了。

女踏歌由三十二人或四十人組成，由內教坊中的舞妓、中宮東宮的舞妓、女藏人中挑選。女踏歌進行的方法與男踏歌大致相同，踏罷在歌庭「賜饗祿」。男女踏歌都以音讀的方法（即中國式的讀音法）吟唱歌詞，男踏歌的歌詞是：「我皇延祚億仙齡」等七字句，句後添加「萬春樂」之讚語，女踏歌的歌詞是「明明聖主億千齡」，句後是「千春樂」的讚語，實是歌頌皇后的。此外，也可唱〔催馬樂〕中的〔竹河〕、〔此殿〕、〔我家〕等曲子。在日本，踏歌還有個日本式的名字叫「阿良禮」，「踏歌節會」則被稱作「阿良禮走豐明的節會」。

日本宮廷的「踏歌節會」自古代中葉始逐漸衰退，但作為新年的儀禮之一，各地神社的踏歌活動至今存在。有名的有：「熱田踏祭」（熱田神社，正月十一日），「住吉踏歌節會」（大阪住吉神社，正月四日），「阿蘇踏歌節會」（鹿兒島神宮，正月十四日；阿蘇神宮，正月十三日）。作為祈禱皇室繁榮、五穀豐登的踏歌神事，依然每年舉行。〔註5〕

日本學界認為：踏歌與日本陰陽道中的「反閇」屬於同一信仰體系。「反閇」，是以足踏大地「鎮邪」的一種方法。日本天皇行幸之前，都得由陰陽師一路先行「反閇」，清除了「邪魔」，就能確保天皇一路平安地通過了〔註6〕。由此看來，踏歌與反閇一樣，也是有巫術性功能的。而且，踏歌、反閇與儺祭中的驅儺活動，應當說巫術性目的是一致的，前者是「踏」而鎮邪，後者是「舞」而驅邪，祇是手段不同而已。日本的踏歌反閇之法，中世後逐漸進入藝能，特別是作為武士階級「式樂」的能樂。能樂的臺步基本上是腳不離開臺面的「摺步」，但在表示強調、重點、感情濃烈的結尾處，都採用以「踏」為主要特徵的「足拍子」。在能樂劇本「謠曲」中隨處可見「以足踏拍」、「以足踏終止拍」的舞臺提示。西開場時表演的儀式曲「翁」、「三番叟」的「足拍子」，則明確交代具有鎮魂清場的涵義。〔註7〕

三

讓我們回過頭再看中國。在中國的現存記載「踏歌」的文字中，祭祀鎮

〔註5〕參見日本《年中行示辭典》「踏歌節會」條，東京堂出版昭和56年第515～517頁。

〔註6〕參見日本《年中行示辭典》「踏歌節會」條，東京堂出版昭和56年第515～517頁。

〔註7〕參見申非所譯《日本謠曲狂言選》。

邪納吉等意味似乎不太明顯。這與中國文化的總體特徵：重人事而輕神事是一致的。但借助日本的踏歌和反閇，再由域外的這一參照體系聯繫到中國的有關史料和現行的民間演藝，我們看到，中國原生態的「踏歌」也含有一定的祭祀祈禱意味。

我們看到，中國的古踏歌都是在農曆十五那天的夜裏舉行。而十五之夜正是滿月之夜，「踏歌」似與滿月有關。劉禹錫在一篇《武陵書懷五十韻》中就有「踏月」的提法：「照山佘火動，踏月俚歌喧。」這就將「月」與「踏歌」聯繫在一起了。上引的幾條資料所示的踏歌季節不同，晉代是十月十五，唐代是正月十五，宋代是正月十五與八月十五。但無論在哪個季節舉行，日子都選在十五之夜。這顯然與月亮有關。當然，女子們在滿月下踏歌，最為便利，也最為好看，但進一步，我們應該看到，它當與月亮自然崇祀有關。

中國的民族宗教道教，將「天」、「地」、「水」三者稱作「三元」，後來民間又附會引申，把正月十五定作「天官」生日、七月十五「地官」生日、十月十五「水官」生日，並進而有天官賜福、地官赦罪、水官解厄之說。〔註8〕晉代的踏歌放在水官節、唐宋的踏歌放在天官節，不會不浸染上祭祀的色彩。特別值得我們重視的是「解厄」之意。日本的陰陽道與中國的道教原屬同一宗教系統。以足踏大地載歌載舞來解厄鎮邪、招福納吉的精神，應當說是一致的。

中國民間戲劇中也有以舞踏鎮邪納吉的做法。這裡有兩個例子頗能說明問題。其一，福建古南戲、傀儡戲中，有名「相公爺踏棚」的開場形式，戲在正式演出之前，請來「相公爺」，有念、曲、舞、暗白等，臺灣的一些地方，「相公爺」還要撒淨水、請神、定棚、出煞等，〔註9〕其驅邪逐鬼的意味自見；其二，西南少數民族土家族的「儺堂戲」，開場時「土老師」所行的特殊舞步叫「偶步」。儺堂戲演出前土老師首先出場，吟誦、噴水、投卦、以「偶步」跳舞，意在澄清戲臺劇場、招神驅鬼，「偶步」舞蹈在逆、順、逆的迴旋中，還伴有跳躍和「五星型足步」，用以「鎮伏邪鬼」。日本民俗藝能學家後藤淑先生在看了土老師的「偶步後」，十分驚喜，他發現「偶步」在目的和形式兩方面，都與「反閇」非常相似。〔註10〕相公爺、土老師、日本能樂的「翁」，

〔註8〕 見《宗教辭典》「三元」條，上海辭書出版社1981年版第63頁。

〔註9〕 參見《南戲論集》吳捷秋、劉湘如、黃錫均論文，中國戲劇出版社1988年版第273、185、469頁。

〔註10〕 參見後藤淑等《中國少數民族的假面劇》，日本木耳社1991年版第3頁。

在精神實質上有著十分相似之處。

踏歌與民俗信仰的關係展示如上。下面，我們來看一看它給予後世中國戲曲的影響。踏歌在隋唐當時又稱「踏謠」。因其多由女子參歟，故當時有以「踏歌娘」、「踏謠娘」代指歌舞女的。如羅虬《比紅兒》詩云：「樓上嬌歌嫋夜霜，近來休數踏歌娘。」又，「俄有纖腰妓，近十餘輩，曰楚章華，踏謠娘也，乃連臂而歌。」說到「踏謠娘」，治戲曲研究的不會不知道唐代的代表性歌舞戲《踏謠娘》。

「踏謠娘－北齊有人姓蘇，齇鼻，實不仕，而自號爲郎中，嗜飲醺酒，每醉輒毆其妻。妻銜悲，訴於鄰里。時人弄之。丈夫著婦人衣，徐行入場。行歌，每一疊，旁人齊聲和之云：『踏謠和來，踏謠娘苦和來！』以其且步且歌，故謂之『踏謠』；以其稱冤，故言苦。及其夫至，則作毆鬥狀，以爲笑樂。」（唐‧崔令欽《教坊記》）

在中國戲曲史研究上，《踏謠娘》十分爲人重視。王國維先生認爲它是「用歌舞以演故事之創例。」周貽白先生給它定性爲「以唱辭爲主的簡陋的民間戲。」任半塘先生更在《唐戲弄》中給它「全能劇」的最高評價。〔註11〕夏寫時先生也認爲它是「劃時代的」。〔註12〕但都沒能弄清它的「出處」。王說所謂的「用歌舞」，到底用的是什麼歌舞，沒有說。其實，用的是原本帶有月崇拜和鎮邪納吉等巫術意味的「踏歌」形式，來演出一段家庭小故事。或者可以這樣說：這是在「踏歌」的基礎上，附會了一個表現夫婦矛盾的小故事。這出小劇的名稱，還不是後世戲曲史上常見的樣式，哪怕是最先期的宋元戲曲，也多以人名爲劇名，如《趙貞女》、《王魁》、《張協狀元》等。「踏謠娘」不是人名，不是蘇妻的名字，它祇是表明形式的一個符號，說明它雖已有了一個故事，但它的重心，還在形式。其「行歌，每一疊」云，說明它的演唱形式也是「調同詞不同」的反覆；「旁人齊聲和之曰」云云，自然說明「踏謠和來」的唱詞是「旁人」的幫唱，極有可能幫唱的同時是載歌載舞的。「旁人」即是觀眾，又參與演出，這種集團歌舞的特性，正是繼承於「踏歌」的。應當說，它在早期演出時，不可能把原有的祭祀巫術意味淘洗得十分乾淨的，雖然我們在現存資料裏，已經看不太清楚它的出處了。

《踏謠娘》不僅在唐代戲劇史上、而且在整個中國戲劇發展途中，都是

〔註11〕參見任半塘《唐戲弄》，上海古籍出版社 1984 年版第 496 頁。
〔註12〕見夏寫時《中國戲劇批評的產生和發展》，中國戲劇出版社 1982 年版第 1 頁。

舉足輕重的。它對後世劇壇家庭劇題材的、女性形象的奠定、歌舞並作的抒
情特性、「和歌」的傳統、角色的確立、悲喜劇因素交融的戲劇性格等方面，
都產生了很大的影響。〔註13〕從「踏歌」到《踏謠娘》，我們能夠窺探到戲曲
發生之一途──它是怎樣從「祭壇」走向「戲壇」、從月亮崇祀到歌舞娛樂活
動，又從歌舞娛樂發展成演劇的。

（原載《上海師範大學學報》1998年第二期）

〔註13〕詳見拙文《〈踏謠娘〉的特色與影響》，蘭州大學出版社《戲曲論叢》第二輯
（1989年版）第14～22頁。

傀儡戲三辨

　　傀儡戲是一種產生於遠古時代的、流傳至今的、世界性的表演藝術。據說早在西元前 422 年，古希臘就有操縱偶人的記載了。中國的傀儡演藝據考出現於漢代，到北齊，已有「傀儡子」一詞產生。對中國傀儡戲悉心研究並見諸成果的，有四十年代孫楷第的《傀儡戲考原》、九十年代丁言昭的《中國木偶史》，五十年前後兩代表。由於這五十年中有一些文物出土，加上同仁們的努力，這一研究課題有了一些進展，但在「考原」上，卻不見有新的突破，值得一「辨」的地方不少。本文提出以下「三辨」。

一、傀儡、傀儡子、傀儡戲辨

　　《舊唐書·音樂志》云：「窟儡子亦云魁儡子，作偶人以戲，善歌舞。本喪家樂，漢末始用於嘉會。」杜佑《通典》也有文字全同的記載。這是見於正史的、最具權威性的記錄。

　　傀儡一詞，就它的本意而言，原不是指假人的。傀儡的基本涵義，孫楷第先生已作過詳考，歷數《漢書》和漢人賦文及它們的注釋，說明「傀儡有奇崛壯盛義」，並進而指出，在儺儀和喪禮中出任驅疫首領和先鋒的「方相之可以稱傀儡也」〔註 1〕。因此，「傀儡」之本義，應當是一種形容詞類，含有現代語言中的高大魁梧偉岸磊落、并帶有一些兇悍可怖神奇之意。孫先生在後文中提到的「傀儡舞方相」，就已經是一種引申意義上的運用了。

　　因此，原本在指示具有奇偉威怖之貌的人時，應該是作「傀儡子」的。

〔註 1〕見〔日〕後藤淑《日本藝能史入門》，社會思想社 1988 年改定版，第 96 頁。

十一世紀的日本人大江匡房所寫的《傀儡子記》，記錄了一個類北狄之民的群體，他們的生活習俗和職業，應當說，篇名是在根本意義上用了「傀儡子」。這裡的用法，與《舊唐書‧音樂志》中「窟儡子作偶人以戲」的用法是一致的。《樂府雜錄》中所謂的「傀儡子戲」，也是一樣的用法。以我們現在的話說，就是「傀儡奇異的人所作的戲」之意了。特別應該注意的是《樂府雜錄》所用的「偶人」一詞，這裡的「偶人」還沒用「傀儡」來代替。

而後，就有了以「傀儡戲」替代「傀儡子戲」的提法。如《酉陽雜俎》前集卷八：「高陽縣鏤身者，右臂上刺葫蘆，上出人首，如傀儡戲郭公者。」這時候的「傀儡戲」，是「傀儡子戲」的簡稱，同時也能理解為是指「奇異畏怖之戲」。由此，反過來，「傀儡」一詞又是可以代指「偶人」了。

古人在傀儡、傀儡子、傀儡戲三詞上，是頗為混用的。不僅中國如此，日本亦然。十一世紀京都東七條堀川「稻荷祭」上表演的猿樂（即「散樂」），有：咒師、侏儒舞、田樂、傀儡子等十數種，這一記載在《新猿樂記》上的演藝名目「傀儡子」，就與《傀儡子記》中的涵義不一樣，其實指的是「傀儡戲」。

「傀儡」一向有多種寫法，古籍中間有「魁儡子」、「窟壘子」多種，民間的叫法就更多了。明清之際北京城裏的傀儡戲班叫「耍苟利子」，或者叫「虎橘子」、「猴兒力子」，這些，其實都是傀儡子的轉音。這正是傀儡戲作為民間文藝的一大特點。民間文藝多是口口相傳的，在口承的過程中，自然難免有音訛而誤記的事發生。

《辭海》的釋文說，傀儡戲指三種形式：（1）即「木偶戲」，古代多稱傀儡戲，或稱傀儡子、魁儡子、窟儡子，（2）宋代的舞隊，用人戴面具表演，節目有《耍和尚》、《瞎判官》等，（3）宋代的肉傀儡，表演形式不詳，有人認為是大人托舉小孩，使之模倣木偶的動作云。這樣的解釋，還是符合古代實際的。因此，我們在考察古傀儡時，也可以作比較寬泛的理解。

先是在祭壇上、繼而在戲場上，古人創造的假面、假頭和假人是頗值得我們玩味的。首先，他們自然是為了有別於現實生活中的人而這樣做的，這在日語裏叫作「否定生身」。套上假面、假頭的人，或是做成人狀的木頭，便是一個特殊的存在了，古人認為他們能夠通神，進而能夠代替神接受祭祀、轉達神的意志指令，相當於遠古祭祀中的「尸」。在後世的戲場上，為了表現神鬼對於人類生活的參歟，上述的「三假」手段自然而然成了塑造神鬼形象

的最好方法。這是戲場對於祭場的借鑒。假面、假頭是局部之「假」，假人則是全盤之「假」，它們在本質上應當有很大的一致性。近年有學者根據地方儺戲的現實存在，指出古代人曾以「傀儡」指稱一部分假面戲劇〔註2〕，應當是可以成立的。至於「肉傀儡」，我們在後文還要專門論說，這裡就不贅言了。

二、「郭秃」辨

中國古傀儡有一個十分有趣、很值得一考的「別名」，叫做「郭秃」。

此名當起於北齊之前。顏之推《顏氏家訓·書證篇》的有關文字最爲詳盡：「或問俗名傀儡子爲郭秃有故實乎？答曰：《風俗通》云，『諸郭皆諱秃』；當是前代有姓郭而病秃者，滑稽調笑，故後人爲其像，呼爲郭秃，猶文康像瘐亮耳。」

後來又有將郭秃戲稱作「郭公」、「郭郎」、「郭老」的。唐《樂府雜錄》「傀儡子」條云：「其引歌舞有郭郎者，髮正秃，善優笑，閭里呼爲『郭郎』，凡戲場必在俳兒之首也。」《樂府廣題》中載：「北齊後主高緯雅好傀儡，謂之郭公，時人戲爲郭公歌。」北宋楊大年有《傀儡》詩云：「鮑老當宴笑郭郎，笑他舞袖太郎當。若教鮑老當宴舞，轉更郎當舞袖長。」南宋劉克莊也寫有《觀社行》一詩：「郭老線斷事都休，卻了衣冠反沐猴。棚上偃師何處去？誤他棚下幾人愁。」

根據這些文字來看，「郭秃」好像是個人。孫楷第先生也認爲郭秃是真人，傀儡是由喪樂階段的「舞方相」、進而在娛樂階段「舞郭秃」——扮演滑稽人物形象郭秃的；丁言昭先生祇是羅列前人記載，沒作任何闡述。《詞海》裏面只說了句「郭秃或即傀儡的音轉」，至於這兩個發「音」全然不同的辭彙是怎樣「轉」過來的，沒有提及；《辭源》中說「秃頭木偶」、「戲劇行當中的丑角」，更不得要領了。

類似的資料還能舉出一些。記錄不能謂之不詳盡，但我們讀了這些文字之後，依然不能明瞭「郭秃」的來歷，傀儡何以會有個這樣的別名。《顏氏家訓》所言當是猜測之詞，連語氣都是不確定的；讀《樂府雜錄》又像是唐代傀儡戲場面上已有「郭秃」這樣的人物形象，秃頂而滑稽。那麼，究竟是先有別名據此再塑造形象的呢？還是根據這一形象再產生別名的呢？而且，唐

〔註2〕參見王兆乾《池州儺戲與成化本說唱詞話》，《中華戲曲》第六輯，第159頁。

代傀儡形象當不止一個，何以偏以「郭禿」作傀儡戲的別名？若說「郭禿」是傀儡戲中主角，那麼它又何以會成為主角的呢？

看一看朝鮮演藝史中的「郭禿閣氏劇」，或許有助於解開中國的這個「謎」，給中國的「郭禿」一個準確的注解。

朝鮮半島的古傀儡戲，是七、八世紀之際從亞洲大陸傳過去的。到了李朝時代，傀儡戲成了「山臺都監劇」的一部分。它有個有趣的名字叫「郭禿閣氏劇」。

郭禿閣氏劇中有三個主要人物形象：郭禿閣氏、她的丈夫朴僉知、她的外甥洪同知。郭禿閣氏是一個醜婦女的形象，臉孔長而無當，還有一臉麻子。她在劇中與丈夫的小妾爭風吃醋，演出了一場鬧劇。這一劇種的名稱，來自劇中的主要人物名，就像中國的「目連戲」一樣。

在此，值得注意的有以下幾點：1、這裡以「郭禿」命名的是個女性形象，「閣氏」，在朝鮮文裏是已婚的、「出閣」的女子的意思；2、這裡的「郭」不是姓氏，她丈夫本姓「朴」；3、這裡的「禿」也不是頭髮稀疏的意思，據有關圖片，郭禿閣氏有一頭黑髮，不是「病禿」，卻「病」在貌醜。

看來，我們不應該把「郭禿」二字分開：姓「郭」的「禿子」，而應讀作一個單詞。

韓國的學人注意到：蒙古語中有一個詞語叫「Qodotocin」，若用漢字標其發音則是：「郭禿郭卿」，其含義是「怪物的面」或「假面」；藏語中將「聖人」叫做「呼圖克圖」，換一種音譯法也可作「呼圖郭禿」；《史記‧匈奴列傳》中把匈奴的一種官職稱作「骨都侯」，其中的「侯」是根據中國習慣加上去的，故亦可另寫作「郭禿」。所以他們認為，這些都是阿爾泰語的同一或相關辭彙的漢語譯音〔註3〕。郭禿閣氏面貌怪異，故冠一「郭禿」；而傀儡又被一般人看作神聖之物，用作驅鬼驅病出喪等，自然「郭禿」也含有一些神奇的意味。在朝鮮演藝史上，傀儡戲與假面戲有非常密切的關係。而在中國，「傀儡」一詞也常被用來兼指偶人和面具，那麼「郭禿」一詞原本也有這樣的兼指功能，就不足為怪了。

朝鮮半島的典籍中，也有在別的場合使用「郭禿」一詞的。藏於漢城大學圖書館的《教坊諸譜》，是一本編寫於 1872 年的抄本，對朝鮮的古代近代的「山

〔註3〕轉引自日文李杜鉉《朝鮮藝能史》，日本東京大學出版會 1990 年版，第 205 頁。

臺都監劇」著錄甚詳，計有十四種「舞」和六種「雜戲」，雜戲的名目是：舍黨「男唱女和」、風角「簫笛行乞」、焦爛「假面金目」、山臺「士與僧美人皆假面」、郭禿「設棚戲木人」、醉僧「機動蹈舞」〔註4〕。這裡的「郭禿」是直接用漢字寫的，而含義，當是「弄傀儡的藝人」甚或直接指「傀儡戲」了。

由於把一個外來詞根據發音譯作了「郭禿」，而「郭」正是中國百家姓之一，於是衍生開去，望文生義、考據出典，足見中國人在類似問題上的不嚴肅，以及中文易生歧義、以訛傳訛的毛病。這樣的問題遠不止「郭禿」一個。前些年有學者指出：用作中國古劇角色行當名的「旦」「末」，皆是漢唐之際來自印度和西域的外來語，由是一舉將古劇釋名研究帶出了千百年來迂腐牽強的死胡同〔註5〕。在這裡，但願我們借助朝鮮古傀儡史料和韓國學者的研究成果，從「郭禿」入手，也能把中國傀儡戲研究引上一個新的境界。

三、「鮑老」辨

「鮑老」一名，總與「郭禿」出現在一起。看完了「郭禿」，理當看一下「鮑老」。

鮑老出現得較郭禿要晚，直到宋代筆記才見。但一出現，用的頻率就比郭禿更多。上述宋人詩中有「鮑老當宴笑郭郎」，可見是在人家的宴會上演出的傀儡戲。《武林舊事》「聖節」所記皇家壽宴上也有「傀儡舞鮑老」。《水滸傳》第三十三回寫宋江在清風亭上過元宵，看「那跳『鮑老』的，身軀扭得村村勢勢的，宋江看了呵呵大笑。」《東京夢華錄》中則寫作「抱鑼」。南戲劇本《張協狀元》第五十三齣，則有末唱的曲句：「好似傀儡棚前，一個鮑老。」〔註6〕

長期以來，人們將「鮑老」作為本詞，而將「抱鑼」看作它的音轉。這恐怕是錯誤的。我們看到，古人曾將「郭禿」戲稱作「郭老」，「鮑老」的稱謂，應當與此是一種類型。借助「郭禿」的經驗，我們也先把「鮑老」看作一個外來詞，它原本的發音或許接近「抱鑼」，人們不明就裏，或根據這一角色上場時「攜大銅鑼隨身」則名之「抱鑼」，又進一步寫成「鮑羅」，因「鮑」字是姓氏，繼而戲弄式地尊其「鮑老」。由於「鮑老」二字恰好疊韻，容易上

〔註4〕轉引自日文李杜鉉《朝鮮藝能史》，日本東京大學出版會1990年版，第152頁。
〔註5〕見黃天驥《「曲」、「末」與外來文化》，上海知識出版社1990年版《中國戲劇起源》，第128頁。
〔註6〕見見錢南揚《永樂大典戲文三種校注》，中華書局1979年版。

口,故廣爲流傳,反將其原有的發音淹沒了。

　　宋代有關記載中的「鮑老」,已經是一個形象了,我們想弄清的,則是它的出處。王國維先生早就指出過,「鮑老」是由梵語「婆羅門」轉音而來,它是與唐代的「弄婆羅」一脈相承的;近年根據民間戲劇的實況,再度強調這一觀點的,有安徽的王兆乾先生。他在一篇文章中指出,安徽貴池儺戲抄本中有「抱羅錢」,安徽沿江一帶的老百姓至今仍對木偶、面具、泥人統稱「菩佬」,而把木偶戲叫作「菩佬戲」云〔註7〕。另外,在福建漳州的偏僻山區玉山村,有一種古南戲的傳承,其中有「番婆弄」一目(13.)。看來「抱鑼」、「抱羅」、「菩佬」、「婆弄」,都是根據同一發音單詞的不同記錄。特別是後者,「婆弄」二字實爲「婆羅門」之連讀,而著一「番」字,就透露了它來自境外。

　　由此,我們得以理清了這一稱謂的演變:先由「婆羅門」而簡寫作「婆羅」、而誤讀作「抱鑼」、又因民間記錄上的隨意性,變成「鮑羅」,而「鮑」是百家姓之一,於是又尊稱作「鮑老」。弄清了這點之後,我們隨之又能看清它的來歷:最初恐怕是一般的和尚戲(弄婆羅),後來演變爲神鬼劇(抱鑼),再後來,則常以「鮑老」指稱傀儡戲假面戲中的一個人物形象,也代指傀儡戲或假面戲。《東京夢華錄》卷七「駕登寶津樓諸軍呈百戲」,介紹的一種神鬼形象是這樣的:「有假面披髮,口吐狼牙煙火,如鬼神狀者上場,著青帖金花短後之衣,帖金皀綈,跣足,攜大銅鑼隨身,步舞而進退,謂之『抱鑼』。」這裡指的是假面劇無疑。稍後的《西湖老人繁盛錄》所載:「福州鮑老一社,有三百餘人;川鮑老亦有一百餘人。」看來祇是傀儡戲社團的話,規模不會那麼大,恐怕也是假面戲傀儡戲一同演的可能性大。

　　古人在塑造具有威懾力的或奇異神怪的神鬼形象時,也不是一味地只靠想像,也是有所借鑒的。一是借助動物猛獸的形象,另一種,就是借助異族人的形象。像郭禿、像鮑老正是。中國人相信,神還是外來的靈。於是,這些形象連同它們奇怪的名稱,一起留在中國的古演藝裏了。

　　關於古代人傀儡戲與假面戲混指同演之事實,我們還能舉出個強有力的例證。明代有一本雜劇名《眞傀儡》,被收在《盛明雜劇》卷二十六中,作者署名「綠野堂」。這是一齣「戲中戲」:敷演一鄉之人同看傀儡戲的場面,但這傀儡戲又「且是有趣,往常間是傀儡妝人,如今卻是人妝的傀儡。」這「人

妝的傀儡」共演了三齣有關宰相的戲，先演西漢曹參醉酒中書堂，再演三國曹操銅雀臺的故事，當時戲劇舞臺上的曹操形象已是花臉，故演員演出時套上了假面，劇中借觀眾之口插科打諢道：「好個標致老丞相，生出這樣花嘴花臉的人來。」這時模倣傀儡的演員說話了：「不瞞你說，一時扮不得，把面子裝上的。」他還把面子（假面）取了下來，眾人大笑。可見在古代，傀儡戲假面戲原無明確界線的。

有趣的是，「傀儡」、「郭禿」（古音，讀作入聲）、「鮑老」三詞均為疊韻。這就難怪它們會在老百姓中口口相應、廣為流傳了。這三個辭彙後來可以互相替換，成為代指。或許，「傀儡」原本也是來自西域的一個外來詞？與「郭禿」、「鮑老」不僅涵義相近，且有一致的來歷？這種可能性是很大的。祇是我們一時拿不出有力的證據來，不敢擅自結論，只得先存疑在此。

（原載胡忌主編《戲史辨》第一集，中國戲劇出版社 1999 年 11 月版）

早期南戲和儺

　　自改革開放、恢復學術春天以來，南戲研究一直沒有停止過。學人們從文本的角度、音樂聲腔的角度、地域文化的角度、流傳異變的角度等等，研究這一發生於東南沿海、影響幾及全國各地的古老戲劇樣式，取得了很多很好的成果。特別是作爲南戲的發生地溫州地區和作爲古南戲的保存地閩南地區，這兩地對於南戲的研究和爲南戲研究提供的機會條件，是功不可沒、其他地區所不可取代的。而在最近的十多年裏，儺戲和儺文化研究熱，又在神州大地蔓延持續。人們看到：古老的儺儀和儺戲保存得最完善的，是南中國的廣大地區，也就是說，正與廣義的南戲擁有同一個地域背景。南戲，特別是早期南戲，是一種具有民間性、開放性、相容性等種種特性的戲劇樣式，在其綜合之初，曾接受過來自儺文化的影響。筆者曾經論述過南戲的三個來源和三個組成部分。本文擬從文化底蘊與形式內容的雙重層次上，論述早期南戲對儺文化的接受和融合，算是對自己過去觀點的一個補充，也是對自己過去研究工作的一個拓展。

一

　　《張協狀元》（下文簡稱「《張》劇」）是中國戲曲現存時代最早的完整劇本、早期南戲的代表作。其誕生於南宋時的溫州地區，已成爲不爭的結論。《張》劇體制龐大，內容蕪雜，是兩宋時代歌舞、說唱、滑稽、雜耍、社火祭祀、遊藝玩樂的一種大雜燴，是對眾伎藝鯨吞豪食而又來不及消化的產物，是戲曲藝術將綜合未綜合、將獨立未獨立之際的一種形式。其中，自然也有著許多民俗文化、特別是儺文化的面貌。東鄰日本在他們的戲劇藝術研究領域，

是將尚未完全成型的「準戲劇」的樣式稱作「民俗藝能」，而將成熟之後的戲劇樣式叫作「傳統演劇」。借助他們的這兩個概念，我們看到，《張》劇正處於「民俗藝能」和「傳統演劇」之間。故此，我們可以把它放在早期戲曲的範疇考察之，也能將它看作「民俗藝能」的最高級階段。《張協狀元》在中國戲曲史上的獨特地位即在於此。

本文這一段落所要從事的，是考究《張》劇中所包含的儺文化因素。這樣做，不僅有助於我們瞭解，儺文化曾對戲曲的形成發生了什麼樣的作用，而且有利於我們在品讀其他較《張》晚近的戲曲作品時，也能注意其間所包含的儺文化底蘊。

《張》劇中有不少神鬼形象令人注目。他們來自「扮神驅鬼」的巫儺活動。

1、土地神形象

土地神崇拜是中國廣大農村最為流行的民俗信仰之一，土地神是春社秋社等農耕祭祀活動的主要對象。後來，土地神又演變為地方保護神，並與某地曾經出現過的頗有政績頗有影響的歷史人物疊影在一起，形象與效能便也更加豐富起來。

《張》劇偌多神祇鬼怪形象中，著墨最多、表演最為豐富的是土地神。而且，劇中的有兩個土地神，一個由末角扮演，一個由淨角扮演，因此風格大相徑庭。

在第九齣「張協被劫受傷」〔註1〕中，張協赴京經過川地的五雞山頭時，遇到了「強人」，身上的「金珠」被搶，結果還是被打得皮開肉綻。這時，「當山土地」聽得「裂帛一聲人叫喚」，看到「強人打倒公侯」，同情得「淚雙流」，他一聲聲地喚醒張協，問清事由，給他指點了下山的路和投靠破廟，並告訴張協自己的身分：「當山土地吾親做。」他見張協由於受傷步履艱難時，便使了些神道把張送下山去：「見子災危扶取君，依然足下起祥雲。從空伸出拿雲手，提起天羅地網人。」等張協回過神來，發現已經在「山根」了。

這一齣的土地神由末角扮演，是個慈祥老人的形象。他富有同情心，正經、細心，向張協交代當晚的住宿處極為詳盡：「今君轉下山，有一家。朱門兩扇屋雖破，是鴛鴦瓦。」並告訴他「靠歇（等一會兒）須有人溫顧，不消

〔註1〕《永樂大典》中的《張協狀元》原是不分齣的，這裏的齣與齣目根據錢南揚先生校注本。

慮及道如何過。」讓他放寬心。這些寬慰性、暗示性的話語給了張協很大的力量和信心。後來張協正是照著做了，才轉危爲安、遇難成祥的。

有趣的是，緊接著的第十齣「張協古廟避難」，出現了另一個土地神，面貌和風格與前者迥異。他是五雞山山腳下的土地，由淨角扮演，故而是個滑稽土地。像是一個保護神轉託另一個保護神一樣，張協還沒到，這位滑稽土地已經知道來者的身分和前途。他在「自報家門」中這樣說：「吾住五雞山下，遠近俱聞身價。……似泥神又似生神，唱得曲說得些話。」這後一句是諢話，說明他的裝扮像個泥塑木雕，但又是由人扮的，會說話唱曲（從這句話看，這裡的淨扮土地可能是戴假面的）。他還自我嘲諷地交代是自己是個窮神：祭品中沒有豬羊雞肉，只有「豆粽糍糕」，所以他的這座土地廟也是破損得連廟門也沒有了，要讓判官（末扮）和小鬼（丑扮）來充當廟門。張協到來以後，土地又把自己的供床讓給他睡。

這座土地廟原有王貧女寄宿，她見張協受傷，多方照顧。後來，張向她求婚，她一時拿不定主意，就去向土地神求告，「神還許妾嫁君時，覓一個聖杯」。祭神之時，鄰家大公出了個豬頭作祭品。接著的第十六齣，土地神也極爲活躍。先是表演祭神儀式，淨扮的神祇與丑扮的小二有許多調笑戲弄的場面。等張協向神告白了自己的身世意願、貧女向土地神問詢了神的旨意之後，這位「小神」才用唱曲來回答了他們：「張協是貧女姻緣，皆宿契，今生重會。向繡幃，效魚水。許縮同心結，永諧連理。」當生旦「合唱」表示男女主人公獲得神旨十分喜悅時，這位淨扮的神就隱退了：「兩個已成姻眷，土地宜歸後殿。」其實，是這個「淨」角須到後臺「改扮」成李大婆，然後再出來敷演李大婆一家三口與張協貧女一同的結婚宴會。

這裡有一點值得注意。土地神在一般的民間習俗中是以地方保護神的形象出現的，可是，它又每每參與撮合婚姻。在這個劇本裏，我們便看到了這樣的狀況。第十齣土地在上場時即已表示：見到張協廟中歇息，「貧女回來必不容它（他），憑小聖說教希咤。」可見他是貧女的啓蒙之神；第十四齣「張協向貧女求婚」，李家公婆見貧女拿不定主意，主動要爲兩人做媒，但貧女堅持要第二天拜祭土地神、擲「聖杯」占卜，要按神的旨意辦事。等到土地神用曲子表示了它對婚事的贊同後，李大婆才出來做了個現成媒人。第十六齣名「李大婆爲媒張協成婚」。但這裡的李大婆與土地神形象是疊影在一起的，因爲他們都是由「淨角」扮演的，淨先扮土地，再改扮大婆，土地是神界之

媒，大婆是人間之媒。在這裡的土地身上，我們又可以看到「月下老人」的影子，這是中國民間自古就有的「高媒」信仰的具體表現形象。

關於這一點，福建莆仙戲中的同名劇目表現得更為明顯。據介紹，這本提作《張洽（閩南語「洽」與「協」同音）》的戲劇中，第三齣五雞山的土地神一上場就表示，自己是奉玉皇旨意前來撮合張協與貧女婚姻的，他命令一隻老虎前去弄傷張協，但只許傷他手臂不許害他性命，目的是將張引到古廟前好與貧女相會。後來，這一對男女互相愛慕，由李大公做媒成婚，李大公做的其實也是現成的媒，真正的功勞，應該記在土地公公的名下。〔註2〕

2、判　官

《張》劇中還有值得一提的是判官。同樣在第十齣，土地神有事欲請判官出場，喊道：「吾殿下善惡判官，顯一員到吾部下。」可見當時廟裡所塑的判官，還有善惡之分。判官被土地喚出之後，聽說要他「做門」，馬上反駁道：「判官如何做門？」看來至少在他自己的心目中，判官的地位不低。

判官原是自唐代開始設立的一種官職，宋代之後成為州以下地方官的輔佐官。民俗信仰和民間文藝中頻頻出現的判官，則是出現在閻羅、鍾馗等神祇身邊協助他們辦事的小官。《張》劇中的當然也屬於這一類，只不過出現在土地神身邊而已。

3、小　鬼

劇中的小鬼是由判官喊出來的。喊出來要他「做門」。可見地位又低一級。小鬼上場便唱道：「吾是值日，小鬼甲頭。」這話透露了小鬼的職能，並且小鬼也不止一個。因為它原本就是「值日」的，與「做門」的差事相差無幾，所以沒有推諉，祇是說一個人只能做一扇門，不夠。判官無法，只好也來充門。土地關照他們左右站好，「各家縛了一隻手。有人來此忽扣門，兩人不得要開口。」並且要他們類比門聲：「開時要響，閉時要迷」。但丑扮的小鬼總也忍不住要說話，貧女在他背上敲門，他讓人家換一扇敲敲，又怪聲怪氣地類比敲門和開門的聲音，由此產生了許多喜劇關目。

除了這個有形的「小鬼」外，劇中還有許多情節和對話，頗能反映當時民間對「鬼」的形象的看法。第十二齣表演李大公之子呆小二擔物送貧女，小二調戲貧女，貧女罵他「三分像人，七分像鬼」，小二反駁道：「我像鬼？

〔註2〕參見劉念茲《南戲新證》第142頁。

鬼頭髮須紅！」第十九齣貧女為了給張協湊路費，把自己的青絲剪了賣給李大婆，大婆打諢道要「紅色」的，李大公驚道：「你要裝鬼？」由此可見，當時人的概念中，鬼是紅髮的，有所謂「紅毛鬼」是也。而且，在人們的心目中，鬼都是矮小的，故云「小鬼」。第四十五齣敷演宰相王德用夫婦「收貧女為義女」。當他們剛來到古廟的時候，讚揚「這一堂神道塑得精神」，但「小鬼到（倒）長丈二」，批評「是忒長了」。民間只有「丈二和尚」的說法，沒聽見過「丈二小鬼」。另外，劇中還幾次出現「鬼頭風」一詞。第二十六齣，貧女正在想念一去不回的張協，小二來了，給她唱外間正流行的歌謠【吳小四】，嘲笑貧女「愛上一個不回家的人」：「一去不見蹤，腳踏浮萍手拿空。勸你莫圖他做老公，他畢竟是個鬼頭風。」第三十二齣的劇情是在王德用宰相家展開的，那時相府千金已經「刺絲鞭」擇婿失敗，鬱鬱而亡。王德用哭女詞裏，有「刺起絲鞭兩不管，誰知道狀元像鬼頭風。」按，俗稱旋風為「鬼頭風」，認為那是「鬼所為也」。而那風，也像鬼似的來無影去無蹤。兩處都是咒罵張協無情無信的。

4、門　神

按，門神信仰在中國民間也十分流行，是中國民家「五祀」之一。在劇中，雖然沒有直接塑造「門神」形象，但由於土地神強迫小鬼充當廟門，故小鬼的自我感覺就是「門神」了。當判官讓他少管閒事時，他唱道：「道我是門神也不知」。我們知道，門神在民間信仰中，是以家庭保護神的形象出現的。民眾每當過年，總要在自家門口貼門神，而門神的畫像在漫長的歷史中又經歷過許多變化。

在戲劇情節中出神露鬼，這類情形不光是《張》劇裏的獨有，而是在南戲中一線傳替。「四大南戲」之一的《白兔記》有「社報」一齣，有「跳鬼判的，蹺蹊的，做百戲的」，那是在戲中插演的一段社火表演，鬼判，就是小鬼和判官的簡稱。《琵琶記》向被看作「南戲之祖」，是南戲最高成就的代表性作品，是敷演現實人生題材的。但即便是這樣一部作品，其二十七齣「感格墳成」中也不失時機地插有一段神鬼表演：趙五娘羅裙包土築墳葬公婆的精神，感動了「當山土地」神，他喚來「南山白猿」、「北嶽黑虎」，趁五娘休息瞌睡之際，幫她築好了墳。明清傳奇是南戲之後裔，故其神聖神秘神怪的內容風格一直不絕如縷。《牡丹亭》中陰世的判官小鬼、牛頭馬面就是一例。《長生殿》的後半部出神露鬼之處更多。第二十七齣「冥追」中有「副淨扮土地」，

奉「東樂帝君」之命來保護死在馬嵬坡的楊貴妃的「肉身」，安頓她的「魂魄」。這個馬嵬坡土地小神親手為貴妃解去白練，好言相勸；在三十齣「情悔」中他又給她發放「路引一紙」，任其「魂遊」，極富同情之心，讓人聯想起《張協狀元》中的那個土地公公。第四十六齣「覓魂」中，楊道士奉唐明皇之命到森羅殿尋找楊氏之魂，森羅殿判官要小鬼「勾」來「宮嬪妃后」名簿，遞呈道士查看。這一情節，令人想起現今依然活躍在邊遠地區的儺戲中的「勾簿判官」形象。〔註3〕勾簿，正是民間傳說和戲劇中判官這個形象的一項職能。

早有學者注意到傀儡（鮑老）與方相氏的關係。〔註4〕近年更有學者深入論及傀儡與傀儡戲的巫儺文化品格。〔註5〕早期南戲中也有來自傀儡戲的面影。《張協狀元》五十三齣有丑舞傘的表演，自吹道：「傘兒簇得絕妙，刺起恁地高，風兒又飄」，末在一邊唱評道：「好似傀儡棚前，一個鮑老」。可見這段表演，取自傀儡戲。這樣的舞傘表演，在儺戲中也能見到。筆者就曾在貴池儺中見到過「簇」得妙、「刺」得高，在「風兒」裏飄搖的舞傘。

二

中國儺文化起於殷商，至今已有四千多年的歷史了。從縱向的歷史演變看，中國的宮廷儺祭大致可以分「原生態」與「次生態」兩種形式。有方相氏「黃金四目」、「十二獸衣毛角」、一百二十「侲子」參與的是其「原生態」；出現了將軍、判官、鍾馗、小妹、門神、土地等形象，世俗化、戲劇化了的儺祭形式是「次生態」的，筆者曾經把它們分別稱為「漢儺」和「宋儺」。〔註6〕這是「宮廷大儺」的情況。在民間，還有一種簡化了的儺事形式，那就是「沿門逐疫」（又稱「打野呵」）。宋代的沿門逐疫由三到五個乞丐組成，也有人物扮演：神鬼、判官、鍾馗、小妹等，與宋儺十分相象，是宋儺的簡略形式。我們看到：對後來南戲發生影響的，主要是宋儺——打野呵一系。

為了進一步看清早期南戲與儺文化之間的關係，讓我們將南戲的發生地溫州一帶的儺文化現象，提將出來作一專門的展示。

溫州古稱「東甌」。《史記‧東越列傳》「立搖為東海王，都東甌，世俗號

〔註3〕見《儺戲論文集‧德江儺堂戲源流試探》，貴州人民出版社1987年版第37頁。
〔註4〕見孫楷第《傀儡戲考原》，上雜出版社1952年版第9頁。
〔註5〕如康保成的《儺戲藝術源流》中多處論及，廣東各等教育出版社1999年版。
〔註6〕見拙作《從儺祭到戲劇之一途》，《戲曲研究》第43輯第64～77頁。

爲東甌王」。《史記・封禪書》「東甌王敬鬼」,萬曆《溫州府志・風俗》「甌俗多敬鬼樂祠」。

溫州地區的儺文化也呈現了十分古老的儀態。《周禮・夏官・方相氏》「方相氏掌蒙熊皮,黃金四目,玄衣朱裳,執戈揚盾,率百隸而事儺。」方相氏這一儺祭的主持形象早在宋代的宮廷儺中消失,代之以「將軍」。但溫州地區的儺活動一直保留著方相氏的顯眼地位。清代郭鍾岳《甌江小記》:「攔街福,溫俗之酬神賽會也。土風以二月十五日至三月十五日,城中各戶酬神設牲禮於道,張燈結綵,吹笙鼓簧,六街燈火,徹夜不絕,酬神後迎東嶽會,會中有方相氏高與簷齊,他則黃金四目,儺拜婆娑,旁街四巷,必須周歷。」清方鼎銳《東甌百詠》:「迎神賽會類鄉儺,禳磔喧闐滿市過。方相儼然司逐疫,黃金四目舞婆娑。」戴玉《甌江竹枝詞》有:「方相威棱何赫奕」句,下有注釋云:「迎神時有方相,黃金四目,尚存古制。又有高蹻雜技,能歌舞。」

1、溫州地區的東嶽會等民間祭祀活動中混有儺的因素;2、這一帶的儺活動尚有春秋時代「春儺」的面影,與日本相似;3、東嶽會上的方相氏是踩在高蹻上的,所以「高與簷齊」;4、「旁街四巷,必須周歷」之謂,說明它是「沿門逐疫」的遺風,這種形式在日本叫做「門付藝」和「大道藝」;5、方相氏依然戴著「黃金四目」的面具,容貌可怖,但孫雨人的《永嘉聞見錄》卻說方相氏面具是兩隻眼睛的:「神前有方相氏,碩大無朋,二目炯炯,狀獰惡可怖。」6、這裡的方相已呈藝術化的傾向,「能歌舞」,姿態「婆娑」,還能演「雜技」。

張泰青《甌城燈幔記》中說「吾甌……逐儺之月揆法乎周官。每屆上巳修禊之辰,輒仿太乙展燈之祀。」「各徵歌舞於帝江,用助喧闐於人海,則春城而雜戲陳也。」

胡雪岡先生在他近年出版的專著《溫州南戲考述》中說:「溫州之『攔街福』實爲鄉儺,」「是戴著假面具舞蹈的,而作爲逐除的儀式,則在行進中表演,並出現『方相氏』。」同治年間的《景寧縣志》也有明確不二的說法:「俗名『攔街』,即古儺也。」(25頁)

值得注意的是:溫州地區的儺祭承襲的是隋唐及隋唐以前的「漢儺」的傳統,而宋代發生了很大變化的、已經世俗化、戲劇化了的宮廷和民間的「宋儺」,卻進入了當時正形成於溫州一帶的南戲裏面,成爲南戲內容、形式、人物形象構成的有機的組成部分。南宋時的溫州永嘉人薛季宣,寫有《感除賦》

一篇記敘家鄉除夕夜之景象的，中有：「儺鼓韻兮震渠屋，倡辰童兮逐逐。山臊神兮難知，爆竹庭除兮夫勞而爲靜。」這在儺祭中起用「辰童」的做法，正來自於「漢儺」的以一百二十名「黃門子弟」做「侲子」的傳統。如此說來，古老的儺文化在溫州地區的積澱是多重的，多層面的，祭祀性的內容形式積澱在儺祭活動中，世俗性、戲劇性的內容形式進入表演性的戲文中。這樣的區域在中國還眞不多見。

三

儺祭儺儀對於南戲的影響並不是直接的。畢竟，以驅鬼逐疫爲目的、以戴假面具爲形式的儺，到以審美娛樂爲目的、以人物扮演表演故事爲手段的戲劇之間，還有不短的路要走。我們說，宋代是儺祭儺儀走向戲劇的重要時代，宋代出現的一個令人注目的現象是：裝神弄鬼已不再侷限於驅儺祭儀，而開始逐漸形成一檔檔獨立的節目串演於其他場合，出演於勾欄瓦舍，成爲「宋雜劇」的一個類別。正是這些離開驅儺祭儀的神鬼扮演段子，極大地影響了後來的南戲。

在兩宋筆記中我們看到，民間各俗神誕辰廟會也多有神鬼表演。如六月六日「二郎神」生日，所呈百戲中有「裝鬼」一項，有的伎藝人還爬到數十丈高的竹竿頂上「裝神鬼，吐煙火」，「甚是危險」。〔註7〕又如南宋都城臨安二月八日「祠山聖誕」，陸上水中都演戲，陸上是「神鬼威勇，並呈於露臺之上」，湖中龍舟上演的戲中，有演員扮演「十太尉、七聖、二郎神、神鬼」等形象。〔註8〕北宋都城汴京每年三月初於金明池瓊林苑有遊園活動，在供奉皇上貴家的百戲中，神鬼也是十分活躍的形象。《東京夢華錄》「駕登寶津樓諸軍呈百戲」條，有著詳細的描寫：「有假面披髮，口吐狼牙煙火，如鬼神者上場。著青帖金花短後之衣，帖金皂綍，跣足，攜大銅鑼隨身，步舞而進退，謂之『抱鑼』。繞場數遭，或就地放煙火之類」；「有面塗青碌，戴面具金睛，飾以豹皮錦繡看帶之類，謂之『硬鬼』。或執刀斧，或執杵棒之類，作腳步蘸立，爲驅捉視聽之狀」；「有假面長髯，展裹綠袍靴簡，如鍾馗像者，傍一人以小鑼相招和舞步，謂之『舞判』」，還有面白金睛骷髏狀的

〔註7〕《東京夢華錄》卷八「六月六日崔府君生日二十四日神保觀神生日」條，第48頁。

〔註8〕《夢梁錄》卷一「八日祠山聖誕」條，第144頁。

「啞雜劇」，披髮文身的「七聖刀」，假面異服如寺廟神鬼塑像的「歇帳」，還有上百人黃白粉塗面的「抹蹌」等等，集當時的神鬼表演於一處。兩宋的神鬼表演段子用於許多節日慶典場合，像如今我們熟悉的春節聯歡晚會那樣的節目小品組合，當時的神鬼表演作為其中的一種被組合在裏面，惟有一種場合不可以表演神鬼，那就是：皇室壽宴，按規定，那是不能用「獅豹、大旗、神鬼」的。〔註9〕

當時的這些神鬼表演，已經成為一種日常性、商業性的演出，出現在勾欄瓦舍之中。在北宋都城，當日有一個叫「孫三」的藝人就是專門表演神鬼的，與「說三分（三國）」的霍四究、說「五代史」的尹常賣、「叫果子」的文八娘齊名。〔註10〕南宋都城以扮演神鬼出名的藝人更多一些，載入史冊的有謝興哥、花春、王鐵一郎、王鐵三郎等。〔註11〕兩宋有一種叫「社會」的職業團體，相當於近代的「同業會」，杭城在音樂社團「清音社」、講唱社團「遏雲社」、「馬社」、「花果社」、「奇巧飲食社」等，一大群講究吃喝玩樂的社團名目中，赫赫然有一個「神鬼社」，可見那時能演神鬼、擅長演神鬼的藝人已不是少數，而社團正是他們交流經驗、切磋技藝的地方。〔註12〕兩宋「舞隊」中也有了與神鬼表演有關的名目，像「喬謝神」、「喬樂神」、「神鬼聽刀」、「抱鑼裝鬼」、「查查鬼」等，〔註13〕有的像已是有一定故事情節的小品，有的祇是扮神弄鬼的舞蹈表演。宋雜劇是以科白為主偶也有歌舞段子的短劇，《武林舊事》卷十所列「官本雜劇段數」二百八十目中，也頗有些神鬼表演的段子：「塑金剛大聖樂」、「鍾馗」、「二郎神變二郎神」、「傳神薄媚」、「驢精六么」等，其中「大聖樂」、「薄媚」、「六么」等是曲牌名，表明這一段表演用這個曲子配奏配唱，可見神鬼故事除了科白劇，還有歌舞劇表演。而且，這些曲子多來自唐宋大曲，不是簡單的民間村坊小曲，像「六么」宋雜劇中另有「鶯鶯六么」，同樣的曲子可以配唱崔張愛情故事，也用來配唱「驢精」這樣的神怪故事，看來這則表演已不是個簡單的造型而已了。還有，「喬」在宋元市語中是裝模作樣、稀奇古怪的意思，上述舞隊和雜劇名目中，有一些一望而知是滑稽調笑的神鬼表演。

〔註9〕 《東京夢華錄》卷九「宰執親王宗室百官入內上壽」條，同上第53頁。

〔註10〕 同上卷五「京瓦伎藝」條，第30頁。

〔註11〕 《武林舊事》卷六「諸色伎藝人」條，第461頁。

〔註12〕 《都城紀勝》「社會」條，第98頁。

〔註13〕 《西湖老人繁盛錄》，第111～126頁。

　　宋代民間的「打野呵」雖還頂著個「沿門逐疫」的巫儺性帽子，其實早已顯現了娛樂性表演的色彩。北宋城鄉的除夕前幾天，「即有貧者三數人為一火，裝婦人神鬼，敲鑼擊鼓，巡門乞錢，俗呼為『打夜胡』，亦驅祟之道也」，南宋的這種形式扮演的人物形象更多，神鬼、判官、鍾馗、小妹等，有關記載中也說是「亦驅儺之意也」。兩段記載都用有個「亦」字。這告訴我們：原先作為沿門逐疫之首意的驅儺驅祟，這時已降格為第二、第三「意」了，而戲劇性表演和乞錢，已取而代之稱為其首要之意。所以，「打野呵」中的神鬼表演，我們也可以把它們看成是其他場合的神鬼表演、不必拘泥於儺祭的，至少，「打野呵」是腳踩兩隻船的。

　　兩宋時代活躍在各種場合的神鬼表演，正是從儺祭儀式到戲劇表演的中介形式。這些神鬼形象在原有的宗教祭祀儀式中，是同「驅鬼逐疫」這一巫術性目的而集合在一起的，原本是一個整體，卻在兩宋日益商業化劇演浪潮的衝擊下「化整為零」。當然，這些自成段落的、小型的神鬼表演也有成色上的區別。有的還帶有一定的宗教色彩，有的則全然是戲劇的風格了，一般來說，前者多出演於各種神誕廟會等宗教性場合，後者出現在其他場合，特別是勾欄瓦舍。因為在勾欄瓦舍表演，已經全然是一種商業行為、一種「賣藝」了。這一點，正反映了兩宋神鬼表演節目在儺祭到戲劇演變過程中「承上啟下」的性格。

四

　　中國古儺祭可分「漢儺」、「宋儺」，而兩宋各種場合的神鬼表演段子，是由宋儺派生出來的，這一點似無疑問。如果將從宋儺到神鬼節目的演變過程叫做「化整為零」，那麼，神鬼表演段子最終被綜合進戲劇表演就是一種「化零為整」的過程。這裡所謂的「化零為整」，並不是又回到原來的祭儀中去，而是零散表演的神鬼節目與來自其他方面的戲劇因素的融合，與其他形式的雜劇段子攜手，共同參與表現一個新的戲劇故事。與《張協狀元》同列為《永樂大典戲文三種》的《宦門子弟錯立身》中，有一個情節，很能用來說明這問題。完顏壽馬要當江湖藝人，向班主自薦，說自己有怎樣的本領：「我舞得、彈得、唱得。折莫大擂鼓吹笛，折莫大裝神弄鬼，折莫大調當撲旗。」（第十二齣〔么篇〕）這說明，元代的一個藝人要想在戲班子站住腳，要想在勾欄瓦舍裏演開戲，是必得要有「裝神弄鬼」的手段的，因為戲裏不時有出神露鬼的情節需要表演。「永樂大典戲文」的第三種《小孫屠》的開場簡介劇情中，

有「三見鬼」之言，那是用作廣告的，這說明，當時的觀眾喜歡在劇中「見鬼」，以「三見鬼」出之有號召力。

儺祭儺文化對於戲劇的影響，正是靠這樣的「化整爲零」再「化零爲整」過程實現的。令人注目和感興趣的是：這樣的影響，幾乎全發生在南戲身上。這當與南中國素來「好事鬼」、「多淫祀」，〔註14〕「俚俗以神爲戲事」〔註15〕的傳統有關。當南戲在溫州發生、向南中國的廣大地區擴散後，反過來促進了儺戲快速地從儺祭中脫穎而出。因此後來的儺戲多集中於南中國，儺戲與南戲又互有影響。

南戲的開場形式就是受儺的影響的。南戲的開場形式叫「家門大意」或「副末開場」，那是一種儀式性很強的形式。筆者曾在《「竹竿子」考》一文中，考述了竹竿子從巫儺活動中的巫具，演變爲宋代宮廷樂舞中的戲具，成爲樂舞引舞人（主持人）的專稱；這樣的主持人進入南戲後就是開場副末，不再手持竹竿，但繼承了「竹竿子」吟贊詞、介紹劇情、設問對答的做法。〔註16〕康保成先生則從「開」、「開呵」、「引戲」、「家門」入手，論證了「家門大意」、「副末開場」源自「沿門逐疫」這種儺文化形式。〔註17〕所論詳盡精到，在此不贅。

成化本《白兔記》據考也是一本早期南戲。它的開場有一個十分引人注目之處：〔紅芍藥〕曲全由「哩羅連」三字的回返往復組成。這也是南戲和南方儺戲的一個共同現象。南戲遺響——福建的梨園戲、莆仙戲正式演出前有這種「驅祟淨場」的形式；康保成先生更在廣西、雲南、貴州、福建等地的少數民族民歌、祭祀劇、傀儡戲中找到了大量的例證。他的結論是：羅哩連是梵曲，隨佛教進入中國與「沿門逐疫」式的儺文化結合，形成「沿門教化」式的說唱佛經，然後進入南戲的副末開場。「哩羅連」在開場形式中用作「咒語」，也有在劇情中用作隱語的。《張協狀元》第十二齣小二見張協與貧女情話綿綿，就說他們「口裏唱個哩連羅羅連」；第三十二齣宰相王德用見女兒死去，急昏過去，醒來唱了句「離哩連」，代替哭聲。這兩處都是隱語的用法。

南戲的角色行當主要有「生旦淨末丑外貼」幾種。其中充當神鬼扮演者的每每是淨丑兩角。可以說，南戲淨丑兩角是由巫儺祭祀活動來的。當然，

〔註14〕〔唐〕陸龜蒙《野廟碑》。
〔註15〕胡雪岡、徐順平《談早期南戲的幾個問題》，《南戲探討集》一。
〔註16〕見《揚州大學學報》1997年第五期，第59～64頁。
〔註17〕同注6第四章，第119～144頁。

後來在戲中的淨丑兩角已不再侷限於演神鬼（像《張協狀元》一劇中淨丑兩角分別擔任了二十多、十多個角色，實在是兩個多才多藝的演員）。但劇中只要有神鬼出現，必然還是他們兩個的任務。淨丑兩角又是插科打諢、滑稽調笑的，這大概又和中國民間社會「褻瀆神聖」的傳統有關。早在宋儺裏出現的那幾個世俗神形象，已沒什麼神聖味了；他們走進戲文，自然更是人們嘲弄笑話的對象。

南戲對儺戲的影響主要表現在戲劇表演上。大率儺在原有的祭祀活動中祇是祭奠神或某個神聖化了的人，等到儺戲形成以後，作為祭祀儀式後的餘興節目，就不能這麼簡單了，於是倒過來向戲曲（特別是南戲）引進劇目、借鑒表演方式。安徽貴池儺戲中的《孟姜女》一齣，就明標「源於南戲舊篇」。〔註18〕南通童子戲裏除了《孟姜女》外，更有《趙五娘尋夫》、《李三娘推磨》等早期南戲篇章，而且很多劇目都叫「某某記」，劇名與南戲傳奇一致，如《金環記》、《羅帕記》、《荷包記》之類，《李三娘推磨》又名《白兔記》，與南戲的完全一樣。〔註19〕

最後，作為結論，我們還想說這麼幾句話。中國古儺原來是以驅鬼逐疫為目的的。從「漢儺」到「宋儺」的演變，已是原有目的的淡化。宋儺對戲劇的影響很大。這種影響可以分作兩途來看，一途發展為儺戲，雖稱戲，卻依然沒有最終擺脫驅鬼逐疫的原有目的，它是一種本質上的祭祀劇、內容上的神鬼劇、形式上的假面劇；另一途影響主要進入南戲，那是經由各類別種場合特別是勾欄瓦舍中的神鬼表演段子而實現對南戲影響的。從宋儺到神鬼小品表演，已是原有目的的蛻變；從神鬼小品到南戲，更是原有目的的脫落。也就是說，這些神鬼形象和他們的故事表演，是在離開了「驅鬼」的目的而走向分散，後來又在新的目的下與其他形象和故事聚合在一起，這後一個目的就是戲劇的目的、敷演故事的目的。當南戲和儺戲各自成立後，兩者還有著一定的互相影響、互相豐富對方的運動。這，實在是一個值得進一步深入研究的課題。

（原載中華書局 2001 年版《南戲國際學術研討會論文集》）

〔註18〕《安徽貴池儺調查報告》，貴州人民出版社 1992 年版《中國儺戲調查報告》第 35 頁。
〔註19〕《江蘇南通童子祭祀劇面面觀》，同上第 147 頁。

十八世紀中國昆曲之浮沉

　　十八世紀的中國劇壇充滿了變數。昆曲的最後輝煌在此 100 年；昆曲的劇壇宗主地位發生動搖在此 100 年；中國國劇京劇的誕生亦在此 100 年中。十八世紀中國戲劇的盛衰浮沈此起彼伏，具有發生學上的意義。

　　十八世紀，正值清王朝的「康乾盛世」，是中國政治史上值得驕傲的時期。就昆曲而言，在剛剛過去的十七世紀末期，洪昇的《長生殿》完成於 1687 年，孔尚任的《桃花扇》定稿於 1699 年，這兩部傳奇劇作是中國古典戲劇創作的雙峰，高高地聳立在十八世紀的門檻邊，標誌著昆曲傳奇創作黃金時代的終結，而後當然也有劇作家的劇本創作誕生，但哪部也沒能超過《長生殿》、《桃花扇》的高度，誰人也難以逾越南洪北孔的成就。

　　十八世紀對於昆曲來說，是一個表演的世紀。

　　此前，昆曲自發生到發展演變，已經走過了三四百年的歷史，自明代隆慶、萬曆興盛，也已有百餘年的歷史了，這其間積累了大量的劇本創作，已足以可供藝人們搬演敷演、花樣翻新的了。這就像日本的能樂一樣，其創作基本上完成於十五、十六世紀，而後就是長達數百年的搬演，幾乎不再有創作，這樣的表演可以至今不衰。

　　縱觀十八世紀的昆曲浮沈走向，大致可以概括為這樣幾個特點：1、其盛衰浮沈，與兩位帝王的倡導好惡、宮廷的演出活動關係密切；2、其內部變革，是由文人化走向通俗化，由追求情節到追求「看點」；3、其外部變革，是花雅兩部既競爭又融合，致使中國劇壇出現百花齊放的局面，昆曲則「她在叢中笑」。

一、「浮」也康乾，「沉」也康乾——帝王的好惡與昆曲的運命

　　中國表演藝術的命運，向與最高統治者的喜好厭惡關係重大。唐明皇至

於梨園子弟，後唐莊宗至於伶官，皆是證明，宋徽宗愛好文藝和中國戲曲雛形出現於兩宋交替時期，亦不會沒有關係。明萬曆帝的喜好推動了昆曲的第一波繁盛。入清後，康乾時代的昆曲興盛，已經是第二波。整個十八世紀，康乾二帝之間還有個雍正皇帝，不喜戲劇文藝，下令禁止士大夫家豢養家伶，所以昆曲這第二波高潮中亦有個時間不長的沈寂。

康乾二帝喜好昆曲，與他們的幾次下江南有關。

在康熙一下江南前一年，康熙二十二年（1683），統一了臺灣，康熙帝心裏高興，中秋節那日，他即席賦詩表示慶賀，傳旨以昆曲舉行盛大表演，演出《目連》傳奇，在後宰門駕高臺，用活虎、活象、真馬出演，花費金子一千兩。〔註1〕

康熙第一次下江南，時在次年農曆十月。最令他興致盎然的，一是看昆曲，二是遊虎丘，結果昆曲一看看到半夜，第二天早飯後又繼續看，一共看了二十齣，倒把去虎丘的時間推遲到午後。康熙隨和，說「照你民間做就是了」，不要什麼規矩，演出的摺子戲有敷演范蠡西施故事的《前訪》、《後訪》，也有《水滸記》裏《借茶》一類男女調情戲。〔註2〕

康熙南巡由江蘇織造伺候，為他演戲的是寒香部、妙觀部等戲班，後來他還親自從各部中選擇二、三人帶往京城，供奉內廷。〔註3〕康熙帝對昆曲音樂、吐字吟白、身段動作、服飾穿關，頗多講究，實在堪稱是位昆曲專家。

乾隆皇帝與他祖父比較，對昆曲的興趣喜好是有過之而無不及。

乾隆擴充宮廷演戲機構，將和聲署搬到南海和南長街之間的南花園，名為「南府」，有內學（太監為學生）、外學（民籍藝人、旗人為學生），後來南府改為「昇平署」。

據《南府之沿革》說，乾隆帝「初次巡幸江南，因喜昆曲，回鑾日，即帶回江南昆班中男女角色多名，使隸入南府，謂之新小班。」帶回的藝人數就比康熙那時多得多，景山內垣他們的住處有一百多間，被稱為「蘇州巷」。〔註4〕他們與原來宮中大班、小班合在一起，人數眾多，聲勢浩大，演出每一部宮廷大戲都要起用一百多名藝人，堪稱乾隆帝之「梨園子弟」。

〔註1〕 王政堯《清代戲劇文化史論》，北京大學出版社，2005年，P2。
〔註2〕 胡忌等《昆劇發展史》，中國戲劇出版社，1989年6月，P355。
〔註3〕 胡忌等《昆劇發展史》，中國戲劇出版社，1989年6月，P356。
〔註4〕 鈕驃等《中國昆曲藝術》，北京燕山出版社，1996年8月，P9。

　　乾隆皇帝就是靠這支隊伍，給他母親祝壽，爲他自己過生日，舉行盛大的節日慶典，與民同樂的。

　　當時宮廷大戲有所謂《月令承應》，即節令演出的戲，其規定元旦、元宵、立春、太陽節（二月初一）、浴佛（四月初八）、端午、關帝生日、七夕、中秋、冬至、臘八、祭竈、小除夕、除夕等節，照例要表演戲曲。

　　康熙五下江南，乾隆六下江南，據記載康熙南巡之第一次、第五次有昆戲供奉，而乾隆幾乎每一次都大演戲曲，都帶回藝人，所以乾隆朝的南府「外學」得到了大大的擴充。

　　康乾二帝對昆曲的喜愛，就這樣大大地擡舉了昆曲事業。但是，昆曲最終的沈淪，亦與這兩位皇上不無瓜葛。

　　這是兩位中國歷史上多才多藝、興趣愛好廣泛、富有創造的帝王。比如，在共同愛好的瓷器方面，他們也頗具鑒賞力和創造力，康熙創作了「琺瑯彩」，乾隆創作了「彩瓷」。他們最容不得的是墨守成規，墨守陳舊。乾隆朝有一名督陶官唐英，有一年就是因爲監督燒製的器皿樣式陳舊而受了懲罰，自掏腰包買下這批貨了事。就是這樣兩位講求創新意識的偉大帝王，他們在戲曲愛好上也不會一成不變。

　　康熙帝愛好昆曲，亦重視弋陽腔，到民間尋覓好的弋陽班進宮，與昆曲形成競爭態勢。所以我們可以說，後世的「花雅爭勝」實起於康熙朝。十八世紀重要的戲曲民俗筆記《揚州畫舫錄》裏說：「兩淮鹽務例蓄花、雅兩部，以備大戲。」大戲，就是演給帝王看的戲。

　　乾隆七十大壽時在熱河避暑山莊的慶祝活動上，還是以演出昆曲爲主；到他的八十大壽，即發生了中國戲曲史上劃時代的大事——徽班進京，先是三慶班，隨即是四喜班、和春班、春臺班，所謂四大徽班進京，這件事，被後人看作是中國京劇的發端，京劇的歷史，即從這一年算起。

　　當然，昆曲的衰勢早已存在，早在乾隆三十九年（1774），徽班進京之前的 16 年，秦腔藝人魏長生進京，後五年又以一劇《滾樓》獲得轟動效應，給予昆曲的衝擊極大。

　　從此，昆曲慢慢沉寂下去，索性一沉到底——到民間去，到各地方去，在沉潛中發揮作用、得到永生。

二、由追求情節到追求「看點」──作爲文化的昆曲摺子戲現象

昆曲傳奇原是一種十分冗長的劇作，一般都在二十幾齣到五十齣左右。這樣的戲要是搬上舞臺演出，至少得演幾天幾夜。

於是，在昆曲的正式演出中，出現了一種「摺子戲」的形式，即單摺的選場戲。整個十八世紀，可以說是摺子戲表演的世紀，李曉先生徑直將其稱之爲「摺子戲的時代」。〔註5〕

摺子戲，一般都是一本戲中最精彩的段落，或因爲在演出實踐中被髮現的最受歡迎的段落，所以被保留了下來，一演再演，成爲名段子。摺子戲現象當然不是十八世紀才有，明末清初就有以《綴白裘》爲名的摺子戲彙本，但繁興，卻正是於十八世紀展開的。由錢德蒼彙編的《綴白裘》新刊，所收當時流行的摺子戲 430 齣，正是十八世紀摺子戲勃興的最好證明。

摺子戲的關鍵全然不在於情節的完整與否，而在於「看點」，每一個摺子戲就一個看點。

《單刀會・刀會》與《四聲猿・罵曹》同樣表現威武不屈的精神面貌，但是兩者的看點卻有所不同，前者主要展示民族氣節，後者則表現忠奸鬥爭，表現「罵」不絕口；前者看「形」（紅淨的形體動作，神韻與眼神），後者聽「聲」，「罵」之「聲」（老生優美的唱腔）。

《東窗事犯・掃秦》與《琵琶記・掃松》，都著一「掃」字，以「掃」代罵，前者是瘋僧（丑扮）「冷」罵秦檜，後者則是張大公（老生）「熱」罵蔡伯喈，表達了張大公的古道熱腸。兩者的看點，一「冷」一「熱」。

《借茶》和《活捉》同屬《水滸記》，《借茶》的看點在張三，看其怎樣借茶爲題有層次地精彩調情；《活捉》的看點在閻婆惜的「魂旦」表演：雙臂下垂，直行「鬼步」，顫抖的聲喉，低飛的水袖。同樣是調情，《玉簪記・琴挑》與《借茶》又不一樣。《借茶》是風騷男女的身體挑逗，《琴挑》裏一對知識男女互相吸引的是詩心，內心豐富熱烈，形體卻必須端莊，身不動卻要演出心動來，《琴挑》的難點就是看點。

《長生殿》描寫帝妃之戀，演繹的卻是尋常人情。《絮閣》就是一齣俗世夫妻拌嘴吵架的戲。《絮閣》，看女人的憂患意識。《埋玉》，看李隆基要江山

還是要美人的艱難選擇。《彈詞》，又主要是用來聽的。

《獅吼記・跪池》，一齣懼內戲。雖說懼內，夫人柳氏卻並不可恨，陳季常亦並不可憐，因為這則女強男弱的怕老婆故事被遊戲化、玩笑化了，像煞一段小兒女間「辦家家」的摩擦。

《占花魁・受吐》，賣油郎獨佔花魁，關鍵在「受吐」。但看點卻在兩個科諢人物：鴇母王九媽和侍兒小四，一個說一口蘇州話，吳儂軟語；一個操一嘴蘇北語，刮啦鬆脆。還有《繡襦記・教歌》。主人公是小生扮的鄭元和，但看點在小丑扮的蘇州阿大和邋遢白面扮的揚州阿二身上。《琵琶記》裏《吃糠》的是趙五娘，蔡公蔡婆的戲份卻不少，身段動作也好看。

崑曲將醉人醉事搬上舞臺，演繹那些酒德、酒功或者酒禍的主題，同時演繹醉容、醉語、醉態、醉動作，成為著名摺子戲的段子不少，也各個別有看點：《醉寫》看「傲」，《山門》看「豪」；《醉寫》看詩人調戲權貴，《山門》看武士破壞戒律；文人和武人有不一樣的「醉中天」。《醉皂》則是小人物之醉，俗醉。女醉則有《醉楊妃》，看楊貴妃借酒澆愁，醉態是貴妃之妒的形態、象徵、符號。

在這裡，我們要說的是：摺子戲是戲曲藝人二度創作的成果。應該充分肯定藝人們在摺子戲二度創作中的功績。藝人們具有豐富的舞臺表演經驗，是他們而不是劇作家在直接地與觀眾們面對，觀眾們的好惡喜厭，他們的體會最深，也最為重視。劇作家在創作中可以只管一味地抒發一己的情懷，或者呈弄自己的才學，家班子的堂會演出可以不顧時間控制，但是職業戲班的藝人的商業性演出，就必須把觀眾們的喜聞樂見放在第一位。所以，經藝人們手調理過的戲曲段子，不一定有多麼深刻的含義，但卻一定是好看的。從這個意義上說，摺子戲盛行本身，也主要是藝人與觀眾合力的結果。

藝人們對於摺子戲所做的，大致有三點值得我們關注，一是改動，二是生發，三是融入民俗文化元素。

《荊釵記》中有《開眼・上路》，講王十朋時來運轉，升任吉安太守，差僕人李成接岳父母。這是原傳奇第三十九齣《就祿》的內容。值得注意的是，現在崑曲演出本中，岳父錢流行是個瞎子，說是因為女兒錢玉蓮投水自盡，錢流行哭瞎了眼，如今聽了王十朋來信，喜出望外，盲目竟為之復明。這一情節原來是沒有的，是藝人們的創造，且為此改動了齣目。藝人們增添了「瞎眼」的情節，加強了戲劇效果，亦表現了他們模擬殘疾人的表演本事。模擬

殘疾人自古就是一項表演,至宋金雜劇而盛。戲曲定型後被綜合進來,成爲推動情節、塑造人物形象的藝術手段。

名劇《西廂記》、《牡丹亭》、《長生殿》等在實際演出特別是摺子戲演出中被改動亦很多。《西廂記》裏《跳牆著棋》中的「著棋」部分就是藝人加的,增加了相當的篇幅和可看性。洪昇在《長生殿例言》中曾發牢騷:「今《長生殿》行世,伶人苦於繁長難演,竟爲傖輩妄加節改,關目都廢。」「近唱演家改換,有必不可從者,如增虢國承寵,楊妃忿爭一段,作三家村婦醜態,既失蘊藉,尤不耐觀。」〔註6〕劇作家這樣焦慮不滿不買帳,但架不住觀眾愛看,所以後來的《長生殿》演出本中,都還是有「三家村婦醜態」,我看洪昇也奈何不得。

第二點,我們把它概括爲「生發」,是一種「無中生有」般的創造。

摺子戲《醉皂》雖掛在《紅梨記》的名下,但實在祇是借了點由頭生發出來的。原本《紅梨記》共三十齣,沒有「醉皂」一齣,它是昆班藝人根據第二十一齣「詠梨」中的幾句說白增添出來的,幾乎可謂無中生有,那皂隸連名字都沒有,皂隸上臺自言自語,交代自己剛喝到酒興上,卻被差遣,這時的他尚未糊塗;漸漸酒意上湧,開始足不由己,他抓住自己胸襟命令道:「你站住了!」,說「往常的酒,喝在肚子裏頭,今日這個酒怎麼喝到腿裏去了呢?」他右腳跨進園子,左腳卻留在外面,只得動員道:「夥計,你跑進來吵!」用手把左腳「搬」了進來。他在園子裏跌了個前撲,剛爬起又跌了個後撲,說「嘻,早曉得要跌,我就不爬起來了!」他進了趙汝州書坊,傳達主人請趙「吃月賞酒」,趙爲他糾正,他便說趙吃醉了;趙叫他到外面「轉一轉」,好讓自己把幾篇文字作完,他以爲趙相公要把「蚊子」「捉完」,在原地轉了十七八轉。這一切,都是尋常醉漢的尋常醉態:自己醉了卻偏說自己沒醉是別人醉了,自作聰明,說話顛三倒四,把「文字」聽作「蚊子」,典型是社會底層小人物的情態。

這樣的富有生活情趣的「搞笑」劇情,一般的文人寫不出來。像《醉皂》這樣在原劇本中微不足道,後來被提取出來、強化起來,經過藝人們經心創造,遂成經典的現象,值得重視。中國人一向喜歡滑稽短劇,滑稽短劇從中國戲曲誕生之初就很興旺發達,到昆曲摺子戲時代再度振興,很能反映中國文化一以貫之的「樂感文化」特性。

〔註6〕 〔清〕洪昇《長生殿》,竹村則行、康保成箋注,中州古籍出版社,1999年2月,例言P2。

這一類無中生有式的生發，《紅梨記》裏還有「解妓」一齣，《義俠記》裏有「服毒」齣，《獅吼記》裏有「夢怕」齣等等，不再贅舉。

第三點，融入民俗文化元素。不少摺子戲段子的看點，就在這民俗文化元素上。

比如，《繡襦記》裏「教歌」齣，非常突出卑田院這一乞丐王國裏的丐俗。乞丐乞討須唱〔蓮花落〕曲，需要舞槍弄棒出賣點技藝，需要見機行事為辦喜事的人家說點吉利話，為辦喪事的人家代為歌哭，等等，「教歌」不僅僅是教唱，同時是蘇州阿大揚州阿二在教授鄭元和入行隨俗，教鄭這個公子哥兒怎樣成為一名合格的乞丐。貴族公子要老乞丐調教才有生路，實在諷刺！

《借茶》齣表演張三調戲閻婆惜，「借茶」本身，就是一種試探。因為在民俗文化裏，茶與男女姻緣有著緊密的關聯。閨閣女子受聘，俗謂「下茶」、「受茶」，確立婚約曰「茶定」，訂婚禮上有「下小茶」，合婚禮上有「下大茶」。在《紅樓夢》第二十五回，王熙鳳就對林黛玉說：「你既吃了我們家的茶，怎麼還不給我們家作媳婦兒？」羞得黛玉滿臉通紅。所以說，這一茶俗無論在社會底層還是在貴族家庭，都是普遍通行的，家喻戶曉人人皆知。故此，男人便常常會用「借茶」來試探女人，借茶便是藉口，張三這樣做，《人面桃花》裏的崔護亦是這樣做的，雖兩者都不算正式求婚，而是萍水相逢，做露水夫妻，故謂「借茶」而非「用茶」——借求婚之俗達到求愛目的。

《長生殿》「禊遊」，即表現上巳之節習俗。上巳節自古就是兩性放縱的日子，這才有劇中楊氏三姐妹同事一個男人（唐明皇）的事情發生，也才有洪昇十分氣憤的「三家村婦醜態」。《禊遊》中三月三那天楊貴妃對李隆基將虢國夫人帶進宮去，嫉妒萬分，大發醋意，結果弄得龍顏大怒，被謫出宮去；而後面《絮閣》齣，同樣是這一對帝妃，李隆基復寵梅妃，楊貴妃妒心大發，李對楊的鬧閣大鬧、冷嘲熱諷不但沒發怒，且十分害怕，千方百計迴避遮蓋，事發後連聲檢討，不久又對著雙星「密誓」，讓愛妃放心。兩次夫妻吵嘴兩種結局，那是因為，以民俗文化的視角看來，《絮閣》中楊貴妃是「有理取鬧」，而《禊遊》中則是「無理取鬧」。這裡的「理」，便是民間習俗之「理」。平日裏不可「出軌」，但有一些節日，特別像三月三這樣的兩性狂歡的節日，就應該網開一面。皇家愛事，亦受民俗的約定俗成左右。洪昇的憤怒告訴我們：民俗文化實在有著極大的軟控制力，這是連劇作家也奈何不得的，劇作家竟然左右不了自己劇作的實際演出。

《密誓》出，展示七月七拜星乞巧之俗，而乞巧的根本目的在於「乞子」。楊貴妃曲詞裏唱到的「化生金盆」、「蜘蛛」、「金盤種豆」，都是民間乞子的意象，或含有乞子的意味。〔註7〕子嗣是愛的結晶。楊貴妃討李三郎誓言，是為乞愛，同時向牛女雙星乞子，祈求愛的結晶。子嗣是愛的重要保證，楊貴妃很明白這一點。另外，《哭像》、《私祭》出融有歌哭的習俗，可歸入「哭喪歌」一類；（與此相應，《昭君出塞》齣的民俗基礎就是哭嫁，其曲子相當於「哭嫁歌」。）《重圓》齣表現的則是中秋團圓的俗信追求。

摺子戲之所以包容有這麼豐富的民俗文化，特別是節日民俗文化和人生儀禮習俗文化，其一是因為摺子戲每每於節日或人們的壽筵婚禮上表演，圖個吉利，圖個熱鬧；其二，傳統戲曲本身就是古老民俗文化代代傳承的載體。古埃及人將他們怎麼過節日，用圖案刻在他們的石壁上，我們中國人除了同樣刻在墓壁等地方外，還用戲曲表演的形式傳承，這是一種立體的、活生生的、更加直觀的傳承。從這個意義上說，中國戲曲真正是古典文化的「活化石」，生活文化史的「備忘錄」，是民俗文化的一座寶庫。

三、百花齊放與「她在叢中笑」——花雅兩部既競爭又融合

對中國戲曲史來說，清中葉後特別是十八世紀是一個舉足輕重的時代。其標誌是各地民間地方戲的崛起，展現了一個百花齊放般的嶄新面貌。地方聲腔與劇種的興起，與昆曲的衰落已不能維持一統天下的局面這一現象密切相關。清中葉後地方聲腔的繁盛，與明代侷限於江南一帶的「四大聲腔」的格局不同，她在全國遍地開花。從黃河以北到嶺南，幾乎都有她的聲息，而且不久就進入城市，以北京與揚州兩大都市為根據地。

李鬥在《揚州畫舫錄》裏說：「兩淮鹽務例蓄花、雅兩部，以備大戲。雅部即昆腔，花部為京腔、秦腔、弋陽腔、梆子腔、羅羅腔、二黃調，統謂之亂彈。」又據《在園雜記》等筆記，另有楚腔、吹腔、弦索腔、巫娘腔、嗩吶腔、柳子腔、勾腔等在民間流行。如果對上述聲腔作一歸納總結的話，可概括為「南昆北高東柳西梆」四大聲腔。十八世紀中葉，昆曲雖已露「內囊」，但「外面的架子還沒有很倒」，依然保持著劇壇正宗的地位，成為各地方戲移植劇目、學習音樂、表演、舞美的標本。

〔註7〕〔清〕洪昇《長生殿》，竹村則行、康保成箋注，中州古籍出版社，1999年2月，P166。

　　十八世紀中國地方戲百花爭豔，在中國戲曲發生學上意義重大。我們說，中國戲曲的發生並不是一次成功的。遠古祭祀活動中曾「發生」過戲劇因素，這為中國戲曲提供了遠源；漢唐百戲散樂中也「發生」過戲劇雛形，為中國戲曲提供了近源；宋金雜劇娛樂中「發生」了成型的戲劇樣式。元、明南北戲曲「兩枝雙秀」的局面，正是宋代這次大「發生」的產物；清近代的地方戲崛起亦是一次大規模的「發生」，這一次「發生」振興了中國劇壇，奠定了中國戲曲近現代發展的基礎。祇是清代的這一次「發生」，不太為人注目，或者說，幾乎還沒人將這一歷史階段的戲劇現象放到「發生學」領域裏去關照過。那是因為，自宋元以來，戲曲脫離民俗文化這一「母體」而獨立，由「地下河」一舉流成「明河」。人們在對宋、元以後的戲曲研究，每每只注意觀察「明河」而忽略地下動態。其實，在宋元以後這條戲曲「明河」之下，依然存在著「地下河道」。換句話說，從宋元以後分作兩途：一途以表層文化的形式流作「明河」，一途仍屬基層（民俗）文化範疇，「地下河」依然流淌，並與「明河」依然不時地有著些許聯繫。清代中葉後正在「明河」水流枯竭、水質變劣（此為許多昆劇劇本變為案頭讀物之喻）之時，「地下河道」卻因為長時期的醞釀積累而水源豐富，水流活躍。幾番湧動，終於衝破缺口，與「明河」有了溝通，將自己清冽的、充滿生命力的活水注入到「明河」之中，令其河道變寬，流量變大，流速加快。雖然由於「明河」的存在，我們看不到「噴泉」奇觀，但我們必須說，這也是一次「發生」。

　　中國的民間戲劇活動一直與種種民俗生活相縮相結，相輔相成，從來沒有停止過。《揚州畫舫錄》云：「郡城演唱，皆重昆腔，謂之堂戲。本地亂彈只行之禱祀，謂之臺戲。」〔註8〕但由於「堂戲」的日漸保守、僵化、貴族化，脫離了廣大農民、市民觀眾，「臺戲」便日漸擡頭，慢慢不「只行之禱祀」了，走下祭壇，趁著清中葉的經濟大潮，對以昆腔為主的「堂戲」形成了威脅，造就一種競爭的局面。

　　昆腔的貴族化，不僅僅表現在題材內容上，且表現在戲班子的素質上。昆班每年五月怕炎熱而「散班」歇夏，亂彈班不但不歇，還趁機組織「趕火班」入城，去佔領昆班拱手相讓的夏季戲劇市場。剛走出社火活動時，「亂彈」只敢在城外四鄉演出，夏天才趁「需」而入。如此一個夏天下來，等昆班恢復演出時，城裏觀眾與劇場已大多為亂彈班奪去，不但本地亂彈，而且外地

〔註8〕陳多、葉長海《中國歷代劇論選注》，湖南文藝出版社，1987年7月，P362。

亂彈也紮下根來。如安慶亂彈演員就受聘於揚州亂彈，與之搭班演出。

中國的文學藝術，無論是詩歌、戲曲、小說，究其起源，無不來自民間。一旦形成，文人參與創作，提高了原有品位，但也易走上脫離大眾、脫離生活、雕琢僵化之途。每當這時，民俗文化依然給其以滋養，或令舊有形式充入新的生命因素而振興，或以新的樣式取代舊有的缺乏活力的樣式。中國戲曲在清代的狀況，正是如此。清中葉後各地方劇的興起，若站在「中國戲曲」這一大立場上觀之，是一種復活、振興的活動；若站在具體劇種的立場上看，則是花部的百花齊放和雅部的「她在叢中笑」。

面臨如此世態的雅部崑曲，便不能再像過去一樣一味地「浮」在京城、「浮」在大都市、「浮」在上流社會了，她必須「沈」到民間去，「沈」到地方上去，她必須換一種活法，必須到最廣大的民眾中尋找自己新的立身安命之所。

說沈就沈，一沈到底，事實證明，崑曲的生命力很強，應變能力也不弱。不然，日後也不會有「一齣戲救活一個劇種」的可能。

十八世紀後湧現的崑曲支流永崑（永嘉崑曲，又名溫州崑曲）、金崑（金華崑曲）、甬崑（寧波崑曲）、湘崑（原稱桂陽崑曲，近稱郴州崑曲）、川崑、北崑等，都是主流崑曲放下架子走向各地、與這些地方原有的文藝形式攜手、融合的結晶，是崑曲接受地方化改造後產生的新品種。

永崑的發祥地原本正是宋元南戲的發源地，所以永崑的劇目中有不少南戲的故事。如戲曲史上著名的四大南戲「荊、劉、拜、殺」，永崑至今能演的《荊釵記》、《白兔記》就是其中之二。又如《對金牌》一劇與元代溫州時事劇《祖傑》戲文有淵源關係，《洗馬橋》一劇所敷演的劉文龍也是溫州歷史上曾經有過的人，「洗馬橋」是溫州的一個地名。溫州及附近地區又曾經是明代海鹽腔流行最廣最久的地區，我們能在永崑的唱腔樂歌裏聽到海鹽腔的遺響。《琵琶記》也是一部溫州人編的溫州南戲，永崑演出的《琵琶記》與一般崑曲有一個很大的不同：有關趙五娘的若干齣戲，音樂簡單原始，唱腔樸素無華，歌詞及身段動作有撲面的民間生活氣息，從中能夠讓人感受到南戲的風格和海鹽腔的遺韻。而蔡伯喈的唱腔身段，就秉承主流崑曲的典雅富麗的風格了。〔註9〕崑曲本身就與宋元南戲有著密切的淵源關係，清代乾隆年間重回到溫州，自然有一種回故鄉的意味，永崑這一支脈的誕生和存續，是崑曲入鄉隨俗和回歸南戲傳統雙重作用的產物。

〔註 9〕鈕驃等《中國崑曲藝術》，北京燕山出版社，1996 年 8 月，P81。

　　金華昆曲又稱浙西昆曲，早在十八世紀之前就已存在，李漁小說裏有過描寫。金華昆曲可以說是昆曲與當地的民俗活動結合的產兒。金華昆曲分「大班」、「小班」，大班出演於廟臺草臺之上，小班坐唱於節慶神誕、婚喪嫁娶做壽等場合，兩者都不脫離民俗行事。金昆開場戲必演「賜福」或「八仙戲」中一齣，接著跳魁星、跳財神、跳加官，以迎合老百姓欲中舉、欲發財、欲做大官的願望，叫「三套頭」，最後還要演出關公戲或包公戲，稱爲「關公洗臺」或「包公洗臺」，這樣就可以保一年的平安了。金昆演出的武戲比較多，還演一些從其他地方戲移植過來的劇目，〔註10〕這些都讓金昆更加民間化、民俗化一些，更讓當地人喜聞樂見一些，也保證了她至今還能夠在當地立足紮根。

　　寧波地區（浙東）的甬昆一系，時間較晚，其發生的狀況跟浙西差不多，也是主流昆曲到此地後與民俗文化結合，與民眾的喜聞樂見結合，誕生了昆曲的新品種。祇是其地處沿海，民俗文化多一點漁獵色彩，演唱中受調腔影響有一些幫腔和聲的形式。

　　昆曲在華東江南一帶形成支派的，尚有安徽的徽昆和江西的贛昆，可惜都未能傳承。

　　昆曲向北，不光進京立足，而且在直隸河北一帶流傳，形成了具有北方鮮明特點的昆曲支流——昆弋一支，因爲她與弋陽腔並列交雜演出，故名。乾隆以來的宮廷大戲用昆弋兩腔，民間更是多以昆弋兩腔分折交雜演出，唱念皆用「中原韻」，是北昆的一大特色。直到清代末年民國初，河北農村還有叫「水磨高腔」〔註11〕的，正是昆弋兩腔交融表演、雅俗共賞的一個絕好注解，令人聯想到日本能樂宗教劇「能」與滑稽短劇「狂言」的交互演出。北方昆曲與弋陽腔攜手，是對付徽、漢等花部劇競爭的一個好辦法。更爲重要的是，爲了贏得北方人的喜歡，昆曲必須走高亢激昂的一路，而與弋陽腔並肩合作，使昆曲潛移默化地汲取了弋陽腔的唱念風格和其他表演手段，包括伴奏，遂使北昆漸漸擁有了不同於南方昆曲的面貌。

　　向西北，昆曲在山西的晉昆曾經有過十分的輝煌，曾經被孔尙任稱爲「西昆」，以示其與南昆、北昆平起平坐的地位。山西平陽地區原來就是金元時代雜劇院本的搖籃，有著十分深厚的戲曲傳統。昆曲入晉比較早，到十八世紀初已經生根開花，形成了本土昆曲——晉昆。孔尙任寫於 1708 年的《西昆詞》

〔註10〕鈕驃等《中國昆曲藝術》，北京燕山出版社，1996 年 8 月，P85。
〔註11〕鈕驃等《中國昆曲藝術》，北京燕山出版社，1996 年 8 月，P103。

說：「太行西北盡邊聲，亦有昆山樂部名。扮作吳兒歌水調，申衙白相不分明。」
「不分明」是因為無須分明，這裡的觀眾不講究。到乾隆中期，當地廟臺娛
神演出，「必聘平郡蘇腔，以昭誠敬，以和神人」，「因土戲褻神，謀獻蘇腔」
（蒲縣柏山東嶽廟 1752、1777 年碑文）。〔註12〕值得注意的是：幾乎同時，
李鬥《揚州畫舫錄》說，揚州地區的戲曲分工是：昆曲演「堂戲」，亂彈演祀
神的「臺戲」，正與山西相反。揚州重視堂戲，輕視臺戲，在山西，卻因為重
視昆曲而以昆曲「敬神」，認為土戲（亂彈）褻神，亦正好相反。李鬥所代表
的是文人學士的價值觀念，西昆的際遇則是民間價值觀念的體現。如果說永
昆帶有宋元南戲的色彩，那麼晉昆，就染有元雜劇色澤。唱腔較為粗獷，崇
尚武戲，善於塑造英雄形象，都是元雜劇奠定的戲劇精神。

　　昆曲向西一路，在湘南的桂陽（郴州）、雲南與四川各地鄉村開花結果，
分別習稱「湘昆」、「滇昆」和「川昆」。湘昆起得較早，清初江南一帶戰亂，
昆曲藝人有移民到桂陽的，即已帶來昆曲，到十八世紀已有「集秀班」等戲
班專演昆曲，結合當地語言、音樂和民俗，吳語演變成楚音，成為一種帶有
山野氣息的昆曲。特別是副、丑等行當說白不用吳語，改用地方語，甚至採
用當地彈腔賓白，以協當地人之耳。表現行船場面不用槳，改用長篙，正表
現了當地船民的生活風貌。由於當地藝人的努力，湘昆至今尚活在舞臺上，
是昆曲之大幸、中國戲曲之大幸。滇昆與川昆的所指都包括兩方面：既指入
滇入川之昆，又指被納入滇劇和川劇之昆。川劇「昆高胡彈燈」五調共和，
滇劇中昆曲與絲弦、襄陽、胡琴三大調穿插，且有唱「昆頭子」的做法，對
於保護昆曲的劇目、音樂、唱腔等藝術元素都起到了很大的作用。〔註13〕

　　散落在各地民間的昆曲支派，有被稱為「草昆」的。〔註14〕「幽蘭」原
亦來自於「草野」，蘭草，祇是成為「幽蘭」後，人們一般只注目她的花卉和
幽香，忽視她的草根性的存在，自然更不重視她草根性的價值。十八世紀昆
曲回歸民間，讓她的草根性發揮了作用。從這個意義上說，這未必不是件好
事。故本文題目不作「盛衰」作「浮沉」。

　　因此，我們可以說：昆曲是衰弱過，但從來沒有消失過，十八世紀的中
國昆曲是先浮後沉的時代，沉入各地民間及地方戲曲中的昆曲，獲得了多姿

〔註12〕吳新雷等《中國昆劇大辭典》，南京大學出版社，2002 年 5 月，P10。
〔註13〕吳新雷等《中國昆劇大辭典》，南京大學出版社，2002 年 5 月，P7〜9。
〔註14〕吳新雷等《中國昆劇大辭典》，南京大學出版社，2002 年 5 月，P16。

多彩多方位的發展，她或在當地的民俗文化叢中笑，或在某個地方戲曲劇種中笑，即使她已從名稱上湮滅了，但她作爲百花園中幽蘭一枝的幽香，依然存在，並薰陶滋養了許許多多的姐妹戲曲。

（2006 年參加韓國高麗大學國際學術研討會論文，原載中國藝術研究院《戲曲研究》第 70 期，2006 年 6 月文化藝術出版社）

梁祝哀戀與民間文藝創造

　　梁山伯與祝英臺的愛情悲劇，在中國可謂家喻戶曉，「梁祝」之戀，與崔張愛情、寶黛愛情一樣，以男女主人公的姓名冠之，成為了人們的愛情偶像。一般把她歸在「四大傳說故事」，〔註1〕也有把她看作「流傳最遠」的三大愛情故事之一。〔註2〕長久以來，梁祝故事一直是文人圈與民間共同感興趣的題目，表演和研究一直沒有停止過，即使是 1949 年解放後，許多古老題材因為「迷信」或「腐朽」被禁止言說，而梁祝故事卻因強調了其「反封建」的意義，流播探索更加廣泛了。改革開放以後，由於新研究視野和方法的進入，重新解讀梁祝故事的論文觀點，給人帶來新鮮的感覺和深入研究的可能性。在舞臺上，梁祝故事也被重新演繹，被改編成戲曲、話劇、舞劇，甚至日本的寶塚歌舞。

　　作為中國國家級第一批非物質文化遺產代表作（I—7 號），「梁祝文化」正在受到越來越多的人的關注。本文旨在揭示梁祝故事流變發展過程中民俗文化和民間文藝所起的作用，特別是民間文藝的創造作用。民俗是梁祝文化成長的搖籃，民間文藝對梁祝故事具有再造一般的功績。總結其間的經驗教訓，均能對我們今天保護和傳承梁祝文化，產生積極有效的啟示作用。

一、翻案——改「耽誤」為「誤會」

　　《梁祝》故事起於東晉，文字記載始於唐代，梁載言《十道四蕃志》已

〔註1〕黃濤：《中國民間文學概論》，北京：中國人民大學出版社 2004 年版，P169。
〔註2〕曾永義：《俗文學概論》，臺北：臺灣三民書局 2003 年版，P485。

有記載，唐人張讀《宣室志》較爲完整：「英臺，上虞祝氏女，僞爲男裝游學，與會稽梁山伯者，同肄業。山伯，字處仁。祝先歸。二年，山伯訪之，方知其爲女子，悵然如有所失。告其父母求聘，而祝已字馬氏子矣。山伯後爲鄞令，病死，葬鄮城西。祝適馬氏，舟過墓所，風濤不能進。問知有山伯墓，祝登號慟，地忽自裂陷。祝氏遂並埋焉。晉丞相謝安，奏表其墓曰：義婦塚。」

這段文字言簡意賅，後世梁祝故事的主要情節基本囊括：喬裝求學，三年同窗，英臺先歸，山伯訪祝，婚姻無望，山伯病死，英臺哭靈，墳墓開裂，梁祝並埋等。但是有兩點需要注意的：一、沒說祝英臺主動跳進開裂的墳墓，二、還沒有梁祝化蝶的浪漫結局。

梁祝故事至宋代李茂誠《義忠王廟記》定型。李是宋徽宗時人，這麼說來梁山伯當時已經被稱爲「義忠王」了，不僅有墓，且已有廟。「廟記」除了將唐人張讀記載文字更加具體細膩外，又加了不少梁山伯死後情節，還錄有吟詠梁祝戀情的詩歌，一些詩歌裏已有「化蝶」的描寫。另外，宋詞牌有〔祝英臺近〕，說明這一故事已經廣爲傳唱。

唐宋時代梁祝史料有兩點值得我們注意。一是兩人離別，山伯是「二年」後才去訪祝的；二是「廟記」中寫道：當山伯親見英臺的女兒本性，悵然若失回家，讓父母前去提親，聽說祝英臺已字馬家，梁「喟然歎曰：『生當封侯，死當廟食，區區何足論也！』」這是一段被曾永義先生罵作「破壞美感的枯枝敗葉」的史料。〔註3〕但是我們不應該憑個人的好惡取捨史料，應當客觀地「直面」。這句話意思很清楚：男子漢大丈夫「封侯」做官要緊，這種求親不成「區區」小事何足掛齒。可以想見，梁山伯在這兩年裏忙的正是讀書、考試、爭功名。兩年後，功成名就了，這才想起去祝家探望「師弟」，或許還有衣錦還鄉、炫耀功業的意思在。一看「賢弟」其實是「賢妹」，才有求娶的想法，但是，來不及了。

一般來說，男女間的愛情悲劇，大致有這麼幾種原因：單戀，失戀，愛的不同步，或者有外力的破壞。梁祝似乎都不相關。

我認爲，梁祝之所以沒能最終走到一起，是一種「誤」，一種耽誤，如果要給它一個名目的話，可以叫「誤婚」。爲什麼會「誤」婚呢？原因正在當事人梁山伯身上，在他的功名思想上。從這一點上看，梁山伯與《鶯鶯傳》（注意：不是《西廂記》）裏的張生一個樣。張生因爲「文戰不勝」（考試不及格）

〔註3〕曾永義：《俗文學概論》，臺北：臺灣三民書局2003年版，P488。

離開鴛鴦，是為功名犧牲愛情的另一個顯例。〔註4〕作為科舉時代的儒生，不能不把讀書做官放在首位。當功名與愛情婚姻兩者面臨選擇時，儒生自然首選功名，家族、社會也會這樣要求甚至強制他們。國人極少有愛情至上主義的，極少有「愛美人不愛江山」（何況還談不上「江山」）的。

是文學藝術特別是民間文藝的創造，給了梁祝更深的愛和更美麗的結局。

梁祝生前愛而不得其愛，引起了人民大眾無限的同情，是他們讓梁祝二人生不能共枕，死也要同穴，創造了「英臺跳墳」的關目；這還不夠，又讓他們雙雙化蝶，比翼雙飛；還不夠，有的本子甚至讓他們還魂、回陽、投胎重新做人，再結良緣。對於梁祝最終沒能走到一起，幾乎所有的作品都增加了外在的破壞力──歸罪於祝父的威逼，父母之命、媒妁之言的封建包辦婚姻。

元雜劇有白樸的《祝英臺死嫁梁山伯》。雖遺軼，可「死嫁」二字已告訴我們結果。明清兩代使梁祝故事更加蔚為大觀，傳奇劇、地方戲、民歌、說唱，都可舉出十幾數十種。〔註5〕其中名「蝶」的最多，還有名「還魂」的，名「回陽」的。我們看到，在民間戲劇說唱裏，梁祝悲劇原因和最後結局都有了根本的改變，民眾文藝對於梁祝愛情簡直有著「再造」之功。

善良的民眾在把梁祝塑造成心目中的愛情偶像時，依舊把文章作在「誤」字上，但此「誤」不是彼「誤」──把「耽誤」改造為「誤會」。戲曲裏英臺離別梁兄時殷殷告誡：梁兄，「你二八、三七、四六日來！」〔註6〕英臺的意思是「十日」後即到我家來，而山伯卻誤認為須把這幾個數位全加起來，所以他一個月以後才去。這樣的數位誤會，這樣的話語形式，全然是老百姓的。活在民間故事、民歌、戲曲說唱裏的梁祝，早已是老百姓心目中的梁祝，離歷史上的梁祝很遠了。

民間文藝一方面創造了這樣一段誤會，一方面加強了媒婆的花言巧語和祝父的威嚴逼婚情節。梁祝民間戲劇、說唱中每每有「英臺罵媒」的段子，且每每是觀眾特別喜歡的段子，所以常常會成為摺子戲百演不衰。這裡的英臺，且

〔註4〕翁敏華：《從「文戰不勝」到「白馬解圍」》，《文苑》，上海：上海師範大學學報（增刊）1992年版，P92。

〔註5〕路工：《梁祝故事說唱集》，上海：上海古籍出版社1985年版，P6～10。

〔註6〕白岩：《寧波梁山伯廟墓與風俗調查》，程薔：《梁祝故事與中國敘事藝術的發展》，周耀民：《論祝英台形象結構的吳越文化特徵》，《民間文藝季刊》1988年第二期，上海：上海文藝出版社1988年版。（《同窗記》，P6）

歌且罵，且哭且罵，全然不像個大家閨秀的樣子，也不是剛剛學成歸來的書生模樣，簡直就是個個性鮮明潑辣的市井女子。實際上，像川劇《英臺罵媒》這樣的地方戲裏，英臺就早已脫離她原有的階級身份，成爲一般俗世女子甚至廣大老百姓的代言了。祝父硬逼著英臺嫁給馬文才，因爲馬家富有，有錢有勢，而梁山伯卻是個寒門子弟，這些情節，也不是史料提供的，是民間的創作，是民間根據自己的社會生活經驗和價值觀念進行的創造。

沃羅比約夫在他的《愛情的哲學》一文中曾經說過：「戲劇、電影、音樂、繪畫、雕塑都提出過對愛情的不同一般的見解，直接培育過愛情的文明。」〔註7〕如同貼近民眾的戲劇《西廂記》與頗有自傳體意味的《鶯鶯傳》大不一仿，戲劇說唱中的梁祝故事已經是文學藝術對愛情提出的「見解」，是文藝尤其是民間文藝培育的「愛情的文明」了，與史料已經有了很大的差別。

二、演繹——從「喬裝求學」到「樓臺會」

話又說回來，梁祝文藝對於史料畢竟還是繼承了許多。上文展示的唐宋史料裏，喬裝求學，三年同窗，英臺先歸，山伯訪祝，婚姻無望，山伯病死，英臺哭靈，墳墓開裂，梁祝並埋等大多數關目，幾乎都被後來的文藝作品繼承和發展了。譬如梁祝史料是個外殼，民眾往裏面裝進去許多東西，使其立體起來，豐滿起來，更加美麗起來。

那麼，民眾的集體無意識何以要選擇梁祝而不是其他「外殼」呢？這裡恐怕有兩個原因，其一是梁山伯做官「清廉」「功於國，澤於民」，〔註8〕其二是他與祝英臺之間的曲折經歷有「戲」，可以拿來「做文章」。所以，這一部分，我們依然可以而且應該看作是文藝對愛情的「見解」和言說，且飽含著人民群眾的思想意志、情感好惡。

梁祝戲曲自明清以來蓬勃發展。故程薔先生把戲劇梁祝看作是梁祝故事的「一個會合點」。〔註9〕戲曲是最爲貼近民眾的直觀藝術樣式，也最能夠反映廣大民眾的心聲，反映他們的價值觀念、情感取向、心理需求和美學趣味。

首先，從祝英臺男裝求學，我們能感受到：中國女子自古就有假充小子

〔註7〕 瓦西列夫：《情愛論》，北京：三聯書店 1984 年版，P410。
〔註8〕 白岩：《寧波梁山伯廟墓與風俗調查》，程薔：《梁祝故事與中國敘事藝術的發展》，周耀民：《論祝英台形象結構的吳越文化特徵》，《民間文藝季刊》1988年第二期，上海：上海文藝出版社 1988 年版，P93。
〔註9〕 瓦西列夫：《情愛論》，北京：三聯書店 1984 年版，P116。

的欲望。這在根本上說，是對男女平等追求的願望。不光女子本身，連有的有女兒的家庭也會把她從小當小子養，給她剃男兒頭，穿男兒裝，教她讀詩書。特別是家裏只有一個女兒、或者全是女兒的，更會如此。〔註 10〕連柔弱的林黛玉小時候，林如海也教她詩書，把她作男孩子培養。女兒家自己喜歡穿男裝學男腔，喜歡被別人稱為「假小子」，恐怕更多的是一種「性換位」的心理反映，就跟有些男子喜歡男扮女裝一樣，是一種好奇、追求新鮮，追求換位體驗。中國歷史上有名的男扮女裝有文徵明，有名的女扮男裝有花木蘭。直至今天，我們周圍也有些女孩兒剃著短髮，穿著男性化的服裝。連「文革」中的女紅衛兵理的所謂「紅衛兵頭」，若是單從社會心理的角度看，也與古代的花木蘭、祝英臺，有一脈相承的地方。

其次，三年同窗，梁山伯與祝英臺情同手足，祝英臺對梁山伯產生了愛情，等山伯得知英臺的真實性別後，也對英臺十分愛戀，從這一個情節，可見人們是看重「同窗緣」的，認為奇文共欣賞，疑義相與析，學習生涯產生的情感純潔、可靠、珍貴。人們認可「同窗緣」到「姻緣」的情感走向，所以「草橋結拜」、「三載同窗」、「十八相送」這幾個摺子戲會受到觀眾熱烈的歡迎和追捧。

再次，我們可以感受到中國女性乃至整個社會，喜歡憨厚性格的男子，而絕非花花公子或賈璉式的情場老手。梁山伯草橋初見英臺，得知也去同一地求學，非常關心，詢問彼此的年齡後，就在草橋邊柳蔭下結拜為兄弟。此後的日子，作為兄長的山伯對英臺照顧得多，故此英臺後來不得不提前回家會如此依依不捨。兩人三年同室讀書，同屋生活，山伯沒有覺察出英臺是女性來，他的心思全在學問上，在兩性問題上甚至有點「迂」。但是國人在擇偶觀上甚至可謂欣賞這種「迂」。十八相送，祝英臺反覆暗示，巧妙比喻，差一點說出真相來，可梁山伯依舊木知木覺，啟而不發，英臺不但不惱不嫌棄，反而對他的愛更深一層。三年的考驗，至少說明梁山伯不是同性戀者，沒有這一當時男性社會包括文人圈裏十分普遍的畸形嗜好。設想，如果梁山伯早早就追逐祝英臺，不論是把她當作男性追逐還是看出她是女性而追逐，祝英臺最後還會願意為他一死麼？

〔註 10〕白岩：《寧波梁山伯廟墓與風俗調查》，程薔：《梁祝故事與中國敘事藝術的發展》，周耀民：《論祝英台形象結構的吳越文化特徵》，《民間文藝季刊》1988年第二期，上海：上海文藝出版社 1988 年版，P76。

　　人們最喜歡看的是「十八相送」和「樓臺會」兩齣。十八相送，就看「戀戀不捨」四字。中國民歌裏「十送」傳統很多，《十送情郎》、《十送紅軍》之類，「一送」、「二送」地排列聯唱，不是套曲勝似套曲。梁山伯送祝英臺，彈詞裏也有用「十送」的，如《新編東調大雙蝴蝶》第十回，就名「梁山伯依依十送，祝英臺耿耿傷心」。〔註11〕戲曲梁祝又有發展，十送不夠，要十八送，可見兩人感情深摯，難捨難分。尤其是英臺，她心裏明白，此一別，再見難矣！她在梁兄身邊走著，且戀戀，且悵悵。她多麼想直言相告，傾訴衷腸！時而以對鵝相比，時而以鴛鴦作喻，時而把自己比作花，時而拉梁兄一同照井水暗示兩人頗有夫妻相，一路一路走著，一路一路唱著，觀眾們不厭其煩，反而津津有味。也許當代「新人類」會不屑：何必這樣猶豫彷徨，痛快點講出來麼好啦！祝英臺三年前喬裝改扮外出求學，不是挺勇敢的嘛！是的。勇敢爽快地離家出走的，與十八相送羞答答欲言又止的，不是兩個人，是一個祝英臺。這是一個人性格的多面性、豐富性表現。從這裡，我們亦可以感受到民眾對好女子的衡量標準：含蓄委婉。中國不大接受過於奔放的女性，如同國人一般喜歡憨厚男子一樣，十八相送，就看男人的憨厚和女人的含羞。

　　「小別重逢梁山伯，倒叫我三分歡喜七分悲，喜的是我與梁兄重相會，悲的是美滿姻緣已拆開。」《樓臺會》，就表演這三分的「歡喜」，七分的「悲」。英臺著女裝出現在山伯面前，給予山伯的震動，簡直是難以用語言表達。事情原來是這樣！賢弟原來是一位纖纖女子！山伯不是圖感官享受的花花公子，而是用情很深的人，所以女裝英臺給予他的震撼，不單單是美貌。人們從《樓臺會》裏體會到什麼叫失落、無望，什麼叫追悔莫及、悔恨交加，「花開堪折直須折，莫待無花空折枝」，英臺已「名花有主」，山伯連「空折枝」的機會也沒有了——連繼續與英臺做「師兄弟」、甚至連再見英臺的可能性都沒有了。梁山伯寧願祝英臺還是原來的師弟。

　　這其實是最殘忍的一點。所以戲劇最後告訴人們的是：這樣做人還有什麼意思？這樣做人真還不如做蝴蝶呢。

三、想像——「梁山伯，祝英臺，兩隻蝴蝶飛出來」

　　文藝作品對於梁祝故事最大的創造，恐怕要數結尾的「化蝶」了。

〔註11〕路工：《梁祝故事說唱集》，上海：上海古籍出版社 1985 年版，P259。

　　流行的梁祝故事，無論戲劇還是說唱，幾乎無不以兩人的靈魂雙雙化蝶結尾。祝英臺義無反顧地投身於梁山伯開裂的墳墓，就像全身心撲入情人的懷抱。愛與死是文學藝術永恆的主題。梁祝的結局又一次證明了愛與死的聯接。愛在死亡中是自由的，這一自由，由蝴蝶的自由翻飛表述之，在這裡，蝴蝶是愛的符號，死的符號，自由的符號。

　　蝴蝶在中國文化裏，特別在民間文化裏，是美麗、忠誠、戀愛的象徵，同時在審美上又是夢幻的，浪漫的。所以會有典故「莊周化蝶」、元雜劇《蝴蝶夢》、詞牌〔蝶戀花〕、曲牌〔粉蝶兒〕，到近現代，還有文學流派「鴛鴦蝴蝶派」。昆蟲蝴蝶飛翔時成雙成對，故與鴛鴦一同，成為戀人和恩愛夫妻的象徵物。

　　蝴蝶是美麗的，所以很多人會以「蝶」字入名，男人女人都有，現代電影《霸王別姬》男主人公名「程蝶衣」，上海女企業家有「趙小蝶」，連革命小說《林海雪原》中一個女土匪的外號都會叫「蝴蝶迷」。最是三十年代上海影后蝴蝶，將蝴蝶的原名作了自己的藝名——蝴蝶本名「蛺蝶」，因為有鬚，俗稱「鬍子」，故名「胡蝶」，後來寫作「蝴蝶」。〔註12〕

　　蝴蝶在傳說故事和文藝裏的形象，一個是「蝶戀花」，一個是「蝶雙飛」。中國歷史上最風流的天子唐明皇，就曾經演繹過「蝶戀之花便是我戀之花」的活劇。《開元遺事》曰：「明皇春宴，使宮中妃嬪各插豔花，帝親捉粉蝶放之，蝶所止者幸焉。後太真專寵，遂罷此戲。」本來宮女們還有希望還有憧憬，唐明皇的此「戲」一罷，真不知道又造就多少宮怨呢！

　　女子戴花令蝴蝶追隨讓人喜愛，也有直接戴蝶媚人的。唐代有人飼養一種「赤黃色」蝴蝶，「女子收佩之，令人愛悅，號『媚蝶』。」〔註14〕

　　徐華龍先生在《泛民俗學》裏有專門從「蝴蝶因素」論述梁祝故事的章節，他引用到《搜神記》裏一條資料：「宋大夫韓憑娶妻，美。宋康王奪之。憑自殺，妻陰腐其衣，與王登臺，自投臺下，左右攬之，著手化為蝴蝶。」〔註15〕夫妻恩愛，愛而不得其愛，死後幻化為動植物，也要聚在一起。《孔雀東南飛》裏的化為孔雀，韓憑夫婦死後化作兩棵枝葉交纏的相思樹，靈魂化作樹上的鴛鴦鳥，

〔註12〕〔清〕 張英、王士禎：《淵鑒類函》，北京：中國書店 1985 年版，卷 445，
　　　　P5。
〔註14〕〔清〕 張英、王士禎：《淵鑒類函》，北京：中國書店 1985 年版。
〔註15〕徐華龍：《泛民俗學》，黑龍江人民出版社 2003 年版，P310。

人們似乎還意猶未盡，又給以化蝶的情節。唐代詩人李商隱詠韓憑夫婦事的《青陵臺》詩，也曾添有化蝶事。

宋周密《癸辛雜誌》載：「楊昊，字明之，娶江氏少艾，連歲得子。明之客死之明日，有蝴蝶大如掌，徘徊於江氏之傍，竟日乃去。及聞訃，其蝶復來，繞江氏飲食起居不置也。蓋明之不能割戀於少艾稚子，故化蝶以歸耳。」〔註16〕可見，男人把自己想像成或者變成蝴蝶，不光莊周一人。

蝶雙飛是蝴蝶的基本生存狀態。梁簡文帝《詠蝶》詩最後幾句云：「復此從風蝶，雙雙花上飛。寄語相知者，同心莫相違。」〔註17〕詠物擬人，讓戀人們向蝴蝶的不棄不離學習。

《古今圖書集成‧博物彙編‧禽蟲典》卷169中《山堂肆考》有言：「俗傳大蝶必成雙，乃梁山伯祝英臺之魂也。」〔註18〕蝴蝶雙飛，形影不離，正是人們嚮往的人間愛情境界，所以，《紅樓夢》裏的「寶釵撲蝶」，會被理解為拆散情侶的徵兆。寶釵原本是要去黛玉處的，忽而看到寶玉先進去了，便改變主意不進去了，不去驚散人家一對小情人的唧唧噥噥，卻「忽見前面一雙玉色蝴蝶」（請注意「玉色」），寶釵就鍥而不捨地撲將起來，直撲得「香汗淋漓，嬌喘細細」。雖然這一對「玉」蝴蝶最終沒被撲散，寶釵卻無意中偷聽了兩個丫頭的私密話，靈機一動嫁禍於黛玉。這段情節，作者雖全無褒貶，但讀者體會得到：見寶玉進瀟湘館，寶釵還是不開心的，不然她何以要對無辜的黛玉使壞？最終，這對「玉蝴蝶」不還主要是由她撲散的麼？

在民間的意識裏，蝶是靈性的，能幻化的，傳說中有這麼多人化蝶，而蝴蝶本身，卻也被認為是由別種物質變化來的。變化成蝴蝶的物質，主要集中在麥子和葉子兩種。《搜神記》云：

> 朽葦為蛬，麥為蝴蝶。麥之為蝴蝶也，翼羽生焉，眼目成焉，心智
> 存焉，此自無知而化為有知而氣易也。

這裡關於麥變蝴蝶過程的描寫，極富畫面感和動感，一步一步地，簡直讓人如在目前。特別是，羽翼、眼目生成後，生成「心智」，自此蝴蝶就是「有知」的了；「氣易」，物之氣改變為靈之氣，蝴蝶化人，且多化為靈性之人，此段文字

〔註16〕〔清〕 張英、王士禎：《淵鑒類函》，北京：中國書店1985年版。
〔註17〕〔清〕 張英、王士禎：《淵鑒類函》，北京：中國書店1985年版。
〔註18〕徐華龍：《泛民俗學》，黑龍江人民出版社2003年版。

中已存基因。也是在同一本書裏，又有「木蠹生蟲，葉化爲蝶」之語。〔註19〕

民間俗信裏，不僅植物可以變化爲動物昆蟲，植物之間也能變來變去，比如楊花落在水面，過上一宿就能夠化作浮萍的說法，連蘇東坡都「驗之信然」。〔註20〕這是民俗文化的想像力，民間文藝的創造力，若無，若統統斥之爲「迷信」而驅除出文藝作品，那我們的文學藝術不但乏味，且能否成立都難說了。

除了麥子、葉子化蝶，古籍裏還有肉化蝶、神衣化蝶的記載。〔註21〕梁祝化蝶，最初也是衣服化蝶，可能受有韓憑故事的影響。明代馮夢龍小說《李秀卿義結黃貞女》，作爲「入話」，十分生動地講了梁祝哀戀，其化蝶結局尤爲感人：

> 英臺舉眼觀看，但見梁山伯飄然而來，說道：「吾爲思賢妹，一病而亡，今葬於此地。賢妹不忘舊誼，可出轎一顧。」英臺果然走出轎來，忽然一聲響亮，地下裂開丈餘，英臺從裂中跳下。衆人扯其衣服，如蟬脫一般，其衣片片而飛。……那飛的衣服碎片，變成兩般花蝴蝶，傳說是二人精靈所化，紅者爲梁山伯，黑者爲祝英臺。其種到處有之，至今猶呼其名爲梁山伯、祝英臺也。〔註22〕

這段描寫絲絲入扣，令人如臨其境，畫面如同電影的特寫鏡頭。這段書既說蝴蝶由祝英臺的衣衫碎裂而成，又指出民間傳說是由二人靈魂所化，既有物質上的形似，又有精神層面的神似，實在是一段不可多得的絕妙文字。可惜的是，後來戲劇電影裏都省略了祝英臺衣衫碎裂片片飛揚的內容。若有機會重演重拍，一定向編劇導演進言增加，讓蝴蝶意象從物質的和非物質的兩個方面體現。

靈魂化蝶，絕然是神來之筆。當戲曲舞臺上的梁山伯與祝英臺身著鮮豔亮麗的蝶裝，翩翩出場時，當著小提琴協奏曲「化蝶」段優美舒緩的樂音潺潺流淌時，誰人不會爲之感動，爲愛的戰勝死亡、超越死亡，爲生命的生生不息而深深感動。那時候，人們會憶及西方的那一首名詩：

> 生命誠可貴，愛情價更高。若爲自由故，兩者皆可拋。

徑直管蝴蝶叫梁山伯、祝英臺，馮夢龍時已然，數百年後，至筆者少年時還是如此。記得當時春夏之交上海有叫賣梔子花、白蘭花的，這兩種花香得很，

〔註19〕〔清〕張英、王士禎：《淵鑒類函》，北京：中國書店1985年版，P4。
〔註20〕《唐宋詞鑒賞辭典》，上海：上海辭書出版社1988年版，P597。
〔註21〕徐華龍：《泛民俗學》，黑龍江人民出版社2003年版，P309。
〔註22〕〔明〕馮夢龍：《古今小說》，福建：福建人民出版社1980年版，P363。

女人們會買來別在衣襟上去暑汗之氣。那賣花女（通常是蘇州一帶的人）的「廣告歌」詞是：「梔子花，白蘭花，三分五分買一朵；梁山伯，祝英臺，兩隻蝴蝶飛出來。」意爲她賣的花香氣襲人，連「梁山伯」、「祝英臺」都聞香而至了。這裡的梁山伯與祝英臺都已經是蝴蝶的別稱。小歌用吳儂軟語一唱，押韻押調，短短四句中間還轉一次韻，悠揚婉曲，實在美不勝收。如同今天幼兒人人會哼電視裏的廣告歌一樣，那首小歌在我們中間也流行不已，還用作跳橡皮筋遊戲的伴唱。

在梁祝故事故鄉寧波，曾經編撰《梁祝文化大觀》，所收民間流傳故事多多，其中在杭州一帶搜集到的《蝴蝶仙》說：一對蝴蝶仙在崑崙山修煉已經逾千年，翅膀特大。這一年三月三，看到西王母頭上插滿鮮花，就情不自禁也飛撲上去，讓王母娘娘怒而一拍，拍下人間去了，一個投生爲梁山伯，一個投生爲祝英臺。〔註23〕所以最後，兩個人依舊變回蝴蝶。

瓦西列夫的《情愛論》一開頭就介紹說：「古希臘羅馬時代的思想家就已經認識到愛情的天賜作用和強大力量，把它看成是宇宙中一切存在的始初起源，是人類命運的重要因素。」〔註24〕中國古人將梁祝前身設計爲西王母身邊的蝴蝶仙，就像曹雪芹將寶黛前身設計爲「神瑛使者」、「絳珠仙草」一樣，強調的是愛情姻緣的「天賜」。強調天賜，就是強調當事人的愛的感覺，以對抗人世間無視當事人本人意願的強迫婚姻。這不是一般意義上的「反封建」，而是在人類生命本初意義上，強調的天賦人權。

靈魂化作蝴蝶之結局，至此成了梁祝故事的標誌。他們化的是蝴蝶而不是孔雀、鴛鴦、連理枝，以區別於焦仲卿劉蘭芝故事、韓憑何氏故事、李隆基楊貴妃故事等，民間文藝也多不採用還魂、投胎等結局，以區別於《牡丹亭》等愛情模式。斯丹達爾指出，「一個同自己的愛情搏鬥的婦女所表現的堅定性，是世間最燦爛的事物」，〔註25〕這一事物，在梁祝的文藝作品裏頭，就是蝴蝶，燦爛得眩人眼目。

四、添加——梁祝故事中衍生的傳統節日簡析

在閱讀梁祝故事的大量民間文藝作品時，發現一個有趣的現象：文本中

〔註23〕徐華龍：《泛民俗學》，黑龍江人民出版社 2003 年版。
〔註24〕瓦西列夫：《情愛論》，北京：三聯書店 1984 年版，P2。
〔註25〕瓦西列夫：《情愛論》，北京：三聯書店 1984 年版，P431。

涉及到大量的傳統節日，且作品與作品互相並不一致。

按一般的梁祝傳說，梁山伯的生日是三月初一，忌日是八月十六，〔註26〕
但是鼓詞唱本《新刻梁山伯祝英臺夫婦攻書還魂團圓記》，梁祝二人在初見面
自我介紹時，山伯說：「今年二九十八歲，五月初五子時生。」英臺說：「今
年二八十六歲，三月初三子時生。」〔註27〕這麼說來，梁山伯倒是端午節生
人了，而祝英臺則生於上巳節。

上述《蝴蝶仙》傳說裏講梁祝原是西王母身邊倆蝶仙，三月三那天聞香
撲花惹惱了王母娘娘，將他們拍下人間。拍下人間就是誕生，梁祝二人都以
三月三為生日，倒是同年同月同日生的了。

彈詞《新編金蝴蝶傳》中，有這樣關於生辰的對話敘唱：

〔唱〕英臺聽說心喜歡，便把梁兄叫一聲：「請問尊庚年幾歲？」山
伯回言說事因：

〔白〕「小弟年才十七，七月初七午時生的。」「如此小弟小兄一歲，
時辰月日到（倒）是相同的。兄若不棄，拜為兄弟如何？」〔註28〕

在這裡，梁山伯和祝英臺年齡差一歲，不同年卻是同月同日都是七月七七夕
那天生的了。

同為彈詞的《新編東調大雙蝴蝶》裏，祝英臺離家前祝告透露，她的生
日也是七月七：

弟子英臺年十六，乞巧穿針離母胎。〔註28〕

這兩句唱詞，把歷來七夕的節俗行事：乞巧穿針也囊括在裏面了。

鼓詞《柳蔭記》裏也提到三月三，卻是安排為婚日。梁山伯祝英臺樓臺
會上，英臺對山伯實言相告：「英臺許與馬家去，三月初三要成親。」〔註30〕

後面英臺在〔五更怨〕曲裏又提到：

五更裏來怨天明，馬家吉期漸漸臨；三月初三來接我，猶恐夫妻不
能成。〔註31〕

英臺似乎決心已定，或者說有了某種預感：跟馬家的姻緣不能成。果然，還

〔註26〕〔清〕 張英、王士禎：《淵鑒類函》，北京：中國書店 1985 年版，P93。
〔註27〕路工：《梁祝故事說唱集》，上海：上海古籍出版社 1985 年版，P64。
〔註28〕路工：《梁祝故事說唱集》，上海：上海古籍出版社 1985 年版，P238。
〔註28〕路工：《梁祝故事說唱集》，上海：上海古籍出版社 1985 年版，P267。
〔註30〕路工：《梁祝故事說唱集》，上海：上海古籍出版社 1985 年版，P132。
〔註31〕路工：《梁祝故事說唱集》，上海：上海古籍出版社 1985 年版，P132。

是這個三月三，英臺還是嫁出去了，卻是「死嫁」了愛人梁山伯。

木魚書《牡丹記》「山伯訪友」段裏，也提及了三月三。山伯與書僮士九前後走著，山伯道：

究你掙，掙舊依然掙，掙到明年三月三，蒲達掬藤纏住頸。〔註32〕

可能因爲地方語緣故，這段木魚書唱詞意思不太明瞭，然似乎亦與愛情有點關係。

這些節日的增添，直是無中生有般的創造了。當然，這樣的添加並非梁祝文藝獨自的創造。筆者曾經寫作過論文《論三部元雜劇的上巳節俗意象》，分析了元雜劇裏愛情劇的代表作《牆頭馬上》、《曲江池》、《金錢記》，都以三月上巳節爲背景，而且這一背景都是原來本事中沒有、後來添加進去的。〔註33〕

「無中生有」更加讓人興趣倍增：民間文藝何以要作這樣的安排、添加？

我覺得，大致可以從這樣三個方面去理解：

1、民間觀念裏，節日每每是不平凡的日子。在許多神話傳說中，神女、仙女一類多於節日夜晚下凡。西晉張敏作有《神女傳》，寫到天上神女成公智瓊下嫁人間男子弦超，「每於三月三日、五月五日、七月七日、九月九日、月且十五輒下往來，來輒經宿而去。」所以，民間歷來將節日看作仙女神人下凡的日子，出生在這樣的日子裏的人當然也是不平凡的、有來頭的人物了。《紅樓夢》裏的賈元春生於元霄節，巧姐生於乞巧節，表明她們和寶玉的「銜玉而生」在本質上是一樣的，作者要表達的也是她們的不同尋常，只不過一則用物質表達，一則以時間表達。將山伯英臺的生辰安排在三月三、五月五、七月七，安排在哪個節日無關緊要，民間文藝要增加的，是這兩個人物的不凡性和他們愛情的神聖性。

2、在中國古代，三月三上巳節、七月七七夕節，尤其與愛情婚姻有關。筆者分析過三月三節日背景在雜劇中的添加，「表現了民間求偶求子的節日習俗意向和高禖祭祀的節日崇拜」。〔註34〕七夕節，由於附會了牛郎織女美麗動人的愛情故事，遂成爲傳統節日裏最與情愛姻緣有關的日子，直至今日還有人提出要以七夕作爲「中國的情人節」。表現李楊愛情的清代的《長生殿》，

〔註32〕路工：《梁祝故事說唱集》，上海：上海古籍出版社1985年版，P205。
〔註33〕翁敏華：《論三部元雜劇的上巳節俗意象》，《中華戲曲》第33輯，2006年1月文化藝術出版社。
〔註34〕翁敏華：《論三部元雜劇的上巳節俗意象》，《中華戲曲》第33輯，2006年1月文化藝術出版社。

也是結合著三月三、七月七兩大節日豐富的愛情文化內涵來表演的，其第五齣「褉遊」的背景正是三月三，李隆基賜浴並恩寵楊貴妃，從此「三千寵愛在一身」；第二十二齣「密誓」，「七月七日長生殿，夜半無人私語時」，更是全劇情節的高潮、情感的高潮。在梁祝的代表性劇作越劇中，祝英臺告別梁山伯時與他相約：「梁兄，你七月七日一定要來哦！」其款款深情，在「七月七日」這個特殊的時間節點上，已經飽含無遺了。

　　3、民間重視節日，但並不表明只將它們作「吉日」看。在民間的意念裏，每個節日都有吉、凶兩個文化層面，都有吉、凶兩種徵兆。除夕的驅儺守歲、新年裏的種種禁忌，三月三的「被褉」沐浴除穢，五月端午的艾蒿菖蒲雄黃去病疫，九月九的登高避災，都表明了民間對節日兇險一面的認識。節日不能祇是一味的歡樂，節日還有提醒人們災難就在身邊的告誡作用，這是人類「憂患意識」的一個生動表現。牛郎織女故事美則美矣，可兩人一年中只有一次見面的機會，不能不說亦是極大的遺憾；《紅樓夢》人物元春、巧姐，兩代貴族小姐，卻「生於末世運偏消」，一位還貴為皇妃，卻命運的結局都是悲劇性的。梁祝故事裏大量出現的節日時間概念，也隱含著他們愛情悲劇的預兆。梁祝悲劇，不也正是這樣的提醒麼？

　　今天，作為中國非物質文化遺產代表作的「梁祝文化」，正在受到愈來愈多人的重視。保護祖國的傳統文化，是我們當代每個中國人義不容辭的責任。或許，我們可以從上述民間文藝對於梁祝文化所作的創造、發展、保護和傳承中，得到某種有益的啟示。

（原載《上海師範大學學報》2007年第六期，為《戲劇藝術》2008年第一期摘錄）

從元散曲看元代的節日民俗

一、元散曲對歲時節日的記錄

中國的傳統節日源頭大致有三：一是按農事節令排定，即二十四節氣；二是以月之朔望爲節，故一月中頗多以初一、十五爲節者；三是月與日奇數復疊者，一月一、三月三、五月五、七月七、九月九都是重要節日。元散曲對重要節日都有記錄。

新年。中國正月初一新年的名稱很多，元旦、元日、正旦、歲旦、歲日、歲首、歲朝、首祚、三元等。〔註1〕因爲是一年的第一天，人們非常重視，朝廷要舉行朝會，民間則有祭祖、敬老、拜年等活動。元代的新年叫「元正」，規定給官員放假三天。〔註2〕

元散曲元旦作品不多，不能和唐宋詩詞相比。存於《全元散曲》裏的也就是兩篇而已。但這兩篇，卻都是套曲，規模較唐宋詩詞都要大，氣勢因此也不小。

貫雲石〔雙調・新水令〕《皇都元日》：

> 鬱蔥佳氣藹寰區。慶豐年太平時序。民有感，國無虞，瞻仰皇都。聖天子有百靈助。

> 〔攬箏琶〕江山富。天下總欣伏。忠孝寬仁，雄文壯武。功業振乾坤，軍盡歡娛，民亦安居。軍民都託賴着我天子福。同樂蓬壺。

〔註1〕 《中國風俗辭典》，上海：上海辭書出版社1990年1月版，P16。

〔註2〕 陳高華、史衛民：《中國風俗通史・元代卷》，上海文藝出版社2001年版，P391。

—249—

〔殿前歡〕賽唐虞，大元至大古今無。……

〔鴛鴦煞〕梅花枝上春光露。椒盤杯裏香風度。帳設鮫綃，簾卷蝦鬚。唱道天賜長生，人皆讚祝。道德巍巍，衆臣等蒙恩露。拜舞嵩呼，萬萬歲當今明主。〔註3〕

貫雲石是畏吾兒（今維吾爾族）人，生平頗具傳奇色彩。有一種說法說，元代人政治地位上首舉「蒙人」，次爲「色目人」，三爲（北方）漢人，最後是「南人」。貫雲石屬於「色目人」，政治地位不低。貫雲石從小文武雙全，富有創造性，曾經被選到英宗皇帝身邊任「說書秀才」，仁宗時更入翰林，〔註4〕是一個能與最高統治者說上話的人。所以，他寫作這樣的一篇歌功頌德的《皇都元日》便不足爲奇。「賽唐虞，大元至大古今無」，以當時元蒙版圖橫跨歐亞大陸看，說的也是實情。

元代末年的曲家湯式，寫過〔正宮・端正好〕套曲《元日朝賀》，由七曲組成。〔註5〕試舉幾句：

「一聲鶯報上林春，五更雞唱扶桑曉，賀三陽萬國來朝。」「九龍車霞光閃閃明芝蓋，五鳳樓日色瞳瞳映赭袍。」「八府三司共六曹。」「一派仙音奏九韶。」

曲句中多用數量詞，很有點民歌裏「數數歌」的風味。湯式是一個落魄文人，流落江湖，又是個南方人，與北方政權的元王朝隔得遙遠，所以一樣是寫朝廷元日情景，湯式的這一首就要民間色彩得多。史料說湯式「好滑稽」，〔註6〕信不虛。套曲的最後道：「中和調，天上樂逍遙。」過節就是加強人與人之間的中和協調，湯式說得很到位。

元宵。正月十五元宵節，可以說是中國一年中最熱鬧的節日,故有「鬧元宵」之謂。另名元夕、元夜、上元等，由於這一夜家家戶戶張燈結綵，又名「燈節」。在中國歷史上，元宵放假從一天、三天、五天、六天，最長放假十天。〔註7〕元代的上元燈節與漢族政權時期沒有太大的區別。

文人詩詞、戲曲劇本裏，也是寫元宵的最多。寫元宵，又以寫戀情者最多最好。「月上柳梢頭，人約黃昏後」的朱淑眞（一說歐陽修）詞，「衆裏尋

〔註3〕 隋樹森：《全元散曲》，北京：中華書局 1964 年 2 月版，P384。
〔註4〕 隋樹森編《全元散曲》"貫雲石"簡介，中華書局 1964 年版，P356。
〔註5〕 隋樹森：《全元散曲》，北京：中華書局 1964 年 2 月版，P1485。
〔註6〕 隋樹森：《全元散曲》，北京：中華書局 1964 年 2 月版，P1471。
〔註7〕 《中國風俗辭典》，上海：上海辭書出版社 1990 年 1 月版，P16

他千百度」的辛棄疾詞，是其代表佳作。元散曲繼承了這一傳統，並有所發展。

比較客觀地描寫元宵節俗和節日氣氛的，可舉無名氏的〔越調·鬥鵪鶉〕《元宵》，五曲組成的一個小套。無名氏作品雖然每每排在集子的最後，其實時代並不一定在後。無名氏作品一定傳唱非常廣泛，故人名不留作品卻留存了下來。

「……元夜值，風景奇。鬧嚷嚷的逐鼓喧天，明晃晃金蓮遍地。」（〔鬥鵪鶉〕）「香馥馥綺羅還往，密匝匝車馬喧闐，光灼灼燈月交輝。滿街上王孫公子，相攜著越女吳姬。」（〔紫花兒序〕）「但願歲歲賞元宵，則這是人生落得的。」（〔尾〕）〔註8〕

鑼鼓喧天，車水馬龍，小姐閨秀們帶著馥鬱的香氣、踩著三寸金蓮出門，男兒女兒們這一夜可以手拉手行進。燈光月輝，元宵是一個不夜天呵！特別是最後一句說得有意思：「則這是人生落得的」，全然是老百姓的口頭禪。人生落得賞元宵，人生落得過節。這「落得」，今天一般作「樂得」。

曾經作有雜劇劇本《才子佳人誤元宵》的曲家曾瑞，〔註9〕寫過一套〔黃鐘·醉花陰〕《元宵憶舊》。《誤元宵》雜劇今已不存，而這套散曲，寫的正是「誤元宵」的故事：「不見去年人，淚濕春衫袖」，「誤」了這個元宵節裏的重逢，只得「憶舊」了：

凍雪才消臘梅謝。卻早擊碎泥牛應節。柳眼吐些些。時序相催，鬥把鰲山結。

〔喜遷鶯〕暢豪奢，聽鼓吹喧天那歡悦。好教我心如刀切。淚珠兒揾不疊，哭的似癡呆。自從別後，這滿腹相思何處說？流痛血，瑤琴怎續，玉簪難接。

〔出隊子〕想當初時節，那濃歡怎棄捨？新愁裝滿太平車。舊恨常堆幾萬疊。若負德辜恩天地折！〔神仗兒〕（略）

〔掛金索〕……對景傷情，怎捱如年夜。燈火闌珊，似萬朵金蓮謝。車馬闐闐，賽一火鴛鴦社。

〔隨尾〕見他人兩口兒家攜着手看燈夜，教俺怎生不感嘆傷嗟？尚

〔註8〕 隋樹森：《全元散曲》，北京：中華書局 1964 年 2 月版，P1834。

〔註9〕 莊一佛編著《古典戲曲存目彙考》，上海古籍出版社 1982 年 12 月版，P319。

想俺去年的那人何處也！〔註10〕

真個是元曲版的「去年元夜時」、「衆裏尋他千百度」！曾瑞的這套曲子連人稱都已經用第一人稱了，與戲劇一樣已經是「代言體」了，只要增加故事悲歡離合的情節起伏，搬上舞臺即可成爲戲劇。有此基礎，曾瑞寫雜劇《才子佳人誤元宵》，應當是不困難的。

堪稱元散曲第一人的張可久，寫過多首元宵曲。有小令〔沈醉東風〕、〔天淨沙〕《元夜》和《元夕》，還有〔普天樂〕《元夜即事》，有用兩支連用的帶過曲形式〔齊天樂過紅衫兒〕，寫了「情人節」實錄的《元夜書所見》，更有三支連用的〔罵玉郎帶感皇恩採茶歌〕《富山元宵賞燈》，有寫自己情感的，有寫他人景象的，立場不同，風格各異，頗有看頭。〔註11〕

元宵節是中國傳統的「情人節」，有夠多的文藝作品輔助史料，可以證明這一點。

寒食。寒食、清明和三月三上巳節是三個在時間上靠得很近的節日，所以在作品裏每每混同。我們來讀以下幾首。

盧摯有〔雙調·蟾宮曲〕《寒食新野道中》：柳濛煙梨雪參差。犬吠柴荊，燕語茅茨。老瓦盆邊，田家翁媼，鬢髮如絲。桑柘外秋千女兒，髻雙鴉斜插花枝。轉眄移時。應嘆行人，馬上哦詩。〔註12〕

張養浩的〔中呂·十二月兼堯民歌〕《寒食道中》：清明禁烟。雨過郊原。三四株溪邊杏桃，一兩處牆裏秋千。隱隱的如聞管絃，却原來是流水濺濺。人家渾似武陵源。烟靄濛濛淡春天。遊人馬上裊金鞭，野老田間話豐年。山川，都來杖屨邊。早子稱了閒居願。〔註13〕

按：題目「寒食」，內稱「清明」，兩者相混。

上巳。喬吉〔雙調·折桂令〕《上巳遊嘉禾南湖歌者爲豪奪扣舷自歌鄰舟皆笑》：三月三天霽吹晴。見麟鳳滄州，鴛鷺沙汀，華鼓清簫，紅雲蘭棹，青紵旗亭。細看來春風世情，都分在流水歌聲。……〔註14〕

題目已似一幅動態的畫面，男女歌唱言笑瘋玩，喬吉寫得很生動。

〔註10〕隋樹森：《全元散曲》，北京：中華書局 1964 年 2 月版，P500。

〔註11〕隋樹森：《全元散曲》，北京：中華書局 1964 年 2 月版，P803、804、829、875、950。

〔註12〕隋樹森：《全元散曲》，北京：中華書局 1964 年 2 月版，P126。

〔註13〕隋樹森：《全元散曲》，北京：中華書局 1964 年 2 月版 P419。

〔註14〕隋樹森：《全元散曲》，北京：中華書局 1964 年 2 月版，P596。

張可久的〔南呂·一枝花〕《春景》，中有「景物偏堪，車馬遊人覽，賞清明三月三」〔註15〕句，又將「清明」與「上巳」混稱。

我有兩篇論文，論及從宋代開始寒食、清明、上巳三節的合併融一、清明節「寒食其外，上巳其裏」的現象。〔註16〕元散曲亦能支援我的這一觀點。

端午。元散曲寫端午的很少。馬致遠有〔仙呂·青哥兒〕《十二月》，其中《五月》寫端午：

> 榴花葵花爭笑。先生醉讀離騷。臥看風簷燕壘巢，忽聽得江津戲蘭橈，船兒鬧。〔註17〕

淡淡地衹是提了一下離騷，對屈原未作評論。

張可久〔雙調·折桂令〕《重午席間》：

> 浴蘭芳荊楚風流，艾掩門眉，符映釵頭。雪捲鷗波，雷轟鼉鼓，電閃龍舟。驕馬驟雕弓翠柳。小娥謳寶髻紅榴。醉倚江樓。笑煞湘纍，不葬糟丘。〔註18〕

端午又名重午、重五，北方有稱為「蕤賓節」的，要行射柳活動。元宮廷亦舉行擊球、射柳等文體活動，〔註19〕民間則家家戶戶艾葉菖蒲掛門楣，男兒賽龍船，女兒簪榴花。〔註20〕這些，都被作為景象或意象寫在了曲中。

七夕。乞巧節，亦有女節、少女節、小兒節、香橋節等名稱。因為有牛郎織女故事的附會，七夕成為一個美麗的節日。織女為天帝孫女，心靈手巧，此夜，女性望星空，乞巧，結彩縷，穿七孔針，寫上「某某乞巧」的字樣。〔註21〕乞巧節相當於男兒的文曲星崇拜，祈求聰明。元代大都除了繼承前代傳統外，還要舉行「迎二郎神」活動。〔註22〕

盧摯〔雙調·沈醉東風〕《七夕》是一首小令：

〔註15〕隋樹森：《全元散曲》，北京：中華書局 1964 年 2 月版，P991。
〔註16〕《三月三上巳節失落之謎初探》（《雲南藝術學院學報》2006 年第一期）、《清明節與"清明劇"》（臺灣政大中文學報第五期，2006 年 6 月）
〔註17〕隋樹森：《全元散曲》，北京：中華書局 1964 年 2 月版，P231。
〔註18〕隋樹森：《全元散曲》，北京：中華書局 1964 年 2 月版，P866。
〔註19〕于石編著：《中國傳統節日詩詞三百首》，廣東人民出版社 2004 年 1 月版，P400。
〔註20〕《中國風俗辭典》，上海：上海辭書出版社 1990 年 1 月版，P98。
〔註21〕《中國風俗辭典》，上海：上海辭書出版社 1990 年 1 月版，P5
〔註22〕陳高華、史衛民：《中國風俗通史·元代卷》，上海文藝出版社 2001 年版，P403。

銀燭冷秋光畫屏。碧天晴夜靜閑亭。蛛絲度繡針，龍麝焚金鼎。慶人間七夕佳令。臥看牽牛織女星，月轉過梧桐樹影。〔註23〕

杜仁傑的《七夕》是一組八支的南北合套曲：

〔商調·集賢賓北〕暑繞消大火即漸西，斗柄往坎宮移。一葉梧桐飄墜，萬方秋意皆知。暮雲閑聒聒蟬鳴，晚風輕點點螢飛。天階夜涼清似水，鵲橋圖高掛偏宜。金盆內種五生，瓊樓上設宴席。

〔集賢賓南〕今宵兩星相會期，正乞巧投機。沉李浮瓜餚美，把幾個摩訶羅兒擺起。齊拜禮，端的是塑得來可嬉。

〔鳳鸞吟北〕月色輝。夜將闌銀漢低。鬭穿針逞豔質。喜蛛兒奇，一絲絲往下垂，結羅成巧樣勢。酒斟着綠蟻，香焚着麝臍，引杯觴大家沉醉。櫻桃妬水底紅，蔥指剖冰瓜脆。更勝似愛月夜眠遲。

〔鬭雙雞南〕金釵墜金釵墜玳瑁整齊。蟠桃宴蟠桃宴衆仙聚會。彩衣彩衣輕紗織翠，禁步搖繡帶垂。但願得同歡宴團圓到底。

〔節節高北〕玉蔥纖細，粉腮嬌膩。爭妍鬭巧，笑聲舉。歡天喜地。我則見管絃齊動，商音夷則。遙天外斗漸移，喜陰晴今宵七夕。

〔耍鮑老南〕團圞笑令心盡喜。食品愈稀奇。新摘的葡萄紫，旋剝的雞頭美，珍珠般嫩實。歡坐間夜涼人靜已。笑聲接青霄內。風淅淅，雨霏霏，露濕了弓鞋底。紗籠罩仕女隨。燈影下人扶起，尚留戀懶心回。

〔四門子北〕畫堂深寂寂重門閉。照金荷紅蠟輝。斗柄又橫，月色又西。醉鄉中不知更漏遲。士庶每安，烽燧又息，願吾皇萬歲。

〔尾〕人生願得同歡會，把四季良辰須記。乞巧年年慶七夕。〔註24〕

杜曲是規模最大內容豐富的七夕曲。除此，喬吉、高明也寫到過七夕，王舉之〔雙調·折桂令〕寫到七夕的兩個節日習俗：「剖犬牙瓜分玉菓，吐蛛絲巧在銀盒。」〔註25〕

重陽。重陽節作爲節日，一般以爲始自先秦。《易經》：「以陽爻爲九。」兩個九相會，所以名「重九」；九爲陽數，日月並陽，故曰「重陽」。民間登

〔註23〕隋樹森：《全元散曲》，北京：中華書局 1964 年 2 月版，P112。
〔註24〕隋樹森：《全元散曲》，北京：中華書局 1964 年 2 月版，P34。
〔註25〕隋樹森：《全元散曲》，北京：中華書局 1964 年 2 月版，P1322。

高望遠、放風箏、賞菊花、吃重陽糕等。〔註26〕元代特別看重重陽節。這一天原本就是蒙古人的祭祀性節日,元蒙統治集團入主中原後,春夏在上都行政,秋冬回大都行政,每每在重陽日,由上都回大都,所以要舉行迎接皇帝回京的隆重儀式。〔註27〕

　　散曲重陽篇很多。劉秉忠〔雙調‧蟾宮曲〕四首,其第三曲寫的正是重陽:

> 梧桐一葉初彫。菊綻東籬,佳節登高。金風颯颯,寒雁呀呀,促織叨叨。滿目黃花衰草。一川紅葉飄飄。秋景瀟瀟。賞菊陶潛,散誕逍遙。〔註28〕

做過大官的曲家盧摯,倒是個重視傳統節日的人,寫過〔雙調‧沈醉東風〕七夕,又有同一曲牌的《重九》:

> 題紅葉清流御溝。賞黃花人醉歌樓。天長雁影稀,月落山容瘦。冷清清暮秋時候。衰柳寒蟬一片愁,誰肯教白衣送酒?〔註29〕

盧摯是欣賞陶潛散淡世界觀的,他的《閒居》曲裏有「學淵明籬下栽花」句。〔註30〕

　　元代後期的重要曲家喬吉,寫過上巳、寫過七夕、也寫過重陽。〔註34〕

　　張可久重陽曲多達五首,(不包括別的主題裏提到重九和陶潛),〔越調‧寨兒令〕《九日登高》,〔註32〕〔雙調‧折桂令〕《九月八日謎社會於文昌宮》:「試登高先做重陽。」,〔註33〕〔南呂‧四塊玉〕《客中九日》:「落帽風,登高酒,人遠天涯碧雲秋。雨荒籬下黃花瘦。愁又愁,樓上樓,九月九。」,〔註34〕〔正宮‧小梁州〕(無題)之四的〔麼〕:「東籬誤約陶元亮。過了重陽,自感傷。何情況。黃花惆悵,空作去年香。」〔註35〕清麗簡約,含有些許微微的幽

〔註26〕《中國風俗辭典》,上海:上海辭書出版社1990年1月版,P67。

〔註27〕陳高華、史衛民:《中國風俗通史　元代卷》,上海文藝出版社2001年版,P405。

〔註28〕隋樹森:《全元散曲》,北京:中華書局1964年2月版,P15。

〔註29〕隋樹森:《全元散曲》,北京:中華書局1964年2月版,P112。

〔註30〕隋樹森:《全元散曲》,北京:中華書局1964年2月版,P113。

〔註34〕隋樹森:《全元散曲》,北京:中華書局1964年2月版,P596、603、609。

〔註32〕隋樹森:《全元散曲》,北京:中華書局1964年2月版,P836。

〔註33〕隋樹森:《全元散曲》,北京:中華書局1964年2月版,P961。

〔註34〕隋樹森:《全元散曲》,北京:中華書局1964年2月版,P975。

〔註35〕隋樹森:《全元散曲》,北京:中華書局1964年2月版,P982。

默感覺，小山曲畢竟不同凡響。

湯式有一首〔正宮・醉太平〕《重九無酒》：

釀寒風似刮，催詩雨如麻。東籬寂寞舊栽花，上心來悶殺。孟參軍
整烏紗低首頻嗟呀。陶縣令掩柴扉緘口慵攀話。蘇司業檢奚囊彈指
告消乏。白衣人在那答？」〔註36〕

還有一首無名氏〔雙調・清江引〕《九日》值得一引：

蕭蕭五株門外柳，屈指重陽又。霜清紫蟹肥，露冷黃花瘦。白衣不
來琴當酒。〔註37〕

令人注目的是，同上引的盧摯重陽曲一樣，這兩支曲中也都提到了陶淵明「白
衣送酒」的典故。

上面介紹的多是單首的節日曲。還有合起來寫的。以南戲《琵琶記》聞
名於世的高明，寫過〔商調〕一套曲《秋懷》，抒情篇章，寫到了七夕、中秋、
重陽三大節日：

〔二郎神〕從別後，正七夕穿鍼在畫樓。……

〔集賢賓〕西風桂子香韻幽，奈虛度中秋。……

〔黃鶯兒〕霜降水痕收，迅池塘猶暮秋。滿城風雨還重九，白衣人
送酒。烏紗帽戀頭。思那人應似黃花瘦。〔註38〕

無名氏〔中呂・迎仙客〕《十二月》共有十四支曲，一引子一尾聲外，其餘
十二支一個月一支，對節日文化多有記載。馬致遠也有〔仙呂・青哥兒〕《十
二月》，筆者認爲不如這組無名氏的。茲選其六如下：

《正月》春氣早，斗回杓，燈焰月明三五宵。綺羅人，蘭麝飄，柳
嫩梅嬌。鬧合鵝兒鬧。

《三月》修禊潭，水如藍，車馬勝遊三月三。晚歸來，酒半酣，笑
指西南，月影蛾眉淡。

《五月》結艾人，賞蕤賓，菖蒲酒香開玉樽。彩絲纏，角粽新，楚
些招魂，細寫懷沙恨。

《七月》乞巧樓，月如鈎，聚散幾回銀漢秋。遣人愁，何日休，織

<hr>

〔註36〕隋樹森：《全元散曲》，北京：中華書局 1964 年 2 月版，P1596。
〔註37〕隋樹森：《全元散曲》，北京：中華書局 1964 年 2 月版，P1743。
〔註38〕隋樹森：《全元散曲》，北京：中華書局 1964 年 2 月版，P1463～P1464。

女牽牛，萬古情依舊。

《八月》風露清，月華明，明月萬家歡笑聲。洗金觥，拂玉箏，月也多情，喚起南樓興。

《九月》湘水長，楚山蒼，染透滿林紅葉霜。採秋香，糁玉觴，好箇重陽，落帽龍山上。〔註39〕

二、從元散曲看元代節日習俗

元宮廷非常重視元正慶典，融蒙古傳統節慶習俗與前朝節慶禮儀為一體，使得元旦之節日文化格外豐富多彩。元旦一早，朝廷舉行隆重的「元正受朝」儀式，文武百官「待漏」於崇天門，司辰郎宣佈朝會開始，文武百官分從日精、月華門入大殿，向皇帝跪拜，山呼萬歲，丞相向皇帝三進酒。〔註40〕這些儀式和節日氣氛，在貫雲石的《皇都元日》得到了很好的體現。

元代之前的詩人也有不少表現元旦節慶的詩篇，其中亦不乏御用式的讚美皇權、歌功頌德的作品，三國時代的大詩人曹植，就寫過一首四言詩《元會》，起首是「初歲元祚，吉日維良」，結句為「皇室榮貴，壽考無疆」。這首詩也就是六十四個字，在歷代元旦詩中還算有一定規模的，可是與貫雲石的《皇都元日》二百五十多字的規模全然不好比，貫雲石是用套曲這種形式，完成了前輩「賦」才能做到的功用。

馬致遠的〔仙呂‧青哥兒〕《十二月》裏寫的元宵：「春城春宵無價，照星橋火樹銀花。妙舞清歌最是他，翡翠坡前那人家，鰲山下。」大得辛棄疾「那人」之意蘊。元代元宵真正是「火樹銀花」的。據說當時大都麗正門外有棵大樹，讓忽必烈封為「獨樹將軍」，每年元正、元宵，樹上掛滿各色花燈，高下錯落，遠遠看去像一條衝天的火龍。〔註41〕

我們在上面介紹的曾瑞的《元宵懷舊》，我們把它叫做「元曲版的『去年元夜時』」，這元曲版，就比宋詞版大出幾倍去。

因為篇幅大了，內容的表達就要伸展舒暢得多。無論在同調反覆的組曲（如《十二月》）還是帶過曲、套曲中，我們讀到的節日習俗描寫、人們的節日情懷描寫，都顯得十分酣暢。

〔註39〕隋樹森：《全元散曲》，北京：中華書局 1964 年 2 月版，P1681～P1684。

〔註40〕陳高華、史衛民：《中國風俗通史‧元代卷》，上海文藝出版社 2001 年版，P394。

〔註41〕陳高華、史衛民：《中國風俗通史‧元代卷》，上海文藝出版社 2001 年版，P397。

　　《元宵憶舊》裏寫到的「擊碎泥牛應節」，應當是當時的一項元宵習俗。老百姓每每在春耕前的春社上製作泥牛，或將泥牛頭套在人的頭上，表演御牛耕作的場面。至今，中國少數民族地區和日本韓國的民俗演藝中，還能見到大量的類似場面。〔註42〕《元宵憶舊》告訴我們：至少在元代，春社習俗已經和元宵習俗融合，或者說，春社習俗已經融入元宵節俗，讓元宵慢慢取代了春社的一些功能。這就是為什麼元宵節有這麼明顯的農耕色彩的緣由了。

　　本曲還記載了另一個元宵習俗：「鬥把鼇山結」。結鼇山是宋代開始的元宵節俗，人們堆疊彩燈，加以神仙動物形象，做成山的形狀，叫「鼇山」。向伯恭〔鷓鴣天〕《上元》詞即有「鼇山宮闕隱晴空」句。〔註43〕馬致遠《十二月》中也有「翡翠坡前那人家，鼇山下」句。曾瑞的《元宵憶舊》曲告訴我們：當時的鼇山製作還互相比賽，爭奇鬥豔。在「鼓吹喧天」、「光灼灼燈月交輝」等泛泛的節日氣氛描繪中，有這麼具體的習俗記錄，對於節日文化傳承，功莫大焉！《元史》卷一七五《張養浩傳》記載，元英宗時，「欲於內庭張燈為鼇山」，有人提醒應該注意火警。〔註44〕

　　這樣的「鬥」鼇山的習俗，至今保留在韓國日本的元宵節慶活動中。筆者曾經考察過的日本群馬縣元宵「追鳥祭」，他們的鼇山是裝幀在卡車上的，四個社區派出的四輛卡車彙集於十字路口，先比「硬體」——裝幀，再比「軟體」——特技，整整「鬥」了一個通宵。

　　誠然，表現節日風尚是中國韻文向有的傳統，但是比較起來，詩詞顯得文人氣，而散曲則口語化、民間氣得多。更可貴的是，它對民俗的記載、表現遠多於文人詩詞。

　　一樣的元宵憶舊，「眾裏尋他」，尋而不見，痛哭流涕，歐陽修是「不見去年人，淚濕春衫袖」，而到曾瑞的套曲這兒，就是這樣的了：「淚珠兒揾不疊，哭的似癡呆」、「見他人兩口兒家攜著手看燈夜，教俺怎生不感歎傷嗟？尚想俺去年的那人何處也！」詞是簡約的，收斂的，內向的；曲卻是放的，外向的，不管不顧的。詞裏的那個淚人兒是無聲飲泣，曲裏的這丫頭卻哭出聲音來，嗷嗷的，嚎啕的。怎麼說，曲裏姑娘都要比詞裏小姐粗許多，民間

<hr>

〔註42〕翁敏華著《中日韓戲劇文化因緣研究》，上海：學林出版社2004年3月版，P240。

〔註43〕楊萬里著《宋詞與宋代的城市生活》，上海：華東師大出版社2006年10月版，P66。

〔註44〕陳高華、史衛民：《中國風俗通史·元代卷》，上海文藝出版社2001年版，P397。

許多，像煞一個勞動女子。特別是，她的啼哭還不光是「去年的那人」找他不著，而且還因為「見他人兩口兒家攜著手看燈夜」，由此參照著，令人嫉妒、傷感而不甘心。

古時元宵節俗，男女交往開放，但過後，一般並不繼續，若一年來念念不忘，第二年元宵可以再去尋找。這一風俗可能還是從上巳節汲取的，和後來的清明節十分相似。所以名詩名詞裏存有女尋男的〔生查子〕「去年元夜時」，和男尋女的《題城南莊》：「去年今天此門中，人面桃花相映紅。人面不知何處去，桃花依舊笑東風。」應當說，對於傳承這一傳統，詩詞曲都作出了自己各自的貢獻。

元代的清明寒食已融入大量上巳節俗，變得以男女嬉戲娛樂為主。《析京志輯佚‧風俗》篇云：「清明寒食，宮廷於是節最為富麗。」「上至內苑，中至宰執，下至士庶，俱立秋韆架，日以嬉遊為樂。」關漢卿《詐妮子調風月》裏也有類似情節，燕燕於此日與女友喝酒喝得臉兒紅，秋韆蕩得差點忘了時間。與無名氏「晚歸來，酒半酣，笑指西南，月影蛾眉淡」的曲句描寫，如出一轍。

詩詞裏的七夕篇有四言、五言、七言、長短句，有絕句、歌行體、律詩，但哪個也比不上杜仁傑的八曲聯套容量大。所以杜曲裏包容了許多七夕風習。首先是「鵲橋圖高掛」，讓我們彷彿看見當時人家的七夕情景，家家掛鵲橋圖於中堂，就是將牛女迎進家門了。

再是「金盆內種五生」，那是求子用的，《長生殿》裏表現七夕的戲中，連楊貴妃都在金盆內種那「五生」，因為她尚未有子嗣，希望有後嗣。牛郎織女有子有女，是國人理想的幸福家庭模式，故人們要在七夕節向牛女祈求子嗣。中國和日本的一些地方七夕節又是「小兒節」，專門給一歲到十六歲的小兒過「生日」，也是七夕求子俗信的一個體現。而且，人的孕育本來就是一種巧合，所以，七夕乞巧其實也含有乞子的意思在。杜曲裏的「沈李浮瓜」、擺放「摩訶羅」，同樣是為了祈求後代。這在康保成的《長生殿箋注》〔註45〕、李道和的《歲時節日與古小說研究》〔註46〕、筆者的有關論文〔註47〕裏已多有論述，此處不贅。

〔註45〕竹村則行、康保成箋注，中州古籍出版社1999年2月版，P165。
〔註46〕李道和著，天津古籍出版社2004年2月版，P194。
〔註47〕翁敏華論文《宋元市井風俗與雜劇〈魔合羅〉》（《民族藝術》1999年第三期）。

元代七夕還「迎二郎神」，而後世民間有將二郎神看作「戲神」的，且各地戲班子擁有的戲神的形象，正是「摩訶羅」式的偶人。或許正是七夕，把兩者捏合在一起的。

「鬥穿針逞豔質」句告訴我們：古代姑娘們比賽穿針引線，不光是呈現她們的巧手，同時在暗地裏比的還有容顏。七夕姑娘們穿針乞巧，每每容許男人們觀看，雙方據此尋找意中人者也不少。

「喜蛛兒奇，一絲絲往下垂，結羅成巧樣勢」，是又一個乞巧方式。宋代筆記裏說：女孩們又以小蜘蛛貯於盒內，以候結網之疏密圓正，若是，則爲「得巧」，〔註48〕可與杜曲互證。

三、由元散曲看節日偶像演變

我們發現這麼一個有趣的現象：元散曲表現端午節的篇章，遠不如表現重陽節的多。

筆者認爲，這涉及到兩個節日的偶像，端午是屈原，重陽是陶淵明。節日偶像雖都是附會人物，然一旦附會上去，就與節日牢牢地依附在一起，成爲節日文化的一個組成部分。像端午節，後世甚至認爲是爲紀念屈原而設。我們讀到的表現歲時節日的詩詞曲，幾乎沒有不提屈原的端午、不提陶潛的重陽。如果不提，有人就會擔心。清代趙與梗有詩曰：「寒食弔（介）之推，端陽悲郢客（指屈原），如何重九日，不祀陶彭澤？」〔註49〕

按照歷史上的和今天的實際情況，就人們對節日重視的程度而言，應該是端午超過重陽；就節日偶像而言，也是屈原超過陶淵明的。但是在元散曲裏，我們得到的印象卻是相反。

這又得涉及到元代人的世界觀和價值觀。熟讀元散曲的人都會知道：與歷朝歷代詩詞文不同，散曲所表現的對於屈原的評價不高。

貫雲石有一首〔殿前歡〕最具代表性：「楚懷王，忠臣跳入汨羅江。離騷讀罷心惆悵，日月同光。傷心來笑一場，笑你個三閭強，爲甚不身心放？滄浪汙你，你汙滄浪。」

離騷讀罷，也曾心懷敬意，也覺得離騷堪與日月一樣光榮。同時也爲愛

〔註48〕〔宋〕孟元老：《東京夢華錄》，上海：上海古典文學出版社 1956 年 11 月版，P49。

〔註49〕于石編著：《中國傳統節日詩詞三百首》，廣東人民出版社 2004 年 1 月版，P226。

國詩人傷心。但問題的關鍵是「傷心來」應當哭一場的，卻沒有哭，反而「笑」起來了，還整整「笑」了一場。笑什麼呢？笑屈原過於認真，過於執著，近乎迂腐。貫雲石覺得屈原應該學學遠古「滄浪之水清兮可以濯我纓，滄浪之水濁兮可以濯我足」的人生態度，天下不是混濁麼？那你就去做個泥腿子好了，在滄浪裏洗洗你的泥腿，以濁還濁不就得了？何必去死呢？這首曲很能夠代表元代一般人的「屈原觀」，簡直可以做上述張可久「笑煞湘纍，不葬糟丘」的注解。

元代人的「陶潛觀」在重陽曲裏可以看出個大概。他們崇敬他不以做官為意，辭官歸隱做了個真正的農人，真個是做到「滄浪汙你，你汙滄浪」了。他們豔羨他逍遙的生活、灑脫的風度。他們在寫到重陽和陶淵明時，每每用有「白衣送酒」的典故。南朝《宋書》「本傳」云：淵明「嘗九月九日無酒，出宅邊菊叢中坐久。」陶淵明自己的《九日閒居》「序」裏說：「余閒居愛重九之名，秋菊盈園，而持醪靡由，空服九華，寄懷於言。」與本傳一致。筆記《續晉陽秋》有一段不同的記載：「陶潛嘗九月九日無酒，宅邊菊叢中，摘菊盈把，坐其側，久，望見白衣（官府中給役小吏）至，乃王弘送酒也。既便就酌，醉而後歸。」〔註50〕重陽曲裏的白衣送酒，無非是兩種意思：或表達要像陶潛一樣沒有白衣送酒就「空服九華」，一樣快活過節；或表達對陶潛有白衣人送酒的羨慕。兩者都表現了對陶淵明人格的嚮往。

最近，北京大學教授袁行霈著文說：陶淵明是中國文化的一個符號，是清高、瀟灑的理想人格的象徵符號。〔註51〕元散曲裏表現的作為重陽節偶像的陶淵明，就是這樣的一個文化符號。重陽登高，吃重陽糕，崇拜「高人」陶淵明。這裏的「高」（糕），就是符號。

「四大元曲家」之一的白樸，更有一首將屈原和陶潛放在一起評價的曲子，〔寄生草〕《飲》：

> 長醉後方何礙？不醒時有甚思？糟醃兩箇功名字，醅渰千古興亡
> 事，麴埋萬丈虹蜺志。不達時皆笑屈原非，但知音盡說陶潛是。

元代的漢族文人多「不達」，或者像白樸一樣自願「不達」，主動「不達」，白樸及其身邊的朋友們，都認為陶潛「是」而屈原「非」，這是他們的是非觀。

〔註50〕轉引自曹明綱《陶淵明謝靈運鮑照詩文選評》，上海古籍出版社 2002 年 10 月版，P49。
〔註51〕見《北京大學學報》2007 年第六期，P5。

這樣的價值觀、是非觀，竟然也影響了元代節日的盛衰。

元曲總體來說可稱爲幽默文學。這裡的幽默不僅僅是一種文學風格，且更是一種世界觀。幽默世界觀看待世界，既不是一味的樂觀，也不是無端的悲觀，而是採取一種善意嘲諷的態度。這世界有許多不平事，對個人來說有許多不如意事，那麼，就讓我們幽它一默，嘲諷它一下吧！在元朝，抱屈原式的人生態度者，簡直是沒法做人的。元曲對屈原，正是進行了這樣善意而淡淡的嘲笑。

結語：元散曲節日篇的傳承貢獻及其現代啓示

中國傳統節日文化是靠一代一代人傳承下來的。其傳承手段多種多樣，最基本的是民間的口口相傳，屬於口承文化。但同時，筆頭傳承特別是文學在傳承上的作用，不容忽視。在今天許多傳統節日已被作爲祖國的非物質文化遺產得到保護的時候，韻文在傳承節日文化上的作用，已經爲人們關注。可是，人們每每關注詩詞而忽略散曲劇曲。近年書市已見得到類似《中國傳統節日詩詞三百首》〔註52〕的出版物，裏面卻沒有曲。其實，正如我們本文所闡述的，在篇幅規模上，在歌唱形式的多樣性上，在內容風格的民間性、生活化上，散曲表現著比詩詞更多的優勢。所以說，元散曲在傳承節日文化方面，是有獨特貢獻的。

從這個意義上說，本論文具有補白的作用。

元散曲在節日文化傳承上的首要貢獻，在於如實地記錄下了傳統節日的興衰存廢。

無名氏有一組〔中呂·喜春來〕，題目是《四節》：

海棠過雨紅初淡，楊柳無風睡正酣。杏燒紅桃剪錦草揉藍。三月三，和氣盛東南。

垂門艾掛猙猙虎，競水舟飛兩兩鳧。浴蘭湯斟綠醑泛香蒲。五月五，誰吊楚三閭？

天孫一夜停機暇，人世千家乞巧忙。想雙星心事密話頭長。七月七，回首笑三郎。

香橙肥蟹家家酒，紅葉黃花處處秋。極追尋高眺望絕風流。九月九，

〔註52〕于石編著：《中國傳統節日詩詞三百首》，廣東人民出版社2004年1月版。

莫負少年遊。

曲中所寫的四個節日，後三個都有具體的風俗活動描寫，端午的門懸艾蒿，龍舟競渡，以菖蒲艾葉煮水洗澡，以彩綢縫製小老虎掛在孩子身上，喝雄黃酒或菖蒲泡製的酒。最後歸結到「誰吊楚三閭」，跟我們上文分析的一樣，屈原在元代並不受重視，誰還在吊唁他呢？以問句結尾。七月七，從牛女故事寫起，天孫指織女，天孫今日得閒，人間卻分外忙碌。人們拜雙星，乞巧，有情人在星空下密誓，像當年的李隆基楊玉環一樣，可人間女子卻難以嚴肅，回過頭來對正在發誓的「三郎」笑出聲來。九月九，人們登高賞菊，吃香橙肥蟹喝菊花酒，兄弟年少同去秋遊。人們管清明春遊叫「踏青」，重陽登高秋遊叫「辭青」。我們可以看到：三月三雖然名稱還在，但一點都沒有濱水、祓禊、流觴等活動了，全曲寫的都是春天的景色而已。三月三上巳節的文化內涵，已經轉移到元宵、清明裏面去了。

元散曲是用來歌唱的。從某種意義上說，散曲是當時的流行歌曲。傳統節日文化主要靠口頭傳承，元散曲節日篇這麼豐富多彩，正是這樣口頭傳承的證明：當時得到了廣泛的口頭傳唱。這告訴我們：弘揚一種文化，發展一種文化，傳唱是非常重要的。傳唱在空間上的意義是甲地傳乙地，在時間上的意義是一代傳一代。插上音樂的翅膀，知識、資訊、情感可以飛得很遠。看一個時代留存的歌詞，也是我們觀察民風、瞭解當時的時代風貌、審美傾向的好方法。古代詩詞尤其是元散曲，給我們今人傳授的一個成功經驗是：把我們的非物質文化遺產一個一個地編成歌，唱起來。上引的有些曲子，甚至不用改編就可以入曲而歌，比如張可久的重陽曲，無名氏的《四節》。現成的，經典的，我們何樂而不為？我們寄希望於作曲家。同時，倚聲填詞和倚聲歌詞，也是我們普通人可以嘗試著去做的。

詩詞曲節日篇還告訴我們：選擇一個代表人物做節日偶像，對於傳遞節日文化內涵，非常有效。我們的端午有屈原，傳遞了愛國情感；七夕有牛郎織女，後來又有李隆基楊玉環，是為「對偶神」，傳遞的是婚姻神聖的理念；重陽有陶淵明，傳遞了「崇高」的美學思想。作為廣西壯族三月三節日偶像的劉三姐，可以成為整個中華民族共同的偶像。我們新年沒有偶像，所以不如西方的耶誕節和聖誕老人那麼深入人心，這是一大遺憾。眼下我們應該做可以做的是：現有的節日偶像不能再丟了，而且還要發揚光大，這就是所謂的「保護」。

最後，我想以這樣一段文字結束我的論文：中國非遺工作者曾在貴州一個布依族寨子——音寨——瞭解到，這裡從新中國成立後沒有發生過刑事犯罪案件。當地人認為：這一奇跡，很大程度上與音寨從未間斷過的三月三、六月六歌會等民族民間節日文化活動有關，正是這些非物質文化遺產的傳承和舉辦，讓人們心往一處想，勁往一處使，弘揚了正氣，宣洩了邪氣，淨化了人們的心靈。〔註 53〕傳統節日確實有使人與自然、人與人、人的身心三個方面得到了和諧平衡的文化功能。這大概就是今天研究元散曲節日篇的現實意義。

（原載北京師範大學古籍與傳統文化研究院《中國傳統文化與元代文獻國際學術研討會會議論文集》，中華書局 2009 年 3 月版）

〔註53〕王文章：《非物質文化遺產概論》，文化藝術出版社 2006 年 10 月版，P108。

中國雜技及其對戲曲的影響滲透

中國戲曲是一種綜合程度極高的表演藝術樣式。人們每每驚異：宋元戲曲何以會在沒有「前兆」的情況下突然崛起，且一經崛起就達到了前所未有的登峰造極，開啟了一個戲劇時代。其實，戲曲就如一部機器，宋元時代戲曲就像是這部機器的裝配，「零部件」都事先已經准備好了，且都是美觀的、高品質的。其中之一，就是雜技。本文略談雜技的發展軌跡，以及它對戲曲的影響滲透，它在戲曲表演中的作用和功能。

一、中國雜技簡史回顧

中國雜技是一種人體藝術，具有悠久的歷史。從萌芽時期算起，大概已經有四千多年了。中國最早的典籍《尚書・舜典》裏說：

> 帝曰：「夔，命汝典樂。」……夔曰：「於！予擊石拊石，百獸率舞」。

這裡所謂的「舞」，就包含雜技武術的成分。中國遠古時期的「樂」，本來就是個包羅萬象的綜合的演藝形式，其中有音樂、歌唱、舞蹈、武術、雜技等，是一種混合體。所以，上述史料可以爲音樂、歌舞、武術、雜技甚至中國戲劇所共有。

在追溯雜技起源時，另一個不容忽視的傳說是：蚩尤與蚩尤戲。「蚩尤姜姓，炎帝之裔也。」「人身牛蹄，四目六手，耳鬢如劍戟，頭有角」，「傳言黃帝與蚩尤戰於涿鹿之野，黃帝殺之，身體異處，故別葬之。」（〔宋〕羅泌《路史・後紀四》「蚩尤傳」、《皇覽・塚墓記》）。蚩尤是黃帝時期的傳說人物，對其模仿形成一種戲樂，則盛行於秦漢。《述異記》卷上云：「秦漢間說，蚩尤氏耳鬢如劍戟，頭有角，與軒轅鬥，以角觝人，人不能向。今冀州

有樂名『蚩尤戲』，其民兩兩三三，頭戴牛角而相觝，漢造角觝戲，蓋其遺制也。」可以說，蚩尤戲是最早的雜技戲。雜技與戲劇的攜手，發生得很早很早。

夔與蚩尤，都是武士，都曾經是原始氏族的領軍人物，他們之所以後來成為技藝人，這裡面有氏族間的征戰、臣服在。先是眾多各以不同動物為圖騰的小氏族在戰爭中敗給了夔、臣服於夔、被併吞進了夔氏族，然後才是聽命於更大的勝利者——「帝」，在夔的指揮下供奉歌舞技藝。蚩尤最終為黃帝所殺，或許被殺的衹是首領，整個氏族並沒有消滅。在投降黃帝氏族後，蚩尤氏族的勇武好鬥必須有所轉移，讓他們表演武術雜技，是最好的化「有害」為「無害」甚至「有益」的方法。這樣，一方面消除了危險，一方面可以作為自己一方的審美娛樂，更重要的是：讓臣服一方尋找到了謀生的途徑。〔註1〕

《莊子・徐无鬼》中，有最早見於典籍的雜技記載：「市南宜僚弄丸，而兩家難解。」這個弄丸的表演者名宜僚，住在市南，或謂常常在市南弄丸。郭象注釋說：「市南宜僚，善弄丸鈴，常八個在空中，一個在手。楚與宋戰，宜僚披胸受刃，於軍前弄丸鈴，一軍停戰，遂勝之。」他的丸鈴弄得人眼花繚亂，敵軍只顧看忘了打仗了。這個故事，與漢代陳平弄傀儡而勝戰的故事，有異曲同工之妙。

兩軍爭戰，敗者為優，首先即是武術雜技之優。有許多史料能夠說明之。《列子・說符》所謂「能燕戲」的「蘭子」，就被認為是「游民或被滅弱國亡士一流的人物」〔註2〕

中國雜技有八大門類：力技、形體技巧、耍弄技巧、高空技藝、變戲法、口技、馬戲和滑稽類比。這八個種類在春秋戰國時代都已具有雛形，到漢代均以成熟的面貌出現。孔子的父親就是個擅長舉重的人，他的兩個朋友擅長舞輪和爬布，他們的技巧到漢代，就發展成了「扛鼎」、「舞輪」、「緣繩」三項雜技。

口技是雜技中的一朵奇花。中國口技藝人供奉孟嘗君為他們的行業神「祖師爺」。孟嘗君是齊國公子，被秦國軟禁，欲逃，邊關規定雞鳴才能開門，他們就口學雞鳴，引得真雞齊鳴，得以逃脫。後來就有了「雞鳴狗盜」之成語。

漢代雜技發達，名「百戲」。漢武帝在位54年，絲綢之路開通，東西方

〔註1〕翁敏華：《中國戲劇與民俗》，臺北：學海出版社1997年版，P27。
〔註2〕劉峻驤：《中國雜技史》，北京：文化藝術出版社1998年版，P27。

文化交流暢達。他大力提倡雜技武藝，舉辦過國際性的雜技盛會。元封三年（西元前 108 年）的盛會上，演出了各式的角抵戲，「七盤」和「魚龍曼衍」，還有戲獅搏獸的馴獸表演。作爲精神貢品，安息（古波斯）國王的使者獻上了黎軒（今埃及亞歷山大市）魔術師的吞刀、吐火、屠人、截馬等魔術節目。後世戲曲藝人在劇演中運用吞物吐火手法，如《鍾馗嫁妹》中鍾馗的表演，應當說與東西方雜技交流中的互相學習互相影響不無關係。

直到漢代末年，這樣的東西方雜技藝術交流還在進行。安帝永寧元年（120 年），撣國來獻東羅馬藝人的雜技表演，被記錄在《後漢書・西南夷傳》裏。

山東沂南、安丘先後出土過漢墓壁畫《百戲圖》，兩圖分別描畫了雜技節目有跳丸、弄劍、載竿、刀山走索、魚龍曼衍、馬戲、鼓車等。前者「載竿」的畫面極其生動：一人額頂十字竹竿，腳下又有七個圓盤，竿上有三小兒倒懸翻轉。後者有過之而無不及：一人雙手擎載竿，上有九人做倒立、懸垂等高難度動作。

漢代在中國雜技史上舉足輕重。以雜技藝術爲中心彙集其他表演的「漢百戲」，已將後世的八大類別的雜技集於一身。東漢張衡在《西京賦》中記載過一個叫《總匯仙倡》的大型表演，先出場的便是人扮的獸形：豹子、熊羆嬉戲舞弄，白虎鼓瑟，蒼龍吹簏。然後，是仙女娥皇與女英登場，放聲歌唱，一曲將終，舞臺上忽然雲起雪飛，忽而又電閃雷鳴。這齣戲，堪稱「百戲」的典型。名爲「總匯」，其中雜技的元素十分明顯。〔註3〕

漢代的另一個代表性節目叫《東海黃公》，主要用角抵戲的形式來演，其中的雜技成分更大。東海人黃公，年輕時法術很好，曾經制伏過白虎，年老體弱後，又飲酒無度，遂被白虎所食。黃公佩赤金刀與白虎搏鬥，白虎由人扮演，年輕時的馴服，年老後的失敗，表演起來，一定會動用許多武術雜技形式的。〔註4〕

三國時，曹操搜羅了一些「方士」到身邊，不讓他們的幻術爲敵所用；諸葛亮發明的木牛流馬，後來漸漸演變爲雜技「空竹」；曹操兒子曹植會跳丸擊劍，常常親自表演，孫子曹睿曾命博士馬鈞作「水轉百戲」，對漢百戲在繼承的基礎上又有發展。晉時，西域的流浪藝人開始到中原表演，同時可能亦輾轉去到朝鮮半島。「胡簹橦伎」以「胡」名，表明與中原本土的雜技不同，

〔註3〕 翁敏華：《中國戲曲》，上海：上海古籍出版社 1996 年版，P9。
〔註4〕 翁敏華：《中國戲曲》，上海：上海古籍出版社 1996 年版，P9。

是外來的。又出現了「肚上載竿」、「齒上頂竿」等節目。涼州是中原與西域的中介地，東西方雜技藝術首先在這裡交彙，「奇伎異戲」豐富多彩，使得中國雜技威猛與柔美結合的特點得以形成。

隋唐時代，雜技發展到鼎盛。隋煬帝「總追四方散樂，大集東都」，節日演出已成慣例，外國來朝更是炫耀的好機會。大業二年突厥可汗入朝，隋煬帝舉行了盛大的散樂表演，「走繩」、「扛鼎」、「耍大缸」、「竿技」、「吞刀吐火」、「神鼇負山」等，氣勢雄威。

唐代皇家也十分喜好雜技藝術。唐太宗時期的樂舞《破陣樂》，武則天時期的《聖壽樂》裏面，都融有很多雜技因素。《破陣樂》有 120 人表演，幽州女藝人石火胡頂百尺高竿，五女童穿五色服裝手持刀戟在高竿的弓弦上作表演。《聖壽樂》則帶有幻術色彩：140 人的大型樂舞，由人排字，排出「聖超千古、道泰百王、皇帝萬歲、寶祥永昌」字眼，藝人身上的服飾色彩，也說變就變，變化莫測。唐明皇、楊貴妃是一對音樂夫妻檔，也愛看雜技。楊貴妃曾抱持著神童劉晏，觀賞宮廷歌舞伎王大娘的百尺頂竿，唐明皇讓這孩子寫詩，他寫道：「樓前百戲競爭新，惟有長竿妙入神。誰得綺羅翻有力，猶自嫌輕更著人。」可見長竿在雜技中最受小孩子的歡迎。〔註5〕

唐代民間雜技歸於散樂一系，以與宮廷雅樂相對應。當時，「散樂人」甚至成爲藝人的別稱。唐人傳奇記有不少隱於民間的雜技奇士，如《酉陽雜俎》所記的蘭陵巷老人，耍弄長短七把寶劍，飛舞中削去人的一寸鬍子。大詩人白居易則以樂府詩歌記載這些雜技表演，先後描繪過舞雙劍、跳七丸、嬝巨索、掉長竿，還有獅子舞《西涼伎》等等。〔註6〕

獅子舞在雜技中屬於擬獸演藝，發端於圖騰崇拜。夔「率百獸舞」，葛天氏「持牛尾舞八闋」，古儺中方相氏披熊皮，率領「十二獸衣毛角」舞弄驅儺。隨著時代變遷集中到了幾種獸的身上，一是馬，一是猴，還有獅子。獅子演藝在東亞不是土生土長，作爲佛教的伴隨物而來，與此地的信仰與民俗發生融合，奇跡般地站住了腳，甚至取代了一些地方原有的瑞獸崇拜和擬獸演藝，成爲迄今爲止流傳最廣、影響最大、最有「人氣」的一種動物演藝。唐代是獅子演藝的鼎盛期。《西涼伎》帶有簡單故事情節，《五方獅子舞》五頭獅子一同出演，場面宏大熱鬧。日本的《唐舞繪》裏畫有一幅「新羅狛」，是一匹直立的獅子，

〔註 5〕劉峻驤：《中國雜技史》，北京：文化藝術出版社 1998 年版，P73。

〔註 6〕高文：《全唐詩簡編》，上海：上海古籍出版社 1993 年版，P1188。

藝人頭上套有獅子頭外，四肢上也套有小獅子頭，造型十分奇特。筆者估計這正是唐「五方獅子舞」的簡略形式。五個獅子頭，代表五頭獅子，守五方。韓國至今有北青獅子戲用五色毛，是「五方獅子」的進一步簡略。〔註7〕

　　兩宋時代，都市經濟繁盛，出現了專門表演技藝的地方「勾欄瓦舍」，雜技藝人於是有了立身揚名之所。瓦舍藝人有兩類，其一是「諸軍」藝人，在朝廷沒有演出任務時「客串」於瓦舍；另一類是職業演員，就在此地討生活。他們演出筋斗、踢拳、踏蹺、上索、打交輥、過刀門、過圈子、砍刀蠻牌等節目，並創造了許多新節目，如《仙人栽豆》、《喬相撲》等。一些藝人以自己的拿手好戲出名，甚至節目名成了他的藝名，如表演幻術《七聖法》的藝人，人稱「杜七聖」。

　　宋代除依舊舞獅子外，小動物節目興盛起來。「猴呈百戲」、「魚跳刀門」、「烏龜踢弄」、「老鴉下棋」等節目，在瓦舍的日常表演中很活躍。〔註8〕

　　宋皇帝在宣赦罪犯的儀式上每每安排表演雜技，這是個創造。其中，爬竿是最重要的演出。「丈竿尖直，上有盤，立金雞，銜紅幡，上書『皇帝萬歲』，盤底以紅彩索懸於四角，令四紅巾百戲人爭先沿索而上，先得者執金雞嵩呼謝恩。」（《夢粱錄・明禋禮成登門放赦》）此竿因此名「金雞竿」。

　　元明清三代的雜技，呈現出與戲曲藝術相輔相成、難分難解的特點。對於其歷史走向的回顧，就結合著戲劇的狀況來進行吧。

二、雜技向初起戲曲的影響滲透

　　中國戲曲在其成形之初，就大量地汲取了雜技的表演技巧和藝術養分。甚至，元南北「雜劇」之得名，恐怕都與「雜技」有關。戲曲的誕生首先不是以傳播故事為第一需要，而是以集合眾技藝為首要。宋瓦舍技藝原是分而演之的，到了元代，觀眾們就著一個簡單易懂的故事，只須坐在一處，就能享受美妙的歌舞、滑稽的科諢、動情的說唱、高超的武功、驚險的雜技、奇妙的魔術、令人「耳」不暇接的口技了。我把這種現象叫做「借故」。藝人們會多少技藝，決定他們編多長故事；會舞槍弄棒，就「借」個武打故事；會裝神弄鬼，就「藉」個神鬼故事。故事，只起了一個替代節目主持人「竹竿

〔註7〕 翁敏華：《中日韓戲劇文化因緣研究》，上海：學林出版社2004年版，P292。
〔註8〕 〔宋〕孟元老等：《東京夢華錄》（外四種），上海：上海古典文學出版社1956年版，P44。

子」的作用。〔註9〕

雜技藝術就這樣大量地走進戲曲，至今還是表現戲曲特徵的一個重要的有機組成部分。

那麼，戲曲藝術究竟融入了多少雜技元素？有兩個最易窺探的地方，一是尚未「消化」眾技藝的初期戲曲樣式，另一是後世活躍於舞臺的「摺子戲」的一部分。

早期南戲《張協狀元》就是這樣的一個最好的視窗。其第八齣有表現五雞山強盜鬥棒刺槍的一段戲：

> （淨使棒介）這個山上棒，這個山下棒，這個船上棒，這個水底棒，這個你吃底。（末）甚棒？（淨）地，地頭棒。（末）甚罪過！（淨）棒來與它使棒，槍來與它刺槍。有路上槍，馬上槍，海船上槍。如何使棒？有南棒，南北棒，有大開門，有小開門。賊若來時，我便關了門。（末）且是穩當。（淨）棒，更有山東棒，有草棒。我是徽州婺源縣祠山廣德軍槍棒部署，四山五嶽刺槍使棒有名人。〔註10〕

《張協狀元》眞個是民間演出的記錄本，淨角氣喘吁吁「地，地頭棒」都如實記錄了。淨角一邊舞弄一邊說白，吹得天花亂墜，活脫脫一個勾欄瓦舍賣藝人的口吻。

第四十八齣則將一段雜技「蹴球」搬進了劇演。什麼「踢個左簾」、「右簾」、「左拐」「右拐」，什麼「踢得流星隨步轉，明月逐人來」，淨丑二角在臺上邊說邊演，直到把對方踢倒了爲止。〔註11〕

有的戲更把整個段落的雜技表演搬進劇本。《白兔記》第三齣，整個就是個游離主要劇情的雜演：跳鬼判、蹻蹺、喬三教、舞獅豹、裝神弄鬼，還有竹馬舞。也並不忌諱搬用了雜技等姐妹藝術，這就是中國戲曲。

雜技段子進入戲劇成爲戲劇塑造人物、推進劇情、烘托氣氛的手段，即使到了後世戲劇，依然一如既往，祇是看起來沒有早期戲劇那麼清楚而已。明代《牡丹亭》裏的「勸農」、「冥判」齣，明末阮大鍼《雙金榜》「遊燈」、《春燈謎》「哄謎」、《牟尼會》「競會」諸齣，都有舞判、滾燈、竹馬、獅舞、龍燈、走馬賣解等的民間雜技表演，一方面增強了生活氣息，一方面使戲劇表

〔註9〕翁敏華：《中國戲劇與民俗》，臺北：學海出版社1997年版，P47。
〔註10〕錢南揚：《永樂大典戲文三種校注》，北京：中華書局1979年版，P43。
〔註11〕錢南揚：《永樂大典戲文三種校注》，北京：中華書局1979年版，P197。

演更加好看。〔註12〕

　　口技是雜技裏的一個品種。上文提到過其起源於孟嘗君的「雞鳴狗盜」。宋元后，戲劇對口技表演亦大量吸收。《張協》第十齣，表演淨扮的廟神和丑扮的小鬼充當廟門，王貧女回來敲門：

　　　　（旦上唱）……（叫）開門！（打丑背）（丑）蓬！蓬！蓬！……

張協聽得敲門聲後：

　　　　（移柱門開）（丑）泓！〔註13〕

這是一段典型的雜技表演，藝人充當門扇，是為滑稽類比表演，現代的雜技團馬戲團的小丑啞劇裏也常常會有，衹是啞劇裏的開關門聲音不是由演員自己類比的，而《張協》中，卻是二合一，淨丑兩角既類比門扇開關，又作開關門聲音的口技表演。

　　第二十三齣：

　　　　（淨在戲房作犬吠）（淨出白）小二，去洋頭看，怕有人來偷雞！（作
　　　　雞叫）小二短命都不見……〔註14〕

淨在此處扮小二母親，一個人又裝狗叫，又裝雞叫，中間還要絮絮叨叨說「人」話，真是個多才多藝的藝人。

　　第五十二齣：

　　　　（淨在戲房作馬嘶）（淨出）看官底各人兩貫酒錢……〔註15〕

這裡的淨已改扮譚節使，模仿馬叫聲表明騎馬回來，立即又以高官的口氣命令給下人賜賞。類似的例子本劇還有很多。別的劇本也有。雜劇《漢宮秋》有「〔雁叫科〕」，明傳奇《義俠記》有「（內作虎嘯科）」等等。

　　單項口技有當面表演和「隔壁戲」兩種，「隔壁戲」或設「屏障」或讓人「倚壁」、「繞門窗」而聽，進入戲劇的也是這兩種，淨學「犬吠」、「馬嘶」在「戲房」，相當於「隔壁戲」，而學雞叫和後面學關門聲、學馬後樂聲，就是在舞臺上當場演的。也許因為類比狗、馬、虎叫，藝人須將嘴張得很大，動作幅度亦大，所以躲在「戲房」裏進行的較多，而雞叫，類比者嘴的開闔幅度較小，可以當臺進行。

〔註12〕劉峻驤：《中國雜技史》，北京：文化藝術出版社1998年版，P112。
〔註13〕錢南揚：《永樂大典戲文三種校注》，北京：中華書局1979年版，P54。
〔註14〕錢南揚：《永樂大典戲文三種校注》，北京：中華書局1979年版，P119。
〔註15〕錢南揚：《永樂大典戲文三種校注》，北京：中華書局1979年版，P213。

　　上述數例，皆是一段段「戲中之戲」。是後面的「戲」（雜技技藝）借了前面的「戲」（故事情節）的名義，而得以在舞臺上依次露面。元代及以後是戲劇領先的時代。雜技「寄生」於戲劇這一載體，不但得到了保存，而且得到了發展。雜技的進入戲劇，對雜技與戲劇而言，都是好事，是一種「雙贏」的好事。

　　這就決定了戲曲藝人都得會一點雜技技能。元劇《宦門子弟錯立身》裏，這位官宦子弟完顏壽馬想入演藝圈，自薦說：「我舞得，彈得，唱得，折莫大雷（擂）鼓吹身，折莫大裝神弄鬼，折莫特調當撲旗。」歌舞、彈奏、雜技武術都得會，這才是個當戲曲藝人的料。

　　明清時代雅戲與俗戲的對峙一直存在著，至清代中葉而成花雅兩部鬥奇爭勝，結果是，雅部昆曲衰弱，花部勝出，並從中產生了影響中國最大的京劇。京劇的「後發優勢」當然不止一個，但可以肯定，它的武打戲好看，為老百姓所喜聞樂見，是其中的一個重要原因。

　　1790 年徽班進京，是為京劇之始。徽班從明末起就有「剽輕精悍，能撲跌打」的名聲，張岱在他的《陶菴夢憶》中，描繪過他們三天三夜演出《目連戲》時令人眼花繚亂的武術雜技功夫。〔註 16〕徽班的腳色齊全，擅長武功，每夜演出的節目單裏必有武打戲，「一胸能勝五人之架疊，一躍可及數丈之高樓」，讓觀眾「目眩神搖」（《梨園佳話》）。

　　道光年間花部有小戲《大賣藝》，就是以雜技藝術為主的一段表演，「《賣藝》最宜燈下看，夜間看耍火流星。」（《都門雜詠》）。

　　許多摺子小戲各有各的「看點」。《清稗類鈔》曾經這樣總結：《黃鶴樓》看「冠」，《李陵碑》看「甲」，《瓊林宴》看「履」，《烏龍院》看「靴」，等等，這些個「看點」都是雜技技巧。雜技之輔助戲劇表演，由此可見數斑。〔註 17〕

　　戲劇也有反哺、反作用於雜技之處。元明清三代統治集團歧視壓迫雜技數百年，一些雜技藝術是通過戲劇得以保護和發展的。比如，京劇的筋斗功夫非常了得，雜技就曾汲取了來，充實到自己的「鑽圈」、「小武術」等節目當中。另外，在各地「花會」上演出的雜技，多化妝成戲曲人物，八仙啊，觀音啊之類，這也是受戲曲影響後產生的現象。

〔註 16〕〔明〕張岱：《陶庵夢憶》，杭州：西湖書社 1982 年版，P74。
〔註 17〕劉峻驤：《中國雜技史》，北京：文化藝術出版社 1998 年版，P115。

三、雜技爲戲曲帶來的廣場姿態和狂歡化品格

我們看到，戲曲裏的雜技表演，主要是由淨、丑兩種行當承擔的。特別是丑行，許多古老的雜技技藝「活」在他們身上。

雜技與丑角的淵源，是一種世界性的藝術現象。滑稽類比表演一直作爲雜技的輔助形式參與演出。雜技中的滑稽表演摧發了小丑藝術的發展。一般雜技以驚險取勝，觀眾們看長了會精神緊張，需要有小丑表演來輕鬆輕鬆，換換氣氛，雜技演員也需要略加休息或換妝。所以小丑的滑稽表演在雜技團裏必不可少。1977 年，美國就出版過一部《大傻瓜的雜耍技巧》，至今已經出售了七八十萬冊。

所以說，丑行是雜技進入戲曲的管道，是雜技與戲曲關聯的紐帶。雜技給戲曲帶來的，不僅僅是令人眼花繚亂的表演方式，不僅僅是豐富了戲曲的表演手段，從更深的層次考察，可以這樣說：雜技帶給戲曲的，是一種開放的廣場姿態和熱烈的狂歡品格。

巴赫金在闡述他的狂歡化理論時說過：「狂歡節類型的廣場節慶活動，一些笑謔的儀式和祭祀活動，小丑和傻瓜，巨人、侏儒和畸形人，各種各樣的雜耍，種類和數量繁多的諷擬體文學，等等，都有一種共同的風格，都是統一而完整的民間笑謔文化、狂歡文化的局部和成分。」〔註 18〕

我們知道，狂歡化的淵源是狂歡節，可以追溯到古希臘羅馬時代，來源於神話傳說與儀式，以酒神崇拜爲核心而不斷演變。而西方的狂歡節和世界各地的狂歡節式的民眾慶典，正是在廣場這樣的開闊地進行的。定時舉行全民性狂歡活動的廣場這樣的開闊地，於是就成爲了一種「文化空間（the Cultural Space）」。中國雜技一直就是一種廣場演出，無論是莊子時代常常在市南弄丸的宜僚，還是武則天時代的「中幡藝術」，宋元時代的瓦舍演出，更不用說宋以後走江湖在鬧市口「撂地」表演的雜技了。

雜技把一種廣場姿態帶進了戲曲。無論後來正式演出的場所有了很大的變化，但是那樣一種姿態一直保存著，那就是：開放體系。

我們上文說了，戲曲是一種綜合程度極高的藝術樣式。這裡的「綜合」，主要是指各種類別的表演手段集合在一個故事的旗幟下，共同爲演繹這一故事、推進情節發展、塑造人物形象服務。而這些類別的表演手段之間，並不

〔註 18〕巴赫金：《弗朗索瓦·拉伯雷的創作和文藝復興時代的民間文化導言》，《巴赫金集》，上海遠東出版社 1998 年版，P134。

是糅合得天衣無縫，界線消弭得一點痕跡全無的。像《張協狀元》這樣的早期劇作不用說了，即使後世的昆曲代表作《牡丹亭》之類，也還是能夠分別哪齣是以歌舞取勝，哪齣突顯雜技藝術表演。《冥判》一齣，敷演杜麗娘因情而死又不甘心就此死去，向陰間的胡判官申訴的情節。胡判官出場，與眾小鬼有許多載歌載舞的表演，其中的吐火，就來自雜技。判官精神抖擻，威武剽悍，還帶有一種淘氣調皮的幽默感，他頭微微側向，並不一下子將火吐出，而是慢慢地、一點一點地吐來，火星幾個、十幾個、幾十個地依次而出，青煙似有若無，火全部吐光後則顯出一副得意洋洋的樣子。吐火是一個高難度的雜技表演手段，這裡拿了來為塑造胡判官的非同尋常，這樣非同尋常的冥間官僚，最後也為杜麗娘的深情所感動，對她充滿了同情，使出渾身解數幫助她。齣目「冥判」，可知本齣的主人公即這位冥間判官，這齣戲表現的是冥間的一場判決，一場充滿人情味的判決。作為摺子戲演出時，它的突出雜技藝能的特點非常顯見。

我們上文提到，吐火這一東西合璧的雜技表演，在各劇種的「鍾馗戲」裏被廣泛運用。多年前上海搬演過全本《牡丹亭》，其間甚至還有演員不完全化裝，在觀眾面前引昂學雞叫的雜技性表演。

戲曲進入京劇時代，對雜技元素的運用更加得心應手、達到了爐火純青的地步。京劇的武戲占大多數，而武戲，正是以武術和雜技的融合為主要表演手段。京劇武戲堪稱「中國功夫戲」，有所謂毯子功、把子功和腰腿功三大塊。其中毯子功之筋斗、把子功裏的「滑稽把子」（與「莊重把子」對應）等，特別是作為京劇程式表演的「劈叉」、「搶背」、「弔毛」、「倒僵屍」等等，都明顯地有著古樸優美的雜技面影。表現黑暗中無言的激烈格鬥的《三岔口》，還有《十字坡》、《滾燈》等京劇摺子戲劇目，被曹琳先生直截了當地稱為「一齣齣雜技集錦劇」。〔註19〕京劇《大唐貴妃》第三場「梨園知音」，亦堪稱是一齣「雜技集錦劇」：敷演唐明皇的梨園子弟們在皇家花園練功，有的高高躍起，有的輕輕落下，翻躍騰撲，奔竄躲閃，更兼畫著白鼻子的小丑在裏面調弄逗趣，簡直是一場中國功夫的集中表現，場面非常好看，並給人一種非常真切的廣場感：開放、熱鬧、濃烈，雅俗共賞，那些快速變幻的場面，多蘊含雜技提供的藝術魅力，很能夠體現帝王夫婦與民同樂的主題。

〔註19〕 曹琳：《若即若離、亦驚亦幻 雜技——中國戲曲中穿行的文化精靈》，見2008年韓國晉州民間文藝節論文集（未刊稿）。

　　雜技元素在其他地方劇種、在儺戲等民間戲劇表演中，起著重要的作用。如川劇裏的變臉、二人轉裏的轉帕、《寶蓮燈》裏的高空飛人等。正如曹琳的生動概括：「雜技──中國戲曲中穿行的文化精靈」，〔註20〕而且是一種狂歡文化的精靈。

　　雜技把狂歡品格帶給了戲曲。戲曲裏的雜技就不是「啞劇」式的表演了，已經和說白歌唱結合在了一起，且都是些反諷、誇張、諷刺、幽默、調侃等風格的話語，特別是口語、俚語、行話、方言等表達，更有罵人話，指神賭咒，發誓、順口溜等讓巴赫金稱作「廣場語言」的類別。這些內容和雜技的肢體性特殊語言表達結合在一起，那樣的別具一格、出人意表，能讓觀眾不時地哄堂大笑，興奮不已。這樣的不斷刺激，能夠引發一個癲狂歡樂性的廣場氣氛。「無笑不成戲」，戲曲具有鮮明的笑謔文藝品格，狂歡化的文化色彩，繼承發展了包括雜技在內的狂歡性文化傳統。戲曲丑行把這一傳統發揮到登峰造極的地步。戲曲表演具有鄰國同源戲劇所無法比擬的高難度技巧，雜技在裏面起了很大的作用。

　　敷演孫悟空的《大鬧天宮》等劇，雜技品格十分顯見。猴王孫悟空佔領花果山，下海大鬧龍宮，獲得稱心如意的武器金箍棒；玉帝欲以加官封爵來管束悟空，封他為齊天大聖管理桃園，孫卻偷吃仙桃、御酒，十八羅漢來鬥悟空，後來玉帝又派出二郎神，鬥得個昏天黑地。《大鬧天宮》一直是中國老少皆宜的劇目，除了國人有欣賞眼花繚亂之美的愛好外，其具有的無等級性、宣洩性、顛覆性、大眾性的狂歡文化品格，也是我們必須充分肯定的。

　　近二十年來，中國雜技有了突飛猛進的發展。在傳統的類型雜技節目的基礎上，生發出了「標題雜技節目」、「主題雜技晚會」和「雜技劇」等新的樣式。《花旦‧空竹》、《剪紙娃娃‧空竹》、《藤藤樂‧皮條》等標題雜技，由於和戲曲或民俗結合得好，先後在世界雜技匯演中得大獎；上海的《時空之旅》更是上演上百場不衰。〔註21〕中國雜技正在為世界雜技事業做出新的貢獻，並有望與戲曲有更緊密深入的互動和並進。

　　諷刺性鬧劇、笑劇、詼諧文藝作品，一直是狂歡化理論的研究對象。大量地汲取過雜技養分的中國戲曲，她的笑謔性、狂歡化品格，也應當成為這

〔註20〕曹琳：《若即若離、亦驚亦幻：雜技──中國戲曲中穿行的文化精靈》，見2008年韓國晉州民間文藝節論文集（未刊稿）。
〔註21〕《電影評介》2007年第19、20期。

一理論熱衷的研究對象。巴赫金的狂歡化理論會幫助我們更好地把握中國戲曲特性，同時，關照和探討中國戲曲，也有助於狂歡化詩學理論的進一步拓展、豐厚和深化，建設成爲一門世界性的文藝理論。

（原載《文化藝術研究》總第四期，2009 年第一期）

重讀關漢卿

　　重讀關漢卿，就是要對關漢卿及其作品作一個重新打量，重新評價。重新閱讀關漢卿可以有許多角度，許多題目。這裡想從關漢卿在戲劇史的地位與作用；關漢卿的性格特徵及在其戲劇創作中的投影；關漢卿的女性主義文學立場及其貢獻等幾個方面，即過去的關漢卿研究中常常被忽略和誤讀的幾個問題，作一點粗淺的反思。其餘的，則留待今後的機會。

一

　　元代是中國戲劇第一個黃金時代。「黃金」云云，體現在劇本創作和舞臺表演兩方面，前者是劇作家的事，後者是優伶的事。元代戲劇的繁榮正是這兩撥人聯合推進、共同創造的。

　　縱觀中國戲劇的漫長歷史，自孔子在「夾谷之會」殺了中國早期的一個優伶「優施」〔註1〕之後，文人和藝人的關係一直不好。翻開史書，文人官僚「禁戲」的上書、榜文比比皆是；翻開劇本，藝人在自己可以發聲音的舞臺上，嘲諷、侮辱文人的段子也多得不計其數。唐戲弄中《弄孔子》與《弄假婦人》同時演出，一樣盛行；宋金雜劇院本中名之爲「某某酸」的劇目，全是用來揶揄酸文人的。藝人們歷來被關在科舉大門之外，連他們的子孫也不能倖免，這一傳統至近現代尚未徹底清除。唐初太子李承乾因好看戲演戲被廢爲庶民；後唐莊宗、北宋徽宗丟了天下，後人的總結中少不得寫上好聲色誤國；《紅樓夢》裏的賈寶玉因與戲子交好差點被打死。這樣的事例不勝枚舉。

〔註1〕 參見任二北《優語集》「弁言」，上海文藝出版社 1981 年版第 1 頁。

但也有異數。到關漢卿生活的元代，歷史得到了改寫。關漢卿和他的同志們，使文人與藝人得以溝通。甚至可以說，關漢卿，本身就集文人與藝人於一身。或許正因此，戲曲才大成於元代。

元代是個文人與藝人大團結、大合作的時代。這樣的大團結大合作，推出了一個戲劇時代，一個戲劇創作和戲劇表演的黃金時代。書會，就是他們兩者合作的天地、藝術的沙龍。中國現存最早的完整劇本《張協狀元》是「九山書會」的產物。關漢卿，則曾是大都「玉京書會」的成員且還做過他們的領袖。他的六十幾部作品，多是他這個「書會才人」和藝人智慧的結晶，而不是閉門造的「車」。玉京書會是一個對戲曲藝術的成長發達起過重大促進作用的組織。自金至元，已知有一百五十一位「才人」先後在這裡活動過。寫作諸宮調《西廂記》的董解元，也曾是它的一個早期成員。

元代優伶亦人才輩出。他們之所以能取得這麼高的成就，與其身邊的優秀文人的襄助是分不開的。如：關漢卿至於朱（珠）簾秀，白樸至於天然秀等。關劇一大特點是「旦本」多於「末本」，塑造了一系列女性形象，這些劇本多是為珠簾秀量體裁衣打造的。關漢卿和朱簾秀他們在長期交往和密切合作中，互相闡發了對方的才情。書會才人與表演藝人的結合，使他們當時創作出來的劇本，多適合舞臺演出，生活氣息濃厚，符合大多數人的喜聞樂見。像關漢卿的幾乎每一部劇作，都可以說是為舞臺表演而作，《救風塵》、《望江亭》、《竇娥冤》等，都是可以從人物的對話聽出人物性格、想像出舞臺表演情景來的。可以想見，這裡面有著藝人的主意、藝人的點子。

二

關漢卿，中國戲曲史上最多產、最偉大的劇作家，世界文化名人之一，卻在中國歷史上名不見經傳，生平事蹟零碎難考。我們只知道他生活於十三世紀，只知道「漢卿」是他的字，他還有個號為「一齋」（或作「已齋叟」），他的「大名」卻已淹沒不彰。《錄鬼簿》說他是「大都人」，另兩種說法說他是「祁州」（今河北安國）人、「解州」（今在山西）人。這些地方正是元雜劇的發祥和流行之地。關於他的家庭出身也有兩種說法：「太醫院尹」、「太醫院戶」（見天一閣本《錄鬼簿》），看來不是他本人就是他的家族，與太醫院有或多或少的關係。但他一生的精力，他主要的人生價值和成就，則投注和體現在當時正如火如荼、蓬勃興起的朝陽事業——元曲事業上。他沒有功名，「不

屑仕進」(《青樓集序》),也沒有傳統文人士大夫妄自尊大和迂腐習氣。他是封建時代傳統儒士的不肖子孫。封建文人講求「德才兼備」、「道德文章」,「德」在「才」前;關漢卿們卻突出一個「才」字、專用一個「才」字——書會才人,這可是一個前不見古人、後不見來者的稱謂!

關漢卿長期活躍於勾欄瓦舍,《元曲選序》說他「躬踐排場,面傅粉墨,以爲我家生活,偶倡優而不辭」,正是這樣的與演藝人廝混、將演藝人看作「我家」兄弟,將演藝生涯看作「我家生活」,才使他寫出如此許多本色當行的雜劇劇本,直至今天依然沒有人能在多產上超過他。若是沒有熱情,若不是酷愛,這是不能想像的。漢卿是一個多才多藝之人。他自己說「會圍棋、會蹴踘、會打圍、會插科、會歌舞、會吹彈、會咽作、會吟詩、會雙陸」。〔註2〕他「生而倜儻,博學能文,滑稽多智,蘊藉風流」(《析津志》),他「珠璣語唾自然流,金玉詞源即便有,玲瓏肺腑天生就」,所以,他才能「驅梨園領袖,總編修帥首,撚雜劇班頭」(賈仲明弔詞),成爲一代之冠,成爲一個時代的光榮。

關漢卿是個大玩家。他最擅長把握戲劇的遊戲本質,他的劇作無論在內容還是形式上都具有一種遊戲品格。他讓趙盼兒玩了一把感情遊戲,就將宋引章救出了火炕;他在《魯齋郎》裏玩了個文字遊戲,就斬了這慣於玩弄女性的流氓;他在《四春園》裏推出了一檔猜謎遊戲,憑此弄清了案情真相。他的那些以歷史事件、歷史人物爲題材的劇作中,充滿著「戲說」的成分。他自己說的,「單刀會」簡直是個「賽村社」;李存孝的塑造也離歷史的真實很遠。他的曲辭「如瓊宴醉客」,令人飲而陶醉;他的科諢又令人噴笑。這樣說,並不是否定他劇作的意義,把他的劇作統統看成「玩笑」。這樣說,祇是爲了還關漢卿一個真實面貌,同時說明,不是只有一本正經的東西才有意義,許多貌似輕鬆、貌似玩笑、甚至貌似荒謬怪誕的東西也是有意義的。他劇作的深意,那些沈重感、有分量的東西,那些現實批判,都是要在回味中才能獲取的。關漢卿舉重若輕。

長期以來,關漢卿有著許多被誤讀的地方。1957 年,關漢卿被評上「世界文化名人」,國內爲此大大地忙碌了一番。改編搬演關漢卿劇作,編演話劇《關漢卿》,還有一幅後來作了關漢卿「標準像」的油畫……待一個被這樣那樣闡釋過的關漢卿推到世人面前,已是個一臉正氣的鬥士——就像那幅油畫所表現的,上身往前衝,帽後飄帶往後揚,臉上是不苟言笑的表情。當然不錯。但怎麼看怎麼不像關漢卿,倒有幾分像杜甫。不是說像杜甫不好,但問

〔註 2〕散曲《南呂一枝花 · 不伏老》.

題是關漢卿最不像的就是杜甫呵！再說了，中國文學史上有一個杜甫很好，要都是杜甫，那還有什麼勁兒？

其實關漢卿是有「自畫像」的。他自己曾經毫不忌諱地說：「我是個蒸不爛、煮不熟、捶不扁、炒不爆、響噹噹一粒銅豌豆」，「我是個普天下郎君領袖，蓋世界浪子班頭」，「我是個錦陣花營都帥頭」。〔註 3〕他自己給自己定位在「浪子」上，而他的後人們卻偏要辛辛苦苦地把他修飾、改造成正宗文人，按照事先想象好的模式去套，按照傳統的封建文人的模式去套，在他的劇本中拼命尋找「微言大義」，不能自圓其說的地方只好牽強附會……這樣的做法，在世界越來越多元化的今天，真的可以休矣！

關漢卿對我們說：看戲很好玩，寫戲很好玩。當然這不是他的原話。但若是不好玩，他一輩子寫六十幾部劇本，簡直是不可想像。他對我們說：看我的戲認不得真。當然這也不是他的原話。但他在劇中有意錯位，有意變形，「狀元母親」一開口說話就成了農村大娘，「學士夫人」竟在「一夕江亭」全然不「顧及夫人之失尊」，〔註 4〕這不分明在告訴我們：戲就是戲，它與「遊戲」可是合用著一個「戲」字呢！可多少年來我們又是怎樣的認真呵！吳梅先生已是認真在先，待到 1957 年那個非常時期，更是用了不知道多少大話、重話、正話在漢卿身上，「揭露了」，「批判了」，「抨擊了」云云。那些歸不到揭露批判抨擊的部分，就視而不見，或牽強附會、削足適履。

現在是恢復漢卿「大玩家」真面目的時候了。現在是重新評估「大玩家」價值的時候了。最近，旅英戲劇導演蔣偉國在報端呼籲「讓戲劇回歸遊戲本質」。我們覺得，這應該是戲劇創作和評論研究共同的口號。

三

關漢卿劇作塑造了一系列女性形象。從身份上看，有大家閨秀，也有小家碧玉；有貴婦人，更有勞動婦女；有小姐、丫鬟、妓女、歌女、漁婆、尼姑、寡婦、後母、女武將等。她們中有的才氣橫溢，有的俠骨柔腸，有的是賢妻良母，有的是死不瞑目的復仇女，有的足智多謀為保護丈夫出生入死，有的敢愛敢恨在情場上拼殺搶奪自己的心上人……關漢卿筆下的女性形象好看得很。那麼的多姿多彩，那麼的豐滿，簡直沒有一個是雷同的。

〔註 3〕同上。
〔註 4〕吳梅《〈望江亭〉跋》。

　　仔細辨去，奇了，關漢卿筆下的女人沒有一個是逆來順受的！關漢卿劇作中有很不堪的窩囊男人，但沒有女窩囊廢。即便是貴族小姐像王瑞蘭，行動上不能違抗父親很多，內心裏卻完全與父親對著幹。而且，這些女人幾乎都比她們身邊的男人高出一截，或道德高尚，或見識高超，或手段高明，或靈牙利齒，總之是更勇敢更聰明更清醒冷靜。而且，她們往往自己解放自己，不把希望寄託在「救世主」身上。

　　關漢卿是一個女性主義文學家。在這一點上，他堪與曹雪芹前後比肩。我們知道，女性主義文學和女性文學不是一個概念，女性文學指女性作家創作的文學，而女性主義文學可以包括男性作家的作品。主要看立場，看作品中女性主體意識之有無、之多少，看女性形象在作品中的地位，是主人公還是「第二性」（附庸、玩物），〔註5〕看女性形象是否有獨立思考、獨立言行、獨立人格。關漢卿筆下的女性形象不是男性中心主義社會所要求、所造就的那種，不是《女戒》、《內訓》所規定、所束縛的那種，正相反，她們每每是衝擊男性中心主義社會秩序、違背三從四德規範的。關漢卿筆下的女性形象往往自信、自愛、自強，祇是沒有涉及到經濟獨立問題。人說曹雪芹是「女性崇拜主義」，在關漢卿，「崇拜」二字似乎還談不上，稱他為「女性歌頌主義」還是綽綽有餘的。

　　在中國文學史上，除了早期的《詩經》、樂府民歌而外，傳統文學是忽視表現女性欲望、女性意願的。一些以女性為描寫對象的篇什，實際上也祇是把女性當作「把玩」之具，並非站在女性的立場之上。在傳統社會裏，女人一直是男人的奢侈品，是畫家的模特，詩人的繆斯，軍人的精神慰籍……李清照在一些描繪他們夫妻之愛的詞作中表現了一些作為女性的欲望，即曾遭來過許多非議，說她「誇張筆墨，無所羞畏」，「肆意落筆」、「無顧籍也」等。在關漢卿的劇作中，我們終於看到了另一種情景。他每每是站在肯定女性欲望的正當性、正常性和正義性的立場之上，來抒寫、塑造這些女性形象，理直氣壯、直言不諱。

　　讓我們以《望江亭》為例。

　　從劇本風格看，《望江亭》是關漢卿的一本喜劇；從題材上看，《望江亭》就很難歸類了，既不屬公案劇，又難歸風情劇。這正是關劇的一大優點：不

〔註5〕　法國著名的女性主義理論家西蒙・波娃有《第二性》一書，「第二性」指女性的「客體」地位。

拘一格。此劇故事來源無考，看來是關漢卿從現實生活中汲取題材撰寫的。劇中的女主人公譚記兒喬裝改扮，智勇雙全，為捍衛自己的幸福生活而戰。她的性格也極其多面、極為可愛，當她還是個年輕寡婦的時候，她在內心世界裏極為嚮往愛情，卻在表面上裝模作樣；當她身為學士與州官夫人時，她溫文爾雅，舉止端莊；但是當丈夫受到危險、她來之不易的幸福生活受到威脅時，她一變臉就成了個潑辣風流的漁婦，搖船捕魚、挽袖切鱠、傳杯遞盞、打情罵俏，無所不用其極，這才賺取了勢劍金牌，將一場災難化作烏有。譚記兒因此為中國文藝史長廊增添了一個不可替代的女性形象。比如第一折的一首〔混江龍〕，就簡直是女性欲望的一篇宣言、一面旗幟：

> 〔混江龍〕我為甚一聲長歎，玉容寂寞淚闌干？則這花枝裏外，竹影中間，氣籲的片片飛花紛似雨，淚灑的珊珊翠竹染成斑。〔註6〕我想著香閨少女，但生的嫩色嬌顏，都只愛朝雲暮雨，〔註7〕那個肯鳳隻鸞單？這愁容恰便似海來深，可兀的無邊岸！怎守得三貞九烈，敢早著了鑽懶幫閒。

這是譚記兒的一個「亮相」，「亮」內心世界之「相」。她自問自答、自怨自艾、自言自語，她在這「花枝裏外，竹影中間」走著，映入眼簾的景物，在她看來都受人的感情支配和浸染：飛花是由她歎息的氣流吹落，斑竹是讓她灑落的淚珠染成。她肯定，那些個「初長成」的「香閨少女」都是嚮往愛與被愛、嚮往成雙成對的，別說是像自己這樣有過婚史、有過男人的。可封建道德要求女子做貞婦烈女，要求寡婦守寡，自己如何做得到、如何守得住呵！在她看來，鳳隻鸞單的生活簡直是苦海無邊！

後來，當白士中向她求婚，她在第一時間裏採取的是拒絕，那是她還沒有弄清楚這是不是自己所要的；一旦弄清楚了，白士中經受了「考驗」博得了她喜歡，她就立即義無返顧地跟了他去，並為保衛他們的婚姻生活敢於出生入死。

筆者願意在這裡比較一下譚記兒和竇娥。在關漢卿筆下，她們二人都是年輕寡婦，現存的關劇中，作為主人公出現的，也惟有這兩個寡婦形象。她倆在乍一出場時，心態情緒也差不多。一個唱道：「滿腹閒愁，數年禁受，天知否？天若是知我情由，怕不待和天瘦。」另一個唱道：「我則為錦帳春闌，

〔註6〕珊珊翠竹染成斑：指堯之女娥皇、女英為舜而哭，淚灑竹葉，染成斑竹事。
〔註7〕朝雲暮雨：指男女歡愛，見宋玉《高唐賦》。

繡衿香散，深閨晚，粉謝脂殘，到的這日暮愁無限。」一個訴道：「則問那黃昏白晝，兩般兒忘食廢寢幾時休？大都來昨宵夢裏，和著這今日心頭。催人淚的是錦爛漫花枝橫繡闥，斷人腸的是剔團圞月色掛妝樓。」另一個訴道：「我為甚一聲長歎，玉容寂寞淚闌干？則這花枝裏外，竹影中間，氣籲的片片飛花紛似雨，淚灑的珊珊翠竹染成斑」。都一樣的仰天長歎、對花落淚，一個個的問號在心中糾結不開，度日如年，度夜更何止是如年！在劇作中，她們都是在守寡三年後，遇到生命之轉折的：一個遇上了白士中，兩心相肯，婚後碰到點外來的小麻煩，讓我們的女主人公得以大大地表現了一番她的智慧，她的手段，她的膽氣；另一個遇上的則的市井潑皮張驢兒，抗婚，得罪了潑皮父子，終於家裏出了人命，被冤謀殺，最後丟了性命。

也有學者將譚記兒、竇娥，將《望江亭》、《竇娥冤》放在一起考慮過。康保成在《關漢卿劇作賞析》中說：「寡婦再醮，往往被視為不道德。《竇娥冤》中就流露過這種思想。但《望江亭》卻表明，關漢卿決不是一個提倡婦女恪守三從四德的多烘先生。」「表面看去，第一折中的白道姑與白士中簡直是兩個類似張驢兒的無賴。」

康保成提出的現象是有趣的、值得思索的。我們不妨作一個這樣的假設：如果竇娥遇到的不是張驢兒，而是一個她所喜歡的人，或者說，竇娥很喜歡張驢兒其人，情況會怎麼樣？我想，竇娥極有可能成為譚記兒第二。這就涉及到關漢卿女性主義文學觀的問題了。關漢卿是極為重視女性感受、女性意願、女性欲望的人。女性主體意識是女性主義文學的靈魂。他同樣地珍惜著他筆下的譚記兒和竇娥。不能說關漢卿在《竇娥冤》和《望江亭》兩劇中表現的婦女觀是不一樣的，不能說前者流露了對婦女再醮的嘲諷，流露了對婦女三從四德的提倡。事實是：《竇娥冤》中那些類似「三從四德」、「從一而終」等的言論，實際上都是竇娥抵禦張驢兒性侵犯的擋箭牌。其關鍵，就是竇娥不喜歡張驢兒；如果喜歡，竇娥也會像譚記兒那樣，不再計較對方的求愛方式，哪怕是「惡又白賴」，也能夠接受。所以，無論從《望江亭》還是《竇娥冤》看關漢卿，他都不是一個「提倡婦女恪守三從四德的多烘先生」。

四

再看《詐妮子調風月》。

在關漢卿描寫塑造女性形象的系列劇中，此劇是比較特殊的。它以婢女

燕燕爲主角，花大量筆墨在她身上。人物性格非常鮮明可愛，言行舉止非常
獨特別致，所以這個形象很有光彩，很鮮活，很「這一個」。關漢卿的女性主
義立場是一貫的。他特別爲那些才貌雙全又能幹、但屈居社會底層、地位卑
下的女性感到惋惜，加以歌頌。他曾寫過一首散曲〔朝天子〕，題目叫《書所
見》，就是對在一個大戶人家婚禮上見到的一個陪嫁婢女的記錄和讚歎：

> 鬢鴉，臉霞，屈煞將陪嫁。規模全是大人家，不在紅娘下。笑眼偷
> 瞧，文談回話，眞如解語花。若咱，得她，倒了蒲桃架。

關漢卿遇到過的這類女性一定爲數不少。他爲她們感到委屈、感到遺憾，感
到造物主的不公平。可以說，這正是漢卿寫作《詐妮子》燕燕的動因。他要
在戲中讓她們的性格才能稍稍得到舒展，讓她們的願望小小地得到滿足。

　　現存的《詐妮子調風月》是個殘本，僅有曲辭和小部分科白，但基本上
已勾勒了大概劇情。千戶尙書之子到洛陽探親，夫人讓聰明伶俐的燕燕丫頭
照顧他，兩人一見鍾情。小千戶的漂亮著裝和「魔合羅」般英俊的面容讓燕
燕著迷，她看出來小千戶也很喜歡自己，讓她做這做那，好有機會接近她。
終於，小千戶對月起誓，要與燕燕相親相愛，答應往後要娶燕燕做「小夫人」。
燕燕是一個心氣很高的姑娘，看眼前的少年郎如此可敬可愛，如此能說會道，
她被深深地吸引了。兩人如膠似漆，山誓海盟，燕燕自以爲從此終身有靠。
寒食那天，本來燕燕要與女伴們玩一整天的，心中惦記著情郎，提前回家來，
就覺得氣氛不對：小千戶躺在床上不理不睬。燕燕還以爲小千戶的壞脾氣是
自己貪玩引發的。侍候他就寢時，燕燕發現他襪子裏掉下一塊女用手絹，就
心急火燎地盤問起來。原來小千戶今日遊春結識一位鶯鶯小姐，相見恨晚，
互贈了一大堆定情物。燕燕恨薄情郎見異思遷，恨不得毀了這些東西。小千
戶不讓，說這些東西很貴重。她第一次感到自己在小千戶眼裏一錢不值。她
高一腳低一腳走回下房，夜夜失眠。見一隻撲火飛蛾，聯想到自己身世，一
時感慨係之。小千戶又來糾纏，被燕燕騙出門去關在門外，讓這花花公子也
嘗到了被棄的滋味，他恨恨地決心報復，慫恿夫人派燕燕到鶯鶯家做媒。燕
燕將計就計，欲在鶯鶯面前揭露小千戶的德行，不料反被鶯鶯唾罵。婚禮如
期隆重舉行。燕燕強作歡顏，爲鶯鶯梳妝插戴。後來老爺來了，燕燕在老爺
面前大說新娘壞話。新郎小千戶還擺出一副主人的架勢，大耍淫威。燕燕忍
無可忍，一把抓住這衣冠禽獸，大聲詛咒他的婚姻，攪了他的婚禮。最後，
燕燕跪地向老爺夫人申訴原由，主人家無奈，只得答應讓小千戶娶燕燕爲妾。

燕燕滿心喜歡。

燕燕在上場後唱的第一支曲子很值得我們關注：

〔點絳唇〕半世為人，不曾交〔註8〕大人心困。雖是搽胭粉，子爭

〔註9〕不裹頭巾，將那等不做人的婆娘恨。

燕燕的自我認定是一個「搽胭粉」的大丈夫，是一個「不裹頭巾」的巾幗英雄。她說她長大成人從沒讓人操過心，這我們相信，憑燕燕這麼聰明能幹。曲子最是末句值得吟味。「將那等不做人的婆娘恨」。「恨」得好！天下有的是做牛做馬的人，尤其是「婆娘」們，但她們之所以「不做人」，為人所逼是一個方面，自己在內心深處不把自己當人看是更重要的原因；處於社會底層，只要自己首先在心裏承認自己是「人」，是個堂堂正正的人，為做個堂堂正正的人、維護自己做人權利而不懈鬥爭，那麼，任憑什麼人都是很難把你打成「非人」的。所以，燕燕這裡的「恨」，是哀其不幸恨其不爭的「恨」。

人和人，在階級關係上如此，在性別關係是亦復如此。

燕燕的這段話，簡直是一個有關「人」、特別是有關女人的宣言！在中國文學作品的丫鬟形象中，似乎也只有晴雯能與燕燕媲美。

燕燕的最後一曲，又是人們爭議最多的。燕燕聽說老爺夫人要把她許給小千戶做小夫人，高興地舉起了酒杯：

〔阿古令〕滿盞內盈盈綠醑，〔註10〕子合當作婢為奴。謝相公夫人

攛舉，怎敢做三妻兩婦？子得和丈夫一處對舞，便是燕燕花生滿路。

有的評論文章認為：「當了小夫人的燕燕恐怕比當婢女的燕燕更加痛苦。《調風月》結局的喜劇氣氛掩蓋著主人公的辛酸命運。」〔註11〕由於此劇是個殘本，所以「也有人理解為家主把她許給了小千戶的僕人六兒，燕燕認為只要能和丈夫『一處對舞』，強如做貴族們的『三妻兩婦』，這也是解釋得通的。」〔註12〕其實這種說法是無稽之談，不通。燕燕是一個非常重視自己感情的人，不然她不會為小千戶的移情別戀這樣悲痛欲絕、要死要活了。她根本不是個給她一個男人就行的人。

筆者認為，問題的關鍵在於，燕燕還愛著她那小千戶「哥哥」。恩恩怨怨

〔註 8〕交：教。

〔註 9〕子爭：只差。

〔註 10〕綠醑：美酒。

〔註 11〕見《中國古典名劇鑒賞辭典》第 27 頁。

〔註 12〕見《關漢卿全集》（吳國欽校注）第 545～546 頁。

的，並沒有從根本上損耗這一愛。「子（只）得和丈夫一處對舞，便是燕燕花生滿路」，表述得多麼清楚。記得西方一部有名的電影裏有段有名的對話，其中的女主人公對那個壞男人說：「我知道你是個壞人，但遺憾的是我還愛你。」燕燕也有同樣的「遺憾」。另一部同樣是有名電影，作為最後結論，那個擅長心理分析的偵探說：「女人最大的弱點，在於需要別人的愛」。燕燕也是女人，自然逃脫不了這普遍性存在的「弱點」。明乎此，我們就不會簡單地批評燕燕「妥協」，或認為做小夫人是燕燕的更大的「悲劇」。〔註13〕

關漢卿都沒有這樣批評燕燕，也沒有這般作悲劇之觀，我們又何須多此一舉呢！

還是老一輩學者懂得《詐妮子調風月》的好處。鄭振鐸先生說：「我們看慣了紅娘式的婢女，卻從不曾在任何劇本上見過像這位燕燕那般的具有著真實的血肉與靈魂的少女，這是漢卿最高的創造。」〔註14〕趙景深先生更是乾脆地給了它一頂桂冠：「一個光輝燦爛的好劇本。」〔註15〕兩位先生的見解都非常到位。燕燕有著少女的血肉與靈魂，重視著自己血肉與靈魂。她知道自己要什麼，就千方百計、不擇手段地爭取追求什麼；關漢卿重視著女人活的血肉與靈魂，他寫出了它們的呼喊，他給予它們正當性、合理性，同時寫出它們的艱難。劇本的殘缺並不能掩蓋活著的靈與肉的光芒。燕燕正因此而光輝燦爛。劇本也因此而光輝燦爛。

〔註13〕見《元曲鑒賞辭典》（上海辭書出版社）第 88 頁。
〔註14〕《插圖本中國文學史》，轉引自《中國古典名劇鑒賞辭典》第 27 頁。
〔註15〕《談〈詐妮子調風月〉》，同上第 26 頁。

附錄一：貴池儺實地學術考察記

一

　　2000 年正月，筆者有機會到安徽皖南的九華山北麓，考察古儺戲。大年初七夜在貴池劉街鄉的姚村，初八夜在鋪莊的謝村，初九白天又在貴池市的黃梅戲劇團，看了三堂儺祭、儺舞和儺戲，看了非常古老、非常珍貴的驅儺逐疫儀式的全過程，看到了鄉民們把儺當作他們新年大儀禮、「一鄉之人皆欲狂」的熱烈歡快氣氛。同時也深深地感受到當地的學者同行為保存和研究古老儺戲文化所化的心血、所受的辛勞、所作的努力，對於中華文化，實在是功德無量的事！

　　九華山北麓是一片古老的土地。地下發掘過商周時代的青銅器文物。地上留下過昭明太子、李白、杜牧、新羅國太子金喬覺、陸游等許多人的足跡。南面是中國四大佛教聖地之一的九華山。這裡在中國戲劇史上也是舉足輕重的。除了這具有多重文化積澱的儺戲外，這裡還是明清時代重要聲腔「青陽腔」徽池雅調、近現代重要劇種黃梅戲的發祥地。堪與儺戲比肩的中國另一種祭祀戲劇目連戲，在這裡也流行很廣。

　　這一帶的地名也很有特點，如：古潭王、茶溪汪、渚湖姜、嶺上舒、柏橋胡、茅坦杜等等，僅劉姓，就有「歷山劉」、「南山劉」、「奄門劉」之別。細察之，均是地名加上家族姓氏組成的，而那地名，又多顯示著這一地區的地形與地貌。顯然，這裡的宗族社會保留得十分完好。而儺祭、儺戲活動，正是依託著宗族開展的。從語詞的構造上看，這裡的地名又有點像日本人的姓名構造，日本人的姓名實質上是「某地」加「某人」構成的。

　　我們第一天在姚村的「姚家宗祠」、第二天在鋪莊的謝家參與「鄉人儺」。其實，在我們看到演出之前，鄉人們已於前一日（初六）夜晚，有關活動已經在進行了：「年首」派兩人到祠堂，悄悄地把裝「臉子（面具）」的箱子從架子上「偷下來」，這樣做，說是爲了不驚動列祖列宗，偷出來的臉子箱被送到儺神廟的神臺上，由高齡族長用「生布」（新布）沾清水拭擦面具，叫做「開臉」，然後把臉子放在箱子（一對，分別寫有「日」、「月」字樣）或「龍亭」裏，用八人擡著，年首引路，旗鑼銃傘開道，直往演戲的祠堂而去。鄉人們則一路燒紙錢、放鞭炮，放高升煙花，將神靈已經「附著」的臉子迎接進祠堂去。第二天我們在謝家看到的迎神隊伍還要浩大，鑼鼓鞭炮還要喧鬧，祠堂裏的「供牲」場面還要大，供品還要豐盛。到了祠堂，臉子按規定次序放在「龍案」上，供當晚的演出用。

二

　　這裡的儺活動由儺祭、儺舞、儺戲三部分組成。東亞地區許多帶有農耕祭祀、驅鬼逐疫性質的藝能活動，都具有這樣的三段式構造。如日本有名的「花祭」、「雪祭」，韓國代表性的「河回別神祭」、「楊州別神祭」。

　　舞臺上的表演由儺舞「舞傘」開始。據王兆乾先生考證，這是「極爲古老的祭社舞蹈，先秦稱『紱舞』。《周禮‧地官司徒》：『紱舞，帥而舞社稷之祭祀。』漢代大儒鄭玄注釋說：紱，裂五彩繒爲之，也就是將五色繒撕爲長條做成。今日貴池舞傘的道具與它仍十分相似，只不過改繪爲紙而已。」舞傘者是一個戴童子假面的「傘孩兒」，兩塊紅腮、兩個酒窩，明目皓齒，笑微微的，非常可愛。起先傘不在他手裏，而在某家族的長者手裏，由他引著上臺，他念罷「致語口號」（一個全然宋代的名稱！）後退下。

　　傘，在各國的祭祀舞蹈中意味深長。它是天穹的象徵。古人向有「天圓地方」、「天形如笠」的概念。日語裏面「傘」和「笠」是完全一樣的讀法。日本最重要的農耕祭祀藝能「田樂」中，每個舞蹈的女巫都頭戴一頂深斗笠，隱額遮面，邊緣有五色紙披掛，形式與貴池儺的舞傘非常相似，只不過小一點而已。日本田樂是一人頭頂一片天，中國貴池儺舞是一人舞動一片天，兩者的祭祀意味是一致的。日本的田樂之笠是由竹子編的，中間還用小竹竿插上許多花，貴池的傘中間有一根竹竿貫穿傘頂，那是因爲原始信仰認爲：天是眾神所在地，而竹竿是可以引神來到地上凡間的。（中外祭祀活動中竹製道

具十分多見，關於這一點，筆者已在《竹竿子考》中做過詳細考證和論述，此處不贅）。古人還認爲：天有五色雲彩，歲有十二個月，所以以五色紙披靡，裏外共十二層。

舞傘是很有觀賞價值的儺舞段子，節奏感強，舞姿優美。只見傘孩兒時而舉傘而舞，時而把著傘頂繞自己的身體旋轉，舞得人眼花繚亂、心旌搖蕩。舞蹈的節奏一是遵循鑼鼓點子，二是依據「喊斷」，即念致語口號，剛才的引傘人退到一邊，就充當這樣的「喊斷人」。我們看到的姚村舞傘，喊斷人的領呼是這樣的：「都來呀！」（眾應答：「呵」！）「神傘出銀臺」，（「呵！」）「四方人站開」，（「呵！」）「歌笙齊鼓起」，（「呵！」）「舞出傘兒來」，（「呵！」）。等等。每四句爲一段，共 12 段。眞個是一呼百應的宋代樂舞「竹竿子」的範式！

有的村子的舞傘，還和「舞古老錢」相結合，比如我們第三天看的來自「南山劉」的表演。舞古老錢也是一種祭祀舞，據考證，古老錢的原型是一種厭勝錢，又名羅漢錢，民間常作爲辟邪之物或信物。貴池一帶有把戴假面的人稱作「菩佬」、「鮑老」的習慣，古老錢故而又名「鮑老錢」，這又與宋代朝野流行的「舞鮑老」有了鉤連，與宋代發展到登峰造極地步的傀儡戲有了鉤連，王兆乾先生的有關論文，實在是中國戲曲史上的重大發現。《張協狀元》第五十三齣表男女主人公大團圓，裏面就有舞傘的表演：

（末把傘出白）（略），（醜拖花襆頭出）綽開開，花襆頭來。（末）（略）（丑）你是幹辦，不當擡傘。你把著花襆頭，我與你擡傘。（末）方才是兄弟。（末拖襆頭、丑擡傘）（末）正是打鼓弄琵琶，合著兩會家。（丑舞傘介、唱）〔鬥雙雞〕襆頭兒，襆頭兒，甚般價好。花兒鬧，花兒鬧，佐得恁巧。傘兒簇得絕妙，刺起恁地高，風兒又飄。（末）好似傀儡棚前，一個鮑老。

這也是一段「傘」和「鮑老」在一起的舞弄表演！與貴池儺裏的表演，當不會衹是偶合，而有著深層次的聯繫。早期南戲還處於「雜合」階段，對於曾經有過的和當時流傳的各類演藝，都吸收進來爲表演戲劇故事服務，當然，對流傳在民間節日祭祀活動中的「舞傘」、「舞鮑老」這樣的歌舞段子，是不會不加以注意的。《張協狀元》把舞傘、舞鮑老吸收了進來，放在最後一齣大團圓裏演出，借一點吉祥的意味、天地和合的意味，而原有的放在第一齣表演等祭祀性的規定，就被忽略不計了。《張協狀元》中丑舞傘，但不是一出場就由丑舉傘的，而是由末拿著傘上來，再交給丑舞，令人聯繫起貴池儺「舞傘」中「年首」引傘孩兒上場將傘交給傘孩兒再開始舞的場面。

有的村子的第一齣儺戲不是「舞傘」，而是「舞滾燈」。比如清溪鄉舒、楊、胡，潘橋鎮的柯、張、葉等姓的「二郎會」《舞滾燈》。我們那天看的是鋪莊謝家的《舞滾燈》。舞臺左面有「二郎嚎啕之神牌位」，香煙嫋嫋，蠟炬閃耀。舞者戴三隻眼的面具，金面獠牙（有的村子的二郎是善相的），是爲二郎神。根據王兆乾先生的教示，這是「趙二郎」，但趙二郎不該有三隻眼，三隻眼者是楊二郎。關於中國民間廣爲流傳、附會神祇人物五花八門的「戲神」問題，筆者有這樣的一個想法：可以考慮與印度「濕婆」的關係。濕婆是印度生成之神，又是歌舞戲劇之神，形象的特徵是三隻眼。關於這一點，筆者將另文論說，此處不贅。

滾燈是個空心的竹編大球，裏外三層，最裏面有點著的蠟燭，外面貼有三角彩紙，上有「風調雨順」之類的吉利詞語。燈球，在當地傳說爲二郎降服孽龍的寶珠，而舞滾燈的鄉村都是靠近河流的低窪地區，頗受水害，所以讓司水利的二郎神來舞滾燈，以求平息水患。滾燈時也有「喊斷」，一呼百應，與「舞傘」者一樣。筆者覺得：這滾燈的含義裏，是否還雜有「舞獅」的影子，是舞獅的簡略形式。因爲自從佛教進入中國之後，獅子成了中國民間的瑞獸，許多祭祀活動戲劇活動都以「舞獅」開始以圖祥瑞，貴池的舞滾燈，當是舞獅者（日本叫「獅子子」）手持彩球的舞弄，省卻了獅子的形象而成。

打赤鳥。據研究，「打赤鳥」是「楚文化的遺存，爲楚人祝國祈年之舞。」據《史記》等記載，楚昭王見眾雲如赤鳥蔽日，三日不絕，問於周太史，太史說：楚王有殃，祟之可移禍於大臣。楚王答：大臣猶如我的股肱，怎麼能將心腹之患移於股肱呢？果然不久，楚王一命嗚呼。於是楚人將赤鳥看作不祥之兆。有諺云：「赤鳥蔽日，禍在荊楚」，就是這個意思。楚人用桃弓葦矢射赤鳥以祝國。

「打赤鳥」的表演者爲兩個人，一著紅裝扮赤鳥，一戴黑色假面扮武士，手持桃弓葦矢，在鼓樂聲中與「赤鳥」走對角，瞄準赤鳥射擊，射擊不中，跳跳著在舞臺上換一個角，同時赤鳥也飛逃著換一個角，兩人再次一射一逃，如此再四，終於武士將赤鳥射中，紅裝者手中落下一隻道具鳥形來，赤鳥就算射落了。臺下的鄉民們一直在大聲呼喊著，這時候則爲赤鳥的消滅歡呼。

把某些鳥看作災難，用巫術性的行爲進行驅趕，這在中外許多農耕祭祀藝能中並不少見。日本群馬縣安中市在正月十五那天進行的節日活動叫「追鳥」，也是在同樣的意義上進行的。在日本語中，「追」有驅趕的意思，除夕

的「驅儺」活動叫「追儺」，節分驅鬼叫「追鬼」，這其實也是古漢語「追」的含義。而且，群馬的追鳥也是在元宵節前後舉行的，與貴池儺不謀而合。筆者曾去群馬考察過這種「追鳥祭」，發現這種形式只剩下一個名稱了，在具體活動中並不見有鳥的形象出現，也沒有人扮演鳥，這一點，當沒有貴池儺「打赤鳥」來得原始。

舞回回。「舞回回」在貴池儺中是引人注目的。從歷史的綜向看，它至少保留有晉朝時代的宮廷舞形式；從世界的橫向看，它是中外藝能文化交流的產物，筆者願意給它多一點的篇幅另文分析研究，這裡就不重複了。

舞和合。貴池「舞和合」的村落比較少。舞蹈者兩人，稱作「和合二仙」，這一舞蹈象徵夫妻和合，一家團圓。這種形式在其他儺舞和祭祀藝能中，卻是十分多見。日本在「田遊」中有「翁、媼」兩個形象合抱而舞的表演，有的後一場還要出來一個孩子，表明這是他們剛才生下的；韓國的鳳山假面舞中更有「醉發」與「少巫」兩個形象在舞蹈中做種種親昵動作，後來還類比當場生下一個嬰兒（木偶）來。貴池儺「舞和合」與前面舞傘舞古老錢中的「天地交合」的表演應當具有一樣的意義，只不過一則是抽象的、以道具類比的，一則是具體的、已由人來充當類比的了。這大概也是貴池「舞和合」較為少見的一個原因吧！

魁星點斗，獨舞。貴池的魁星裝扮很獨特，赤膊、赤腳，赤髮，戴青黑色面具，頭生兩柄角，一手拿斗，一手拿筆，表演的時候隨著節奏翹足踢斗。相傳，魁星是主文運的星宿，歷來為讀書人所供奉。本來是一種星宿崇拜，後來才有了偶像。儺舞《魁星點斗》是為讀書人祈求科舉獲勝的舞蹈，用朱筆點元，最後還要大聲地說：「已點到某地奎元多少名」云。我們在姚家看的《魁星點斗》，是在「五星會」中間演出的。福祿壽財喜五星站在後面的高臺上，魁星出場點斗，這是把讀書中舉與擁有福祿壽財喜聯繫起來，表現了「惟有讀書高」的儒家思想。這齣戲的形式還有道家色彩，中心思想又是儒家的，是儒道兩教的結合。這樣的魁星形象在日本、韓國的民俗藝能中無見。韓國儒學發達，但儒家從來都是排斥民俗藝能、與之格格不入的；日本是一個崇尚武士的國度，這可能就是他們沒有魁星一類形象的原因了。

舞土地。山湖村老屋唐、陽春王等地都有「舞土地」。土地神的形象和藹可親，多著金黃色，有白色長鬚。有的地方叫「跳土地」。表演中每每有土地公、土地婆對舞的場面，與「舞和合」之類也有一致的含義。而且，每每是有「舞

和合」的村子，也有「舞土地」。這裡有一種祈求陰陽和合的思想在裏面。在中國廣大地區的儺系列中，土地，可謂一個最常見的形象。韓國也有土地神崇拜。但奇怪的是，日本民俗藝能中似乎沒有土地神形象。這可能和他們不設神像的神道教（日本的民族宗教）的影響有關。土地神崇拜和藝能表演中的土地形象，也是個說不盡的題目。只好在此點到爲止，其餘的，見另文。

鍾馗捉小鬼。鍾馗的故事源於唐人筆記，說太宗有一天生病，夢中見一形容可怖者，自稱終南山鍾馗，因貌醜，赴試名落孫山，憤而觸階死，因太宗感其才學死後追認他進士出身，感恩戴德，故願在冥界爲太宗捉鬼云。太宗夢後病癒，於是詔令天下，以鍾馗像驅鬼。畫家吳道子作有《鍾馗捉鬼圖》。宋代宮廷儺事和民間「打夜胡」中，都有鍾馗以及與之有關的小妹、判官、小鬼等。貴池儺戲中有《鍾馗捉小鬼》和《跳判官》兩種。我們那天看的是來自劉街鄉邱村柯的表演，是一段有一定情節的有趣啞劇。鍾馗捉住一個小鬼，小鬼竭盡拍馬溜須的能事，爲鍾馗撣靴、瘙癢。起初，鍾馗尚有警惕性，待小鬼端來美酒，鍾馗飲下一杯後，就忘乎所以了，終於，寶劍被小鬼偷去。小鬼寶劍在手，立即翻臉，要鍾馗爲他做這做那，鍾馗威風掃地，一籌莫展，後來看到一邊的酒壇，這才想起可以以其人之道還治其人之身，哄得其吃酒，才賺回寶劍，征服小鬼。

這一段鍾馗故事已不是原形，我感到裏面有「醉胡」的因素。之所以會出現鍾馗故事的這種變異，一是民眾喜歡「醉態的觀賞價值」，一是儺戲雖說演的是鬼怪故事，但講的都是人世間的狀態。這個戲的主題是：戒貪。

日本也有鍾馗。他們的能樂和神樂中都有鍾馗。能樂有以鍾馗爲題的曲目，《皇帝》中也有鍾馗，但把「太宗」改作了「玄宗」，裏面還有楊貴妃。日本固有的宗教藝能神樂中也有鍾馗，他們把鍾馗看作驅趕外來鬼怪、外來病疫的力量。這是一種外來神崇拜。

踩馬。騎馬逐疫，在漢代的宮廷大儺中已有。後世的竹馬直至近現代民間藝能「馬燈調」等，都可以看作它的後裔。貴池的踩馬在明嘉靖《池州府志》中就有記載。有「地馬」和「高蹺馬」兩種，演員多扮成武士形象。我們看的是茅坦鄉老屋唐的《花關索戰鮑三娘》：花關索赴西川尋父，路經鮑家莊，與鮑家馬童先戰，後與鮑家兄妹三人大戰，關鮑對戰，互相暗贊對方武藝高強，「不打不成交」，最後鮑三娘甩出的紅套索成了兩人的紅絲羅，並肩而去。

在民俗藝能裏，踩馬是一種具有「鎮」的巫術功能的形式。湘西土家族有馬隊踩馬，日本的雪祭裏也有「走馬」的表演。那人扮的馬匹把腳踩得飛快，扮演者要符合巫術性要求和技術性要求。貴池踩馬雖已有故事情節，堪稱一齣小戲，但還是與民俗緊密結合。鄉民們把它和祈子俗信結合在一起，踩馬時，凡在這一年生兒育女的，向竹馬獻紅蛋，叫做「獻馬杯」，而求子的人家則向三娘關索乞討紅蛋，叫做「接馬杯」。踩馬童子還要巡行到村內村外的家家戶戶，在貴池，最大的「社祭祀圈」包括十個自然村。這是踩馬與「沿門逐疫」的結合。

採花。又名「和尚採花」。有「三人舞」、「五人舞」兩種形式。中間是一個執長柄扇的和尚，兩個兒童扮「童子」，背靠背、四隻手臂交叉，像個連體兒童，踩著鼓點子而舞，由《十二月採花調》伴唱。據考，這是表現「泗洲僧寶扇送子」的故事，與民間的祈子俗信有關。據筆者所見，這裡面還有「稚兒崇拜」的意味。除此，與宋代瓦舍技藝的「小兒相撲」也有一定的關聯。祇是，小兒相撲是面對面的，而這齣表演中的兩個孩子則背靠背。五人舞中除了和尚和童子外，還有姑嫂三人。

貴池儺舞中有三個人物形象值得注意，那就是關羽、關平、關索父子三人。作為儺戲演出最後的儀式舞蹈，《聖帝登殿》表演的是關羽率關平、周倉登高臺，關羽命令周倉舞刀驅邪。周倉得令便四處舞刀，鑼鼓鏗鏘，刀光閃閃。而關索，卻不與父兄出現在同一場合，卻以一個故事人物出現在「踩馬」的表演中。關羽和關平在許多地方的儺舞儺戲中，祇是以一種符號出現，一種與鬼怪對立的、能夠驅除疫病的力量的符號（關平更是一種陪襯而已）。但關索不同，關索比他的父兄人格化得多，可愛得多，故事化得多。把這個人物放在與明成化詞話中的有關唱本以及雲南的「關索戲」比較的座標上思考，是很有意義的。

附錄二：關於中文系大學生傳統戲曲素養的調查

　　爲了加強對青年學生的「素質教育」，瞭解文科在校大學生的傳統戲曲素養，筆者這兩年在從事古代文學基礎課和「中國戲曲」選修課中，進行過兩次有意識的問卷調查。作爲「傳統戲曲的教育與普及」課題研究的一個方面，現將調查結果形諸文字。

　　調查內容大致分爲以下幾個方面：

　　一、傳統戲曲的啓蒙教育狀況；

　　二、傳統戲曲的基礎知識；

　　三、傳統戲曲的技能；

　　四、對傳統戲曲的興趣走向。

　　被調查者兩次共有 110 名學生，分別來自上海、廣東、浙江、河南、吉林等地。

　　在此，將兩次調查合併在一起統計分析如下。

　　一、在被問到「你最初接觸到戲曲是在什麼時候？由誰帶領？」的問題時，110 人中有 61 人回答是在「學齡前」，占 55%左右；42 人回答在「小學期間」，占 38%左右；6 人回答是在「中學期間」，占 5%左右，1 人回答「從未接觸過」。

　　其中，能明確回憶起是由父母親帶領去看戲的人數最多，有 32 人；由祖父母輩帶領的有 22 人，其餘的泛泛地寫著「大人」、「親戚」、「朋友」、「鄰居」等，有的還寫「無人陪同」。值得注意的是：只有一例寫著是由「幼稚園老師」

陪同的。另外，上海籍學生的戲曲啓蒙者是祖父母（特別是祖母、外祖母）的爲多，而外地學生則寫父母（特別是母親）的爲多；上海同學最初通過電視接觸戲曲的爲多，而外地同學，尤其是來自鄉鎮的同學，則首先是看民間草臺戲班演出的爲多。

在被問及「你曾就學的中小學有無戲曲教育或戲曲活動」時，有 74 人明確寫道「無」，占 67%；其餘 36 人中，明確記得是「學校組織觀摩」的有 11 人，占 10%；「在晚會上看業餘演出」的 7 人，占 6%，其他還有「請劇團到校演出」、「組織看電視錄影」等。總體看來，目前我國中小學教育中，傳統戲曲教育和活動是明顯不足的。有的甚至是一片空白。這對提高學生的民族文化素質、培養民族自豪感顯然是不利的。

二、學生們的傳統戲曲基礎知識十分貧乏。這當然與他們在中小學期間沒能接受有關的學習不無關係。在被問及「至今尚活在舞臺上的劇種中，最古老的是什麼」時，只有 45 人明確回答「昆曲」或「昆劇」，占 41%；有 20 人回答是「京劇」，占 18%；餘下的分別爲「越劇」、「黃梅戲」、「參軍戲」、「元曲」等。當問及這一劇種「具有多長歷史」時，只有 1 人答對。當問及中國國劇的京劇的歷史時，能回答「200 多年」的只有 22 人（其中上海同學 19 人，外地同學 3 人），只占 20%。五年前，全國曾以較大的規模紀念「徽班進京（即京劇誕生）200 周年」，著實熱鬧過一陣，新聞媒介也曾著力報導過，可見當時還是初高中生的這些青年學子的不關心程度。答錯的有：70 年、100 年、300 多年、700 多年、2000 年等。回答「京劇誕生二千年」的也有 3 人。筆者本以爲 2000 年是 200 年之誤，經當面核實確爲 2000 年，不禁感慨係之。

三、關於傳統戲曲之技能。當問及「你會哼唱一些戲曲唱段麼？」時，有 71 人回答「會」、「會一點」（65%），36 人回答「不會」（33%），會的同學中三分之一強「只會一點」，另三分之一不僅會一種劇種，江浙滬一帶的多會越、滬、黃梅戲，廣東一帶的會粵劇小調的不少。而會「京劇唱段」的則不分地域。這兩組數位倒令我們糾正了一種偏見；原本以爲學生們只會唱流行歌曲的，組織他們聯歡演出也多動員他們唱流行歌曲，其實，不妨讓來自各地的學生各獻其曲——獻上他們家鄉的地方戲曲，這是一種文化品類上的「土特產」，總比千篇一律的流行歌曲要多幾分地域文化色彩。

四、關於對傳統戲曲的興趣走向。在第一次調查時，92 級學生正好因配合古代文學學習，觀看了越劇《西廂記》錄影。這次觀摩，表現了他們較高

的熱情。100 多名學生中只有 16 人中途退出，其中 3 人爲不得已。演至「拷紅」，筆者見晚餐時間將近，欲中止，遭到全體同學反對，結果耽誤了吃飯看完全劇。在調查中，回答「爲戲劇情節吸引看到底」的有 47 人，占 63%強；「著迷於越劇表演」的有 24 人，占 32%；其餘的，「因爲好玩」、「因爲慕名已久」、「無事可幹」等，不一而足。半途離去的同學因不喜歡戲曲「慢節奏」的 5 人，其餘的多爲個人原因，不贅。

頗能反映學生對祖國戲曲藝術熱情回歸的，還表現在這一級的同學回答「想不想下學期再欣賞戲曲《牡丹亭》、《紅樓夢》？」的問題上，明確表示「不想」的僅占 5 人，其餘的都「想」，不少人寫「很想」、「當然想」、「非常想」、「極想」、「想！想！想！」的，來表達他們的迫切性。其中「想」的外地同學比上海同學略多。而在選擇「什麼劇種」中，選「越劇」的最多，以下依次爲：黃梅戲、京劇、昆劇、滬劇。

在問及「如果上師大成立『戲曲愛好者』組織，你會參加嗎？」時，兩次接受調查的同學中，回答「會」、「可能參加」、「欣然前往」者有 33 人，占 30%，而「不」、「不太可能」、「時間不允許」者，有 78 人，占 71%。由此可見，青年學子對戲曲的熱心回歸，尚處於「觀賞」的層面，「參與」意識還不強。當然，「愛好者」本來就不可能是多數，應當說，30%這個比率已經不小。

筆者認爲：精神文明建設不應當是一種空頭說教，而應當且可以借助一切中華文明遺產。中國戲曲，正是這樣的一筆豐富而精湛的遺產。在有關課程教學中加強戲曲藝術欣賞的成分，在校園文化中開發一定的戲曲活動，可以提高青年學子的民族自信心和自豪感。同時，我們正在強調對學生實行「素質教育」，這裡所謂的「素質」自然包括藝術素養，尤其是民族藝術素養。「越是民族的，就越是國際的」。一個對本民族藝術一無所知、妄自菲薄的人，是稱不上「國際人」的。而且，從現實的工作需要看，提高師範生的傳統戲曲素養也迫在眉睫。今年九三級的同學剛參加過中學實習。有同學實習的中學「以京昆藝術爲學生德育的主要內容」，她「看了學生的表演，方覺中國傳統藝術的魅力所在」，故回校後有意識地來選修「補缺」。可以想見，這樣的重視傳統戲曲教育的中學會越來越多，這就給未來的中學老師今天的師範生提出了新的要求。

（原載《上海戲劇》1997 年第四期）

後　記

　　光陰似箭。自 1979 年師從章薺蓀教授、開讀元明清曲學研究生算起，忽忽已逾三十年。俗話說三十年河東、三十年河西，人生的三十年，是一個該總結、該檢討的段落。想當年自己是多麼懵懂、幼稚。記得學寫第一篇論文時，寫完了都不敢直接拿給導師看。先拿給大學同窗、同樣是搞古代文學的王從仁兄看了，按照他的意見修改一過了，這才去見導師。所以近年，我總半開玩笑地稱王從仁爲我的「第一個導師」。章薺蓀師給我逐字逐句指導後，再度修改，終於像樣了，章老師欣喜不已，迫不及待要推薦出去，拿張紙包好論文，上書評語若干，讓我自己到學報投稿。學報編輯說：一篇戲曲論文太爲孤單，最好再配一篇，形成一個小單元。爲此，導師特地寫了一篇，即本書用作代前言的《說曲和律》，豈料兩篇論文一同發表之日，「章薺蓀」三字已不得不加上黑框！往事歷歷。如今寫著這些文字，依然感念得落下淚來。今天，請導師的文章作我這部論文集的打頭文，表達對三十年前抱病指導我們、將最後的心血灌注在我們身上的章薺蓀先生，深深的懷念，也是對導師在天之靈的一個小小告慰。

　　章師是吳梅先生的弟子，我們即是吳梅先生的再傳弟子。故這亦是對吳先生的致敬。

　　後來，不得不改換門庭師從趙景深、陳古虞先生繼續學業。先是去趙先生家聽昆曲的，那還是章薺蓀先生領我們去的呢，由此知道趙府每星期六下午有相當於今天學術沙龍一樣的「課」。趙先生非常歡迎我去旁聽，但要把學籍也轉到趙景深先生名下，有點困難。趙先生對我說：「你就算我的私淑子弟吧！」我聽了心裏暖暖的。陳古虞先生是上海戲劇學院教授，當時手裏，已

經有葉長海這位大弟子，又被「借」到我們學校帶我和史良昭，夠辛苦的。當時「文革」結束不久，整個學界都青黃不接，導師們大都七老八十，有的還因「文革」受迫害身體不好。如今回想起來，還覺得中國學界好險呵！差一點就接不上茌了。所謂「一線傳替」，所謂「繼絕學」，正是我們當年情景的寫照。

當年寫作論文，都是手寫在稿紙上。翻閱原稿，紙面上留有章、趙、陳三位先生的歷歷字跡，一時感慨難已。章先生稱我「敏華」，趙先生在寫給我的留言上起頭便是「敏華弟」，陳先生的稱謂更具那個時代特色：「翁敏華同志」。

我的論文大致有三種類別：曲學研究，戲劇與民俗交叉研究，東亞戲劇比較研究。收在這裡的，是第一類。這一類內容寫得比較早，特別是起頭的幾篇，頗為幼稚。不改它了！留著看自己最初足印的歪淺。有兩篇雖納不入曲學卻亦與之有些關聯，作為附錄放在了後面。論文格式亦一任其舊，像是看自己不同時代拍的照片，穿著不同風格的衣裳。那是時代變遷的印記。

三十年就這麼過去了，幸好還有論文記載了她們。如今我自己成了「老先生」，門下弟子不少。這回論文結集，尋找舊作，掃描校對，博士生王奕禎、回達強，碩士生殷軍領、周思楊、陳茜苑、劉倩、張彥珺出力較多，在此表示感謝。

我的導師章荑蓀先生師從與王國維同時且齊名的吳梅先生。從「北王南吳」開始，中國曲學到我這輩是第三代，到我學生這兒是第四代了。我的這本論文集，作為曲學學術鏈條上的一環，就擺在這裡了。